現代漢語與中國現代文學

高玉　著

序

曹順慶

　　高玉的博士論文《現代漢語與中國現代文學》最後進入「中國社會科學博士論文文庫」，即將由中國社會科學出版社出版，這是值得高興的事。我首先對他表示祝賀。

　　高玉是黃曼君先生的博士生，2000 年畢業。2001 年他申請到我這裏做比較文學博士後，當時他把他的簡歷和科研成果目錄寄給我，我對他的情況大致有了些瞭解。他碩士研究生學的是文藝學，後來又讀現當代文學博士。從科研目錄上看，當時文章發表得已不少，且多比較長，刊物的級別也不低，文藝學方面的、現當代文學方面的、毛澤東思想研究方面的，還有純粹的哲學和文化學方面的文章，初覺得這有些雜，不過馬上又覺得這可能是一種很大的優勢，特別是做比較文學，這正是長處。所以，我初步的意向是同意他進站（「進站」為大陸用語，指進博士後流動站作學術研究）。後來他如願以償，通過層層的考核和篩選，從眾多的申請者中脫穎而出，這應該說是實力的結果。

　　來我這裏做博士後之後，我對他的為學為人有了更多的瞭解。初次見面的感覺是，不多言辭，為人忠厚、誠信，比較學者氣。後來我們每次見面談論得比較多的都是學問上的事。我感覺他閱讀面很寬，文史哲各方面的書，他都讀，且多有心得。基本功扎實，知

識儲備比較好，對很多問題都有自己獨立的看法，這對於他未來的
學術發展將非常有利。

　　因為近來雜務一直比較多，《現代漢語與中國現代文學》的稿
子，我只能很粗略地讀一遍。語言與文學包括與文論之間的關係，
這是我比較感興趣的一個課題，近年來，我在這方面做的研究也相
對比較多，高玉自己講，他就是看了我的一些文章和著作以後，對
我的研究感興趣，並對我的一些觀點比較贊同才來申請我的博士後
的。這對於我來說，當然是值得欣慰的事，作為一個學者，學術觀
點提出來之後，能得到學術界同仁的重視，引起人們討論的興趣，
還有什麼比這更重要呢？至於是支持還是反對，我認為這並不是最
關鍵的。學術觀點能得到積極的回應，這當然值得高興，但遭到反
對，也未必就不是好事，它至少會激勵我更深入的思考。高玉贊同
我的一些觀點，我固然高興，但即使他不贊同我的觀點，我仍然很
高興，仍然會積極支持他進站。我一貫的態度，對於學生，我提倡
他們應該敢於提出不同意見，包括對自己的老師提出不同意見，只
有這樣，學術才能進步，學生才能超過老師，才會「一代有一代之
學術」。

　　就我對話語問題的研究，我認為高玉在書中提出的問題和觀點
都是很重要的，具有重大的學術價值，對於現實也有很強的針對性。
他提出語言本質的「道器」性，翻譯本質的二層面性，這是很大膽
的觀點，富於挑戰性。他關於現代漢語與中國現代文化和文學之間
的關係、古代漢語與中國古代文化和文學之間的關係的觀點，我也
比較感興趣，我覺得這些問題都可以進行深入的研究。他對胡適白
話文理論的檢討，對魯迅的語言觀與創作之間關係的論述，對五四
白話文運動與晚清白話文運動以及三、四十年代大眾語文運動之間

關係的論述，對五四新文學運動的理論與現實之間背離的問題的分析，都非常有見解。讀完之後，讀者自會有自己的判斷，我相信讀者會同意我的判斷。

　　總之，我認為這是一部非常有份量的學術專著，是一篇優秀的博士論文。他 2001 年曾以此為題申報國家社科基金，以「自選一般課題」的形式申報，這難度非常大。最後能通過一層層的篩選，獲得通過，這也證明瞭專家們對他選題的肯定。就現在的論著成果來看，他應該說沒有辜負評委們對他的肯定和期望。希望他博士後出站（「出站」為大陸用語，指從博士後流動站出來，有「畢業」的意味）報告做得更精彩。

　　高玉囑我為他的書寫序，寫上以上這些話。是表達我對他的厚望，也是互勉。

　　　　　　　　　　　　2002 年 6 月於四川大學文學院。

序

黃曼君

　　魯迅在一九一九年三月寫的一篇文章中說:「中國社會上的狀態，簡直是將幾十世紀縮在一時:自油松片以至電燈，自獨輪車以至飛機，自鏢槍以至機關炮，自『不許妄談法理』以至護法，自『食肉寢皮』的吃人思想以至人道主義，自迎屍拜蛇以至美育代宗教，都摩肩挨背的存在。」(〈隨感錄五十四〉，《魯迅全集》第一卷第 344 頁。)這段話既有超前預見性，又有現實普適性;既是「五四」時代中國社會的寫照，也是 20 世紀中國社會的整體概括;既適用於社會，也適用於文學。

　　從橫向比較來看，自白話文革命至世紀末的後現代浪潮，20 世紀的中國文學，在不到一百年的時間裏，走過了西方文學從民族語言取代拉丁文的語言革命，到後現代用了七、八百年時間走過的路程。西方文學在這其間先後出現的各種流派、思潮、觀念、方法，在 20 世紀的中國文壇幾乎同時登場。從縱向發展來看，宋詩派的餘緒，現代新儒家的崛起，和鴛蝴派小說、新武俠小說、洋場文學、革命文學乃至種種現代、後現代思潮流派並列而存，更是熔古今於一爐。可以說，20 世紀中國文學的總特點就是嘗試，如神農氏嚐百草，古今中外嚐了個遍。這其間，固然充滿了嘗試中的活力、進取、開拓、反思，卻也不免「正如我輩約了燧人氏以前的古人，拼開飯店一般，即使竭力調和，也只能煮個半熟」。(〈隨感錄五十四〉，《魯

迅全集》第一卷第 344 頁。）這樣一段極其複雜的文學史進行總結，
是非常困難的。同時，不可否認的是，20 世紀的中國文學又確實發
生了歷史性的巨變。這是一個「需要巨人而且產生了巨人」的時代。
歷史上凡是具有克里斯瑪特質的人物、制度、觀念、模式，乃至文
學語言、形象、觀念意蘊都產生於這樣的歷史轉捩點。然而中國的
情況太特殊，特殊之處就在於，在 20 世紀中國現代轉型的偉大歷史
變革中又是一波三折、變化多端：戊戌變法、辛亥革命、五四運動、
工農兵運動、新中國的建立、兩岸四地的隔離和七、八十年代之交
的現代化高潮等等，每一個變革又是對前一個變革的揚棄，並深刻
影響了同時期中國文學的走向。這樣，20 世紀的中國文學就好像彎
了無數道彎的黃河，它的中軸在哪兒呢？這中軸不是一般的所謂新
傳統，所謂現代性，而是新傳統與現代性之源。這個「源」不隨一
時風向的轉變而轉變，而斷裂；它始終作為「本體」為 20 世紀中國
文學提供無窮無盡的養分。正是因為它，中國文學才得以實現現代
轉型，從此成為一個有別於古典文學的嶄新世界，而且不論什麼「風
雲變幻」，始終保持一種內在的統一性。我們只有找到這個「源」，
才能明白後來所發生的一切。

　　高玉根據博士論文豐富擴寫的這部《現代漢語與中國現代文學》
的專著，正是這樣一部回到歷史的原點的研究專著。它論述了現代
漢語對現代文學確立的本體性意義，現代漢語從根本上規定了現代
文學現代性的整體特徵。「五四」新文學改變了中國文學的面貌。這
種改變有賴於「五四」引進的西方文化、文學和思潮。然而，使中
國文學發生現代轉型的不是具體的哪一派哪一門，而是一種多元共
生互補交融的時代精神。這樣的時代精神，既是多元的，又有區別
於古典文學、文化、思想的共同性。這個共同性是什麼？就是現代

漢語。「五四」之後，又有多次社會變革影響新文學的面貌，如 49 年後大陸文學政治意識形態和革命現實主義一統天下，台、港、澳時而新潮文學，時而鄉土文學，時而眾聲喧嘩、交融發展；而 80 年代以後，大陸風行於前的「革命現實主義」、「社會主義現實主義」、「兩結合」等逐漸消隱，「反思」「尋根」各種先鋒、新潮、現代、後現代文學如潮洶湧。這樣變化莫測，我們仍然說，這都是現代文學，都是中國新文學，不是別的什麼或「西」或「古」的文學。那麼這背後的共同性又是什麼？同樣是現代漢語。正如這部論著所指出的那樣，現代漢語不僅僅意味著新的工具符號，同時還是世界觀、思想、思維方式本身。文化的問題本質是語言問題。古代漢語從根本上不能容納新思想。高玉將魯迅的文言著作或歸入古典文化範疇，或歸入新舊之間的過渡地帶，這種觀點非常獨特。的確，即使是《摩羅詩力說》這樣的觀念翻新之作，如果始終被置於文言文的語境之中，遲早會被人拿去再做一篇〈論「摩羅詩力」與「漢魏風骨」之比較〉之類的文章，並最後得出「『摩羅詩力』差『漢魏風骨』多矣」之類的結論，從而最終在古典文化系統中將其精神實質漸漸吞噬殆盡。而倘若將「摩羅詩力」等文論術語轉變為富有魅力的現代詩語，則不僅是表達工具的改變，更是整個思維的改變。在新的現代語境下。語言就是有這樣大的力量。不同的符號系統發展出不同的話語方式，不同的話語方式又意味著權力，在這樣的權力之下，往往是「話說人」而非「人說話」。要想作到真正的「人說話」，就必須突破舊的語言束縛，好像石破天驚一般，這樣才有新的寶石出現。正是現代漢語這個「源」，這個仍然在源源不斷噴射著水流的「源」，使 20 世紀中國新文學這條多支流，多曲折的紛繁水系具備了可以全方位把握和研究的整體性。同時還應看到，將現代文學的

發生上升到語言本體的高度，與確立現代文學的多元傳統和特性是
內在統一的。現代文學的多元性統一於現代漢語，而現代漢語作為
多元背後的「存在的家園」為多元性提供了廣闊的發展空間。20 世
紀的中國文學也許離新文學應有的顛峰還存有一段差距，即所謂總
讓不少人有「半熟」之感，但是它對現代漢語的形成與確立所作出
的貢獻已經足以使其具有古典文學「原典」形成期那樣的崇高地位。

　　當前學術界有不少貶低甚至否定我們的新文學的觀點。現代漢
語、新文學所帶來的「語言斷裂」、「文化斷裂」是這一觀點的重要
論據之一。我們並不否認文言文凝練含蓄和充滿言外之意的空靈。
這一切都可以化為我們建設新的現代漢語的養分。但是我們更需要
從宏觀上，從整個的語言符號系統及其所負載的文化思想的高度上
來看待這一問題。這部論著對晚清白話文學運動和五四白話文學運
動之間差異所做的分析、對古代漢語系統內的翻譯文學由於缺乏新
的語言符號系統支撐，所導致的對外來思想文化的歸化的分析，均
從反面有力地證明了語言變革是一切文化、文學、思想變革背後所
必需的更為根本性的變革。而以胡適的〈關不住了〉和魯迅的〈狂
人日記〉等新文學史上有開創意義的作品為個案所做的語言學實證
分析，更是從正面論證了新的語言體系的巨大生命力和對新思想的
巨大表現力。

　　這部論著儘管可能還有一些值得斟酌的地方，但是它對於新文
學的研究具有真正的，而非虛飾的價值。它填補了新文學研究領域
裏的薄弱環節；它提供了我們看待新文學史書寫的新的思路；它從
學理上捍衛了中國新文學的偉大意義和價值。這部論著文風樸實、
材料翔實、邏輯嚴密，在史料的挖掘上，在問題的分析上都有新發
現、新見解。尤其是回到歷史發生的原點去探源的治學方法更值得

提倡。高玉從 1997 年三年攻讀博士學位期間,雖然他個人經濟條件很差,但省吃儉用,買了很多書,治學刻苦。文如其人。他做人做文都是踏踏實實的。在充滿浮躁浮華之氣的今天,我們呼喚更多高玉這樣的青年學者,也呼喚學術界能有更多這樣學理基礎和創造發現兼備的成果。

目　錄

緒論

時間、理論和問題意識

　　中國現代文學研究作為學科從發展壯大到現有的規模、成就以及影響，其繁榮的景象是其他學科所不多見的，這與一大批前輩學者、中青年學人以及更為廣泛的研究人員的不懈的努力分不開，也與學科的勇於探索、勇於進取、大膽開拓、迅速吸取其他學科的成果以及在研究方法上的科學性、開放性等品性有很大的關係。但同時必須承認，中國現代文學研究在取得豐碩的成果和長足進步的時候，也存在著諸多缺陷和弊端。這裏，我試圖從研究視角、時間劃界、理論基礎和問題意識等方面對目前中國現代文學研究進行一些反思。

一、研究視角

　　中國現代文學作為一種文學現象是異常複雜的，其內涵是豐富的、多方面的。如何研究這複雜的現象，我認為，不論是從方法上，還是從理論視角上，都應該是多方面的。黃曼君先生在 90 年初寫過一篇題為〈回歸中的超越──對「五四」文化精神的反思與辨析〉的文章，在這篇文章中他總結出，70 年來對五四新文化的基本觀念主要有四種：「一是主要從政治和政治意識形態的角度去評價『五

四』」;「二是側重於從文化思想、人的解放的角度來評價『五四』」;
「第三種『五四』觀是力圖超越政治、超越思想啟蒙,走出泛政治
意識形態」;「第四種『五四』觀是指的現代新儒家對『五四』的總
體看法」。[1]這是四種「觀念」,其實也是四種理論或「視角」,第一
種是政治的視角,第二種是文化的視角,第三種是西方現代主義理
論的視角。與第一、第二種視角不同,第三種視角明顯是新潮方式,
特別是 90 年代之後伴隨著西方現代主義、後現代主義思潮在中國的
廣泛影響,這種傾向更為明顯。第四種是中國傳統視角。與第三種
視角相反,它是保守的。其實,還可以從其他視角來審視和觀照五
四新文化運動,從接受學和闡釋學理論來看,這是合理的,每一種
理論或視角都有它充分的依據。把五四新文化運動闡釋、解說成後
現代主義,或者說五四新文化運動中就有後現代主義文化運動,這
是荒謬的,不符合歷史事實,但從後現代主義文化的角度來重新審
視五四新文化運動卻是可行的。同樣,五四新文化運動是一次反傳
統的文化運動,但這不影響從傳統的角度來觀察和研究它,這實際
上是從另一方位審視五四新文化運動。

　　文學作為一種社會現象不是孤立的,它與社會的政治、經濟、
文化有著緊密的聯繫,是人和人的社會從根本上決定了它的性質和
內涵。所以,從政治、人學、文化學等「外在規律」上研究它,毫
無疑問是深刻的。另一方面,文學作為一種特殊的社會現象,它有
其內在的獨特結構和發生發展規律,客觀公正地、歷史性地描述和
解剖它也是非常重要的,可以說是本位性的。同時,運用某種理論
成果,從一種新的視角來觀照文學及文學史,這也是非常必要的,

---

[1]　黃曼君:《中國現代文壇的「雙子星座」——魯迅、郭沫若與新文學主潮》,
　　華中師範大學出版社,1992 年版,第 389-394 頁。

同樣可以非常深刻。事實上，從心理學、哲學、美學、民俗學、人類學、宗教學等視角研究文學和文學史已經給我們提供了成功的典範。這裏，理論既是一種深度，同時也是一種思維的工具，借助於這種工具可以使我們的研究更深入、更全面。

在諸多方法、視角和理論之中，我認為語言學和語言哲學是一個新的角度，目前，從語言學和語言哲學的角度來研究中國現代文學可以說是一個薄弱環節。中國現代文學是從白話文學運動開始的，中國現代文學是現代漢語的文學，這是人盡皆知的事實。但為什麼晚清白話文運動沒有導致新文學，而五四白話文運動卻導致了中國現代文學的發生？內在上，現代漢語與現代文學是什麼關係？現代漢語在深層上如何制約和規定著現代文學的品格？不論是語言學界還是現代文學研究界，從未有人對這些問題作深入的追問。陳獨秀、胡適等人是在語言工具的意義上發動新文學運動的，但他們所提倡的白話與古代白話有什麼本質區別？他們所發動的白話文運動與晚清白話文運動有什麼實質性的區別？語言變革與文學革命之間是什麼關係？他們並沒有從理論上把這些問題說清楚，而且在當時的語言理論及研究的現狀下，他們不可能把這些問題論述清楚，也不可能對這些問題作深入的追問。

從語言學——即從深層的語言角度來研究中國現代文學，就筆者所查閱文獻和翻閱材料來看，還沒有這樣的課題和研究。這與現代學術學科過於分隔有關，更與語言學和語言哲學研究現狀有關。中西方傳統語言觀都認為語言是表達情感、交流思想的工具，即語言工具觀，這種語言觀實際上把語言置於附屬和次要的位置，所以就不可能從深層的語言學角度來追溯思想和精神問題。過去也有研究現代文學的語言問題的，但這和從語言的角度研究現代文學有本

質的區別。前者實際上是把語言作為文學的形式進行研究，研究其
語體風格、修辭手法以及寫作技巧，這樣就把現代文學語言問題讓
位給了寫作學和語文學。語言既然是工具，那麼它在現代文學研究
中就是非常簡單的問題，因而即使想在這方面做文章的，也似乎無
話可說，因為問題有限。但是 20 世紀，西方語言學和語言哲學取得
了巨大的發展，對整個人文社會科學都有巨大的影響。現代語言哲
學的一個重要特徵就是強調語言的思想本體性，認為語言即思想思
維，語言即世界觀，語言是存在之家，不是人說而是「語言說」，話
語即權力，語言與民族精神具有內在的聯繫等。從這樣一種語言觀
來重新審視五四白話文理論、白話文學運動以及現代漢語與現代文
學的內在關係，很多問題都可以得到全新的闡釋。但現代語言學成
果在中國現代文學研究中卻缺乏起碼的運用和借鑒。只有少量的著
作和文章對此有所涉獵，且明顯缺乏語言哲學的深刻性。本書試圖
即在充分吸收傳統語言學和現代語言哲學的成果的基礎上，從一種
新角度和觀念對中國現代文學的發生和品格作全新的審視和闡釋，
從而彌補現代文學在研究上的某些缺陷。因此，我認為，這是一個
有重大價值的選題，也是一個非常有前景的選題，它將開闢現代文
學研究的一個新領域並給現代文學研究帶來某種活力。

　　從語言學的角度來研究中國現代文學的發生具有雙重意義。其
一，五四新文學運動本身也是一次語言運動。五四新文化運動從深
層上也可以歸結為語言問題，正是語言變革導致了五四新文學運動
和五四新文化運動，中國文化和文學的現代轉型從根本上是由漢語
的轉型決定的，中國現代文學發生的過程正是現代漢語的發生過
程。從這一意義上說，從語言方面研究中國現代文學發生是本體研
究，也是歷史研究。其二，從一種新的語言哲學來研究中國現代文

學發生，則是從一種新的視角重新審視五四新文學運動。語言是一個非常複雜的問題，我們每天都和語言打交道並且能很熟練地運用它，但對於其中的深刻的理論則可以說知其然而不知其所以然。五四時期，不論是中國語言學還是西方語言學都還不發達，胡適、陳獨秀等人意識到了語言的力量，但對於語言何以有如此的力量，他們並沒有清醒的理論認識。語言變革最終導致了新文學和新文化運動的成功，但為什麼能夠成功，胡適、陳獨秀等人當時並沒有認識清楚也不可能認識清楚，這與胡適、陳獨秀等人沒有研究語言學理論和當時的語言學理論在總體上的不發達有很大的關係。而今天的狀況則不同，20 世紀語言學研究取得了巨大的進步，特別是語言哲學的成果使整個人文社會研究在問題以及提問的方式上都有很大的變化，語言哲學對社會科學所造成的震動被稱為「哥白尼式的革命」。文學和文學史研究也是這樣，很多問題都可以從語言哲學的角度進行深刻的追問。所以，從語言學的角度來研究中國現代文學發生，不僅僅只是一種歷史問題，同時還是方法問題、哲學問題、理論視角問題，在這一意義上，中國現代文學的語言學研究是一種新的五四新文學和新文化研究模式、新的五四新文學和新文化觀。

二、時間段

就目前來說，中國現代文學研究主要體現為一種歷史形態，所以，時間觀念在中國現代文學研究中始終具有一種潛在的制約性。從新文學之初到當下文學，時間始終是中國現代文學研究的一個問題焦點，錢基博的《現代中國文學史》、朱自清的《中國新文學研究綱要》、王哲甫的《中國新文學運動史》、李何林的《近二十年中國文藝思潮史》、任訪秋的《中國現代文學史》、錢理群等人的《中國

現代文學三十年》、王慶生主編的《中國當代文學史》、黃子平等人的《論「20世紀中國文學」》、陳伯海主編的《近四百年中國文學思潮史》等等，這些都是中國現代文學（廣義的）研究重要的史論著作，這裏，所謂「現代」、「當代」、「新文學」、「20世紀」、「30年」、「近20年」、「近400年」等都既是時間單位，同時又是性質概念，也就是說，它們對於中國現代文學既是時間段上的限定，同時更是性質的規範和歸納。但這樣一種規範和歸納有一個很大的弱點，那就是，以同一性為原則，而忽略了差異性，只具有品格認識論意義而不具有發生認識論意義。不論是20年、30年還是一個世紀以及近400年，它們一個共同的特點，都是強調時間段內的文學在性質上整體性或者一體性，「時間段」實際上從性質上被純化了。

　　但實際上，我們還可以從差異性的角度對時間進行劃段，也即從過程特別是過渡的角度上對時間進行劃界。事實上，早期的胡適的《最近五十年中國之文學》和陳子展的《最近三十年中國文學史》作為初步的對中國現代文學的研究，就具有這樣一種性質。所謂「最近50年」、「最近30年」都是具有過渡性的時間概念和性質概念。胡適的「50年」即大約1872年至1922年，這在今天看來，是一個不倫不類的時間段，大部分時間在我們今天所說的「近代」範圍內，只有約五、六年的時間在「現代」範圍內。但它有重大的發生認識論意義，就中國現代文學是如何發生的、中國文學是如何從古代向現代轉型的這一課題來說，胡適的《最近五十年中國之文學》至今仍然具有特殊的意義，他的「50年」是一個具有自己特殊價值和邏輯理念的、具有內在統一性的時間段。從這一角度來說，對於中國現代文學研究來說，時間並無固定的劃界，時間段的整體性從根本上取決於我們的主體意識和理解以及闡釋活動。

　　這裏，我特別強調「中國現代文學發生論」作為一個課題的重大意義。「發生」在認識論和心理學中是一個非常重要的範疇。從哲學上說，發生論從根本上是認識論和本質論，即通過研究事物的起源來認識事物的本質，我稱之為「起源終極論」[2]。所以，發生論具有強烈的歷史意識，可以歸入西方的「歷史主義」學派。所謂「發生論」，即研究事物發生的過程。發生認識論創始人皮亞傑說：「發生認識論的目的就在於研究各種認識的起源。從最低級形式的認識開始，並追蹤這種認識向以後各個水平的發展情況，一直追蹤到科學思維並包括科學思維。」[3]發生論致力於研究事物的發展過程，具體對於中國現代文學發生來說，發生論要求研究中國文學是如何從古代文學向現代文學轉變的。所以，我這裏所說的發生論主要是一個歷史範疇，即主要研究中國現代文學作為一種新的文學類型是如何形成的。在這一意義上，這裏所說的中國現代文學發生問題也就是中國文學現代轉型問題。發生論不是發生學，也不是發生史，既不是純粹的理論問題，也不是純粹的文學史問題，而是「以論帶史」，主要是從理論上闡釋中國現代文學發生作為歷史的因果關係，而不是描述其過程。

　　在當代性意義上，我不同意「起源終極論」的觀點。但現實是歷史的綿延，歷史往往有驚人的相似，歷史或多或少能為現實提供某種借鑒或德里達所說的「蹤跡」。雖然我們不能完全根據中國現代文學發生來確定中國現代文學的性質和特徵，但弄清楚歷史的來龍去脈對我們認識現實多少是有益處的。「世紀轉型」仍然是當下學術界最熱門的話題之一，「中國現代文學發生論」的意義不僅在於釐清

[2]　參見拙文〈起源終極論批判〉，《社會科學輯刊》2000 年第 4 期。
[3]　皮亞傑：《發生認識論原理》，商務印書館，1981 年版，第 17 頁。

歷史，而且在於為當代同題話題提供借鑒與經驗，其意義不僅在於歷史，也在於現實。在這一意義上，我提出重新把胡適的「50 年」作一個時間段進行研究，也即把「末期中國近代文學和初期中國現代文學」作為一個時間段進行研究。

從時間段來說，目前國內外研究「末期中國近代文學」和「初期中國現代文學」，不論是在研究人數上還是在研究成果上都不算少，但把這兩個階段結合起來作為一個「時間階段」，特別是從發生論和語言學的角度來進行研究，筆者未見到。錢理群等人提出「20世紀中國文學」的概念，認為 20 世紀中國文學是一個整體，這對於打破中國現代文學、中國當代文學人為的學科分隔，具有重要的意義，對於整個中國文學史研究也有很大的啟發意義。但其著眼點顯然是從文學精神上確立中國現當代文學的特質及歷史位置，它只是把中國現代文學和中國當代文學勾連起來，而對於其發生過程，他們明顯是沒有興趣的。

陳伯海主編的《近四百年中國文學思潮史》則是「從傳統與現代之間的聯繫和轉化著眼，把 400 年思潮作為整體流程來看待」[4]。這有一種強烈的歷史感，可以說是從一種新角度來研究中國文學的一種有益的嘗試。它站在現代的角度，以現代性為視角，把中國古代文學、中國近代文學、中國現代文學勾連起來，從而避免了過去研究中國文學史由於人為學科分隔所造成的歷史斷裂的狀況。同時，把近四百年作為一個時間段，這是過去文學史研究所沒有的，它開啟了文學史研究的一種新思路。但問題在於，《近四百年中國文學思潮史》更具有「編年史」的性質，它缺乏一種本位觀，它雖然

---

[4]　陳伯海主編《近四百年中國文學思潮史》，東方出版中心，1997 年版，第32 頁。

以現代性作為視角，但並不以現代文學作為歸結。它表現了一種歷史過程的眼光，但對於中國現代文學來說，它缺乏發生論意識。在觀念上，我覺得作者過於理念化，在學理上犯了胡適寫《白話文學史》同樣的毛病。歷史的確有如河流，有其連綿的流程，研究者是不能「抽刀斷水」的。但歷史在因果上又有如鏈條，一環套一環。我不同意把中國現代文學的源頭追溯得過於遙遠的作法。變革和創新是文學的天性，文學總是在不斷地尋求突破與變化，中國文學在明清的變化發展是文學史的發展規律，是應有之義。不能把古代文學中所有的變革都和中國現代文學聯繫起來，不能把明清文學中所有的變化都看成是中國現代文學的來源過程。必須承認中國現代文學的現代性質，必須承認中國現代文學是在西方從政治到軍事到文化到文學的全方位的影響下發生的這一事實。中國現代文學的源頭可以追溯得很遠，但中國現代文學與中國古代文學內在的變化之間沒有直接的因果關係。

近來則又有幾種中國文學通史，但總的來說，它們只是把文學史從時間上勾連起來了，但精神上仍然是分裂的。以一種苛求的眼光，從這些「通史」中，我們只是看到了文學史的現象，而看不到中國文學是如何從古代向現代轉型的。

總體來說，中國文學史研究中，「過渡帶」是最為薄弱的。迄今為止，中國近代文學還不是「法定」的大學中文本科的必修課。在中文學科中，中國近代文學不是基本的學科。中國古代文學的主體是從先秦到清代中期，晚清的文學不過是中國古代文學的一個尾巴，其地位和中國上古文學差不多。晚清文學在古代文學中的「尾巴」地位，並不是因為晚清文學在數量和質量上的不足，而是在文學精神上與古代文學的格格不入。正是因為在文學精神上它背離了

中國古代文學,因而在中國古代文學中沒有地位。中國現代文學則是從《新青年》講起,中國近代文學之所以不入中國現代文學史的「正冊」,其根本原因同樣是因為其文學精神與中國現代文學精神有差異。從中國現代文學的視角來看,晚清文學從本質是古代文學,最多只是中國現代文學的一個「序曲」,或者顯示了中國文學向現代發展的徵兆,還不是嚴格意義上的中國現代文學。

這裏實際上反映出一種理論基礎和理論視角的問題。也反映出學科分隔所造成的根深蒂固的時間觀念。人們總是按照某種理念對事物進行中心與邊緣的區域性劃分,在時間上則是開端、發展、鼎盛、結束。從社會分工的角度來說,這是必要的,也是合理的。但它也有明顯的弊病,這就是把社會現象進行了人為的分割,造成人為的斷裂,出現很多「空白」或「邊緣」地帶。其實,自然本無中心與邊緣之分,中心與邊緣本質上是人的觀念與視角的問題。地球是圓的,地球上每一點都是中心,所謂「西方中心論」、「中國中心論」,本質上都是一種立場和視角。時間也是如此,時間本是無始無終的,所謂「始」、「終」、「末」、「早期」、「中期」、「晚期」、「紀元」、「世紀」等都是人文概念,都是人對時間的一種主觀劃分,是站在某種立場和視角的劃分。可以說是一種約定俗成。但問題是,你可以以這樣一種地理視角和理論立場這樣劃分,我也可以以另一種理論立場和地理視角那樣劃分。所以,我認為,以現代語言學為理論基礎,從發生論角度,以中國現代文學是如何發生的、是如何從近代向現代轉型的作為問題指歸,把中國近代至五四時期的文學作為一個課題階段來研究,這是一種新的視角和嘗試。

與過去通常的時間概念不同,從發生、轉型的角度來看,過去文學史的所謂「始」、「末」、「終」等恰恰是「中國現代文學發生論」

的時間主體，恰恰是「黃金時段」。而過去文學史的「中」期、「盛」期，現在則變成了「初」期、「末」期或「晚」期。以「過渡帶」為視角基點，過去文學史的「邊緣」現在恰恰是「發生論」的「中心」，而過去的「中心」現在恰恰是「邊緣」。「中國現代文學發生論」以發生、轉型為中心和出發點，關注舊體文學中的新質和新體文學中的舊質，具體地說，關注舊文學中的新文學因素是如何從滋生、發展到最後形成氣候並取代舊文學的。過去，近代文學作為古代文學的「尾巴」，出發點或者立足點是古代文學，研究者關注的是近代文學中的古代文學因素。現在則相反，我們把近代文學看成是現代文學的先聲，關注的是近代文學中的現代文學因素。過去在古代文學史的體系中，近代文學中越背離古代文學精神的因素越不被重視，現在則是相反，以現代文學為本位，從發生論的角度出發，近代中越背離古代文學精神的文學越是被重視。過去是從古代文學的視角看近代文學，現在則從現代文學的視角看近代文學。從古代文學精神看近代文學，近代文學是衰落的文學；從現代文學精神看近代文學，近代文學是新生的文學。

　　從文學理論上來說，這是有充分根據的。撇開中國古代文學和中國現代文學的特殊的視角，撇開具體的中國古代文學和中國現代文學精神，從一種抽象的文學原理來說，過渡時代的文學恰恰是最富於創造精神的。過渡時期，往往是舊的文學衰落以至於走向死亡，新的文學茁長壯大。舊文學雖然衰竭，但仍然佔據要津，不甘願退出歷史的舞臺；新文學雖然生機勃勃，但還不成熟。新舊文學激烈地衝突。所以，轉折時期的文學在精神上是最為活躍的，表現出一種空前的文學精神的繁榮。因此，不論是從歷史價值方面來說，還

是從現實意義方面來說，近代至五四時期的文學作為一個時間單位都是非常富有意義的。

三、理論基礎與問題意識

　　理論基礎對於中國現代文學史研究來說同樣是至為重要的。理論基礎不同，對材料的選擇和使用，以及對中國現代文學的基本觀念都會有很大的不同。就理論基礎來說，目前中國現代文學研究存在的一個普遍性的弊病就是理論的過於狹隘和某些理論作為基礎的絕對化，現代新的社會學理論、心理學理論、宗教學理論、教育學理論、語言學理論、文化理論等具有廣泛指導意義的理論，在中國現代文學研究中並沒有得到深入而有效的運用。就目前而言，中國現代文學研究作為高等院校中文專業的一個學科更具有教育的本質，也就是說，中國現代文學作為課程更多地具有文學教育的功能，但卻從沒見到有人從「教學論」和「課程論」的角度去研究中國現代文學。這不能不說是理論基礎上的某種缺陷。同樣，20 世紀西方文學理論中的形式主義、精神分析說、語義學、現象學、原型批評、結構主義、符號學、敘事學、解釋學、接受美學、解構主義、後現代主義、後殖民主義、女權主義、新歷史主義等理論的合理因素也沒有在我們的中國現代文學研究中得到充分的吸收，很多應用和借鑒都流於形式，具有生搬硬套的特點。而把某些已有的理論有意或無意地絕對化，則是當今中國現代文學研究的通病，最明顯的表現就是，形而上學本體性、作家作品中心論、審美中心主義、「現代」作為性質概念的本位觀等。

　　我們不應該狹隘地理解理論，把理論僅僅看作是一種工具。事實上，理論從根本上是人的一種思維方式，任何一種理論都具有抽

象性，都具有普適性，都能夠超越它的學科局限，否則它就不是嚴格的理論。應該說，每一種新的理論如果能夠真正地運用到中國現代文學研究中來，它都可能給中國現代文學研究帶來某種促進甚至於開創新的局面。具體地，我認為，把現有的新的語言學理論、發生學理論、歷史文化理論運用到中國現代文學研究，前景非常看好，可以說大有可為。同時我認為，中國近現代史、西方後現代主義哲學等作為知識背景在中國現代文學研究中也是非常重要的。

　　中國現代文學研究可以說一直都非常重視語言問題，但傳統的研究多把語言作為中國現代文學的一個形式因素進行研究，所以對於語言在中國現代文學中的作用和地位，其估價就非常有限。20 世紀，語言形而上問題一直是西方哲學的一個主題，從分析哲學、語言學哲學到結構主義、符號學、後結構主義、解構主義、後殖民主義、解釋學，語言哲學取得了巨大的成就。20 世紀一大批耀眼的哲學家諸如羅素、維特根斯坦、胡塞爾、海德格爾、伽達默爾、哈貝馬斯、利科、德里達、拉康、詹姆遜、賽義德、福柯等都與語言哲學有關，他們的地位都與他們在語言哲學上有所創新和突破有很大的關係。此外，19 世紀天才語言學家洪堡特、20 世紀現代語言學的開創者索緒爾以及其他一大批職業語言學家的豐碩的成果都是我們的語言學理論的來源和營養。正是在充分吸收現代語言學成果、傳統語言學成果包括中國古代語言學思想的基礎上，我認為語言在本質上具有「二層面」性。語言不僅僅只是工具，同時也是思想思維本身，前者是傳統語言學的基本觀點，後者則是現代語言哲學的基本觀點。現代語言有它充分的理論根據，但也不能否認語言的工具性，這其實是兩個層面，即工具的層面和思想的層面。語言在物質和日常生活的層面上主要是工具，而在複雜的精神思維活動中主要

是思想。在這一意義上，語言其實是思想的深刻的基礎，不是人控制了語言，恰恰是語言控制了人，思想的深層的基礎是語言。語言形而上是筆者長期以來關注和思考的問題之一，我的感覺是，在語言本質觀上，傳統語言思想與現代語言思想之間存在著尖銳的矛盾與對立；語言哲學家的語言思想與職業語言學專家的語言思想之間存在著深刻的隔閡。這兩對矛盾至今沒有得到很好的解決，傳統語言學不承認語言的思想本位性，現代語言學不承認語言的工具性；語言哲學家只關注語言的形而上問題，職業語言學家只關注語言形而下諸如語法、詞義等問題。都有合理性，否定任何一方都是困難的。

　　從這樣一種新的語言觀去審視中國近現代文學，特別是近代文學如何向現代文學轉型，在很多問題上，我的觀點明顯不同於過去。對近現代文學史的一些現象，我的理解和詮釋也與過去有很大的不同。我認為，語言是構成文化和文學的深層的基礎。中國文化在「殷周」（王國維的概念）至春秋戰國時期發生古代轉型與當時的語言變革有其內在的聯繫，古代漢語是構成中國古代文化和文學的最深刻的基礎。現代中國文化思想的變革最終是通過語言變革而實現的，也是通過語言的定型而固定下來的。中國現代文學的現代化是通過漢語的現代化而完成的。從新的語言學角度來看，文學翻譯既有技術問題，又有文化問題，這是兩個不同的層次，在技術的層次上，翻譯可以「等值」或「等效」，而在文化的層次上，翻譯則不能「等值」或「等效」。文學翻譯對中國現代文學的發生和建設其作用和貢獻是巨大的，這是事實，但翻譯文學是如何對中國現代文學的發生和建設起作用的？我提出「西化」與「歸化」說，對這一問題進行了新的闡釋和解說。其他，對中國文學現代轉型、「世紀末文學轉

型」、五四時期的文化保守主義、晚清的白話文運動、文論「失語症」與話語重建等問題，從新的語言學角度來看，我的觀點都與過去有很大的不同。此外，對魯迅、胡適、王同維、梁啟超、林紓的作用和貢獻，我都從新的語言學角度進行了不同於過去的解釋。有些觀點雖然缺乏新意甚至又回到了「過時」的傳統老觀點上去了，但我的視角不同，理論基礎不同，論據和論證是新的。

中國現代文學研究的理論不僅具有直接性，同時還具有間接性，也即作為知識基礎和背景的理論。其中文化理論和後現代主義理論就具有這樣的間接性。

20世紀，文化研究取得了巨大的成就和進步，人類的很多現象包括文學現象，通過新的文化理論能夠得到很好的解釋，所以，歷史文化理論對於中國現代文學研究來說，具有知識基礎性。這裏所謂「知識基礎」，包含著兩層意思：一是對於歷史文化基礎理論，我們沒有什麼特別的看法，主要是吸收和借鑒別人的成果。對於諸如歷史的價值和意義、文化的內涵和本質，歷史哲學界是有很大爭論的。但我們沿襲某些學說，不再進一步追問。所以，所謂「知識」是就研究主體而言。二是具體對中國現代文學研究來說，歷史文化理論是「知識基礎」。歷史感可以說是文學研究深度的標誌，沒有歷史文化理論作為基礎，文學研究是很難深刻的。我的基本觀點是：文學是文化的一個組成部分，中國近現代文學史是整個中國近現代史的一部分，中國近現代文學史和整個中國近現代史的進程基本上是一致的。政治、經濟、軍事、宗教、倫理、哲學、學術等與文學是相互影響的關係，它們既是文學的對象，又制約著文學的發生與發展。中國近現代文化對於我們理解中國近現代文學是非常重要

的，中國現代文化發生搞清楚了，中國現代文學的發生其實也在某種程度上搞清楚了。

理論背景也是屬於寬泛意義上的理論基礎，只不過它不是明顯的，而是隱伏的，不表現為一種形態，而是精神上的或思維上的。比如後現代主義理論。後現代主義對當代中國學術界的影響是巨大的，作為一種學術思潮，作為理論、方法和思維方式，其影響可以說已經滲透到學術各界。研究後現代主義已經是文學理論一個不能回避的課題。中國現當代文學研究也深受後現代主義的影響，用後現代主義來解讀當代作品可以說是一種非常時髦的作法。現代文學研究中這種趨向也越來越明顯。對於這種「作法」，學術界非議比較多。我的看法是：把魯迅、郭沫若或者其他現代作家及其作品說成是後現代主義的，這顯然是荒謬的，不符合歷史事實的。中國現代文學最大的特徵就是其現代性，現代性是中國現代作家和作品共同的主題。但站在後現代主義的立場和視域來反觀中國現代文學，把後現代主義作為一種理論、方法和思維方式用來審視現代作家和作品，這卻是可行的。這實際上表現了中國現代文學研究的時代感和歷史厚度感。現代主義也是有缺陷的，特別是發展到極端後便趨於專斷，後現代主義在這一意義上是對現代主義的「反動」或「糾偏」。它和古典主義在表面上驚人地相似，但它和古典主義有著本質的區別。它是以現代主義的進步性為基礎和前提條件的，它反現代，但不是反進步、反文明，所以它是對現代主義的超越。在這一意義上，從後現代主義視角研究中國現代文學是可行的，也是必要的。從一個更高的視點和更寬闊的視野看問題，有些問題看得更清楚些。所以，寬泛意義上講，後現代主義也是中國現代文學研究的理論基礎之一。

　　與此相關，目前中國現代文學研究一個重要的弊病是把中國現代文學歷史化，中國現代文學研究越來越變成了一門離我們現實生活非常遙遠的純粹的學問，許多問題不是來源於現實，而是來源於傳統。在這一意義上，我們強調中國現代文學研究作為文學歷史研究的當下性。義大利歷史學家克羅齊說：「一切真歷史都是當代史。」我的理解是，真正的歷史是對現實有意義、有價值、被理解的歷史。歷史是當代人寫的歷史，是當代人理解的歷史。所以克羅齊說：「只有現在生活中的興趣方能使人去研究過去的事實。」「當生活的發展需要它們時，死歷史就會復活，過去史就會再變成現在的。」[5]英國歷史學家柯林武德則對克羅齊的觀點加以引申，認為思想史是唯一的歷史，他說：「歷史的知識是關於心靈在過去曾經做過什麼事的知識，同時它也是在重做這件事；過去的永存性就活動在現在之中。」又說：「使它成為歷史的那種特性，並不是它在時間之中發生的這一事實，而是由於這一事實，——即我們只是重新思想創造出了我們正在研究的那種局勢的那個思想，因而它才為我們所知，所以我們就能理解那種局勢。」[6]不管歷史學家們如何非議克羅齊和柯林武德的歷史哲學，但我認為強調歷史的現實意義和思想性這是沒有錯的。歷史研究，如果與人無關，與現實無關，與人的思想無關，對人的社會沒有價值，那是難以想像的。

　　我們的研究有什麼意義？有什麼價值？這是中國現代文學研究必須追問的問題。歷史每時每刻都在發生，作為對象它是浩瀚無邊的，但只有那些對現實有意義，能夠激發人們深刻地思索的事件和細節才能不斷吸引人們的興趣，引起人們對它們的反覆述說。這裏

---

[5]　克羅齊：《歷史學的理論和實際》，商務印書館，1982 年版，第 2、12 頁。
[6]　柯林武德：《歷史的觀念》，商務印書館，1997 年版，第 306-307 頁。

我特別提出「問題意識」這一概念。所謂「問題意識」，即問題觀。從主體來說，特別強調對問題的敏銳，善於捕捉問題、發現問題。其實提問本身就是一種能力。從客體來說，特別強調問題本身的價值，重視問題的涵蓋面，問題的意義，要求它能夠激起讀者的想像，引發讀者更深入的思考。這就要求問題有一定的質量，具有方法論意義。中國現代文學研究中有些選題本身有新意，做得也很扎實，且不乏新見和創舉，但就是沒有影響，缺乏「問題意識」可能是其中一個很重要的原因。

鑒於這樣一種基本觀點，我提倡對中國現代文學發生論進行研究，提倡研究中國文學的現代轉型和「世紀轉型」，在本真的意義上，「發生論」和「現代轉型」其實是為當代文學乃至文化建設提供某種經驗和借鑒。其實，一定意義上說，中國現代文化的轉型過程也是中國人對中國古代文化的「型」的認識過程。同樣，對中國歷史上兩次文化和文學轉型進行比較，其歸結點並不在於歷史本身，而在於當代，在於從經驗上，從學理上為當代文化和文學的發展提供參考。「轉型」是當下學術界最熱門的話題之一，文學也在討論所謂「世紀轉型」問題，但如何概定「轉型」？為什麼要「轉型」？如何「轉型」？轉向哪裏？現在的「型」如何定位？理想中的「型」又是什麼樣的？這些問題並沒有弄清楚。所以，我更願意把「轉型」看作是一個問題而不是歷史。

第一章

語言本質「道器」論

　　語言是符號，是表達思想、交流思想的工具，這是中國幾千年來根深蒂固的觀點，所謂「言為心聲」、「只可意會不可言傳」、「以文害意」、「得意而忘言」、「辭不達意」等，都深刻地表明中國古人把語言和思想割裂開來的二元對立觀點。而這種語言觀部分地又緣於更根深蒂固的「起源終極觀」，即事物的最終本質隱含在最初的起源之中，本質即本源。中國古代對語言本質的認識最看重的是「文字」，某種意義上，文字的本質就是語言的本質。而文字則起源於象形，《易經》說：「上古結繩而治，後世聖人易之以書契。」「古者庖犧氏之王天下，仰則觀象於天，俯則觀法於地，視鳥獸之文與地之宜，近取諸身，遠取諸物。」文字從根本上是符號，與它相對應的是「物」。所以，文字作為「物」的符號，對「物」來說處於從屬的地位。這種文字初始狀態的詞與物的對應關係似乎隱含了後來的語言與世界的關係：世界是與語言無關的純客觀存在，語言不過是表現這種客觀存在的符號，它是聯結人與世界的媒介即橋樑。在文學上，「詩言志」、「詩言道」典型地體現了中國古代文學語言工具觀，在中國古人看來，語言在文學中不過是一種傳達思想的媒介。中國

古代語言觀中，語言是從屬於思維、思想和世界的，是附庸性質的，從沒有人把語言上升到本體論的高度。

在西方，傳統語言學的狀況雖然和中國古代迥異，但基本觀點卻驚人地相似，即認為語言是交際工具，語言活動是人的表達活動。19 世紀雖然也有洪堡特（Humboldt）這樣的異質語言學家，但現代語言學真正的開創者卻是本世紀初的索緒爾，他提出「語言是一種表達觀點的符號系統」的觀點，這裏關鍵是「符號系統」在索緒爾看來，語言是一個封閉的、完整的、自主的符號系統。作為符號，語言是聲音和概念的結合，而不是詞與物的結合，「從心理方面看，思想離開了詞的表達，只是一團沒有定形的、模糊不清的渾然之物。哲學家和語言學家常一致承認，沒有符號的幫助，我們就沒法清楚地、堅實地區分兩個觀念。……預先確定的觀念是沒有的。在語言出現之前，一切都是模糊不清的。」[1]在語言的本質上，索緒爾開啟了現代語言學的方向。

西方哲學上的語言學轉向也開始於本世紀初，其代表人物是弗雷格（Gottlob Frege）、羅素、維特根斯坦等。所謂「語言學轉向」，就是把語言上升到本體論的高度，通過研究語言來研究哲學。這種「轉向」被稱為「哥白尼式的革命」，可見其影響之大。但羅素等人主要是進行語義分析，他們的研究對語言本質觀並沒有造成巨大的衝擊。真正在「原」的意義上對語言的本質觀進行衝擊的是海德格爾、伽達默爾，但這已是本世紀 50 年代的事情。

近代以來，中國從政治到經濟到文化各方面深受西方的影響，中國現代語言學也是在西方的影響下形成的。但這裏的「現代」主

---

[1]　費爾迪南‧德‧索緒爾：《普通語言學教程》，商務印書館，1980 年版，第 37、157 頁。

要是相對中國的「古代」而言，主要是就走科學化的道路而言，而在具體觀點上卻非常接近西方的「傳統」。西方本世紀初發生的語言學現代性轉向和語言哲學的轉向其實在 80 年代之後才在中國發生影響。近現代中國人在向西方學習過程中所表現出來的實用主義特點在語言學中非常明顯，當時中國接受了西方的新語言但卻沒有接受西方的新語言學，大規模地引進西方的新名詞、新術語、新概念，但在語言觀念上卻是傳統的，基本上還是工具觀。所以，近現代史上發起文化變革的那一批弄潮兒如梁啟超、嚴復、章太炎、胡適、魯迅、陳獨秀、李大釗、周作人等在語言本質觀上其實都是很傳統的，他們基本上是在工具觀的層面上看待語言的。雖然由於外來語言對中國本土語言的巨大衝擊從而造成對中國本位文化的巨大衝擊，使一些人走到了對語言反思的邊緣，比如王國維就提出：「言語者，思想之代表也，故新思想之輸入，即新言語輸入之意味也。」[2]但大多數這種思想有如電光石閃，稍縱即逝。

　　新中國建立以後，馬克思主義在中國取得全面勝利，語言學上也是如此。但最初的中國馬克思主義更多地表現為學習蘇聯的特點，所以在語言本質觀上，列寧、史達林的觀點比馬克思恩格斯的影響更大。列寧說：語言「是人類最重要的交際工具。」[3]史達林說：「語言是工具、武器，人們利用它來互相交際，交流思想，達到互相瞭解。」[4]六十年代高名凱、石安石主編的權威的《語言學概論》

---

[2] 王國維：〈論新學語之輸入〉，《王國維文集》第 3 卷，中國文史出版社，1997年版，第 41 頁。

[3] 列寧：〈論民族自決權〉，《列寧全集》第 20 卷，人民了出版社，1958 年版，第 396 頁。

[4] 史達林：〈論馬克思主義在語言學中的問題〉（1950 年），《馬克思主義與語言學問題》，人民出版社，1953 年版，第 20 頁。

就是這種觀點，至今這種觀點在非語言哲學界仍然占統治地位。馬克思和恩格斯關於語言的名言是：「語言是思想的直接現實。」[5]就是說，思想外在表現為語言。這個觀點本來更接近現代語言哲學思想，至少比較靈活，可以作多方面的解釋和發揮。但在 60 年代的中國語言學界，這句名言卻多被附會為思維工具論，比如高名凱先生說：「語言與思維是密不可分地聯繫在一起的。它們是相依為命的。離開了語言，思維就不存在，離開了思維，語言也不存在。」這本來是把語言和思維放在平等的位置上，且有同一化的趨向，但他又接著說：「語言和思維事實上是存在於同一個統一體內的兩個對立面，語言是這個統一體的形式部分，思維是這個統一體的內容部分。」[6]語言與思維是「統一」的，但不是「同一」的，在馬克思主義的內容決定形式的基本觀點中，語言終歸是第二性的東西。

但不論是交際工具論還是思維工具論，都是語言從屬論。只要是從屬論，就不可能從語言本體論的高度來研究文化和思想。我認為這是中國哲學、文學、歷史等人文科學研究中缺乏深刻的語言研究的最根本原因。

現代語言學與傳統語言學最大的不同就在於，現代語言學把語言上升到本體論的高度，認為它不僅僅只是工具，是人的能力之一，而且構成人的行為本身，是思想本體。人的思維過程即語言過程，人的世界即語言的世界，人類正是以擁有語言的方式而擁有世界的。海德格爾認為，語言是人的首要規定性：「人乃是會說話的生命

---

[5]　馬克思、恩格斯：《德意志意識形態》，《馬克思恩格斯全集》第 3 卷，人民出版社，1960 年版，第 525 頁。

[6]　高名凱：《語言論》，商務印書館，1995 年版，第 76 頁。關於「語言與思維」的傳統觀點，還可參見前蘇聯語言學家列維‧謝苗諾維奇‧維果斯基《思維與語言》，浙江教育出版社，1997 年版。

體。……唯語言才使人能夠成為那樣一個作為人而存在的生命體。作為說話者，人才是人。」「無論如何，語言是最切近於人的本質的。」又說：「語言擔保了人作為歷史性的人而存在的可能性。語言不是一個可支配的工具，而是那種擁有人之存在的最高可能性的居有事件（Ereignis）。」他的最著名的名言是：「語言是存在之家（das Haus des Seins）」，其意是：「任何存在者的存在居住於詞語之中。」[7]把人的最高本質即存在歸結為語言問題，這是對人的本質的一種新的認識，對 20 世紀的哲學社會科學發生了深遠的影響。海德格爾的學生伽達默爾則進一步強調語言的本體論地位，他說：「能理解的在就是語言。」「語言不只是人在世上的一種擁有物，而且人正是通過語言而擁有世界。」正是因為這樣，所以「語言是一種世界觀」。[8]「語言根本不是一種器械或一種工具。因為工具的本性就在於我們能掌握對它的使用，這就是說，當我們要用它時可以把它拿出來，一旦完成它的使命又可以把它放在一邊。……我們永遠不可能發現自己是與世界相對的意識，並在一種彷彿是沒有語言的狀況中拿起理解的工具。毋寧說，在所有關於自我的知識和關於外界的知識中我們總是早已被我們自己的語言包圍。」語言和思維、思想是緊密地聯繫在一起的，「我們只能在語言中進行思維，我們的思維只能寓於語言之中。」[9]

　　傳統語言學中，語言的地位是從屬的，是人的附屬品，是可以脫離人的客觀存在，似乎只要人願意，用它時把它「拿來」，不用時

---

[7]　海德格爾：《海德格爾選集》，上海三聯書店，1996 年版，第 314、981、1008、1068 頁。

[8]　涂紀亮：〈伽達默爾〉，《當代西方著名哲學家評傳》第一卷「語言哲學」，山東人民出版社，1996 年版，第 423 頁。

[9]　伽達默爾：《哲學解釋學》，上海譯文出版社，1994 年版，第 62 頁。

則可以把它棄擲一旁。但在現代語言學中，語言則是人的天性，是
人類的最重要的本質，是人的首要的規定性，正是語言的能力特別
把人和動物區別開來。「當我們說話時自以為自己在控制著語言，實
際上我們被語言控制，不是『我在說話』，而是『話在說我』。」[10]是
語言控制人而不是人控制語言，人的世界某種意義上說就是語言的
世界，人的認識、思想、思維都不能脫離語言而赤裸裸地存在，我
們只能在語言中思維，我們的思維只能寓於語言之中。從傳統本體
論哲學思維方式來看，在時間順序上，的確是先有物質世界，然後
才有人及其人的認識、思想、思維等，但在現代主體論哲學看來，
人是第一位的，沒有人，物質世界是沒有意義和價值的，世界的意
義和價值正是因人而有，「意義和價值」本來就是意識概念而非物
質概念。語言正是把人和先於人而存在的物質世界聯繫起來的橋
樑。所以古希臘把人定義為會說話的動物，人的「邏各斯」能力即
思維能力主要就是語言的能力。動物沒有語言，也就沒有語言的世
界，「自我」之外的一切都只是「對象」。動物只有心理活動，沒有
意識活動，因為意識活動本質上是語言活動。

在語言與思想的關係上，現代語言學認為，在很大程度上，語
言就是思想，語言的過程即思維的過程，「任何比較高級和複雜的思
想活動都是和語言聯繫在一起的。要進行複雜的邏輯和數學推理，
要思考量子物理學和相對論中的問題，我們必須要有語言，要有專
業符號，否則根本無法進行思考。」「不能想像，如果沒有語言，人
們怎麼能從事關於『上帝存在』、『善』、『本質』這一類哲學問題的
思考。」[11]索緒爾認為語言是一個符號系統，他反對把語言看成是

---

10 傑姆遜：《後現代主義與文化理論》，北京大學出版社，1997 年版，第 32 頁。
11 徐友漁：《「哥白尼式」的革命——哲學中的語言轉向》，上海三聯書店，1994

「命名過程」，即把語言簡單地看成是實物和名稱之間的關係，他認為語言出現之前不存在思想：「假如一個人從思想上去掉了文字，他喪失了這種可以感知的形象，將會面臨一堆沒有形狀的東西而不知所措，好像初學游泳的人被拿走了他的救生圈一樣。」[12]就是說，沒有語言，思想將是模糊混沌的。維特根斯坦認為哲學「應該劃清可思考的從而也劃清不可思考的東西的界限」，而這界限只能在語言中劃分，「我的語言的界限意味著我的世界的界限。」[13]因此，人的世界其實就是語言的世界。

　　而更重要的是，語言不僅僅只是把人和物質世界聯繫起來，同時它還在漫長的積累過程中超越物質世界，創造一個精神的世界。人類社會首先是物質的基礎，但更本質的則是精神，精神其實是一種純粹的語言世界，物質還可以脫離人而獨立地存在，而精神卻須與不能脫離人而存在。規則是人規定的，但一旦規定，人就得遵守它。語言是人創造出來的，但語言一旦創造出來，它就具有自足性。索緒爾把言語和語言區別開來其意義是非常重大的，言語具有私人行為的特點，創造容易消失也容易，有如朝露夕菌，隨生隨死，但語言作為一個系統，卻是一個漫長的積累的結果。語言一旦形成，就把人從蠻荒狀態帶出來而走向文明，人一旦走出來，就再也沒有回頭的可能。人以語言為家，這是文明和進步的標誌，但同時也意味著人再沒有其他選擇。語言作為系統，牢牢地控制了人類，選擇什麼話語說話似乎是人的自由，但其實不然，一旦選擇了某種語言

　　年版，第 7-8 頁。

[12] 費爾迪南‧德‧索緒爾：《普通語言學教程》，商務印書館，1980 年版，第59 頁。

[13] 維特根斯坦：《邏輯哲學論》，商務印書館，1962 年版，第 45、79 頁。

系統，說什麼話是不能完全由自己控制的。整個話語方式控制了人
的認識、思維、思想，思想自由只能在話語系統內部自由，超出了
這種話語範圍，就只能陷入維特根斯坦所說的「沉默」[14]。所以海
德格爾認為，「哲學家不只是在語言中思考，而且是沿著語言的方向
思考。」[15]

　　不能否認語言的工具性的一面，語言作為工具是有大量證據
的，從歷史上來看，語言的確主要是起源於對「物」的命名，現實
中，這種語言的命名性質仍然是普遍存在的。語言首先是詞與物的
關係，西方的一些語言哲學家為了證明語言與世界的同一性，認為
所有的詞都是思想的產物，比如後期維特根斯坦主張，只有當人們
在行動中表明他們學會了正確使用關於感覺的語詞，他們才能正確
地分辨感覺。拉康說：「真理來自言語，而不是來自現實。」[16]完全
否認語言的命名性質，這也是非常牽強而片面的。但語言絕不僅僅
只是工具，正如海德格爾說：「把語言定義為交流資訊促進理解的工
具……只不過指點出了語言本質的一點效用。語言不僅僅是一種工
具。」[17]從層面上來說，語言工具性主要在物質層面上是正確的，
思想就很難用工具說來概括。萊布尼茲提出「事實真理」和「理性
真理」的區別，認為真理有兩個截然不同的來源：經驗事實和詞語
的含義。這其實已經深刻地說明了語言與世界之間的兩方面的關

---

[14] 「一個人對於不能談的事情就應當沉默」，見維特根斯坦《邏輯哲學論》，商
　　務印書館，1962 年版，第 97 頁。
[15] 見王岳川：《後現代主義文化研究》，北京大學出版社，1992 年版，第 41 頁。
[16] 轉引自曾豔兵《東方後現代》，廣西師範大學出版社，1996 年版，第 37 頁。
[17] 海德格爾：〈荷爾德林詩的闡釋〉，轉引自徐友漁等著《語言與哲學——當代
　　英美與德法傳統比較研究》，生活‧讀書‧新知三聯書店，1996 年版，第 159
　　頁。另參見〈荷爾德林的詩的本質〉，《海德格爾選集》，上海三聯書店，1996
　　年版，第 314 頁。

係，在人與物質世界的連接中，語言是媒介、工具，但在精神世界中，真理卻就是語言本身。

不能因為思想與現實的緊密關係而認為思想就完全依附於現實。思想來源於現實世界，但思想積累到一定程度後就變得具有自足性，不僅僅只是世界影響思想，同時思想對人對世界的認識具有制約性，這是現代解釋學和自然科學充分證明了的。所謂「成見」，根本上說就是語言的先在性。而人的思想和信念其實就是語言，我們只有通過對語言的研究才能把握思想，沒有不通過語言表達而獨立的思想。語言的特徵和功用最先是指向物質世界，語詞首先是代表事物，這是不能否定的，但語言絕不僅僅只是指向物質世界，更重要的是表徵精神世界，有的詞語如「上帝」並沒有指向物質世界，但是對於人來說，它更具有根本性，這種語言本身構成一個世界，對人有意義。所以不能簡單地根據語義分析就把一些「不能言說」的所謂「假」的表述排斥在哲學範圍之外。

完全不承認語言的「器」的本性是錯誤的，語言既有「器」的性質，也有「道」的性質，既是形而下的，也是形而上的，這是兩個不同的層面。否定其中任何一個層面都是片面的。20 世紀學術所謂「哥白尼式的革命」，與其說是語言「轉向」還不如說是發現了語言的深層的本質。語言不再只是「器」，而且也是「道」，語言也是世界觀，是思想、思維本身，語言與思想和思維不再是分離的，而是一體的。這實際上是把語言上升到了本位，其意義是重大的，它開啟了從語言學的角度對文化和文學進行深層研究的深刻的途徑與方向。

思想觀念和思維方式，表面上是由主體控制的，怎麼說怎麼想似乎純粹是個人的事，在思想上，人似乎是絕對自由的，但現代語

言學從深層的角度證明了並不是這麼回事。語言以一種無形但卻強大的力量控制著人的思想觀念和思維方式。中國古代在思想和思維方式上不同於西方，原因當然是多方面的，但語言系統的不同應該說是最深層的原因。伽達默爾認為：「在一個理解過程開始時，語言已經預先規定了文本和理解者雙方的視域。……文本在流傳中形成的傳統也以語言為其存在的歷史方式，傳統的範圍是由語言給定的。理解者正是通過掌握語言接受了這個傳統，因而，他所掌握的語言本身構成了他的基本的成見。」[18]所謂傳統、成見，其實就是語言的規定性。

語言本身構成一個自足的世界，即語言世界或人的世界，它又大致可以劃分為精神和物質兩個方面。物質世界是固有的，但人通過命名而把它納入了人的語言世界，所以即使是在詞與物的關係上，語言所表現的世界也不等於實際的世界，在與動物比較的意義上，這是一個具有強烈人文特徵的世界。圖根哈爾說：「世界是按照我們劃分它的方式而劃分的，而我們把事物劃分開來的主要方式是運用語言。我們的現實就是我們的語言範疇。」[19]而精神世界則完全是由語言創造出來的，它不像石頭、樹木一樣是世界本身所固有的。所謂「飛馬」的難題，其實是語言工具論的難題，用語言本質精神論就可以把困難永遠地解決，「飛馬」不是物而是思想，是不一定要有實在對象的。「金山」[20]也是這樣，它是一種意象，一種思想，

---

[18] 徐友漁等著《語言與哲學——當代英美與德法傳統比較研究》，三聯書店，1996 年版，第 178 頁。

[19] 麥基：《思想家》，生活・讀書・新知三聯書店，1987 年版，第 267 頁。

[20] 關於「飛馬」和「金山」的語言分析，參考徐友漁等著《語言與哲學——當代英美與德法傳統比較研究》，生活・讀書・新知三聯書店，1996 年版，第 94-95、125 頁。

一種觀念的對象。語言一旦和思想聯繫在一起，語言就超越了它的
起源的本質，成為精神性的東西。語言如果還僅僅只是詞與物的關
係，它就和人的許多「產物」沒有什麼區別。所以洪堡特認為：我
們絕不能把語言看成是與精神特性相隔絕的外在之物，「當語言也表
現出獨立自主的創造性的時候，它就脫離了現象的領域，成為一種
觀念的、精神的存在。……雖然我們可以把知性與語言區分開來，
但這樣的區別事實上是不存在的。我們有理由認為，語言屬於某個
更高的層次，它不是類同於其他精神造物的人類產品。」[21]所以，
語言作為精神，具有自足性，在深層的意義上，語言先於思想，正
是接受了某種語言才有某種思想，但這是不能用形象和簡單的方式
予以說明的。語言的確是工具，但這是在詞與物的意義上而言，而
在思想意義上，語言則是一個精神系統。語言哲學上的「原子論」
和「整體論」[22]其實並不真正矛盾，二者在兩個層次上是正確的，
原子論是在物理的層次上，整體論是在思想的層次上，比如「民主」
一詞，作為單個的概念，它的意義是確切的，但放在整個古漢語中
就不倫不類，只有放在整個現代漢語中其意義才是完整的、深刻的。

　　既然語言是本體，人的世界就是語言的世界，精神世界本質上
是語言創造出來的，人的思維就是語言的過程，思想即語言，那麼，
自然地，一個民族的很多秘密都隱藏在民族的語言中。民族的文化、
精神、思想、思維方式從根本上都與民族的語言有著根本的內在關

---

[21] 洪堡特：《論人類語言結構的差異及其對人類精神發展的影響》，商務印書館，
1997 年版，第 51 頁。

[22] 關於「原子論」與「整體論」的爭論，參考徐友漁等著《語言與哲學——
當代英美與德法傳統比較研究》第 2 章第 11 節（88-93）。另參考彼得‧哈克
《語義整體論：弗雷格與維特根斯坦》，涂紀亮主編《語言哲學名著選》，生
活‧讀書‧新知三聯書店，1988 年版，第 35-66 頁。

係。語言從非常深層的角度制約著民族的思想等。人無法掙脫語言
的控制，人只能沿著語言規定的方向思想，所謂不同，只是在語言
的範圍內的不同，人的自由是在語言限度內的自由。脫離了語言，
人便沒了文化思想和精神，人只能返歸自然，淪於動物的地位，所
以，語言是人的深層的本質，是人的首要的規定性。各種所謂文化、
精神、世界、思維方式的不同，都可以歸結為語言的不同。人類彼
此最根本的隔絕是語言的隔絕。19 世紀的洪保特最早非常清晰地認
識到這一點，他說：「人們可以把語言看作一種世界觀，也可以把語
言看作一種聯繫思想的方式。」他認為語言與民族的精神力量有著
內在的深刻的聯繫，「一個民族的精神特性和語言這兩個方面的關係
極為密切，不論我們從哪個方面入手，都可以從中推導出另一個方
面。……民族的語言即民族的精神，民族的精神即民族的語言，二
者的同一程度超過了人們的任何想像。」「個人更多地是通過語言而
形成世界觀」，「每一種語言都包含著一種獨特的世界觀」，「每種語
言都包含著屬於某個人類群體的概念和想像方式的完整體系。」[23]民
族的心靈存在於民族的語言中，民族的文明、文化和精神與民族的
語言有著深刻的內在聯繫。

　　而 20 世紀的海德格爾等人則從哲學這一途徑重新發現了這一
事實。海德格爾認為語言是存在的家，人詩意地棲居在語言所築的
家中。伽達默爾同意洪堡特的「語言是世界觀」的命題，只不過闡
釋略有不同，他認為，「任何一個屬於特定傳統的世界，都是通過語
言構造出來的世界，即一種特定的世界觀或世界圖式。」「我們正是
通過語言而擁有一個世界或一種對於世界的態度。」「每個在特定的

---

[23]　洪堡特：《論人類語言結構的差異及其對人類精神發展的影響》，商務印書館，
　　1997 年版，第 47、50、70-71 頁。

語言和文化傳統中成長起來的人，當然是以一種不同於屬於其他傳統的人的方式來觀察世界的。」「無論我們使用什麼語言，我們獲得的不外是一個不斷擴大的方面，一種對於世界的『看法』。」人的語言規定了人對世界的看法，民族的語言則規定了民族的文化和精神的基本內涵。所以伽達默爾認為「所謂傳統，主要指通過語言傳下來的傳統，即用文字寫出來的傳統。」[24]正是在這意義上，海德格爾認為人類之間最深層的隔絕是語言的隔絕，在與日本學者手塚富雄教授對話中，兩人都深深地認識到這一點，兩人都同意歐洲語言和東亞語言之間的深刻差異性，手塚富雄一再感到日本文化和思想在歐洲語言系統中言說的困境，所以根據語言是存在之家，海德格爾認為「歐洲人也許就棲居在與東亞人完全不同的一個家中」，而「一種從家到家的對話就幾乎是不可能的」。[25]所以，文化、思想、思維方式的轉型從根本上是語言的變革。

但語言作為一個系統，它是一個民族無數代人積累下來的，代代相傳，它對於具體的人、具體的時代、具體的群體具有先在性。語言就像一種無形的網，人就生活在網內，語言的網構成了人的本體，人不可能脫離這一網而生存。對於個人來說，語言是具有「原」性質的東西，不是輕易能改變的。對於民族來說，語言是根深蒂固的東西，它如此堅固以至具有一種強大的精神力量，不同的個體正是通過它而凝聚起來，從而形成一種文化。梁啟超說：「我國文字，行之數千年，所以糅合種種異分子之國民而統一之者，最

---

[24] 涂紀亮：〈伽達默爾〉，《當代西方著名哲學家評傳》第 1 卷「語言哲學」，山東人民出版社，1996 年版，第 418、423-424 頁。
[25] 海德格爾：《海德格爾選集》，上海三聯書店，1996 年版，第 1009 頁。

有力焉。」[26]史達林也說：「民族和民族語言的特點是具有非常的穩
定性以及對同化政策的巨大抗拒力。」[27]所以，語言只有變革，沒
有改換，完全拋棄自己的母語而改用另一種完全不同的語言系統，
這是非常困難的。語言變革是一個民族的重大的事情。語言是一個
民族最深層的東西，不是涉及到民族的生存問題，不是迫不得已，
這一根基是很難動搖的。本世紀初中華民族的語言變革其實是被
迫的。

[26]　梁啟超：〈國文語原解〉，《飲冰室文集》之二十（新印《飲冰室合集》第 3
　　　冊），中華書局，1989 年版，第 30 頁。
[27]　史達林：〈民族問題和列寧主義〉，《史達林全集》第 11 卷，人民出版社，
　　　1955 年版，第 299 頁。

第二章

中國歷史上的兩次文化

及文學轉型與語言變革

第一節　古代漢語體系與中國古代文化類型

　　文化轉型是時下仍然很熱門的話題，但文化轉型的前提基礎是對相應的文化類型的確認。中國古代文化是什麼類型？中國現代文化是什麼類型？前後延伸，「前中國古代文化」是什麼類型？未來的中國文化是什麼類型？確定文化類型的標準和原則是什麼？為什麼要轉型以及如何轉型？學術界對這些問題其實缺乏深入的討論。本節從語言學的角度探求中國古代文化的類型問題。

　　中國文化有一個漫長的發展過程，可以說源遠流長。但夏之前是什麼樣的，由於史料的缺乏，我們不得而知。殷商時代中國古代文化已初顯端倪，殷周之間則發生劇烈的變化，到了春秋戰國時期中國古代文化的基本類型就確立下來。中國文化從秦到近代，雖然有很大的發展，但並沒有從根本上突破這一類型，春秋戰國時的思想資源事實上一直是中國古代文化的直接源頭。

　　對於殷周之際的文化巨變，王國維有非常深刻的認識，他說：「中國政治與文化之變革，莫劇於殷周之際。」[1]這種變革對於中國古代文化的發生與建設其意義是重大的。「殷、周間之大變革，自其表言之，不過一姓一家之興亡與都邑之移轉；自其裏言之，則舊制度廢而新制度興，舊文化廢而新文化興；又自其表言之，則古聖人之所以取天下及所以守之者，若無以異於後世之帝王；而自其裏言之，則其制度文物與其立制之本意，乃出於萬世治安之大計，其心術與規摹迥非後世帝王所能夢見也。」[2]殷周之間的變革之所以重要，就在於它實際上確立了中國古代社會的秩序原則和文化範式，奠定了中國古代文化類型的雛形，後來的社會和文化實際上是以此為淵源和基礎而發展起來的。

　　春秋戰國是一個政治和社會的大混亂時期，但這種混亂卻使文化得到了空前的發展和繁榮，使其具有巨大的創制性，出現了一大批具有獨創精神、對後世文化發生深遠影響的經典性著作，其中最重要的有：《詩經》、《尚書》、《禮》、《易經》、《春秋》、《老子》、《墨子》、《論語》、《莊子》、《孟子》、《荀子》、《韓非子》等。馮天瑜先生把這些典籍稱為「原典」是非常恰當的。「文化原典凝結著該民族在以往歷史進程中形成的集體經驗，並將該民族的族類記憶和原始意象第一次上升到自覺意識和理性高度，從而規定著該民族的價值取向及思維方式；又通過該民族特有的象徵符號（民族語言、民族文字及民族修辭體系）將這種民族的集體經驗和文化心態物化成文

1　王國維：《殷周制度考》，《王國維文集》第四卷，中國文史出版社，1997 年版，第 42 頁。

2　王國維：《殷周制度考》，《王國維文集》第四卷，中國文史出版社，1997 年版，第 43 頁。

字作品，通過特定的典籍形式使該民族文化的類型固定下來，並對其未來走向產生至遠至深的影響。」[3]《詩》、《書》、《易》雖然產生的時間很早，但成為「原典」並且發生巨大影響卻是在春秋戰國時期。中國自秦以後，各種文化競相凸現，或隱或顯。秦時法家文化取得統治地位，非常顯赫。儒家文化在漢之後獨尊，成為官方主流文化，直到五四時期其地位才發生根本動搖。道家文化則延綿不斷，直到今天仍然有非常穩固的地位。其他如墨家、陰陽家、名家文化都在　定範圍、一定區域、一定程度得到衍延與發展。各種文化　一方面最大可能性地保持自己的特色，另　方面又適當地吸收其他文化的優點以便增加自己的柔韌性。中國古代文化實際上就是在這種各種文化分工互補、井然有序的發展中構成一種總體的格局和框架模式。中國古代文化，除了唐宋的佛教和明清的「西學」以外，其他都可以追溯到春秋戰國時的「五經」和諸子。而最為重要的是，在中國古代，佛教和「西學」並沒有從根本上衝擊中國本土文化，中國古代文化的主體一直是春秋戰國時形成的文化類型，佛教和「西學」只是在一定限度內對它進行補充和豐富，它們的浸入並沒有顛覆中國文化的類型。

　　中國文化為什麼在春秋戰國時得到空前的發展，並且一舉奠定了中國文化的基本類型。我的看法是：文化交流是誘因，是外部條件；在激烈的競爭中求生存、求發展是內因，是動力；而語言的形成則是過程。語言構成了文化的最為深刻的基礎，語言體系的形成也即文化類型的形成，語言的承傳亦即文化的承傳。正是在中國古代語言體系的形成即古漢語體系形成的意義上，我認為春秋戰國的

---

[3]　馮天瑜：《中華原典精神》，上海人民出版社，1994 年版，第 5 頁。

文化構成了中國古代文化的基本框架。正是在中國古代語言從春秋戰國一直到五四之前在體系上都沒有根本性變化的意義上，我認為中國古代文化從春秋戰國一直到五四之前在類型上沒有根本變化。中國古代文化在從形成到發展到終結以及總體類型上可以從語言的角度得到深刻的分析與解釋。

　　王國維說：「外界之勢力之影響於學術，豈不大哉！」[4]外界勢力豈只是對學術影響很大，對社會、對文化的影響都很大。佛教對魏晉以後中國社會、思想文化的影響；「西學」對晚清社會和思想文化的影響以及對中國新文化運動和中國社會現代轉型的決定性作用，這都是有目共睹的。王國維把殷周之際至春秋戰國時期的文化變革稱為「能動」時代，而把佛教東渡和西學東漸時的中國文化稱為「受動」時代。其實，這種劃分本質上是一種視角問題，站在現在的角度，春秋戰國時期的文化紛爭是內部交流，但對於當時的具體國度來說，文化競爭並不是內部問題，仍然有一個「受動」的問題。比起魏晉和五四時期，春秋戰國時期的各國文化可以說是腹背受敵、「四面楚歌」，挑戰不是來自某一方面，而是四面八方。殘酷的戰爭和生存競爭把各種文化推向一個共同的舞臺，戰勝某一方並不能從根本上解決問題。所以，春秋戰國時的中國文化不是消極防禦性的文化，也不是逃避性的文化，而是一種充滿了創造精神、積極向上、生機勃勃的文化，具有極大的創制性。

　　戰爭和競爭是造成春秋戰國文化交流的直接原因，從而是造成其文化繁榮的深層原因。殷末在帝乙、帝辛兩代，對東南夷大興戰爭，最後把東南夷征服。這對於導致東南文化的開化，作用是很大

---

[4]　王國維：〈論近年之學術界〉，《王國維文集》第三卷，中國文史出版社，1997年版，第36頁。

的。殷周戰爭，文化落後的周最後勝利了，其結果是：「殷人及其同盟民族的一部分便遭了奴役。『殷民六族』被給予魯公伯禽，『殷民七族』被給予衛康叔，『懷姓九族』被給予唐叔虞（定公四年），還有些『頑民』被遷於洛邑——主要也就是建築來鎮撫殷人的一個軍事和政治的據點。另一部分的殷人和他們的同盟民族則被壓迫到江淮流域，即殷紂王所開拓出來的東南夷舊地，便成為宋、楚、徐等國。終周之世南北都是對立著的。」[5]原始社會的戰爭以殺戮為結局，對文化的交流無益。奴隸社會把戰俘作奴隸，並且採取償給制，極大地促進了文化的交流。春秋戰國時的戰爭更是頻繁，弱國不斷被兼併，人民大量被遷徙或者流離家園。作為文化代表和社會精英的士人則穿梭於各國之間，竭力推銷自己的思想與主張，往往擡高自己，貶損別人，有時不得不「對簿公堂」，進行激烈的辯論，諸子思想正是在這種激烈的競爭中逐漸成形、豐富、完善和發展的。在這一意義上，戰爭、生存競爭和交流使中國文化在春秋戰國時期進行了重組，正是在這種前所未有的民族文化大融合的過程中，中國文化獲得了空前的大發展，從蒙昧走向了成熟，並最終奠定了中國兩千年的文明基礎。

　　但中國文化在春秋戰國時期是如何定型的呢？為什麼一旦定型兩千年之後才發生轉變？為什麼魏晉時傳入中國的佛學和明清時的「西學」都沒有從根本上動搖中國文化在春秋戰國時形成的根基？我以為，語言在這裏起了決定性的作用。某種意義上說，文化的定型正是語言的定型，文化的轉型正是語言的轉型。中國古代文化在春秋戰國時形成，正是古代漢語在春秋戰國時形成，中國文化在兩

---

[5]　郭沫若：〈古代研究的自我批判〉，《十批判書》，東方出版社，1996 年版，第 11 頁。

千多年內沒有發生根本性變化，正是古代漢語在兩千多年內沒有發生根本性變化。中國文化的現代轉型，正是中國語言的現代轉型，現代漢語確立了，中國現代文化也就確立了。現代漢語不發生根本性轉變，中國現代文化就不會發生根本性轉變。正是在這一意義上，我不認為中國文化在「世紀末」會發生轉型。語言是構成文化的深層的基礎，研究先秦文化和文學，研究中國文化和文學的形成，研究中國文化和文學的兩次轉型，如果不從深層的語言學角度來思考問題，我以為是不深刻的。

　　美國著名人類學家懷特說：「人類和文化的開端，在於語詞之中。」[6]劉勰說：「心生而言立，言立而文明，自然之道也。」（《文心雕龍・原道》）這就是說，文化問題最終可以歸結為語言問題，研究文化的起源和過程實際上可以從研究語言的起源和過程中得到部分答案。因為正如馬克思、恩格斯所說：「語言是思想的直接現實。」[7]「語言和意識具有同樣長久的歷史。」[8]語言不僅僅只是工具，同時也是意識、思想、思維、世界觀，是文化本體。王國維說：「夫言語者，代表國民之思想者也，思想之精粗廣狹，視言語之精粗廣狹以為準，觀其言語，而其國民之思想可知矣。」[9]從這樣一種新的視角回頭重新審視中國古代文化的形成過程，我們將與傳統看法有很多不同。

[6]　懷特：《文化科學》，浙江人民出版社，1988 年版，第 21 頁。

[7]　馬克思、恩格斯：《德意志意識形態》，《馬克思恩格斯全集》第 3 卷，1960 年版，第 525 頁。

[8]　馬克思、恩格斯：《德意志意識形態》，《馬克思恩格斯全集》第 3 卷，1960 年版，第 34 頁。

[9]　王國維：《論新學語之輸入》，《王國維文集》第三卷，中國文史出版社，1997 年版，第 40 頁。

　　中國文化源遠流長，很早就開化走上文明。但由於史料的缺乏，殷周之前的文化狀況和類型是一種什麼樣的，我們現在知道得非常渺茫，根據神話傳說倒是能夠勾勒出一個大致的輪廓，但在目前的科研手段和方法之下，神話材料顯然不足徵信。根據有限的材料，我們看到，春秋之前的文化是很不發達的。其明顯的證據就是語言在思想層面上的不發達，缺乏完備的文化術語、概念和範疇。

　　漢字在漢語中具有特殊的地位，由於古漢語以單音節詞為主，某種意義上說，漢字就是漢語辭彙，王力說：「《說文解字》是上古漢語辭彙的寶庫。」[10]特別是在漢語的早期，在意義上，漢字體系幾乎就是漢語體系。所以，可以說，漢字意義的變遷隱藏著漢語思想的變遷，亦即隱藏著漢文化的變遷。

　　現在能見到的最早的漢字是殷墟甲骨文，已經發現的有 4000 多單字，這顯然已經是比較完備的文字體系了。章太炎說：「造字之後，經五帝三王之世，改易殊體，則文以浸多，字乃漸備。初文局於象形、指事、不給於用。〈堯典〉一篇，即非初文所可寫定。自倉頡至史籀作大篆時，歷年二千。其間字體，必甚複雜。史籀所以作人籀者，欲收整齊畫一之功也。故為之釐定結體，增益點畫，以期不致淆亂。」[11]又說：「造字之初，非一人一地所專，各地所造，倉頡采而為之總裁。後之史籀，李斯，亦匯集各處文字，成其〈史籀篇〉、〈倉頡篇〉。」[12]按照這種觀點，甲骨文顯然是經過整理的文字體系，後來的〈史籀篇〉、〈倉頡篇〉以及著名的《說文解字》顯然都是經過整理的文字體系。錢鍾書說：「一代於心性之結習成見，風氣扇被，

---

[10]　王力：《中國語言學史》，山西人民出版社，1981 年版，第 36 頁。
[11]　章太炎：《國學講演錄》，華東師範大學出版社，1995 年版，第 19 頁。
[12]　章太炎：《國學講演錄》，華東師範大學出版社，1995 年版，第 14 頁。

當時義理之書熟而相忘、忽而不著者，往往流露於文詞語言。」[13]語言文字中隱藏著文化的秘密。當代有所謂「漢字思維」、「漢字文化」、「作為思想史的漢字」[14]之說，從學理上說是有道理的。

研究漢字的發展變化，我們看到，漢字在字形上是由複雜趨於簡單，而在意義上則相反，是由簡單趨於複雜。漢字的這種變化在殷周至春秋戰國時期最為劇烈，秦大一統之後，這種變化仍然存在，但幅度小得多。這種變化其深刻的文化意義在於，它表明，由漢字構成語言主體的漢語在這時越來越符號化，逐漸成為獨立於客體物質世界的文化世界。它越來越具有獨立的認識價值，越來越具有先於客觀物質世界的知識性。漢字在字形上由複雜趨於簡單，其實就是漢字越來越脫離圖畫，越來越符號化，它表明文字作為語言的文化性的加強、抽象性的加強、獨立性的加強。而漢字在意義上的由簡單趨於複雜，則表明漢字作為漢語的意義的豐富、思想的豐富，它表明語言在逐漸超越工具性，走向思想或思維的層面。漢字在意義上的抽象化、脫離其始源的意義、脫離其相對應的物質客觀世界，其實就是走向獨立的語言世界、符號世界。

中國古代只有文字學、訓詁學、音韻學，而沒有語言學。它不從語言學的角度研究意義，或者不從意義的角度研究話語、術語、概念和範疇。對於語言的本質，先秦普遍的觀點認為語言本質上是「名」與「實」之間的關係問題。所以，在先秦學術界，「名」與「實」是一對非常重要的學術範疇。「名者，實之賓也。」(《莊子·逍遙遊》)「夫名，實謂也。」(《公孫龍子·名實論》)「聖人立象以盡意。」

---

[13] 錢鍾書：《管錐編》第三冊，中華書局，1986 年版，第 909 頁。
[14] 葛兆光：《七世紀前中國的知識、思想與信仰世界——中國思想史第一卷》，復旦大學出版社，1998 年版，第 114 頁。

（《易‧繫辭上》）「名也者，所以期累實也。」（《荀子‧正名》）「循名以責實。」（《論語‧八佾》）「名：物，達也；有實必待之名也，命之焉，類也；若實也者，必以是名也。」（《墨子‧經說上》）所以從語言學的角度研究中國古代文化的發生有相當大的困難。

從初始意義上來說，語言的確是起源於對「實」的「命名」，語言的初始本質的確是名與實之間的關係。老子說：「無名天地之始，有名萬物之母。」（《老子》第一章）我的理解，天地即宇宙是自然存在，是無限的，人不認識它時，對人來說，它是無名的。物是人的對象，是人對自然的認識，認識的過程也是人對自然的命名過程，人的社會以及知識信仰思想等正是建立在人對自然的認識以及對這種認識的語言活動的基礎上的。但語言在發展的過程中，逐漸掙脫物質實在的束縛，超越名實對應關係，意義發生衍變、轉化，從而抽象化、符號化，最後成為超越物質實在、超越主體而成為自足的世界即語言的世界。人的思想、知識、信仰等既來源於經驗世界，也來源於語言世界，人的認識過程不再是單向的從客觀現實世界到符號世界即觀念世界，而還包括從語言世界到現實世界和從語言世界到語言世界這兩種模式。但這是以語言的成熟作為前提條件的。

漢語在殷周到春秋戰國時期走向成熟其明顯的標誌就是：漢語在這一時期已經從工具的層面走上了思想的層面，語言越來越抽象化，它不再依附於客觀物質世界，而已經構成為獨立的自足的精神世界，已經有它獨特的術語、概念和範疇體系。人在知識和思想上越來越依賴於語言而不是自然。人在語言面前越來越喪失其主體的功能，語言開始從深層的角度以一種無形但卻巨大的力量控制著人。《呂氏春秋》曾講一個故事，春秋時的鄧析曾經「以非為是，以是為非」，不遵循「名」的秩序，很多人追隨他，結果導致鄭國的秩

序大亂。(《卷十八《審應覽・離謂》》所以孔子說:「名不正,則言不順;言不順,則事不成;事不成,則禮樂不興;禮樂不興,則刑罰不中;刑罰不中,則民無所措手足。」(《論語・子路》)中國文化正是在這種「正名」從而「有序」中建立起來的。道不變,天亦不變,中國文化兩千多年來歷經人事上的滄桑,但在文化類型上卻沒有根本的變化,其深層的原因就在於構成中國文化骨架的「名」保持長期的穩定。

《左傳》中有這樣一段話:「名有五:有信,有義,有象,有假,有類。以名生為信,以德命為義,以類命為象,取於物假,聯於義為類。」(桓公六年)名最後具有「類」的性質,也即具有抽象的性質,這是語言的巨大進步,也是語言成熟的標誌。回頭審視先秦的語言文字變化,我們看到,殷周之前,漢字主要是物質性名詞,主要是與人的生存和生活有關的自然、信仰、風俗、制度、建築等形而下名詞。而殷周之後,思想文化等抽象性的名詞開始出現,並逐漸形成比較系統的術語、概念和範疇。這些術語、概念和範疇有的是從過去的形而下名詞中演變、衍生、生發而來,有的則是直接產生。不管是哪種情況,它們的產生並最終成為體系,標誌著中國從蒙昧走向開化並最終走向文化的成熟。下面,我就具體舉例分析。

比如「天」字,本人首象形字。甲骨文作「𠆤」(編號三六九〇),天鼎作「𠅃」。王國維《觀堂集林》:「古文天字本象人形。……本謂人顛頂,故象人形。」《說文》:「天,顛也。」章炳麟《小學答問》:「天即顛耳。顛為頂,亦為額。」大概正是從「顛」而演變為上天,又由上天的「大」、「一」,至高無上衍生出「神」、「君王」的意義。《鶡冠子・度萬》:「天者,神也。」《爾雅・釋詁》:「天,君也。」從這裏我們可以看到,前二者為實體概念,後二者為信仰和倫理觀

念，文化意義實際上是從自然符號中衍生而出。這充分說明了文化在春秋戰國時期的發展。事實上，正是這種「天」作為「神」、作為「君」的概念決定了人們的敬天觀念並最終決定了中國古代文化中的「天」的範疇和「天」的文化。

　　「禮」字也是起源於物質實在。《說文》：「禮，履也，所以事神致福也。」王國維說：「盛玉以奉神人之器謂之 豐 若 豐，推之而奉神人之酒醴亦謂之醴，又推之而奉神人之事通謂之禮。」[15]李孝定《甲骨文字集釋》按：「以言事神之事則為禮，以言事神之器則為豊，以言犧牲玉帛之腆美則為豐。其始實為一字也。」就是說，「禮」起源於奉神，奉神之器、之犧牲玉帛以及奉神本身統稱之為「禮」。人概是因為儀式在奉神中具有象徵性，後來「禮」字的意義就在「儀式」方面有所衍生和擴展，不僅僅事神儀式稱為禮，社會生活的各種禮儀都被稱之為禮。郭沫若說：「大概禮之起起於祀神，故其字後來從示，其後擴展而為對人，更其後擴展而為吉、凶、軍、賓、嘉的各種儀制。這都是時代進展的成果。」[16]禮在社會生活中太普遍，以至成了維護社會穩定和秩序的非常重要的制度。《左傳・隱公十一年》：「禮，經國家，定社稷，序民人，利後嗣者也。」《禮記・曲禮上》：「夫禮者，所以定親疏，決嫌疑，別同異，明是非也。」但即使如此，禮這時仍然是具體的。後來，「禮」則進一步「類」化、抽象化，成為一種原則和制度，成為一種抽象的文化概念和範疇。《禮記・禮運》：「夫禮之大體，體天地，法四時，則陰陽，順人情，故謂之禮。」「凡人之所以為人者，禮義也。」（《禮記・冠義》）「不學

---

[15] 王國維：〈釋禮〉，《王國維文集》第四卷，中國文史出版社，1997年版，第99-100頁。

[16] 郭沫若：〈孔墨的批判〉，《十批判書》，東方出版社，1996年版，第96頁。

禮，無以立。」(《左傳‧昭公七年》) 非常明顯，「禮」在這裏脫離了具體規定而成為一種原則。隨著社會的發展，「禮」在具體的方式、細節上可以違背，過時的「繁文縟節」可以廢棄，新的禮應運而生，禮不再是某種固定的模式或程序，但禮作為一種原則和精神卻是不能背離的。事實上，「春秋之後，中國文化呈現為強烈的道德倫理化趨勢，禮作為一種文化形態，幾乎完全涵括了中國古代的社會生活。」[17]「禮」作為思想文化概念和範疇在這裏顯然起了至關重要的作用。

「仁」也是中國古代文化的核心範疇。它在春秋戰國時期是新概念，郭沫若說：「『仁』字是春秋時代的新名詞，我們在春秋以前的真正古書裏面找不出這個字，在金文和甲骨文裏也找不出這個字。」[18]「仁」這個字不是孔子創造的，「仁」作為思想文化概念也不一定是孔子創造的，但孔子對「仁」作為思想文化範疇的形成其作用和貢獻是巨大的。在《論語》中，孔子多次講仁，但缺乏明確的界定，所以今天對「仁」仍然解說不一。但不出「孝悌」、「愛人」、「泛愛眾」、「忠恕之道」以及「恭」、「寬」、「信」、「敏」、「惠」等內容。正是這些內容構成了中國古代文化的深層的基礎之一，宋「二程」說：「仁、義、禮、智、信五者，性也。仁者，全體；四者，四支。」(《二先生語上》)

「道」作為範疇在中國文化中的地位相當於「邏各斯」作為範疇在西方文化中的地位。「道」最初是人的腳印的象形字，表示道路，「貉子卣」作「⿰」。《說文》歸「辵」部：「道，所行道也。」但

---

[17] 汪廷：《先秦兩漢文化傳承述略》，陝西人民教育出版社，1998 年版，第79 頁。

[18] 郭沫若：〈孔墨的批判〉，《十批判書》，東方出版社，1996 年版，第 87 頁。

「道」作為文化概念卻是在殷周之後提出來的，老子明確地說：「有
物混成，先天地生，寂兮寥兮，獨立不改，周行而不殆，可以為天
下母，吾不知其名，字之曰道。」（《老子》第二十五章）老子認為，
道法自然，道生萬物。《易‧繫辭上》：「一陰一陽之謂道。」韓康伯
注：「道者，何無之稱也，無不通也，無不由也，況之曰道。」「道」
不僅僅只是一個概念，同時還是一種觀念、方法和思維方式。《繫辭》
中的「道」也許與《老子》的「道」有淵源關係，也許沒有淵源關
係，但不論哪種情況，都說明瞭「道」作為概念、作為觀念方法、
作為思想思維方式、作為範疇在這一時期的成熟。

　　此外，像「易」（即「變」）、「陰陽」、「儒」、「道」（道家之「道」）
等中國古代文化的核心概念和範疇都是在這一時期形成的。這些核
心概念和範疇確立了，中國古代文化的類型也就確立了。中國古代
文化在秦漢以後雖然在形式上有很大的變化，但都是以此作為淵
藪，以此為源泉，以此作為基石和內核。

　　語言在春秋戰國時期的成熟以及由此表現出來的中國古代文化
在這一時期的成熟並定型，還可以從先秦典籍在語言上的發展歷程
中看得更清楚。

　　研究先秦時期的文化典籍，我們發現，時間越久遠，語言文字
越簡約，時間越近，語言文字越複雜。《詩經》文句簡古，文辭單調，
表現為辭彙貧乏，單字不多，語句重複。《尚書》「去古未遠」，傳為
上古之書，孔穎達說：「尚者，上也。言此上代以來之書，故曰《尚
書》。」（《尚書正義》卷一）《尚書》為紀事之書，但紀事卻極簡括，
一件重大的事件往往只有很簡單的幾句話。《易》傳為伏羲所畫，《史
記‧太史公自序》稱文王「演《周易》」，也是一部非常古老的書，
卦辭和爻辭也是非常簡約。「五經」中的《禮經》現公認在戰國中後

期成書，但成書過程卻肯定很漫長，鄭玄注《周禮》說：「周公居攝，而作六典之職，謂之《周禮》。」現在看來，《周禮》文字上已經比較複雜，但古奧的痕跡也是非常明顯的。以上「四經」之外，《老子》在時間上最早，生平上，司馬遷稱老子曾做「周守藏室之史」，「居周久之，見周衰，乃遂去。至關，關令尹喜曰：『子將隱矣，彊為我著書。』於是老子乃著書上下篇，言道德之意五千餘言而去。」（《史記·老子列傳》）在語言文字上，《老子》也非常簡約。

　　而《老子》之後的諸子，語言文字就大變，表現為：單字增加，陳字義條增加。由字組合的辭彙絕對豐富起來。脫離具體的物質實在的抽象性名詞大大地增加。構成中國古代文化思想的核心術語、概念和範疇在這些著作中成形，並且在總體上形成體系。思想更依賴於語言及其表達，通過著述表述出來，而不是通過文物典章制度顯示出來。語言更進一步散化，用詞富於變化，辭彙的豐富繁博甚至近於鋪張。語句也富於變化，以思想為指歸而變化錯落有致，語意連貫，不再像早期著作那樣富於跳躍性。以《春秋》為例，《春秋》為「五經」之一，也是紀事之書，紀事起於魯隱西元年（即周平王四十九年），止於魯哀公十四年（即周敬王三十九年）。孟子和司馬遷說是孔子所作，但疑問頗多。今天普遍認為它是魯史舊文，為魯國太史所記。但從成「經」這一點來看，孔子筆削《春秋》可能是事實。在語言上，《春秋》沿襲其舊，文字極節省，兩百多年的魯國及列國史事，僅以 16572 字記述。但術語和概念已經非常豐富，比如戰爭，《春秋》分別用「伐」、「侵」、「戰」、「克」、「殲」、「圍」、「追」、「入」、「襲」、「滅」、「取」等不同字彙，顯示出一種價值評判。《春秋》有某種過渡性，一方面它保持了春秋之前的語言文字風格，比如單音節詞多，下筆謹慎，用詞節省，但另一方面，語言文字又富

於變化。這種變化與當時的字詞本身的豐富以及詞義的豐富是有很
大關係的。

　　對於這種語言變化，過去的思想文化界很少深究。其實這種變
化大有文章，富於深意。它深刻地反映了中國文化在殷周至春秋戰
國時的發展過程，以及中國古代文化作為類型的形成過程。殷周至
春秋戰國是中國文化的大整合時期。語言的變化實際上是文化和思
想在深層上的變化。殷周至春秋戰國時期漢語言從簡單到繁複、從
工具的層面向思想文化層面擴展的變化，反映了中國社會從物質文
明向精神文明的發展，反映了社會從生存狀態的低級階段向開化和
文化的高級階段的發展。中國古代文化的核心概念與範疇在此時的
形成實際上是中國古代文化的內核在此時形成、基石在此時奠定。
中國就是在殷周至春秋戰國時期走上文明社會的，中國兩千年的文
化實際上就是以此為基礎發展豐富起來的。

　　中國文化典籍，時間越久遠，其意義越古奧難懂。比如「五經」
以及《老子》向以文字艱深晦澀、意義複雜多歧而著稱。韓愈評價
《尚書》：「周誥殷盤，詰屈聱牙。」（《進學解》）董仲舒說：「詩無
達詁，易無達占，春秋無達辭。」（《春秋繁露‧精華》）我以為，這
種晦澀難懂和歧義從根本上是由於語言文字發生變化造成的。文字
變化了，文字及辭彙的意義發生了轉變和衍生，語句方式也發生了
變化，後人感到陌生，讀起來感到古奧生澀，這是極在情理之中的。
今天的人如果不經過訓練和借助工具，如果不具備一定的中國古代
文化知識，也很難讀懂文言文。這其中的道理其實是一樣的。《尚書》
對於春秋之後的人來說「詰屈聱牙」，但對於「作者」和與作者同時
代的人來說，卻也許是再通俗不過的。錢玄同說：「像那〈盤庚〉、
〈大誥〉，後世讀了，雖然覺得『佶屈聱牙』，異常古奧，然而這種

文章，實在是當時的白話告示。」[19]《詩經》很多都是從民間採集而來，它的初始意義以及語言都不可能很複雜，這是可想而知的。王夫之說「詩無達志」(《唐詩評選》卷四) 其實是很難令人苟同的。《易》作為卜筮其最初的意義是實在的，後來作為哲學其實是演繹的。語言的變化以及新文化和新思想使這些傳統經籍賦予了新涵義，用現代解釋學、接受學理論來看，這不僅有充分的理論根據，而且也是必然的。所謂「詩無達詁」，並不是說《詩經》在創始時本身就有無窮多的意思，而是說它可以作無窮多的解說理解。現代解釋學已經充分證明，任何文本都是開放的，《詩經》也不例外。但《詩經》的開放的無邊，除了其內在的文本規律以外，我以為還有其他的原因，這其他的原因中，最重要的原因就是語言的變化。語言的變化使文化類型發生變化，使文化背景發生變化，使原詩失去了原初的語境，失去了背景基礎和依託，因而其意義無可徵求。中國早期經籍以及甲骨文在語言上的生僻古雅，難詁難訓，正好說明了漢語在殷周到春秋戰國時期經歷了一次大的變革。這次變革深深地影響了中國文化的「古代轉型」，並最終從深層的角度確定了中國古代文化的類型。

必須承認中國早期經籍在中國文明過程中的作用，但作為經典或「原典」，它們卻是在春秋戰國時形成的。正是孔子等先哲們的整理、闡釋以及竭力傳播才使它們成為「經」的。《詩經》不同於《詩》，《詩》產生得很早，在孔子時還非常繁多且龐雜，《詩》經過孔子的「刪」和「述」之後才成為《詩經》的。兩者在文化內涵上是不同的，《詩經》被賦予了孔子和他的時代的文化思想和思維等內涵，而

---

[19] 錢玄同：〈嘗試集序〉，《胡適文集》第九冊，北京大學出版社，1998 年版，第 63 頁。

這被賦予的東西才真正構成了「經典」的內核，並對後世的中國文化發生了深刻的影響。同樣，《易》不同於《易經》，《書經》不同於《尚書》，《禮經》不同於《周禮》，「春秋三傳」不同於《春秋》。對中國古代的類型起了決定作用的是「經」而不是「經」的來源。構成中國古代文化核心概念和範疇更多地體現在「經」上，而不是「經」的前身上。

　　語言為什麼會在殷周至春秋戰國時期發生大變革？我以為，文化交流和民族大融合起了決定性作用。語言在遠古的狀況一直是一個謎。漢語是從哪裏開始的？是從什麼時候開始的？漢語是如何向不同的部族擴散的？為什麼當時被「中原」稱為「蠻夷」的楚和越等地也說漢語？等等，現在都沒有徹底弄清楚。也許，楚、越、閩等地的人本身就是從中原遷徙去的，也許在殷商之前就曾經經歷過民族大融合。還有很多「也許」。但我們現在知道的是，殷周之時，中國各地都有相對獨立的發達的區域文化，包括中原文化、齊魯文化、楚文化、吳越文化、巴蜀文化、秦文化等[20]，這個格局至今仍然殘存。在民族上，這些地方都是漢族。在語言上，這些地區都使用漢字，都說漢語。但不同文化區域的漢字和漢語是有很大不同的，所謂「文字異形，言語異聲」就說明了這一點。秦人用「秦篆」即「小篆」，吳越則用「鳥蟲書」。《左傳》襄公十四年，戎子駒支曰：「我諸戎飲食衣服不與華同，貨幣不通，言語不達……」《說苑‧善說》記載楚令尹鄂君子晳泛舟而聽越歌，不解其意，「吾不知越歌，子試為我楚說之。」有大量的證據證明戰國之前普遍存在諸國之間言語不通的問題。

---

[20] 可參見馮天瑜等《中華文化史》第三章第五節，上海人民出版社，1990 年版。

　　這種言語不通充分說明了各區域的文化既有一種共同的基礎，即漢字和漢語圈，同時又是獨立發展起來的，都具有創制性。比如楚文化，張正明認為：「楚文化的主流可推到祝融，楚文化的幹流是華夏文化，楚文化的支流是蠻夷文化，三者交匯合流，就成為楚文化了。」[21]楚文化明顯不同於其他文化，它以巫風、哲理、浪漫而著稱。它在語言體系上明顯不同於其他文化，這一點，從屈原的「楚辭」和《莊子》就可以看得非常清楚。正是語言在思想層面上的不同決定了楚文化與其他文化的不同，「楚語」系統有它自己的文化術語、概念和範疇，因而有它自己獨特的價值觀、倫理觀、道德觀、學術觀、禮儀觀、歷史觀等。《史記・楚世家》：「三十五年，楚伐隋。隋曰：『我無罪。』楚曰：『我蠻夷也。』」所謂「蠻夷」，並不是說楚在文化上落後，而只是表明其價值觀的不同。《國語・楚語》：「莊王使士亹傅太子箴，……問於申叔時。叔時曰：教之春秋而為之聳善抑惡焉，以戒勸其心；教之世，而為之昭明德而廢幽昏焉，以休懼其動；教之詩，而為之導廣顯德，以耀明其志；教之禮，使知上下之則；教之樂，以疏其穢而鎮其浮；教之令，使訪物官；教之語，使明其德，而知先王之務用明德於民也；教之故志，使知廢興者而戒懼焉；教之訓典，使知族類行此義焉。」這充分說明了楚文化在觀念和思想上與其他文化的不同。這種觀念和思想的不同在話語方式上正是概念範疇的不同。秦之後的人們享受著楚文化的恩澤，沐浴在楚文化作為源流之一的古代文化中，對這種差別感覺不到，但在當時，這種區別卻是明顯的。

---

[21] 張正明：《楚文化史》，上海人民出版社，1987 年版，第 26 頁。

　　殷周至春秋戰國時期，中國社會處於劇烈的動蕩之中。戰爭頻繁，人口隨戰爭而進行不斷的遷徙，民族進行新的地域重組，出現了新的大融合。各種成熟和不成熟的文化之間衝突、碰撞、交流、融滙。漢語正是在這種背景下出現了一次大的整合，各種術語、概念和範疇從衝突到交通到融合，漢語不僅單字增加、辭彙增加，字義增加、詞義增加，語彙豐富，富於表達，更重要的各種話語在激蕩中生發出許多新概念術語和範疇，從而使語言體系發生一個質的變化。漢語在思想文化上的核心概念和範疇正是在這種情況下形成的。古代漢語作為體系形成了，中國文化的類型或範式就從根本上被決定了。

　　文化在未開始時，存在著多種選擇，最終走上哪一種類型也有很大的偶然性。但文化一經選擇，就沒有走回頭路的可能。文化一旦被選擇，就會堅定地被固定下來，並一代一代承傳下去，根深蒂固，深深地制約和影響後世的文化，如果沒有巨大的外力的衝擊，轉型是非常困難的。語言是由人創造出來的，個體在創造語言中有很大的主動性，但語言一旦被創造出來，它就脫離具體的人而具有相對的獨立性，成為社會的產物，具有社會性，此時，就不再是語言依附於人，而是恰恰相反，是人依附於語言。福科說：「主體根本就不是意義的來源，它事實上只是話語構成的次級後果或副產品。」[22]中國文化在殷周至春秋戰國時期確立之後，從此就走上了不以人們的意志為轉移的固定的發展軌道。

---

[22] 路易絲・麥克尼：《福科》，黑龍江人民出版社，1999 年版，第 5 頁。

第二節　現代漢語與中國文化的現代轉型

　　還是在洋務運動初期，李鴻章就敏銳地感覺到近代社會的變化是「實為數千年來未有之變局」[23]。1895 年，張之洞寫《勸學篇》一書，在〈序〉中他說：「今日之世變，豈特春秋所未有，抑秦、漢以至元、明所未有也。語其禍，則共工之狂，辛有之痛不足喻也。」[24]張之洞意識到了西學對中國社會的衝擊從而給中國社會帶來的變化不同於過去的變化，並且預見到了中國社會即將發生巨變，但他的話在當時卻是誇大其辭了。中國社會在鴉片戰爭之後開始轉型，但直到五四時轉型才真正完成。鴉片戰爭、中法戰爭、中日戰爭的失敗，洋務運動以及稍後的維新變法運動雖然極大地衝擊了中國傳統社會的結構和體制，特別是對傳統價值觀念造成了很大的破壞性，並且預示了後來的更為深入的新文化運動，但中國古代社會的文化「類型」在《勸學篇》出版的 1898 年並沒有發生轉變。

　　中國文化從近代開始發生巨大的變化，到五四之後所形成的中國現代文化明顯地區別於中國古代文化，這是不爭的事實。中國文化的現代轉型與西方的殖民擴張，特別是西學的衝擊與影響有直接的關係，這也是不爭的事實。爭論在於，中國文化是如何變化以及變化到什麼程度，「西學」是如何影響中國的文化以及影響到何種程度。這實際上是一個問題的兩個方面。

　　最早對「西學」在中國的接受過程進行性質劃分的是王國維，1905 年，他在〈論近年之學術界〉一文中提出「術學」—「科學」—

---

[23] 李鴻章：〈復秦海防事宜疏〉，《李文忠公奏稿》卷 24。

[24] 張之洞：〈勸學篇・序〉，《勸學篇》，中州古籍出版社，1998 年版，第 41 頁。

「哲學」三階段說。[25]1922 年，梁漱溟出版《東西文化及哲學》一書，在這本書的「緒論」中，梁漱溟認為，中國向西方學習，最初是器物，然後是制度，最後是文化。[26]1923 年，梁啟超寫作〈五十年中國進化概論〉一文，比較系統地論述了西學對中國的影響過程，以及中國受西學影響從而在社會和文化上的發展歷程。他提出「三期說」：「第一期，先從器物上感覺不足，這種感覺，從鴉片戰爭後漸漸發動。……但這一期內，思想界受的影響很少，其中最可紀念的，是製造局裏頭譯出幾部科學書。」「第二期，是從制度上感覺不足。自從和日本打了一個敗仗下來，國內有心人，真像睡夢中著了一個霹靂，因想到堂堂中國為什麼衰敗到這田地，都為的是政制不良，所以拿『變法維新』做一面大旗，在社會上開始運動。」「第三期，便是從文化根本上感覺不足。……新近回國的留學生，又很出了幾位人物，鼓起勇氣做全部解放的運動，所以最近兩三年間，算是劃出一個新時期來了。」[27]這種分期後來長期被沿用，雖然也有人提出異議。比如最初的西學是「宗教」，「器物」不過是傳教的附帶物。而且「器物」階段有文化，「文化」階段更有器物和制度，「西學東漸」從沒有單純的「器物」或者「制度」或者「文化」。其實，這也有道理。但總體來說，大致這樣劃分是沒有錯的，特別從中國對西學的接受這一面來說，這種概括是很準確的，是符合歷史事實的。

---

[25] 王國維：〈論近年之學術界〉，《王國維文集》第 3 卷，中國文史出版社，1997年版，第 36-37 頁。

[26] 梁漱溟：《東西文化及其哲學》，《梁漱溟全集》第 1 卷，山東人民出版社，1989 年 5 月版，第 334 頁。

[27] 梁啟超：〈五十年中國進化概論〉，《飲冰室文集》之三十九，中華書局，1989年版，第 43-45 頁。新印《飲冰室合集》第 5 冊。

　　從學理上說，器物與制度與文化之間是一種很複雜的關係。它們未必是一種遞進的關係，一種器物體制未必只有一種社會制度和文化體系與之相對應。社會制度與文化體系之間也未必是一種「相約」關係。總結歷史經驗，洋務運動的失敗的確與中國當時的社會制度以及深層的文化觀念有極大的關係。但這種具體歷史的因果關係是不能抽象的，它未必是一種普遍的原則和規律。就是就中國近現代社會和文化的轉型來說，「戊戌變法」作為社會體制的變革，它有其內在的欲求，未必應該完全歸因於「洋務運動」以及以「洋務運動」為背景的「中日戰爭」的失敗；新文化運動也有它內在的規律和必然性，同樣不能簡單地把原因完全歸結為「維新變法」的失敗。但歷史的邏輯卻是：鴉片戰爭，中國徹底失敗了，失敗的最直接的原因是武器不如人，出於這樣一種思路，魏源首先提出「師夷長技以制夷」[28]。曾國藩以他的親身體驗和觀察而得出「師夷智」[29]的結論。李鴻章則以他一貫的務實態度強調「取外人之長技以成中國之長技」[30]。於是有了富於生氣的「洋務運動」。李鴻章所慘澹經營的北洋水師可以說是「洋務運動」成績的代表和象徵，但甲午海戰一役，中國慘敗，這迫使有志之士對「洋務運動」進行痛苦的反思，於是便有了「戊戌變法」，但「戊戌變法」短短的百日便宣告失敗，於是便有了五四新文化運動。反省中國歷史的這一過程，不論是從理論上還是從歷史邏輯本身來看，這種進程都不一定是合理的。兩次鴉片戰爭的失敗以及中法戰爭的失敗，武器的不如人當然

---

[28] 魏源：〈海國圖志・序〉，《海國圖志》，中州古籍出版社，1999 年版，第67 頁。
[29] 曾國藩：〈復陳洋人助剿及采米運津折〉，《曾文正公全集・奏稿》卷十二。
[30] 李鴻章：〈置辦外國鐵廠機器折〉，《李文忠公全書・奏稿》卷九。

是一個因素且是很重要的因素，但這不是唯一的原因。武器只是表面現象，腐敗的體制則是更為深層的原因。其實，體制問題當時已經明顯地暴露出來了，也已經被感覺到了，只是沒有被認識到並被重視罷了。文化變革問題在鴉片戰爭之後就被提出來了，關於中西體用的激烈爭論就充分說明了這一點。戊戌變法的失敗其實並不在文化上，而在於其想要「變」的制度本身以及具體操作上的失策。五四時新文化運動走文化的道路其實是尋找另一種救國道路，一種更徹底的方案。現在看來，晚清以來，中國有很多走上現代化的機遇，[31] 但每一次都被外來因素中斷或者另一種急於求成的作為延誤了。

　　正是鑒於這樣一種對歷史的基本看法，我對中國現代文化以及中國現代文化轉型的基本觀點是：中國文化在晚清至五四的變化不是一般性質的變化，而是轉型，歷史上只是殷周至春秋戰國時期的變化可以和它相提並論。中國現代文化是在西方從政治到軍事到文化的全方位的衝擊下發生的，它是中國傳統文化對西方現代文化的一種回應，它是中國被迫向西方學習的結果，因此它具有強烈的西化特徵。在當時，西化就是現代化，所以，又可以說，中國現代文化具有強烈的現代化特徵。這一點決定了中國現代文化與中國古代文化是一種斷裂的關係，它不是從傳統文化中蛻變而來，它不是傳統文化的現代性轉化，其思想思維主體是從西方橫移過來。但是，另一方面，它究竟是中國文化，它仍然是以漢語作為母語，它處處受制於傳統，在方方面面與中國傳統文化有著千絲萬縷的聯繫，它無法割斷與傳統之間的血脈關係。所以它又是一種「歸化」的西方

---

[31]　參見袁偉時《中國現代思想散論》有關章節，廣東教育出版社，1998 年版。

文化，具有中國性、民族性。所以轉型之後的中國現代文化既不同
於中國古代文化，又不同於西方文化，是一種新的第三種文化，即
中國現代文化。「它既是古老的歷史在新世紀的驟然斷裂，又是這一
歷史在以往的傳統中靜悄悄的綿延。」[32]我以為這個概括是非常準
確的，它既是現代的因而是世界的，又是中國的因而是民族的。這
裏，民族性不應該是一個狹隘的概念，民族性不是古代性，古代是
民族的，但民族不就是古代的。民族不一定非要是從本土產生不可，
西方文化為中國所接受，成了中國文化的一個組成部分，具有穩定
性，它也成了中國民族的。

　　中國現代文化轉型從近代就開始了，但直至五四才最後完成。
五四之後不再是文化轉型期，而是現代文化建設期。五四之前的文
化在根本上還是古代類型。洋務運動和戊戌變法雖然對中國傳統文
化造成了巨大的衝擊，並且為以後的新文化運動和文化的最終轉型
奠定了理論和心理的基礎，但洋務運動和戊戌變法本身並沒有導致
文化的轉型。1898 年，張之洞在《勸學篇》一書中提出著名的「中
學為體，西學為用」的觀點，這既是對愈演愈烈的西學的一種反應，
也是對當時中國文化現狀的一種定位。應該說，這種定位是非常準
確的。在當時，的確是「中學為體，西學為用」。不論是以科學技術
為核心的西方器物的廣泛運用，還是以政治體制為主的社會制度的
變革，它們都沒有從根本上破壞中國文化的基礎。傳統的價值觀、
倫理觀等仍然主導著中國文化。孔孟學說、儒家的地位雖然有某種
動搖，但還沒有被顛覆。戊戌變法主要是從政治體制上進行社會改
革，根本性質上是「改良」而不是「革命」。從實際情況來看，它也

---

[32] 許紀霖、陳達凱主編《中國現代化史》第一卷，上海三聯書店，1995 年版，
　　第 3 頁。

從深度上涉及到文化變革的問題，但它並不從根本上改變中國傳統文化的內核，不衝擊中國傳統文化的根基。康有為「託古改制」，從孔子學說中尋找根據，以孔子為「素王」，尊「孔教」為國教，都充分說明了戊戌變法的性質。馮桂芬所謂「以中國之倫常名教為原本，輔以諸國富強之術」[33]，既是一種主張，也概括了當時的文化狀況。

　　而五四新文化運動則是全面地、徹底地反傳統文化，破壞、動搖乃至摧毀傳統社會的基礎。構成中國傳統社會根基的，被傳統社會稱為「本」、「體」和「道」的諸如「仁」、「禮」、「孝」、「君臣父子」等綱常倫理全部遭到猛烈的批判。文化標準整體性地移換了，中華「原典」和傳統經籍不再是尺度和依據，不再是淵藪，代之而起的是西方的科學、民主、自由、理性、人權等新價值標準。魯迅堅決反對青年人讀古書，其深層的理由就在這裏。五四新文化運動之後，中國文化的本位整體性發生了位移，不再是張之洞所說的「中學為體，西學為用」，而是恰恰相反，是「西學為體，中學為用」[34]。我不同意李澤厚把康有為說成是「西體中用」的代表，這實際上涉及到對「體」的理解問題，李澤厚這裏的「體」顯然主要是指政治體制而言，而我上面所說的「體」則是指更為深層次的文化基礎。

　　孫中山認為五四新文化運動是「思想界空前之變動」。五四之後，西方的價值標準完全主宰了中國文化，一切傳統價值只有經過新標準的過濾、闡釋、觀照、「現代性轉化」後才有價值。胡適後來

---

[33] 馮桂芬：〈採西學議〉，《校邠盧抗議》，中州古籍出版社，1998 年版，第211 頁。

[34] 可參見李澤厚〈再說「西體中用」〉，《世紀新夢》，安徽文藝出版社，1998年版。

提出「研究問題，輸入學理，整理國故，再造文明」[35]十六字方針，這裏面包含著一種很深刻的新文化思想。所謂「整理國故」，其實就是用現代價值標準即「輸入」的「學理」對傳統文化進行評論、闡釋，挖掘能為現代所用的價值。所謂「再造文明」，其實就是按照西方的「學理」即價值標準來重鑄或重建中國文明。這種文明是中國的甚至可以說是中國傳統的，但它是經過西方價值標準篩選和過濾的文明。胡適的《中國哲學史大綱》就典型地體現了他這種「整理國故」和「重新估定一切價值」（出處同上）的思想。在這本書的「導言」中他說：「我們今日的學術思想，有這兩個大源頭：一方面是漢學家傳給我們的古書；一方面是西洋的新舊學說。」[36]這裏，中國「古書」其實不具有根本性，它實際上是一種反觀材料，籠罩在西方新舊學說中。中國本無「哲學」，所謂「中國哲學史」，其實是按照西方的「哲學」概念把中國思想史上的與此相關或相近的材料按照歷史的順序攏在一起而已。中國哲學史是「表述」和闡釋的歷史。

現在學術界流行所謂傳統文化「創造性轉化」之說。單從理論上說，這一說法是可取的，有益的。宏揚民族精神，讓中國傳統文化重放光芒，這從哪一方面來說都是值得提倡的。但從實際來看，所謂傳統文化「創造性轉化」，實際上是用現代價值去反觀傳統，實際上是到傳統中去發掘符合現代觀念的材料，表面上是古書在前，現代闡釋在後，但實際操作卻是先有現代觀念後有古代材料而不是相反。這和晚清的「西學中源」有驚人的相似，只不過巧妙而已。

---

[35] 胡適：〈新思潮的意義〉，《胡適文集》第 2 卷，北京大學出版社，1998 年版，第 511 頁。

[36] 胡適：《中國古代哲學史》「導言」，《胡適文集》第 6 卷，北京大學出版社，1998 年版，第 16 頁。

真正的「創造性轉化」是從古典中衍生出一種新的觀點，這種觀點是前所未有的，且又具有現代性。這是極難的，至少現在缺乏成功的範例。不論是「整理國故」還是「創造性轉化」都深刻地反映了傳統與現代的對立與隔閡。

　　語言是構成文化的深層的基礎。文化轉型最終可以歸結為語言的轉型。中國現代文化轉型可以從語言的變化中看得更清楚，也更深刻。古代漢語是中國古代文化的深刻的基礎，古代漢語在思想的層面上作為體系的形成正是中國古代文化作為體系的形成。在思想的層面上，語言即思維思想，即世界觀，語言體系即思想文化體系，所謂價值觀、倫理觀、宗教觀、本質上都是語言問題。人的思想思維和世界觀在一種極宏觀的範圍內被個體所使用的語言體系控制著。歷史文化積澱在語言中從而不自覺地影響人的思想和行為，這是不以人的意志為轉移的規律。不一定非要學歷史才受歷史上的觀念和思想的影響，語言中深藏著豐富的歷史的思想和觀念。構成中國古代文化的核心概念和範疇諸如「禮」、「仁」、「道」、「君臣父子」等，是在殷周至春秋戰國時形成的，之後兩千多年內沒有根本性變化，一直是中國文化的主體，主宰著中國文化的發展，在這一意義上，中國文化從殷周至五四前是一個類型。構成這種類型的深層的基礎是作為體系的古代漢語。

　　五四新文化運動在動力上，和洋務運動與戊戌變法一樣，仍然緣於民族生存危機、外國勢力的入侵、自強運動等社會因素。但五四新文化最終導致了中國文化的現代轉型。同樣的原因卻是不同的結果，我認為，語言變革在這裏起了決定性的作用。中國現代思想文化變革，最早可以追溯到明代的王夫之、李贄。李贄反對「以孔

子之是非為是非」，提出「吃飯穿衣即是人倫物理」。[37]王夫之提出
「私欲之中，天理所寓」[38]，否定宋明理學的「存天理、滅人欲」
思想。清代從龔自珍到黃遵憲到譚嗣同到梁啟超，思想變革的思路
一直綿延不斷。晚清的思想革命之所以沒有成功，其因素當然很多，
但最內在的原因則沒有從語言上進行根本性變革，當然也不可能從
語言上進行根本性變革。語言就像一張無形的網，以一種無形的但
卻是強大的力量限制、束縛著人的思想。晚清的思想反抗與叛逆實
際上是在語言內的左衝右突。伽達默爾說：「世界在語言中得以表
述。」[39]對於人來說，如果失去了語言，世界實際上就失去了對人
的依託。人可以沒有語言（即動物的人），但人不能超越語言。對於
思想來說，語言是一個界限，是思想的極限。清末的梁啟超、譚嗣
同等人試圖衝破封建綱羅，但他們的學理基礎即思想的「阿幾米德
點」不是在羅網外而在羅網內，他們以一種舊的思想反抗另一種舊
的思想，以舊的思維反抗舊的思維本身，以舊的概念範疇反抗舊的
概念範疇本身，最終還是脫離不了舊的思想、舊的思維、舊的概念
和範疇。用舊的語言體系反抗舊的語言體系本身，最終還是在舊的
語言體系內打轉。所以，作為思想的語言體系從根本上限制了明末
至晚清的思想變革，語言規定了他們的思想不可能走得比語言的界
限更遠，因為失去了傳統語言他們便失去了依託。

　　一定意義上說，人沒有選擇語言的自由。使用什麼語言與不使
用什麼語言，這不是個體所能決定的，它最終取決個體所生存的社

---

[37] 李贄：〈藏書·世紀列傳總目前論〉。

[38] 王夫之：《四書訓義》。

[39] 伽達默爾：《真理與方法——哲學詮釋學的基本特徵》下卷，上海譯文出版
　　社，1999 年版，第 566 頁。

會環境。因此，個體乃至群體的思想其實有某種宿命性。在這一意義上，明末至清末的思想變革的失敗其實是一種無可奈何。而五四新文化運動則不同，它的動力雖然來自內部，但卻是通過外力而實現的。它的學理支點是西方的價值標準。它實際上是新思想取代舊思想，新思維取代舊思維，新的術語概念範疇取代舊的術語概念範疇，從根本上是新語言體系取代舊語言體系。胡適當時提倡白話文，本意只是進行語言工具革命，即通過改良語言作為工具而方便思想革命，至少是不妨礙思想革命。但白話文卻意外地起到了思想革命的作用，語言的神奇和它不可思議的力量，這是胡適也始料所未及的。事實上，在中國文化從古代向現代的轉型過程中，語言的變革起了至為關鍵的作用。

　　從現在的資料來看，胡適的漢語思想轉變過程，一定意義上說也是胡適白話文理論成熟的過程。胡適的白話文理論正是在與梅光迪、任鴻雋等人的激烈的爭論中逐漸成熟的。早年的新式教育以及八年的美國教育，胡適的思想已經完全西方化了，從語言的角度來說就是英語化了。但如何把他的思想向國人傳述，即如何把英語思想轉換或者翻譯成漢語思想，這的確是一件很犯難的事。古代漢語和英語是兩種完全不同體系的語言，從思想的層面上來說，它們的概念、術語和範疇各不相同，它們是兩種話語方式、兩種思維方式、兩套思想體系，現在有充分的理論根據證明「等值」轉換是不可能的。在當時，白話主要作為一種民間語言和口語，相對缺乏思想思維體系性，即白話主要是一種工具性語言。胡適選擇白話來作為其英語思想思維的載體，也不一定是恰當的，但歷史條件下卻是最佳選擇。正是這種選擇為西方思想和文化在中國的傳播提供了通暢的渠道，並最終改變了中國語言狀況，也即改變了中國思想思維狀況。

　　假如胡適當時仍然用古代漢語傳述他在西方所接受的思想，仍然用古代漢語話語方式發動新文化運動，我們不敢說他會步梁啟超思想變革的後塵，陷入晚清文化革命的末路和宿命，但「現代轉型」肯定是一個曲折而漫長的過程。胡適以及陳獨秀在當時以及後來都沒有認識到白話文作為語言變革的思想意義。但從我們對語言本質的基本觀點來看，白話問題絕不是簡單的語言形式問題，當時的白話文運動絕不是簡單的語言工具革新運動。

　　從發生學上來說，中國現代語言形成了，中國現代文化就形成了，現代文化的現代性從根本上可以歸結為現代語言的現代性。

　　追根求源，文化的轉型與不同文化之間的交流、影響有極大的關係。中國古代文化在殷周至春秋戰國時期形成，這一時期各種不同的文化交流具有決定的作用，中國古代文化類型就是在這種交通中相互激揚、吸收、融合從而最後形成的。中國現代文化在形成上也是如此。中國現代文化的形成最終可以歸結為現代漢語的形成。事實上，現代漢語的形成正是中西語言交通的結果。通過解剖現代漢語的構成，我們可以看到，在思想文化的層面上，西方語言的術語、概念和範疇對現代漢語的形成起了最為關鍵的作用，它們事實上構成了現代漢語的思想主體，現代漢語正是在充分吸收這些術語、概念和範疇的基礎上形成的，也正是在這一層面上它和古代漢語區別開來。古代漢語是在融合古代不同區域的漢語體系的基礎上而形成的。各種不同體系的漢語在激烈的衝突、碰撞中交通、融合、生發，概念、術語和範疇逐漸豐富、複雜從而最後在殷周至春秋戰國時形成現在的古代漢語。五四時，中西文化大交滙，中西語言激烈衝突，中國被迫向西方學習從而改變了語言體系。現在學術界流

行所謂「話語中心」、「話語霸權」之說，薩義德的「東方主義」[40]似乎廣泛地為中國學者所認可。其實，古代漢語比西方語言更具有一種「霸權」和「中心」的意味，中國人長期的「天朝」心態、自我中心觀念未必不與「夷」、「蠻」這些概念有關係。直到西洋人打進了家門，「夷夏」還是「大防」。五四之前頑固派的「西學中源」論本質上是企圖維護古代漢語的「霸權」和「中心」地位，不過是一種妥協的方式。但無奈，這種妥協也難以維持。因此，古代漢語的所謂「失語」其實是被迫的。它並不是語言本身的問題，而更主要是基於政治、經濟、軍事上的原因。

　　所以，現代漢語的形成從根本上是西方文化浸入的結果。秦漢統一之後，中國語言也隨大一統而從變動不居中穩定下來，並且在創造性上漸趨式微，不再生機勃勃。到明以後，則僵化、保守、陳腐。有人說，中國古代社會是一種「超穩定結構」，而古代漢語則可以說是這種「超穩定結構」的深層基礎，中國社會文化的超穩定性在深度上是由語言的超穩定性決定的。沒有外來的西方語言對中國古代漢語的衝擊，中國古代文化是不可能發生現代範式轉變的。正如陳少明說：「毫無疑問，中國傳統文化之所以會產生世紀性的轉折，西學的衝擊是關鍵的因素。」[41]羅榮渠說：「中國走上通向現代社會之路的大變革是由外力推動的，這是它不同於歷史上變革之根本特徵。」「西方殖民主義入侵不同於中國歷史上的『外族入侵』，而是現代資本主義的世界擴張運動。由於這一全新的外部因素介入，中國被捲入世界發展的大潮之中，根本打破了中國自身的王朝

---

[40]　參見薩義德：《東方學》，生活‧讀書‧新知三聯書店，1999 年版。
[41]　許紀霖、陳達凱主編《中國現代化史》第一卷，上海三聯書店，1995 年版，第 202 頁。

輪迴。這樣，中國社會演變的格局從漸進的積累性變遷，改變為急劇
的傳導性變遷，這就是中國出現『數千年未有之大變局』的關鍵之所
在。」[42]晚清的「經世致用」差強可以算作是從體制內部興起的思想
文化變革運動，但它本質上是在不動搖傳統根基基礎上的一種觀念轉
變。它的作用是為後來的西方科學在中國的廣泛傳播做了倫理和心理
上的準備，但研「經」是不可能發生中國文化的現代轉型的。

　　事實上，中國文化在五四時期轉型正是在一方面破壞傳統文
化，另一方面引入西方文化的雙重力量下完成的。這從新文化運動
領導人陳獨秀、胡適等人的主張中可以看得很清楚。陳獨秀說：「欲
建設西洋式之新國家，組織西洋式之新社會，以求適今世之生存，
則根本問題，不可不首先輸入西洋式社會國家之基礎。」[43]「非謂
孔教一無可取，惟以其根本的倫理道德，適與歐化背道而馳，勢難
並行不悖。吾人倘以新輸入之歐化為是，則不得不以舊有之孔教為
非；倘以舊有之孔教為是，則不得不以新輸入之歐化為非。新舊之
間，絕無調和兩存之餘地。」[44]「我們現在認定只有這兩位先生（即
德、賽兩先生），可以救治中國政治上道德上學術上思想上一切的黑
暗。」[45]陳獨秀提倡的「科學」本質上是文化概念或範疇，而不是
器物意義上的科學，它不是以知識為目的。西洋的「科學」作為技
術和物質力量對中國的衝擊是巨大的，但「科學」作為思想文化和

[42] 羅榮渠：《現代化新論——世界與中國的現代化進程》，北京大學出版社，1993
　　年版，第 239-240 頁。
[43] 陳獨秀：〈憲法與孔教〉，《陳獨秀著作選》第一卷，上海人民出版社，1993
　　年版，第 229 頁。
[44] 陳獨秀：〈答佩劍青年（孔教）〉，《陳獨秀著作選》第一卷，上海人民出版社，
　　1993 年版，第 281 頁。
[45] 陳獨秀：〈新青年罪案之答辯書〉，《陳獨秀著作選》第一卷，上海人民出版
　　社，1993 年版，第 443 頁。

精神力量對中國現代社會的建立則具有根本性。吳虞喊出「打倒孔家店」的口號，「打倒孔家店」實際是打倒綱常概念、打倒禮教概念、破壞「儒家」等傳統文化範疇。中國現代文化就是在這種打倒舊的傳統思想文化概念範疇，輸入新的西方的思想文化概念範疇的過程中建構起來的。

　　所以，從語言的思想層面上說，五四之後所形成的白話語言體系即現代漢語本質上是一種歐化的語言。史華慈說：「白話文成了一種『披著歐洲外衣』，負荷了過多的西方新辭彙，甚至深受西方語言的句法和韻律影響的語言。它甚至可能是比傳統的文言更遠離大眾的語言。」[46]五四之後的白話絕不是五四之前的作為大眾語和口語的白話，現代白話與古代白話之間的區別絕不是在形式即語言作為工具的層面上，而是在思想思維即語言作為思想的層面上。現代白話是一種具有自己獨特的思想思維體系的語言體系。現代白話與古代漢語即文言的區別也不是在形式上。毛丹說：「文言文和白話文，實際上體現著兩種不同的邏輯和思維方法。晚清以來，白話文之所以伴隨西學浪潮而逐漸盛行以至於漸成時勢，恰是因為現代理性的邏輯系統難以用文言來圓滿顯現，甚至連西學的一些概念都無法在文言文中找到對應物。因而，用白話文替代文言文的『正宗』地位，不僅是一個語體形式的革命，而且是一個創造新的語義系統的過程，其目的在於適應變遷了的現代社會心態以及與外部世界交流的需要。」[47]正是在思維思想方面，現代白話文即現代漢語與古代漢

---

[46]　本傑明‧史華慈：〈《五四運動的反省》導言〉，《五四：文化的闡釋與評價——西方學者論五四》，山西人民出版社，1989 年版，第 9 頁。

[47]　許紀霖、陳達凱主編《中國現代化史》第一卷，上海三聯書店，1995 年版，第 311 頁。

語存在著根本的區別,是兩種語言體系。正是在思想思維方面,現代漢語與西方語言具有親和性。

在以上意義上,五四之後的中國文化本質上中國現代文化,即深受西方影響、根本上不同於中國古代文化的與西方文化具有親和性的新文化。當今,人們多按一種比較粗疏的傾向性眼光把五四之後的中國文化劃分為激進主義、自由主義和保守主義三大派。不論是從內在上,還是在外表上,激進主義和自由主義都是非常明顯的以西方思想為主體的文化。保守主義則相對複雜些。我認為,五四之後的我們通常稱之為「保守主義」的諸如學衡派、甲寅派以及現代新儒家,本質上是現代性的。它們是現代性的保守主義,我稱之為「理性保守主義」。它們是作為激進主義和自由主義的反對派而存在的,其目的是為了防止激進主義和自由主義的過渡張揚而導致文化失範。他們在時間上不與激進主義和自由主義相錯位,不是「關公戰秦瓊」。「交鋒」證明了它們有共同的話語基礎。保守主義者不同於封建頑固派,是更高一層次的保守主義,他們不是用舊的老一套反對新文化,而是用西方的保守主義理論反對西方激進主義,本質上是西方理論,是理性的,只不過在觀念上相反而已。學衡派主要以白璧德的保守主義理論為理論基礎,梁漱溟的文化哲學以叔本華的「意欲」為核心範疇,這都說明了保守主義本質上是現代理論而不是古代理論。這充分說明五四之後的文化是一種現代文化,是一種具有強烈西化色彩的文化。

綜上所述,西方文化通過語言方式深刻地影響了中國的語言,五四之後的現代漢語在思想的層面上是一種與西方語言具有親和性的歐化的語言。語言是構成文化的深層的基礎,文化轉型最終可以歸結為語言的變革。中國文化的現代轉型正是通過語言的變革而實

現的。中國現代文化的現代性從根本上是由現代漢語的現代性所決定的。

第三節　兩次文學轉型的語言學論比較

　　與中國文化的兩次轉型一致，歷史上，中國文學在類型上也發生了兩次大的轉變，即發生在殷周至春秋戰國時期的「古代轉型」，和發生在晚清至五四時期的「現代轉型」。這兩次轉型具有某些驚人的相似，都具有創制性，都出現了「百花齊放、百家爭鳴」的局面。在原因上，都與文化的交滙融合有直接關係，其中，新的語言系統的形成對轉型起了決定性的作用。所以，從語言論的角度把這兩次轉型進行比較有重大的價值，它對我們當下討論文學轉型具有借鑒意義和啟發意義。

　　殷周之前的中國社會狀況包括文學狀況，由於無充分的資料和證據，再加上有限的資料多語焉不詳，所以我們很難勾勒出一幅清晰的圖畫。但是，從原始文化理論上來說，中國在殷周之前肯定有一個漫長的文學過程，我們通常把這段時間的文學稱為「上古文學」，其特徵姑且可以稱之為「原始性」，站在「現代性」的角度，中國古代文學的特徵是「古代性」，中國上古文學則可以稱之為「前古代性」。從時間上，中國古代文學的「古代性」是在殷周至春秋戰國時確立的。從原因上，中國古代文學的「古代性」是由中國古代文化在總體上的「古代性」所決定的，而所謂總體上的「古代性」，最終可以歸結為古代漢語作為語言體系和話語方式。古代漢語作為語言體系和話語方式不僅從根本上決定了中國古代宗教、哲學、倫

理、道德、歷史學的「古代性」，也從根本上決定了中國古代文學的「古代性」。

美國「新批評」文論家韋勒克、沃倫把文學從總體上分為「內部規律」和「外部規律」。但這種劃分主要是從文學研究角度的劃分，特別反映了現代科學研究分工協作的一種狀態，是理論上的。在實際功能上，文學其實是一個總體。就文學發生發展的根源來說，從內容與形式的二分法的角度來看，文學的外部條件其實比文學的「內部規律」更為重要。內在形式的變化具有鏈式延續性，而外在內容因為外部條件的變化具有偶然性、隨機性，因而往往缺乏內在的連貫性，有時甚至出現巨大的斷裂。所以，對於文學的轉型，文學的內容是決定性的因素。在形式上，中國上古文學、中國古代文學、中國現代文學之間具有承繼關係，沒有絕然的轉型。所謂轉型，從根本上是文學內容的轉換，而不是文學形式的變革。文學內容即思想，它與語言體系和話語方式有著極大的關係並最終由之決定。在這一意義上，文學轉型亦即語言體系和話語方式轉型。

從語言上說，中國文學的古代轉型實際上是「前古代漢語」向古代漢語的轉型，古代漢語作為思想體系的形成，也即古代文學作為類型的形成。這裏，「前古代漢語」是筆者生造的一個概念，指漢字產生之前的漢語口語以及漢字產生之後的初始語言，其特點是原始性，表現為：辭彙貧乏，語句單調，意思簡單，多為物質性辭彙，與日常物質生活有著非常緊密的關係。從比較原始的甲骨刻辭以及保留了某些原始語言蹤跡的《詩經》、《尚書》和部分上古神話傳說來看，殷周之前與殷周之後的語言體系和話語方式有很大的不同。1899年在安陽發現的甲骨刻辭是目前見到的我國最早的語言材料。分析這些甲骨刻辭，我們看到，在辭彙上，甲骨刻辭主要是一些與

日常社會生活緊密相聯繫的物質性名詞，其中，漁獵和農業生產方面的辭彙最多，其他包括自然界事物和現象名詞、動植物名詞、生產和生活資料名詞、時令名詞、方位名詞、親屬名詞等。[48]基本上是實在性辭彙，而抽象性辭彙則非常少。我們固然可以據此說殷周之前的文化不發達，思想不發達，但從另一個角度，我們也可以說這是語言的不發達，特別是語言在思想層面上的不發達，因為語言發達了，思想和文化實際上就具有了發達的基礎。不是本來可以言說而沒有言說，而是根本不能言說，因為缺乏言說的話語。「缺乏」語言和話語正是思想「落後」的真正涵義。

由於種種原因，特別是文化的交匯與激蕩、生存的競爭、發展的本能與需求，漢語在殷周之初開始發生劇烈的變化，概念、術語、範疇和話語方式由簡單到繁複、由單純到豐富，最後在春秋戰國時形成體系並定型，這就是古代漢語。古代漢語在戰國之後在辭彙上繼續豐富和發展，但這種豐富和發展並沒有從根本上顛覆古代漢語的「型」，古代漢語直至五四時才在外來語言的衝擊下發生轉型。語言的定型從根本上是由原創性的經典著作確定的，具體地說，古代漢語是由《詩經》、《書經》、《禮經》、《易經》、《春秋》這些「中華原典」性質的書所確立的。《說文解字》等語言文字學著作也有很大的作用，但語言學家的主要貢獻是總結、整理、規範和傳播。

古代漢語作為「類型」確定了，中國古代文化作為「類型」就確定了，中國古代文學作為「類型」也確定了。事實上，在古代漢語話語體系中，文學和文化並沒有絕然的分別，在「經」、「史」、「子」、「集」的文化分類中，文學並沒有明顯地和其他文化類型區別開來，

---

[48] 關於甲骨刻辭辭彙，可參見王紹新〈甲骨刻辭時代的辭彙〉，程湘清主編《先秦漢語研究》，山東教育出版社，1992 年版，第 1-21 頁。

特別是在中國古代文化的創制之初，這種情況更為明顯。殷周至春秋戰國時期是中國古代文學的創制時期，在這一時期，除了《楚辭》是比較純粹的文學以外，其他如史傳文學、諸子散文以及中國古代文學的「聖典」《詩經》都不是單純的文學作品。這時的文學不論是從精神上還是從形式上都包含在文化「原典」中，「原典」的精神也是文學的精神，「原典」的類型也是文學的類型。

　　事實上，古代漢語語境中的「文學」和現代漢語語境中的「文學」有很大的不同。我們今天所見到的也是所理解的「中國古代文學史」，實際上是按現代文學觀念所疏理、整合而成的中國古代文學史，古代漢語語境中沒有這樣一種中國古代文學史，古代漢語話語方式也不可能產生這樣一種中國古代文學史。李澤厚說「中國沒有西方那種哲學」[49]，文學其實也是這樣，中國古代沒有西方的亦即現代的文學概念。在中國古代文學的創制時期，文學是一個非常寬泛的概念，是和整個文化緊密地結合在一起的。《論語‧先進》說：「文學子游、子夏。」皇侃引范寧之解釋說：「文學，謂善先王典文。」[50]今人吳林伯也說：「文，六藝；文學，六藝之學，後世所謂經學。」[51]當然，這主要是孔門文學觀念，並不能代表整個中國古代文學創制時期的文學概念。但縱觀先秦諸子，總體來說，那時的文學泛指人文經典。

　　正是因為如此，中國古代文學的創制與中國古代文化的創制具有「相約」的關係，「五經」等「中華原典」既是中國古代社會思想

---

[49] 李澤厚：〈再說「西體中用」——在廣州中山大學、香港中文大學的講演〉，《世紀新夢》，安徽文藝出版社，1998 年版，第 189 頁。
[50] 皇侃：《論語義疏》。
[51] 吳林伯：《論語發微》。

的源泉，也是中國古代文學思想的源泉，不是中國古代文學的特殊形式，而是古代文學的特殊思想從根本上決定了中國古代文學與中國現代文學的區別。中國古代文學是從「原典」演繹而來，「原典」既確定了中國文化的類型，也確定了中國文學的類型，聞一多說：「中國，和其餘那三個民族一樣，在他開宗第一聲歌裏，便預告了他以後數千年間文學發展的路線。《三百篇》的時代，確乎是一個偉大的時代，我們的文化大體上是從這一剛開端的時期就定型了。文化定型了，文學也定型了，從此以後二千年間，詩——抒情詩，始終是我國文學的正統的類型，甚至除散文外，它是唯一的類型。」[52]說中國古代文化因而中國古代文學在《詩經》中就定型了，這可能誇人其詞了，但說中國古代文化因而中國古代文學在《詩經》等中華「原典」時定型，這卻是符合歷史事實的。方銘先生認為：「六經不僅為戰國文學提供了形式上可資借鑒的典範，同時，也在思想內容方面樹立了『雅正』的尺度。所以，也可以說，戰國諸子散文、歷史散文、辭、賦都是六經所昭示的思想內容及藝術形式的極大豐富和完善。」「戰國文學即使怎樣表現出與六經傳統的不同，歸根結底，它仍然是以六經為代表的中國傳統文化發展的必然結果。」[53]這其實可以大致概括整個中國古代文學的狀況。

　　「中華原典」是中國古代文化和文學的源頭，它從根本上決定了中國古代文化和文學的類型。從深層的語言學上來說，這可以說是「中華原典」創制了古代漢語作為語言體系。是「中華原典」從根本上決定了中國古代的話語方式。人們不能改變傳統的話語方

---

[52] 聞一多：〈文學的歷史動向〉，《聞一多全集》第 10 卷，湖北人民出版社，1993 年版，第 17 頁。

[53] 方銘：《戰國文學史》，武漢出版社，1996 年版，第 440、444 頁。

式，也就不能改變傳統的思維方式。春秋時代的「禮崩樂壞」也可以說是「前古代漢語」話語體系的解體，近代社會的「禮儀淪喪」，其實是傳統的「禮儀」作為話語的喪失。中國古代文學的「古代性」在深層的語言學基礎上可以歸結為古代漢語的「古代性」。

所謂中國古代文學的「古代性」，這是一個內涵和特點都非常豐富的概念，它當然包括中國古代文學在外在形式上突出的特徵，但最主要的是其內在的思想和思維性，是其所表現出來的思想內容。中國古代文學在殷周至春秋戰國時期大交滙、大融合、大繁榮，中國古代文學正是在這種大交滙、大融合中，互相補充、互相吸收、互相競爭、互相激蕩、交互生成中創制出來的。「古代性」不是某種經典精神或某種地域精神，而是各種經典精神和各種地域精神融匯起來所生成的總體精神。對於中國古代文學的基本特徵，人們有種種概括，比如思維的特徵、民族性、地域性、文化性等，這些概括都非常有道理，但這種概括是很難窮盡的。從內涵上來說，中國古代文學的「古代性」是非常豐富而複雜的，視角不同、理論基礎不同、情感態度不同，概括都會不同。絕對不能否認這些概括，但我以為從語言和話語方式的角度進行概括是一種新的視角和理論及方法，而且是最具根本性的。中國古代文學的「古代性」本質上是在一種比較的視野中確立的，即在和中國文學的「前古代性」和「現代性」的比較中確立的。所謂中國古代文學的民族性、地域性、文化性、思維性等都可以從語言體系和話語方式上得到深刻的闡明。

今天看來，中國古代文學的「古代性」具有統一性，從語言的角度來看，古代文學在語言和話語方式上也具有統一性。但在中國古代文化和文學的創制時期，各種原創文化和文學在語言和話語方式上卻有很大的差別。這種差別從先秦典籍中還可以看得比較清

楚。「原典」的差別更深刻地表現在話語方式上，惠施說：「至大無外，謂之大一；至小無內，謂之小一。無厚，不可積也，其大千里。天與地卑，山與澤平。日方中方睨，物方生方死。大同而與小同異，此之謂之『小同異』；萬物畢同畢異，此之謂『大同異』。……」[54]對這些「曆物之意」，過去有多種多樣的解釋，但都不能令人信服。我以為按照我們通常的方式，用現在的語言體系和話語方式從字面上對這些判斷和論題進行理解和解釋，是不得要領的，也不可能把握真諦。語言不是起點，不應該只是追尋意義，而應該進行更深刻的追問，即追問語言。它從根本上不是意義問題，而是語言問題。惠施的話語方式是一種獨特的話語方式，他的概念在內涵上不同於時人的概念，也不同於後人的概念，所以他不被當時的人所理解，也不被後人所理解。莊子評價惠施「其道舛駁，其言也不中」，「言也不中」深刻地說明了惠施的話語方式與其他話語方式的不同，也說明了其「道」不被理解的原因，對於惠施本人來說，在他自己的話語方式內，他的「道」也許是非常簡明不過的。解開惠施「曆物之意」之謎只能通過分析哲學的方式進行話語解構，而不能通過細讀的方式進行意義分辨，那只會曲解或穿鑿。由於惠施的話語方式在當時不被認可從而社會化，現在又缺乏充分的材料和語境，僅憑莊子的這些簡單的觀點羅列，要對它進行解說是非常困難的，也許它永遠都是一個謎。

　　在文學上，《詩經》和《楚辭》明顯不同，二者歷來被認為是中國文學的兩大源頭，被認為是代表了兩種文學精神。這無疑是正確的。但《詩經》和《楚辭》的不同更根本的是語言的不同，聞一多

---

[54]　《莊子·天下》。

說：「最初的文言是詩──詩先天的是一種人為的語言。」[55]魯迅說：
「實則《離騷》之異於《詩》者，特在形式藻采之間耳。」[56]正是
話語方式的不同決定了其文學精神的不同，《楚辭》的富於幻想和浪
漫精神實際上是由楚人的巫覡、鬼神等話語方式所決定的。孔子不
語怪力亂神，實際上是拒絕「鬼」、「神」的概念，不採取鬼神話語
方式來言說問題，因而在精神上也顯示出另一種特徵。經孔子刪改
和闡釋的《詩經》則表現出對人生和現實的關注。

　　所以，中國古代文學的「古代性」是總體性的，它是殷周至春
秋戰國時期，在匯集各個區域、各種流派文學基礎上的一種新的生
成。它的生成集中體現在語言體系和話語方式上，它的特徵也集中
體現在語言體系和話語方式上。正是語言作為體系的穩定保持了中
國古代文學「古代性」的穩定。正是古代漢語的「古代性」決定了
中國古代文學的「古代性」。中國古代文學在外表上紛繁複雜的特
徵，最終都可以追溯到語言和話語方式那裏去，或者可以作語言和
話語方式的解釋。

　　如果說中國古代文學的特徵是「古代性」，那麼，中國現代文學
的特徵就是「現代性」。與「古代性」一樣，「現代性」也是一個豐
富複雜、歧義叢生的概念，有種種歸納和概括，至今沒有一個比較
統一的說法。現代性是一個歷史概念，一方面，它是歷史事實，是
客觀存在；另一方面，在認識論上，它是在與「傳統」的比較中確
立的，它的定義是變化的，隨著觀念、視角的變化，它在內涵上沒

---

[55] 聞一多：〈中國上古文學〉，《聞一多全集》第 10 卷，湖北人民出版社，1993
　　年版，第 38 頁。
[56] 魯迅：《漢文學史綱》第四篇，《魯迅全集》第 9 卷，人民文學出版社，1981
　　年版，第 372 頁。

有窮盡的認識。沒有一種所謂客觀的、固定不變的「現代性」定義，現代性其實也是一種視角和態度，它不是規定的，而是在與「古代性」相比較中確立的。吉登斯認為，「非延續性或者說斷裂性是現代性的基本特徵。」[57]汪暉說：「現代不僅意味著比過去更好，而且它就是通過與過去（傳統）的對立或分離來確立自身的。」[58]歷史的現代性不是「現代性」理念的產物，不是先有現代性理念然後才有現代性現實，恰恰相反，是先有現代性現實然後才有對「現代性」作為觀念的理性認識，「現代性」的概念是總結、歸納出來的，歷史事實是它的史實基礎，觀念和視角是它的理論基礎。在這一意義上，現代性既是歷史範疇，又是理論範疇。

　　所以，不能用「中西」二元對立的標準來判斷中國的現代性，不能說西方性就是現代性，中國性就是非現代性，那樣就把社會性的現代性概念變成倫理性的現代性概念了，那樣也違背了社會進步的必然規律，忽視了中國傳統社會變革的內在的欲求，把中國的現代性完全說成是一種外部規律。這樣一種倫理性論述，對民族自尊性也是一種極大的傷害。中國的現代性，其歷史事實是在反叛傳統性中建立起來的，其理論認識是在與「古代性」的比較中確定的。所以，對中國古代傳統的斷裂性、反叛性構成了中國現代性的一個基本內涵。但也必須承認，由於中國現代化的「外發外生型」，「中」、「西」始終是我們鑒識現代性的一個重要的尺度，特別在是現代化的早期，「西化」即現代化，這是不爭的事實。中國的現代化是在本身的進程中其獨特的內涵才從「西化」中逐漸分離出來而明朗的。

---

[57] 黃平：〈解讀現代性〉，《讀書》1996 年第 6 期。
[58] 汪暉：〈韋伯與中國的現代性問題〉，《汪暉自選集》，廣西師範大學出版社，1997 年版，第 6 頁。

現在,「西化」不是現代化,這也是公論。中國的現代化具有它的特殊性,它既具有世界各國現代化——特別是西方現代化的某些共同特點,同時又具有中國自己的民族性、本土性,既具有世界的共性,又具有民族的個性。

中國的現代性在外在形態上千姿百態,其內涵豐富複雜,而且還在繼續衍生,很難進行概括。但在深層上,現代漢語的現代性是構成中國現代文化和文學的深刻的基礎。中國文化和文學的現代性是在外在的政治、經濟、軍事的衝擊下逐漸生成的,這種現代性的生成過程其實也是語言的生成過程。新的觀念、新的思維方式、新的思想方式的生成,其實是新術語、新概念、新範疇、新話語方式的生成,觀念和思想思維方式不過是語言的表象,或者說最終是由語言承載的。物質文明是現代性表象,引進西方的現代化設備諸如近代的洋務運動,這也是現代性非常重要的表現,但接受了物質文明並不表明在思想上具有了現代意識,現代性更是觀念性的。現代性作為概念就是在這種現代意識與現代化現實的雙重作用下從總體上生成的。而現代性觀念的深處則是現代性的語言和話語方式,正是現代性語言和話語方式從意識深處決定了人們觀念的現代性,現代語言作為體系的確立也就是現代性作為普遍的觀念的確立,人們以現代話語作為言說方式標誌著在意識深處接受了現代性,現代意識從深處是被現代語言控制的。所以,從深層的語言哲學的角度來說,中國的現代性不同於西方的現代性,現代性作為觀念、作為意識、作為話語體系,在從西方向中國輸入、「翻譯」的過程中也會發生變型,中國的現代性正是在「西化」和「歸化」的雙重作用下形成的,它一方面是從西方輸入進來的,另一方面,它又深受中國近代特定的語境的制約。汪暉說:「不把個人、社會、國家等概念理解

為一個跨語言的研究領域。……這些概念總是在特定的社會和文化
語境中顯示出歷史的含義，因此，我們不可能脫離這種語境來理解
這些概念。」[59]對現代性，其實也應該作如是理解。

中國現代文學的特徵，最籠統概括就是「現代性」，從語言上說
是現代漢語的文學，胡適用「國語的文學」來概括五四新文學，這
非常準確。「我們所提倡的文學革命，只是要替中國創造一種國語的
文學。」[60]對於「國語」，胡適說：「所謂國語，不是以教育部也不
是以國音籌備會所規定的作標準。」[61]而是以新文學的語言作為標
準，即「文學的國語」。對於如何創造新文學，胡適認為有三步，首
先是用白話，包括用方言和古代文學典籍如《水滸傳》中的白話，
這是胡適最為看重的，也是他最為自得的「倡導」。二是翻譯西方的
文學作為範本。三是創造。對於第二、第三，胡適始終沒有講清楚。
文學的「國語」如何創造？西方的文學範本與「國語」具有何內在
的關係？這其實涉及到語言的本質以及語言與思想的關係問題。胡
適自己也意識到新文學絕不僅僅只是語言形式問題，他曾說：「若單
靠白話便可造新文學，難道把鄭孝胥、陳三立的詩翻成了白話，就
可算得新文學了嗎？難道那些用白話做的《新華春夢記》、《九尾龜》
也可算作新文學嗎？」[62]不一定用白話寫作的文學作品都是新文
學，把文言作品翻譯成現代白話不是新文學。近代文學史上很多文

[59] 汪暉：《汪暉自選集》，廣西師範大學出版社，1997年版，「自序」第3頁。
[60] 胡適：〈建設的文學革命論〉，《胡適文集》第2卷，北京大學出版社，1998年版，第45頁。
[61] 胡適：〈什麼是「國語的文學」、「文學的國語」〉，《胡適文集》第12卷，北京大學出版社，1998年版，第54頁。
[62] 胡適：〈建設的文學革命論〉，《胡適文集》第2卷，北京大學出版社，1998年版，第52頁。

學作品特別是很多小說都是用白話創作的，但它們顯然不能歸入新文學的範疇。這深刻地說明，新文學不只是白話作為形式的問題，還有更內在的東西。但另一方面，文言作品，不論它是什麼時候寫的，不管它多麼具有新思想和觀點，都不能算作是新文學，這又說明，新文學的確與白話有著深層的聯繫。所以，新文學內在的本質還是在白話中。

關鍵在於，五四時期的白話不同於古代白話。五四時期的白話即「國語」也即現在的現代漢語，本質上是一種新的語言系統。白話形式是「國語」非常重要的特徵，但「國語」更為本質的特徵是它的新的思想和思維特徵。「國語」在語言作為工具的層面上和古代白話沒有區別，它來源於古代白話和方言，而在思想思維的層面上它和古代白話有根本性的區別，它更多地來源於西方的語言和話語方式。語言系統是社會結構和社會價值系統的深層的基礎，卡西爾說：「某種意義上，言語活動決定了我們所有其他的活動。」[63]「在思想的層面上，國語」是「歐化」或「西化」的漢語，它和近代以來廣泛的學習西方聯繫在一起，它是中國社會和文化深受西方影響在深層上的表現。朱自清說：「新文學運動和新文化運動以來，中國語在加速變化。這種變化，一般稱為歐化，但稱為現代化也許更確切些。」[64]「歐化」或者「現代化」，這正是現代漢語最為重要的特徵。

語言在社會結構中是最為深層的。語言作為體系是超穩定的，並不輕而易舉能發生變更的。五四時期，中國的語言體系由文言向

---

[63] 卡西爾：《人論》，上海譯文出版社，1985 年版，第 170 頁。
[64] 朱自清：〈中國語的特徵在那裏〉，《朱自清全集》第 3 卷，江蘇教育出版社，1988 年版。

白話轉變最後形成新的現代漢語，其中的原因是多方面的，有偶然的因素，也有必然的因素。在這各種各樣的因素中，西方的語言通過中國的新式教育特別是留學生教育轉化為現代白話，是最為重要的因素。直接地，五四新文化運動是一批先進的知識份子發動的，所謂「先進的知識份子」，即接受了新式教育特別是到外國接受了西洋教育的知識份子。在哲學、歷史、文學等文化上，所謂接受新式教育，其實就是接受新的語言體系、新的話語方式，新的概念、新的術語和新的範疇，也就是接受新的思想思維方式。「五四作家首先是作為這種『新學』教育培養出來的現代知識份子，出現於 20 世紀初年的中國社會的。而且，無論他們以後的思想傾向、文藝態度怎樣分歧變化，都無法更移、取代他們在現代知識結構上的這種內在一致性。可以說，五四作家是中國文學史上知識『遺傳基因』與其所決定的藝術『造血』功能得到徹底更新改造的一代。」[65]這種影響是以潛移默化的方式實現的，即使當時身處其中的人也並沒有清醒地意識到這一點。但在新文化和新文學運動中，這的確是非常重要的。

　　研究五四新文化運動和新文學運動，我們看到，新文化和新文學運動的發動者和中堅力量很多都是從國外歸來的留學生，至少是接受了西方新式教育的。西方的理性、科學、民主、人權、進化等概念和範疇徹底改變了這些人的話語方式，也改變了這些人的思想和思維方式，他們把西語的話語方式用白話的形式傳達出來，這就是「國語」，即現代漢語。正是這些人使語言發生了不自覺的根本性變革並進而改變了中國的倫理觀、價值觀、歷史觀、哲學觀、文化

---

[65] 劉為民：《「賽先生」與五四新文學》，山東大學出版社，1997 年版，第 12 頁。

觀、文學觀等，從而從整體上改變了中國的文化狀況，導致了中國
文化和文學的現代轉型。正如斯洛伐克漢學家高利克所說：「這一代
留學生在美國、日本、還有的後來在法國、德國及蘇聯接受了哲學、
政治與文化的教育，回國後實際上有助於從根本上改變中國的面
貌。」[66]語言變革可以說是中國文化面貌從根本上發生轉型的深層
的原因。

　　語言的現代性是構成新文學現代性的深層基礎，正是新概念、
新術語、新範疇、新話語方式——包括新的文學概念、術語、範疇
和話語方式，一句話，新的語言體系改變了文學的內容並從根本上
改變了文學的藝術精神。比如「科學」作為概念、作為話語方式、
作為思想和思維方式，不僅對文學內容有巨大的影響，對於文學精
神也有巨大的影響。五四那一代文學大師很多都是學科學的，比如
魯迅、郭沫若、周作人、郁達夫、成仿吾等，這絕不是偶然的巧合，
它說明現代文學與科學觀之間具有內在聯繫。魯迅就說過，他創作
〈狂人日記〉，「大約所仰仗的全在先前看過的百來篇外國作品和一
點醫學上的知識，此外的準備，一點也沒有」[67]。聞一多說《女神》
裏富於科學底成分」，「詩中所運用之科學知識」，「那謳歌機械底地
方更當發源於一種內在的科學精神」。[68]「賽先生」是五四新文化運
動和新文學運動的一面旗幟，也是五四新文化運動和新文學運動的
基本精神，它事實上也構成了新文學的基本話語方式。正是「科學」、

---

[66] 瑪利安・高利克：《中國現代文學批評發生史》，社會科學文獻出版社，1997
年版，第 14 頁。
[67] 魯迅：〈我怎麼做起小說來〉，《魯迅全集》第 4 卷，人民文學出版社，1981
年版，第 512 頁。
[68] 聞一多：〈「女神」之時代精神〉，《聞一多全集》第 2 卷，湖北人民出版社，
1993 年版，第 112-113 頁。

「民主」、「人權」這些源於西方的術語概念範疇和話語方式從根本上改變了中國傳統的語言體系，導致古代漢語向現代漢語的轉型，從而導致新文化和新文學作為「類型」的建立。所以劉納說：「『五四』文學革命對於漢民族文學語言轉變的意義，無論怎樣高的評估也不過分，中國現代文學的一切都是從這裏開始的。」[69]的確，中國現代文學是從語言開始的，它的「現代性」的總體特徵最終都可以追溯到語言這裏來。

　　晚清黃遵憲提出「我手寫我口」[70]以改良中國文學，「我手寫我口」對於糾正晚清文學的無病呻吟、矯揉造作的不良傾向具有矯正的作用，它也的確給晚清文壇帶來了一股清新的氣息。但這並不能從根本上解決問題，晚清文學所表現出來的中國古代文學的落伍和積弊並不是「手」的問題，而是「口」的問題。中國文學在近代所追求的變革和現代化目標，並不是「手」所能解決的，而從根本上是「口」的問題。「手」是「寫」的問題，主要是形式和技巧的問題，對於文學的現代化來說，它顯然是次要的問題。「口」本質上是「思」和「想」的問題，主要是內容和思想的問題，從根本上可以歸結為話語方式問題，歸結為語言的思想本質問題。五四時，胡適提出的「八不主義」其實也是在形式上著眼，他後來把「八條」歸納為「四條」：「一，要有話說，方才說話」；「二，有什麼話，說什麼話；話怎麼說，就怎麼說」；「三，要說我自己的話，別說別人的話」；「四，是什麼時代的人，說什麼時代的話」。[71]這裏，除了第四條以外，其

---

[69] 劉納：〈中國現代文學語言與傳統〉，《文藝研究》1999 年第 1 期。

[70] 黃遵憲：〈雜感〉，《人境廬詩草》，高崇信、尤炳圻校點，文化學社，1930 年版，第 14 頁。

[71] 胡適：〈建設的文學革命論〉，《胡適文集》第 2 卷，北京大學出版社，1998 年版，第 45 頁。

他和黃遵憲的「我手寫我口」的主張並沒有實質性的區別,強調的仍然是「說」而不是「話」。30 年代的鄭伯奇仍然強調這一點,他認為五四新文學的根本是「要用自己講的話來寫自己的文學」[72]。這實在是把五四新文學運動過於簡化、形式化了。五四新文學絕不只是「手」與「口」、「說」與「話」相吻合的問題,絕不只是技術問題。林紓的「古文」除了不符合胡適所說的第四條以外,其他三條都嚴格地符合,他未必不是說他想說的話,他說的話未必不是他自己的話,他未必不是有什麼話,說什麼話,話怎麼說,就怎麼說。但林紓的「古文」終究是舊文學而不是新文學。其他如「鴛鴦蝴蝶派」小說、「黑幕小說」、「選學妖孽」,對於作者本人來說,未必不是真誠的,未必都是矯飾粉墨,無病呻吟。

　　所以,是「話」的變革而不是「說」的改良導致了中國文學的現代轉型,語言體系不變,話語方式不變,思想思維方式不變,觀念不變,無論怎樣在「說」上變化花樣,終究是「換湯不換藥」,「新瓶裝舊酒」。中國古代文學自產生之日起就在尋求「說」或「寫」的創新,並且這種創新事實上也從未間斷過,但直至五四,中國文學才發生「類型」的轉變,這說明「說」作為文學技術或藝術問題對於文學的類型來說並不具有根本性。新文學的本質在於「話」,新語言體系、新話語方式的發生也是中國現代文學的發生。正是語言體系的不同決定了新舊文學的根本不同。語言在深層的基礎上控制著人的思想思維和世界觀,怎麼說和說什麼表面上是主觀行為,但在一種極抽象的程度上是客觀行為,怎麼說和說什麼實際由主體所掌握的語言以一種宏觀的方式控制著,主體掌握什麼語言和不掌握什

---

[72] 鄭伯奇:〈現代小說導論(三)——創造社諸作家〉,《中國新文學大系導言集》,(上海)良友復興圖書公司,1940 年版,第 146 頁。

麼語言並不是主體本身所能決定的，因為語言是集體行為，是社會行為。現代漢語從根本上決定了中國現代文學在內容上的現代性和在藝術精神上的現代性。撇開科學、理性、民主、人、進化等這些現代性概念或者話語方式來理解和研究中國文學的現代轉型，是不得要領的。

通過以上的比較，我們看到，文學轉型不是單獨完成的，它的轉型是與文化轉型緊密地聯繫在一起的。文化和文學轉型從動因上源於現實的需求，但在深層的基礎上取決於語言。殷周至春秋戰國時期的中國文學的古代轉型最終可以歸結為「前古代漢語」向古代漢語的轉型；五四時期中國文學的現代轉型最終可以歸結為古代漢語向現代漢語的轉型。從語言的視角來看，中國古代文學的「古代性」其深層基礎是古代漢語，中國現代文學的「現代性」其深層基礎是現代漢語。戰爭、生存競爭、社會發展的需求等都是文化和文學轉型的外在原因和動力，它們不能直接導致文學轉型，文學轉型最後還是通過語言轉型實現的，並通過語言的定型而穩定下來。

第三章

語言變革與中國現當代文學轉型

第一節　現代漢語與中國現代文學

　　漢語的「詞」是由「字」組合的，表面上，古漢語和現代漢語是同一文字系統，現代漢語還是古代漢語那些「字」，現代漢語的辭彙很多都是直接從古代漢語而來，但在思想體系上，現代漢語和古代漢語是兩套語言系統。

　　對於現代漢語與古代漢語、文言與白話，張中行老先生有專門研究，有些觀點非常精到，可以作為我們討論問題的基礎，但在區分上，張中行老似乎過於瑣屑了。單從詞語來看，口語和書面語、文言和白話、現代漢語和古代漢語的確有互相摻雜的現象，而且，詞語的確是區分語言作為思想體系的最重要的因素。但是，語言之間的區別最根本的不是單個詞語之間的不同，而是兩種語言系統之間的不同，即內在的區別而不是外表的差別。單獨地把兩套語言系統中的個別思想性辭彙拿來比較是沒有多大意義的，思想性辭彙必須置放於語言系統的背景中其思想意義才是完整的。不能因為現代漢語和古代漢語、文言和白話在辭彙上交互滲透而反對對它們進行區分，甚至否定它們之間的本質差別。

　　從思想的角度來看，語音、語法、詞法結構、句法結構對語言系統並不構成絕對的影響，雖然很多人認為這些因素也與思想有很重要的關係，比如葉嘉瑩認為，「語言的組合方式也便是民族思維方式的具體表現」，漢語的組合方式決定了「其不適於做嚴密的科學推理式的思考」。[1]但這明顯是言重了。的確，從語言學的角度來看，這些都很重要，但從思想的角度來看，它們並不是很重要，比如，對於現代漢語來說，在語音上，說普通話和說方言是有很大不同的，但這只影響口語交際，並不影響思想性質。詞是如何標示的？賓語和狀語放在什麼位置並不影響語言的思想系統。從「聽」、「說」來看，這些都是非常重要的，它影響交流和理解。但對於思想，它的影響是非常小的。影響語言作為世界觀和思維方式的是名詞，更準確地說，是思想名詞而不是物質名詞。

　　在工具層面上，語言系統之間並無根本性的差別和衝突，兩套語言系統在思想上的差異並不在於物質名詞的形和音的差異，也不在於物質名詞系統的不同，比如有些事物，英語中有而漢語中沒有，有些事物，漢語中有而英語中沒有，這並不是構成漢語與英語之間差別的根本。事物的名稱不同以及有無是可以通過實際的接觸和翻譯解決的。正是在工具層面上，各種不同的語言可以互相翻譯，持不同語言的人可以互相交流，語言具有索緒爾所說的約定俗成性，用什麼詞語來標識事物並不重要，比如樹這一事物是用「tree」、還是用「樹」來表示都不影響樹作為事物的性質。但在思想的層面上，語言就沒有這麼簡單。思想無形，是虛的，它不是指向實物，而是指向關係等人的抽象的文化意識和思維活動，它的意義不在實物而

---

[1]　葉嘉瑩：《王國維及其文學批評》，河北教育出版社，1997 年版，第 115 頁。

在語言本身，知道了詞也就知道了思想。從思想上，構成語言系統之間根本差別的就是這些思想辭彙，雖然在整個語言系統辭彙中，這些辭彙所占的比重並不大，但它卻構成了一種語言的「主題詞」，正是這些「主題詞」構成了不同語言系統的民族在思想、文化、民族精神、思維方式上的根本不同。研究民族的哲學、歷史學、美學、文化、文學，如果不從語言的深層的角度來研究，無論如何是難以深刻的。比如文學，高爾基說：「語言是文學的第一要素。」無論對文學的本質進行何種寬泛的理解，文學的本質都與語言有著根本的聯繫，文學從根本上是語言的藝術。中國現代文學是從語言變革開始的，它的一個明顯的標誌就是現代漢語，研究中國現代文學，無法繞開現代漢語，現代漢語所蘊含的文化、思想和思維方式是構成中國現代文學作為類型的深層的基礎。現代文學研究必須回到語言本體論才能從根本上解決對中國現代文學的認識論問題。

那麼，從思想的層面上，究竟什麼是現代漢語？它與古代漢語、文言文、白話文是什麼關係？

現代漢語和古代漢語從根本上是兩套語言系統。現代漢語是在古代漢語的基礎上演化、發展、變革而衍生出來的一套語言系統，是同一文字系統但不是同一語言系統。李歐梵認為「在五四文學中形成的『國語』是一種口語、歐化句法和古代典故的混合物」[2]，這實際上主要是從思想的角度給現代漢語下定義，只是不太準確。沿著李歐梵的思路，我認為，現代漢語可以說主要是一種口語、歐化辭彙和古漢語辭彙的混合物。這裏，「口語」即白話，是從古代白話文而來。「古漢語辭彙」包括成語和其他一些古漢語常用辭彙，它隱

---

[2]　費正清編《康橋中華民國史（1912-1949）》上卷，中國社會科學出版社，1994年版，第528頁。

含著許多中國古代文化、思想的精華，是從文言文而來。而「歐化辭彙」則是從西方而來。這是和語言學家的看法一致的，王力先生認為，漢語的發展在辭彙上主要有三種來源：自造的詞語、外來詞彙、「古語的沿用」。具體對於現代漢語的辭彙，王力說：「近百年來，從蒸氣機、電燈、無線電、火車、輪船到原子能、同位素等等，數以千計的新詞語進入了漢語的辭彙。還有哲學、社會科學、自然科學各方面的名詞術語，也是數以千計地豐富了漢語的辭彙。總之，近百年來，特別是近五十年來，漢語辭彙的發展速度，超過了以前三千年的發展速度。」[3]現代漢語在辭彙上大量借用西方的辭彙，這是現代漢語從根本上在思想上不同於古代漢語的最根本的原因。

　　這裏關鍵是「歐化辭彙」，歐化辭彙本質上是為翻譯西方概念而造出來的，其不論是新創造的，還是借用古代白話辭彙和文言文辭彙，它雖然是漢語方式，但本質上卻是西方的。比如本文所講的「文化」就是一個典型的例子，「文化」在古漢語中與「武力」、「武功」相對，是「文治和教化」的意思，「它在古代被日語用『形借法』借去後，到近代又被日語用來作為英語 culture 的對譯詞，後來，又被現代漢語用『形借法』借了回來。」[4]其他如「科學」顯然不是「科舉的學問」，「民主」顯然不是孟子意義上的「為民作主」，「理性」則與宋代的「理學」有著天壤之別。從思想的角度來看，「歐化辭彙」其實還可以作進一步的劃分，即物質性名詞和思想性名詞，前者如「火車」、「輪船」、「乒乓球」、「火柴」等，是工具層面的，王國維稱之為「形而下」，大致屬於「術學」範圍，於思想沒有什麼影響；

---

[3]　王力：〈漢語淺談〉，《王力文集》第 3 卷，山東教育出版社，1985 年版，第680 頁。

[4]　參見戴昭銘：《文化語言學導論》，語文出版社，1996 年版，第 3 頁。

後者如「科學」、「民主」、「自由」、「平等」、「邏輯」、「理性」等，是文化思想層面的，王國維稱之為「形而上」[5]，屬於「思想」範圍，這些詞雖然不是很多，但它對中國現代思想，以至整個中國現代歷史進程的影響卻非常大。正是在思想的層面上，西方語言對現代漢語的影響巨大，並最終造成了現代漢語與古代漢語作為語言體系的分道揚鑣。

從辭彙上說，現代漢語包括三個方面的思想來源，首先是西方的，其次是中國古代的，第三是按正常的規律增生的。在工具層面上，現代漢語與古代漢語相比並沒有很大的變化，特別是在日常生活方面，現代漢語主體辭彙仍然是古代漢語那些，接受外國的物質文化而新增加的物質性名詞並不是造成現代漢語與古代漢語區別的根本，事實上，即使把這些辭彙加進古代漢語，也絲毫不影響古代漢語的思想性質。古代漢語與現代漢語的根本區別在於其體系的不同，在於其思想性辭彙而不是物質性辭彙的不同。語音、語法以及修辭對於思想不具有根本意義。修辭和語法一樣，也與思想有一定的關係，即本身具有思想性，但修辭主要是語言在運用中的風格問題，修辭大致和物質名詞一樣，各種不同的語言具有共通性。

所以，現代漢語、古代漢語、白話、文言之間大致可以說是這樣一種關係：古代漢語包括文言文和古代白話文，文言文最初也是口語，後來作為書面語而定型下來就成為文言文。古代白話文主要是口語，但它不同於方言，也是一種書面語，只不過使用範圍主要限於民間，張中行說：「白話，和文言一樣，都要指書面

5　王國維：〈論近年之學術界〉，《王國維文集》第 3 卷，中國文史出版社，1997年版，第 36-37 頁。

語言。」「就作者和讀者來說,與文言有牽連的人大多是上層的,
與白話（現代白話例外）有牽連的人大多是下層的。」[6]這應該說
是不錯的。古代白話和文言在思想上並沒有根本的差別,主要是
工具層面上的不同,文言主要在上層使用,白話則主要在下層使
用,文言集中體現了中國古代的思想和文化,具有強烈的思想性,
而白話主要運用於日常生活,其使用的範圍和人員決定了白話一
般不使用文言中的思想辭彙,或者至少文言中的思想辭彙不構成
白話辭彙的主體。相反,文言則比較多地吸收白話中的思想辭
彙,所以,從工具和思想兩個方面來看,文言文比白話文更具有
包容性。

　　現代漢語是書面語和口語的統一,但從目前的發展趨勢來看,
它越來越脫離口語而書面語化。就是五四時期的白話,也不完全就
是當時的口語。20 年代有所謂「大眾語」的討論,40 年代國統區有
所謂「民族化」的討論,延安則有廣泛的工農兵思潮,1958 年有所
謂民歌運動,這些新文學史上的運動和討論很大程度上都與語言有
關,幾乎都針對當時文學中語言脫離口語的現象,這也反過來充分
說明了現代漢語的書面性質。現代漢語在形式上是白話,但它和古
漢語中的白話是有本質區別的,古代白話主要在工具層面上,而現
代白話作為現代漢語的主體,具有強烈的現代思想性。這一點,胡
適並沒有把它們區別開來。陳獨秀在當時倒是有一些模糊的認識,
1920 年,他在一篇〈我們為甚麼要做白話文?〉的講演中對提倡白
話文進行了詳細的論證,他認為:「白話文與古文的區別,不是名詞

<hr />

6　張中行:〈文言和白話〉,《張中行作品集》第 1 卷,中國社會科學出版社,
　　1995 年版,第 159、161 頁。

易解難解的問題，乃是名詞及其他一切詞『現代的』、『非現代的』關係。」[7]可惜的是，這篇講演稿現只存「大綱」，不知道陳獨秀具體是如何論述的，但就從這些綱要性的話來看，陳獨秀已經認識到，以白話易文言，不僅僅只是出於便利、易懂，還涉及到語言的現代化問題。所謂語言的現代化，就是思想的現代化，在當時包括陳獨秀所說的敘述「今事」、「輸入外國文學的精神」、「增加新的文化」等內容。當然內容遠不只這些，但最根本的是增加新的術語、新的概念、新的範疇。比如「科學」、「民主」這些概念就是典型的白話詞語，但我們顯然不能把它僅僅理解為一種單純的詞語的增加，它顯然表現出了一種思想觀念的變化。所以，現代漢語表面上是話語方式的變化，實際上是思想觀念的變化。現代白話不同於古代白話，現代白話文學也不同於古代白話文學，五四新文學不是文學復古，而是文學革命。

　　對於現代白話與古代白話的本質不同，瞿秋白有比較清醒的認識，1931 年，他在〈鬼門關以外的戰爭〉一文中說：「白話文學運動發展之後，一般『新文學界』往往以為《水滸》《紅樓》的白話，就是所謂『活的言語』。其實，這是錯誤的見解。……現在一般禮拜六派和一切用章回體寫小說的人，其實是用的『死的言語』——鬼話。這種舊式白話的確是活過的言語，但是，它現在已經死了。」[8]瞿秋白已經看到，舊式白話雖然是白話，但它卻是一種過時的白話，二者並不是同一種白話。可惜的是，他的觀點仍然是直觀的，缺乏

---

[7]　陳獨秀：〈我們為甚麼要做白話文？——在武昌文華大學講演底大綱〉，《陳獨秀著作選》第 2 卷，上海人民出版社，1993 年版，第 101-104 頁。

[8]　瞿秋白：〈鬼門關以外的戰爭〉，《瞿秋白文集》第 2 集，人民文學出版社，1953 年版，第 642-643 頁。

語言學理論的深刻性。從根本說，現代白話和古代白話分屬於兩套語言系統。[9]

　　以上通過對現代漢語的性質，特別是現代漢語的現代文化性、現代思想思維性的論述，現在再回頭看五四新文化運動和新文學運動為什麼能夠成功並且迅速地取得成功？我認為，語言的力量是五四新文化運動和新文學運動最深刻的原因之一。新的語言系統不僅使五四新文化運動得以發生、得以成功，而且使中國現代文化得以定型。語言即思想、思維、文化和精神，新的語言系統的最終形成也就標誌著新的文化類型的最終形成。的確，五四新文化運動的發生既有內在欲求，又有外力的衝擊，但洋務運動、戊戌變法也是如此，為什麼它們沒有成功，而唯有難度最大的文化變革反而成功了呢？關鍵在於新文化運動從語言著手，抓住了問題根本，雖然當時甚至現在很少有人意識到這一點。

　　一味地強調西方政治經濟的衝擊，簡單地從「自強」這一角度來解說新文化運動，我認為是不深刻的。「西學東漸」從晚明就開始了，但直到五四中國社會才發生根本性的變革，從「器物」到「制度」到「文化」這樣一種論證思路，顯然是並不能深刻地說明問題的。不能說「器物」的力量不強大，從鴉片戰爭到鎮壓太平天國到義和團運動到甲午中日戰爭，清政府從上到下親眼看到並切身地體會到了洋槍洋炮洋器物的威力，洋務運動正是在這種基礎上發展起來的，「中體西用」正是在這種情況下提出來的，但有意思的是，「洋務運動」不僅沒有動搖舊的社會制度，達到向西方學習從而走向富強的道路，而是恰恰相反，它還起到了維護舊的社會秩序的作用，

9　關於中國古代白話文與現代白話文之間的區別，可參見劉納〈1912-1919：終結與開端〉有關內容及注釋，《中國現代文學研究叢刊》1998 年第 1 期。

器物越發達，越先進，舊的社會秩序可能越穩定。西方的物理化學、火車輪船之所以沒有從根本影響中國人的思想，從根本上在於器物是工具層面的，它與思想沒有內在的關係。

戊戌變法之所以沒有成功，原因是多方面的，但有一個原因很重要，那就是，當時的許多人包括一部分先進的知識份子都還是在「器物」的層面上來理解它的，也是在「器物」的層面上來運作它的，把思想運動當作物質運動來運作，怎麼可能成功呢？從根本上說，文化更具有穩固性，更根深蒂固，更深深地埋藏在人的心底，更難改變。西方的新文化應該比其器物和制度更難以令中國人接受。但事實卻恰恰是新文化運動成功了。為什麼？我認為，最根本的是五四新文化運動抓住了語言，切中了問題的根本。除了少數有清醒意識的知識份子外，大部分的中國人絕不是因為認識到了中國只有從文化上進行變革才能從根本上進行變革之後才接受新文化的，對於大多數人來說，是在具體問題上接受了新的語言體系，最根本的是接受了新的術語、概念、範疇和話語方式的情況下，才從總體上接受新文化，從而改變思想和思維方式的。接受了新的概念、術語、範疇和話語方式就是接受了新的文化本身。

單從文化上來看，不論從哪一個角度，都不能說西方文化比東方文化優越，中西文化有如人的性格，只有喜歡與不喜歡的問題，沒有優劣之分。所以，五四時期中國人接受帶有濃厚西化色彩的新文化，並不是因為它先進或優越。五四時期，對文化的觀點顯然是各不相同的，但即使是反對西方文化的保守派也接受了新文化，這說明新文化還有比文化層面更深刻的東西，這更深刻的東西就是語言。用新語言、新思想反新文化並不是真正反新文化，用舊語言、舊思想反新文化才是真正反新文化。所以，五四時期新文化運動的

真正反對派是封建頑固派而不是「學衡派」。封建頑固派操文言講舊
道理，他們之所以失敗，並不是他們的道理沒有價值，而是因為在
國語已經普及、西方思想和思維方式普遍被接受的情況下，他們不
可能得到廣泛的回應。

　　中國文學的現代轉型是從語言變革開始的，正是現代白話導致
了五四新文學運動的迅速成功，並使中國現代文學作為一種文學類
型而確立下來。晚清黃遵憲、梁啟超等人也試圖對中國傳統文學進
行變革，但中國古代文學終於沒有在晚清發生轉型，其原因當然是
多方面的，但語言以一種巨大的、力量的、無形的限制，是其中最
重要的原因。他們也試圖超越傳統、反抗傳統，但由於根深蒂固的
古代漢語體系以及隱含在這語言體系中的思想體系，他們的反抗終
歸是在語言體系內的左衝右突，終歸是在傳統限度內的反抗。語言
就像一道魔障，使他們無法超越傳統，使他們的反抗歸於無效。所
以，古代漢語作為語言體系決定了中國近代文學本質上是中國古代
文學類型，晚清的「詩界革命」、「文界革命」實質上是中國古代文
學範圍內的文學改良運動，而不是「文學革命」。五四初，胡適的本
意也只是想進行文學改良，這從〈文學改良芻議〉的論文標題就可
以看出，而實際上，胡適也是在文學形式的意義上提倡白話文的。
但胡適所提倡的白話事實上不只是語言形式，同時也是思想本體，
它對文學的作用不僅僅只是具有文學形式的改良意義，更重要的是
具有文學內容的革新意義，這是胡適本人都所始料未及的。胡適所提
倡的白話只是在形式上與古代白話相同，只是在語言的工具層面上相
同，而在語言的思想層面上則與古代白話有著本質的區別，它實際上
是一種新的語言體系，即當時的「國語」──亦即現在的「現代漢語」。
它在工具的層面和思想的層面兩個層面都是完整的，因而構成體系。

　　現代漢語正是在現代白話以及相應的現代思想這兩大原則上確立了中國現代文學作為一種基本類型。胡適的〈關不住了〉是在確立了新詩的現代白話和現代思想兩大原則上具有「紀元」性，魯迅的〈狂人日記〉是在開創中國現代小說現代白話和現代思想的意義上開創了中國現代小說。現代漢語是構成中國現代文學的深層的基礎，中國現代文學的基本原則和基本特徵都可以從現代漢語的角度得到深刻的闡釋。

　　從思想的層面來說，現代漢語的最大特點是現代性，表現在術語、概念、範疇和話語方式上就是西方的「科學」、「民主」、「理性」、「自由」、「人權」、「哲學」、「文化」等，具有特定內涵的辭彙構成了現代漢語的「主題詞」。正是這些術語、概念、範疇和話語方式改變了漢語的言說方式，並從而改變了漢語的語言體系。五四新文學是現代漢語的重要來源之一，現代漢語正是以現代文學中經典作品作為典範而確立下來的。但現代漢語作為一種語言體系一旦形成，它就脫離了具體作品而具有相對獨立性，具有抽象性、具有自足性，就反過來對現代文學的言說具有規定性。現代文學在內容上豐富而複雜，寫什麼和如何寫似乎相當自由，似乎有無限的可能性，但無論怎樣自由創造，它絕不能超越現代漢語的限度，用古代漢語寫作或者用外語寫作，都不能稱為現代文學。用現代漢語言說，其思想只能是現代漢語的，言說的方式從深層上規定了言說的方向和內容，現代文學在思想上無法超越現代漢語所及的思想範圍。「科學」、「民主」這些現代漢語的「主題詞」從根本上規定了現代文學的「主題」。

　　以「科學」為例。古漢語中無「科學」一詞，與「科學」一詞意思比較接近的是「格致」。所謂「格致」，即「格物知致」，亦既窮究物理的意思，《禮記・大學》說：「致知在格物，物格而後知至」。

但「格致」和「科學」在內涵上顯然相距甚遠。現代漢語中的「科學」一詞是從日語中借用而來，而日語中的「科學」則是譯自英語的 science，所以，「科學」一詞本質上是從西方語言中來，五四初陳獨秀直接把「科學」音譯為「賽因斯」，又稱「賽先生」，深刻地說明了「科學」作為概念的外來性。「科學」作為語言的術語或概念或範疇，絕不是古已有之，而是五四時才從西方引進的，它本質上屬於現代漢語而不屬於古代漢語。但「科學」作為現象卻不是在五四時才開始的，古代的「格致」屬於寬泛的科學，近代的廣泛的學習西方的物理、化學、數學、地理等理論，以及廣泛的引進西方的器械和技術更屬於嚴格意義上的科學，洋務運動實際上是科學技術運動。但在古代漢語話語方式和語境中，這些都屬於「器」，屬於「形而下」，與「器」和「形而下」作為術語、概念和範疇密切相關的諸如「道」、「形而上」、「體」、「用」、「本」、「末」等一整套話語方式嚴格限制了科學作為實用技術向觀念方面的發展，所以科學作為事物在古漢語體系內無法伸展，這值得玩味和深思。「器」、「形而下」、「用」、「末」等概念及其深藏的觀念體系在深層上規定了科學不能從物理性向精神性方面擴展，也即不能向科學意識方面發展，這與其說是科學的力量有限還不如說是語言力量的強大。古代漢語實際上把科學作為事物嚴格地定位在一定的範圍內，當人們說「天不變，道亦不變」、「中學為體、西學為用」的時候，這種言說本身其實已經先在性地規定了「科學」的性質。所以，中國傳統的「格致」和近代從西方輸入的實用科學要得到解放，要真正從物質形態向精神形態，向意識、方法論轉化，必須置換語境，必須更換術語和概念，必須從總體上改變話語方式和話語體系。從「格致」、「西學」、「奇技淫巧」等術語向「科學」這一術語轉變也是概念的轉變，概念的

轉變其實也是觀念的轉變。同時，「科學」本身又是一個話語體系，「科學」作為概念的確立同時還會帶來一系列新的術語和概念，現代漢語正是在這種概念的轉變中完成思想的轉變，從而形成一種新的語言體系的。

「科學」作為概念是在五四時確立的，「科學」概念的確立關鍵在於科學作為方法和作為意識觀念的確立。我們說中國古代和近代沒有「科學」的概念，並不完全是因為沒有「科學」這個詞，而是在沒有科學意識、科學觀念、科學方法的意義上而言的。「1915 年 1 月創刊的《科學》雜誌和同年 9 月創刊的《新青年》（第 1 卷原名《青年雜誌》）標誌著中國現代『科學』觀念的確立，也是五四文壇『賽先生』的思想先聲。」[10]所謂科學觀念的確立，主要是方法的確立和意識、精神的確立，也即不僅承認科學作為物質實在，同時也承認科學作為思想形態。任鴻雋在《科學》創刊號上說：「科學之本質不在物質，而在方法。」[11]陳獨秀在《青年雜誌》創刊號上說：「科學者何？吾人對於事物之概念，綜合客觀之現象，訴之主觀之理性而不矛盾之謂也。」[12]科學不僅是具體的事物，而且是抽象的理性。1920 年，陳獨秀進一步對「科學」進行概定：「科學有廣狹二義：狹義的是指自然科學而言，廣義的是指社會科學而言。社會科學是拿研究自然科學的方法，用在一切社會人事的學問上，像社會學、倫理學、歷史學、法律學、經濟學等，凡用自然科學來研究、說明

---

[10] 劉為民：《「賽先生」與五四新文學》，山東大學出版社，1997 年版，第 2-3 頁。

[11] 任鴻雋：〈說中國無科學之原因〉，《科學》第 1 卷第 1 期（1915 年 1 月）。

[12] 陳獨秀：〈敬告青年〉，《陳獨秀著作選》第 1 卷，上海人民出版社，1993 年版，第 134 頁。

的都算是科學。」[13]科學不再限於物理自然，而擴展到人文領域，這樣就把文學也和科學聯繫起來，科學既屬於「形而下」，也屬於「形而上」，科學正是在「形而上」的意義上對文學具有巨大的影響。

　　科學作為概念、範疇和話語方式、話語體系一旦確立，就對中國文學發生了深刻而深遠的影響。正是「德先生」和「賽先生」揭開了中國文學的現代轉型的序幕。科學不僅是反對封建迷信、破壞封建禮教的有力的武器，而且也是建設新文化、新文學的基本保障。科學作為話語方式和話語體系是構成中國現代文化和中國現代文學的深層的基礎之一。中國現代文學史上的著名作家都不同程度地受科學思想的影響，魯迅就說過他創作〈狂人日記〉，「大約所仰仗的全在先前看過的百來篇外國作品和一點醫學上的知識，此外的準備，一點也沒有」[14]。聞一多說「《女神》裏富於科學底成分」，「詩中所運用之科學知識」，「那謳歌機械底地方更當發源於一種內在的科學精神」[15]。「科學」是五四新文化運動和新文學運動的一面旗幟，也是五四新文化運動和新文學運動的基本精神，它事實上也構成了新文學的基本話語方式，也構成了中國現代文學的基本主題之一。「科學」是現代漢語的「主題詞」之一，從語言的思想層面上來說，正是「科學」以及相關的「理性」、「知識」、「感性」、「邏輯」、「實踐」、「證明」、「術語」、「概念」、「範疇」等，構成了現代漢語的現代思想性的一個方面。不管承認不承認科學，只要是用現代漢語來

---

[13] 陳獨秀：〈新文化運動是什麼？〉，《陳獨秀著作選》第 2 卷，上海人民出版社，1993 年版，第 123 頁。

[14] 魯迅：〈我怎麼做起小說來〉，《魯迅全集》第 4 卷，人民文學出版社 1981 年版，第 512 頁。

[15] 聞一多：〈「女神」之時代精神〉，《聞一多全集》第 2 卷，湖北人民出版社，1993 年版，第 112-113 頁。

言說，用現代漢語來寫作，就不可避免地要受到科學思想的影響，這是不以人的意志為轉移的。劉為民先生《「賽先生」與五四新文學》一書詳細論證了科學與五四作家知識結構、五四新文學觀、五四新文學主題、五四新詩意象、新文學創作方法之間的關係，非常有道理。

其實，對於「民主」、「人權」、「社會」、「意識形態」、「哲學」等作為話語方式和話語體系都可以作如是分析。通過這種分析，我們可以得出結論：現代漢語在思想的層面上從深層上控制著作家的言說，從而控制作家的思想，在這一意義上，現代漢語構成了中國現代文學的深層的基礎。

第二節　語言變革與中國文學現代轉型

對於為什麼要發動五四新文學運動，過去研究比較多，也比較充分。而對於五四新文學是如何發生以及如何得以發生？過去研究比較少，理由也比較表面。從晚明開始，文學就在強烈地呼籲革命，整個近代文學都是在探尋文學的變革，近代資深的思想家梁啟超、黃遵憲、章炳麟、蔡元培等人不僅從理論上提倡文學變革，而且身體力行地嘗試新的創作。提倡思想革命，向西方學習也一直是近代文學的一個基本主題。無論是內在要求上，還是外在動力上，近代文學都應該發生變革。但文學在近代就是沒有發生真正的變革，中國文學的轉型也沒有在近代發生。政治、經濟以及一定限度的借鑒和學習的確會對文學的發展變革有促進作用，有時其影響甚至還是巨大的，但對於文學變革來說，這些並不具有決定性，至少對於五

四新文學的發生，這些並不是根本性的。我比較贊成林毓生先生提出的「文化與社會制度的互相不能化約性」的觀點[16]，政治、經濟、文化的轉型並不意味著文學的必然轉型，文學乃至文化的轉型也不意味著政治經濟的必然轉型。中國現代文學與中國現代文化的進程是一致的，但這並不意味著二者之間有本質的必然聯繫。

　　早在 1905 年，王國維就深刻地認識到語言與思維和思想之間的關係，他也嘗試用新的術語、概念和範疇來解說中國文學，但從他當時的知識結構來看，他的新思想還只是局部的，他雖然接受了西方叔本華、尼采等人的思想，但他知識的主體部分仍然是中國傳統的，也只能是中國傳統的，因為他的語言系統還是古漢語體系。所以，王國維的新文學批評雖然具有新質，對中國現代文學批評具有開創意義，甚至奠定了一種新文學批評的雛形，但從根本上仍然是古典的。王國維的文學批評在性質上是改良而不是革命。後來，王國維一步一步回歸傳統，以至於生命都具有悲劇性質。語言方式既是王國維傳統性的表徵，同時也是他沒能走向新文化的原因。五四新文學運動並沒有直接從王國維那裏吸取養分，並不是在他的基礎上的前行，而是更徹底的「從頭做起」。同樣，梁啟超等人也想發動一場深刻的思想革命，但沒有成功，並不是梁啟超的聲望不夠，也不是時機不成熟，也不是缺乏呼應，而是根本上不得要領。新思想必須有新的語言，梁啟超總是把西方的術語、概念、範疇納入中國古代語言體系，納入中國的思維方式，用古代的話語方式和思維方式來表達，自然是「舊皮囊裝新酒」，不倫不類。

16　林毓生：《中國傳統的創造性轉化》，生活・讀書・新知三聯書店，1988 年版，第 239 頁。

　　對於這種「舊皮囊不能裝新酒」，五四時期的周作人和胡適都有所論述。周作人在《中國新文學的源流》一書中論證用白話的理由說：「比如，有朋友在上海生病，我們得到他生病的電報之後，趕即到東車站搭車到天津，又改乘輪船南下，第三天便抵上海。……若用古文記載，勢將怎麼也說不對。『得到電報』一句，用周秦諸子或桐城派的寫法都寫不出來，因『電報』二字找不到古文來代替，若說接到『信』，則給人的印象很小，顯不出這事情的緊要來。『東車站』也沒有適當的古文可以代替，若用『東驛』，意思便不一樣，因當時驛站間的交通是用驛馬。『火車』、『輪船』等等名詞也都如此。所以，對於這件事情的敘述，應用古雅的字不但達不出真切的意思，而且在時間方面也將弄得不與事實相符。……從這些簡單的事情上，即可以知道想要表達現在的思想感情，古文是不中用的。」[17]他認為古文與古代思想是緊密聯繫在一起的：「這宗儒道合成的不自然的思想，寄寓在古文中間，幾千年來，根深蒂固，沒有經過廓清，所以這荒謬的思想與晦澀的古文，幾乎已融合為一，不能分離。」[18]胡適則把文言稱為死文字，認為「死的文字不能表現活的話語」，比如《水滸傳》上石秀說：「你這與奴才做奴才的奴才」，用古文翻譯就是：「汝奴之奴」，其意義就大變。當然，胡適和周作人這裏所說的都還是日常生活的話語問題，還屬於恩格斯所說的社會科學中的「小買賣」範疇，而涉及到比較複雜的思想問題，古漢語系統與西方現代思想之間的方鑿圓枘就更明顯。

[17]　周作人：《中國新文學的源流》，華東師範大學出版社，1996 年 3 月版，第61 頁。
[18]　周作人：〈思想革命〉，《中國新文學大系·建設理論集》，良友圖書公司，1935 年版，第 200 頁。

　　正是因為如此，所以胡適非常看重語言革命對文學革命的重要性，他說：「歷史上的『文學革命』全是文學工具的革命。叔永諸人全不知道工具的重要，所以說『徒於文字形式上討論，無當也』。他們忘了歐洲近代文學史的大教訓！若沒有各國的活語言作新工具，若近代歐洲文人都還須用那已死的拉丁文作工具，歐洲近代文學的勃興是可能的嗎？歐洲各國的文學革命只是文學工具的革命。中國文學史上幾番革命也都是文學工具的革命。這是我的新覺悟。」[19]應該說，胡適的概括是非常準確的，他看出了文學革命的關鍵之所在。但由於胡適根深蒂固的語言工具觀，所以他只是看到了語言革命的現象，並沒有深刻地認識到語言革命的本質，他的理論是直觀的。也是在這一意義上，胡適等人發動的五四新文學運動很快就成功，多少又有些運氣，難怪胡適本人也感到有些意外的。

　　事實上，我認為，語言革命即思想革命，反過來，思想革命亦即語言革命，語言和思想是絕對的難以分割。五四新文化運動，與其說是一場思想革命，還不如說是一場語言革命。中國文化從近代向現代的轉型，並不是以提出了多少新的觀點或人們接受了多少新觀點作為標誌的，而是以建立新的中國現代語言系統和人們接受這新的語言系統作為標誌的。沒有這種語言系統，中國現代文化的轉型是難以想像的。

　　「中國現代文學是適應思想的要求而發生的」，這樣的話從語義上分析是不通的，業已遭解構。在文化總體上，新文學和新文學的思想是同一過程，絕不可能是先有某種新思想然後才有文學適應這種思想而發生變革，這不過仍然是語言工具觀。中國現代文學和中

---

[19] 胡適：〈逼上梁山——文學革命的開始〉，曹伯言選編《胡適自傳》，黃山書社，1992 年 7 月版，第 112 頁。

國現代文化在進程上是一致的，中國現代文化與中國現代社會在進程上也是一致的。但中國現代文化與中國現代社會之間並沒有必然的一致性，「器物」、「制度」與文化之間並不具有必然的一致性。五四時期普遍的觀點認為洋務運動與戊戌變法失敗的根本原因在於沒有相應的新文化，認為先進的器物必須有先進的文化基礎，這並沒有絕對的根據。其實，洋務運動能夠在中國發展成為一個巨大的實業運動，並對中國的社會發生深刻的影響，就深刻地說明了這一點。洋務運動失敗的原因是多方面的，現在看來有很多失誤，有偶然性，有些失誤其實是可以避免的，在當時的政治環境下，它是可以成功的，它的失敗與當時的政治文化沒有必然的關係。

中國現代社會是在大規模地向西方學習，但又深受中國傳統社會的掣扯的情況下發展起來的，它是在各種合力的作用下的一種新的平衡，所以它既不同於中國傳統社會，又不同於西方社會，是一種新的社會形態。與中國現代社會一樣，中國現代文學始終是在向西方文學學習的過程中發展起來的，不同的是，中國現代文學不是以模仿作為目的，不是因為落後才去學習的，而是因為傳統的文學於社會的現代化不利而才去學習西方的功利主義文學。中國傳統文學在藝術形式上沒有什麼不好的。

同時，中國現代文學變革也是出於文學本身的革新與創造的需要。文學的變革和創新是文學的天性，不論是從作家的創造欲望來說還是從讀者的接受心理來說，都是這樣，這是有充分的文學理論和心理學根據的。文學的變革既深受外在因素的影響，又有它自身的內在規律，文學與時俱進，這是文學發展的規律。所以，中國現代文學與中國現代社會的發展在進程上雖然一致，在形態上也非常相似，都具有強烈的西化特徵，但在形成的原因上卻是有著根本性

不同的。中國現代文學的變革,是因為傳統文學在形式上長期停滯
不前,在內容上與社會發展不協調,無論是形式上還是內容上,其
變革的深層原因都是內在的。西方文學作為一種全新的文學,其輸
入給中國文學帶來了很大的衝擊,一定程度上動搖了中國傳統文學
觀念,增加了中國文學變革的動力,但這並不能決定後來的文學革
命採取新文學的方式,單就文學上來說,中國沒有必要非選擇後來
的新文學不可。現在看得比較清楚,中國在政治上落後,經濟上落
後,但在文學上卻不能說落後,中國並不是為了文學上的先進和強
大才學習西方文學的。

　　近代文學一直在追求變革和創新,一直在探索新的表現形式和
表達新的時代內容,這並不是五四時才開始的。比較五四新文學和
近代文學,我們發現,單從理論內容上看,二者之間並沒有實質性
的差別。五四新文學最初的理論在內容上主要就是陳獨秀所說的
「三大主義」:「曰推倒雕琢的阿諛的貴族文學,建設平易的抒情的
國民文學;曰推倒陳腐的鋪張的古典文學,建設新鮮的立誠的寫實
文學;曰推倒迂晦的艱澀的山林文學,建設明瞭的通俗的社會文
學。」[20]這和近代梁啟超等人的文學改良其實是一脈相承的,只不
過更激進、更徹底一些,所以謂之「革命論」。在形式上就是胡適的
白話文學理論,即所謂「八事」[21],「八事」,一言以敝之就是怎麼
想就怎麼寫:「有什麼話,說什麼話;話怎麼說,就怎麼說。」「是
什麼時代的人,說什麼時代的話。」[22],但其實這也並不是什麼很

[20] 陳獨秀:〈文學革命論〉,《中國新文學大系・建設理論集》,良友圖書公司,
　　1935 年版,第 44 頁。
[21] 胡適:〈文學改良芻議〉,《胡適學術文集・新文學運動》,中華書局,1993
　　年版,第 19-29 頁。
[22] 胡適:〈建設的文學革命論〉,《中國新文學大系・建設理論集》,良友圖書公

新的東西，早在近代初，馮桂芬就提出「稱心而言」[23]，王韜提出「自抒胸臆，俾人人知其命意之所在，而一如我懷之所欲吐」[24]，黃遵憲提出「我手寫我口」，要求「明白曉暢，務期達意」、「適用於今，通行於俗」[25]。梁啟超提出「文界革命」，裘廷梁提出「崇白話而廢文言」，他認為「愚天下之具，莫文言若；智天下之具，莫白話若」[26]。事實上，在胡適之前，晚清不僅有人從理論上提倡白話文，而且有一個廣泛的白話文運動[27]。但為什麼近代文學革命沒有發生而獨獨五四新文學成功了呢？

　　解釋起來是複雜的，但我認為從語言的角度進行解釋是最重要的。五四時期的思想是和五四時期的白話文緊密地聯繫在一起的，毋寧說二者一而二而一。關於當時的白話文，我們在上面已經作了詳細的論述。同樣是白話，五四時期胡適所提倡的白話不同於古代白話，新文化運動的白話文運動不同於晚清的單純意義上的白話文運動，新文學的思想不同於近代文學的思想，雖然同樣表現出學習西方、反抗傳統、平民化、世俗化等特點。晚清白話文運動和 30 年代的文藝「大眾化」運動有根本的相似性，本質上是語言工具革命，而不是語言思想革命，它的主要目的不是表達一種新的思想，而是

　　司，1935 年版，第 128 頁。

[23] 馮桂芬：〈復莊衛生書〉，郭紹虞、羅根澤主編《中國近代文論選》上冊，人民文學出版社，1959 年版，第 14 頁。

[24] 王韜：〈弢園文錄外編自序〉，《弢園文錄外編》，中州古籍出版社，1998 年版，第 31 頁。

[25] 黃遵憲：《日本國志・學術志二・文學》。

[26] 裘廷梁：〈論白話為維新之本〉，郭紹虞、羅根澤主編《中國近代文論選》上冊，人民文學出版社，1959 年版，第 178 頁。

[27] 參見陳萬雄：《五四新文化的源流》，生活・讀書・新知三聯書店，1997 年版，第 6 章第 1 節。

掃除思想上的文字方面的障礙，即把難以理解的語言換成通俗易懂的語言，從根本上是文字簡易化。而五四新文學運動既是語言作為工具的革命，也是語言作為思想的革命，雖然五四新文學運動的倡導者們並沒有深刻地認識到他們所提倡的白話文具有思想性，並沒有意識到他們所使用的白話實際上不同於古代白話。

　　事實上，同樣是提倡白話，胡適和近代的理論家在理論來源上是有很大不同的。晚清在語言上可以說是一種實用功利主義目的，實際上是用白話文宣傳舊思想，白話文是大眾語，用白話文的根本理由是可以向大眾宣傳用文言表達但大眾無法理解的思想，這裏，白話文在思想的層面上可以說是古漢語的翻譯語言。而胡適等人提倡的白話文在思想的層面上可以說是西方語言的翻譯語言，是一種強烈西化的新語言，表達的是新思想。

　　現在沒有確切的材料證據顯示胡適當時提倡白話文的語言心理過程，但從胡適大量的有關他提倡白話文的論文和傳記材料來看，他的白話具有工具性，但更重要的是一種思想和思維方式，其本質是譯語系統。在語言上，胡適實際上操兩種系統，一是中文，包括文言文和白話，文言文是他早年接受的，是純粹的書面語，主要限於思想的層面，胡適能操作，但操作得並不熟練，文言文在胡適的頭腦中並不根深蒂固，沒有達到從根本上束縛他思維的地步。白話也是他自早年就接受的，它主要是一種日常交際語言，主要是口語，但也有書面語的性質，對於胡適來說，它既是工具性的語言，也是思想性的語言，出國留學之前，他的思想方式具有強烈的白話性質。二是英語，這是他在美國八年的主要語言方式，也是他主要的思想方式。與很多留學生不同，在美國期間，胡適從根本上是用英語思想，接受了英語就接受了英語的世界觀和思維方式，改變了話語方

式就改變了思想方式，八年的英語思想可以說使胡適徹底地脫胎換骨，在思想體系上形成了與中國傳統迥異的話語方式，文化上、哲學上、文學上都是如此。但英語思想如何轉化為中文思想呢？或者說胡適是如何用中文來思考那些他用英語思考的問題呢？從他後來提倡白話文的理由來看，他是直接用白話文進行思考的。但在當時，漢語的正統語言是文言，就是說，胡適如果要用中文表達他的思想，他必須費力地先把英語話語方式轉化成白話方式，然後再把白話方式轉化成正統的文言方式，而英語和文言文則根本上是兩套語言系統，其方鑿圓枘，很難相融，工具性的物質名詞之類的語言還好說一些，最大的問題是英語中的一些思想根本就無法用文言文進行準確的翻譯表達，這是嚴復在翻譯《天演論》時碰到的老問題，胡適深深地感到文言，特別是成語典故具有它特定的內涵和意義，他深深地感到用文言翻譯英語思想的彆扭，所以他提出直接用白話。我認為這是胡適提出白話文理論的深層的心理理由。所以，胡適的白話文理論不是晚清白話文運動的繼續，胡適並不是受近代白話文影響而提出白話文理論的，而是另起爐灶，它有著深刻的中西文化比較的背景，他的白話文理論和晚清的白話文理論有著本質的不同。

　　把胡適的思想轉換過程和中國當時的翻譯進行比較是非常有意義的。翻譯在中國近代史上的怪異，林紓的翻譯是最典型的代表。其實，當時真正的也可以說最好的翻譯是「口譯」，或者說最接近原文意義的是「口譯」。由於語音文字材料沒有留存下來，我們現在無法知道當時「口譯」的詳細情況，但我們大致可以肯定，當時的「口譯」應該是一種缺乏修飾的白話文翻譯。但由於根深蒂固的傳統語言觀或者說傳統思想，比較好的「口譯」反而被認為不合適，因為它不符合中國當時的語言方式和思想傳統。學術界對林紓的翻譯一

直評價比較高，其實，從過程上來說，林紓的翻譯並不是真正的翻譯，它根本上是一種改寫，另外意義上的一種翻譯，即把「白話」譯成文言，它從根本上是把西方思想納入古代漢語系統，即錢鍾書所說的「漢化」：「盡可能讓我國讀者安居不動，而引導外國作家走向咱們這兒來。」[28]林譯小說地道中國古典式小說，而不是現代小說。所以，經過兩次「中轉」，最後的譯文和原來的小說相比可以說已經面目全非，套用柏拉圖的話說是，「影子的影子」，「和真理隔三層」。這一點錢鍾書先生其實已經深刻地認識到了，他通過把原文和林紓的譯文進行對比，認為林紓的翻譯實際上具有創作的性質。

　　洪堡特說：「人從自身中造出語言，而通過同一種行為，他也把自己束縛在語言之中；每一種語言都在它所隸屬的民族周圍設下一道樊籬，一個人只有跨過另一種語言的樊籬進入其內，才有擺脫母語樊籬的約束。」[29]語言以一種無形的力量牢牢地控制生活在其中的人們，如果沒有外語的根本性衝擊，人們想衝破母語的牢籠，跳出母語的魔障，是不可能的，有如抓住自己的頭髮把自己提起來一樣不可能。對於一直生活在古漢語環境中的人來說，他只能在古漢語中打轉，他的思維方式、思想方式都深深地被傳統的話語方式控制著，不可能超脫。所以中國人對於西方文學的最初反應是把它納入古漢語體系。在這種情況下，真正的直接翻譯，即「口譯」被擯棄，而林紓的對「口譯」的翻譯這種間接翻譯卻被當作真正的直接翻譯，這具有必然性，沒有什麼怪異的，真正怪異的是至今為止人們還沒有認識到問題的真正所在。

---

[28] 錢鍾書：〈林紓的翻譯〉，《七綴集》，上海古籍出版社，1985 年版，第 80 頁。
[29] 洪堡特：《論人類語言結構的差異及其對人類精神發展的影響》，商務印書館，1997 年版，第 70 頁。

　　所以，關鍵的問題並不是是否「我手寫我口」的問題，而是「口」的問題，不論是用白話「說話」還是用文言「說話」，只要是傳統的話語方式，無論怎樣原本地寫出來，終歸還是傳統的，這裏，不在於怎樣「寫」，而在於怎樣「說」，真正的革命是「口」的革命而不是「寫」的革命。「我手寫我口」作為對晚清文學創作公式化、概念化等僵化主義的反撥，具有進步意義，但對於思想革命來說，它不是關鍵。近代文學古典性的根本原因不是「手」、「口」分離，而是「口」從根本上的古典性。

　　白話有白話的價值包括文學上的審美價值，裘廷梁早在〈論白話為維新之本〉中就提出來了，白話的優點並不是胡適第一個發現的。而且，單從語言作為工具上或者文學的形式因素即修辭和美學上來說，白話不一定優越於文言，「學衡派」的理由也是很充分的，至少對於習慣用文言的人比如「學衡派」諸君來說，文言比白話優美，他們對文言的維護和對白話的反對有他們內在的文化基礎，他們是真誠的。胡適提倡白話文有他接受西方文化的內在基礎，他也是真誠的，但他提倡白話文的理由並不能令人信服，並沒有從根本上抓住問題的實質，也難怪他無法說服他的留美同學，也無法駁倒「學衡派」和「甲寅派」諸人，他的論證比語言保守主義者的論證更缺乏理性特徵，更多的是冷嘲熱諷，他的勝利是事實的勝利而不是理論的勝利。

　　用白話沒有哲學的必然性但具有歷史的必然性。晚清的落後以及政府在政治軍事上的全面失敗使變革成為當時中國歷史的最大主題。古漢語作為中國傳統世界觀和思想體系以及思維方式具有強烈的守舊性，所以語言的變革具有歷史必然性。當時一大批接受西方文化的知識份子回國，他們深深地感到古漢語無法準確地表達他們

在西方所接受的思想,他們強烈地感到傳統話語方式與他們所接受
的思想和思維方式格格不入,他們強烈地要求語言變革,可以說,
語言變革是勢在必然,大勢所趨。但語言如何變,往哪裏變,卻有
多種可能,有多種選擇,這就是我所說的「用白話沒有哲學的必然
性」的含義。就當時來說,實際上有三種選擇,一是改造文言文,
即在古漢語中增加西方的新名詞、新術語、新概念,當時的許多知
識份子——包括一部分先進的知識份子認為這是一個非常簡單而容
易的事,是一個不足道的事,但事實並非如此,因為古代漢語思想
和西方思想從根本上是兩種思想,古漢語和西方語言是兩套語言系
統,二者並不能輕易地相容。從理論上,這也並不是絕對沒有可能,
但在近代,這種嘗試事實上是失敗了。古漢語作為一個封閉而超穩
定的系統,在思想上相當頑固,僅靠增加一些新名詞、新術語、新
概念是不可能改變傳統的世界觀和思維方式的。二是廢漢字改用西
方的拼音文字,這可以稱作語言上的「全盤西化論」,因為文字是語
言的基礎,廢除漢字其實就是徹底地廢除古漢語。這種可能性從理
論上說也是有的,世界歷史上一些小的民族曾有過這樣的先例,但
在具有強烈民族主義特色的、具有根深蒂固的民族文化傳統和文化
自成體統的中國,這是不可能行得通的,因為正如前面我們已經說
過的,語言是一個民族的最深層的基礎,母語的喪失意味民族性的
徹底喪失,這是中國人從上到下都不會同意的,所以這一派的勢力
最小,贊成的人也很少。第三種方案是既不喪失民族性,同時又吸
收西方的先進的話語方式、思想方式和思維方式,這就是借用白話,
因為相對來說,當時的白話最具有工具性,既可以和文言相容,又
可以和西方的語言相容,最根本原因還在於當時的白話不構成一個
完整的語言系統,不具備獨立的思想體系,是附庸的,它可以按照

一定的意志進行改造。在當時，白話事實上扮演著「中間人」的角色，在一定程度上起著溝通中西思想的作用，所以，這一方案不論從理論上還是從實際上都最可行。

五四時期的白話運動實際上就是傳統白話的改造運動，現代白話文實際上就是在傳統的白話文基礎上吸收了西方語言系統的語法、辭彙特別是思想辭彙，繼承了一定的傳統思想而形成的，它本質是一種新的語言系統，是一種不同於古代漢語，又不同於西方語言的第三種語言系統，從成分上分析，它在工具的層面上是傳統的成分多，在思想的層面上則是西方的成分多。所以，現代白話文主要是在工具的層面上繼承傳統，仍然保持了傳統的交際的原本特色，能夠為中國大多數的有一定文字基礎的人甚至文盲所接受，突破了文言的限制，克服了文言的缺陷，實現了近代啟蒙思想家所一直追求和期望的目標。而主要是在思想的層面上借鑒了西方的語言特色，這是比較深層的，這是當時的新文化運動的倡導者們沒有認識到、現在的一般人也沒認識到的。從思想和思維的角度來說，現代白話文構詞法，雖仍然運用的是文言系統中的大多數字甚至辭彙，但其意義卻有根本的不同，所以區分白話與文言絕不能簡單地從外表的字和辭彙來區分，而應該從思想和世界觀的角度來區分。在這一意義上，胡適提倡的白話文還是比較折中的，相對來說，能夠被各方面接受的。所以，在當時的情況下，胡適站在他接受的西方文化基礎上，提倡白話文，可以說是水到渠成。也是在這一意義上，現代白話文具有歷史的必然性。

當然，現代白話文的形成是一個漫長的過程，從晚清的白話文運動，到 80 年代的新名詞大爆炸，到 90 年代的西方話語方式的大量借用，都屬於這一過程的一部分，特別是從普通民眾的接受來說，

不論是從心理上還是從知識的角度，現代白話文的形成都有一個漫長的過程。但《新青年》的白話運動是一個標誌，是「質變」階段，當北洋政府教育部 1920 年 1 月 12 日正式確立白話文作為國語[30]，並且國語在全國範圍內代替文言文而通行，中國現代文化實際上就最終從儀式上確立了，白話文的不可逆轉也標誌著新文化的不可逆轉。白話文不僅是新文化得以發生的最根本原因，也是新文化得以確立下來的最重要的保障，只要是語言不發生根本的變革，中國文化類型就不可能發生根本的轉型。只要現代白話文作為國語的地位不動搖，中國現代文化就不可能從根本上動搖。現代白話確定了，現代哲學、現代文學、現代歷史學一切都水到渠成，其出現具有必然性。現代哲學、現代史學、現代文學、現代教育學，甚至現代政治學其實都是現代白話的延伸和演繹，是現代白話作為思想體系思維方法和世界觀的必然結論，所以，我認為，現代白話確立和通行後的諸多具體的新文化運動，諸如戲劇改革、教育改革等與白話文運動相比都不具有根本性。社會主義思想是不可能在古漢語的語境下產生的，馬克思主義在中國古代社會是無法傳播的，「文化大革命」只能在現代漢語的思想語境和世界觀下發生。五四新文化運動以後，中國的新文化雖然經歷了曲折的過程，特別是 1949 年之後，中國現代文化經歷了最嚴峻的考驗，但即使是「文化大革命」，也沒有從根本上脫離新文化的類型範圍，對傳統的全盤否定和對馬克思主義以外的一切西方古典和現代價值的否定，不過是五四文化革命的一種極端化形式，「文化大革命」不屬於中國古代的文化範疇類型，它不可能產生於中國古代，張春橋、姚文元的大批判文章從根本上

---

[30] 見〈小學改用國語之部咨〉，《晨報》1920 年 1 月 14 日。

是具有強烈西方色彩的現代漢語話語方式，而不是古代漢語話語方式。「文化大革命」是一次宗教式的狂熱，而這種宗教正是從西方輸入的，中國傳統的宗教和準宗教不可能導致這種狂熱。

而新文學運動則是整個新文化運動的急先鋒，它既是白話文運動的產物，同時又對白話文的推廣和普及起到了推波助瀾的作用。新文學對現代漢語的形成起了巨大的作用，因而也對新文化的形成起了巨大的作用，因為文學的「寓教於樂」性決定了它比其他文化類型具有更廣泛的群眾性、人眾性，更適宜普及和宣傳現代漢語。從文學理論上現在回頭看梁啟超的〈論小說與群治之關係〉，梁啟超對小說的社會作用似乎誇大其詞了，「欲新一國之民，不可不先新一國之小說。故欲新道德必新小說，欲新宗教必新小說，欲新政治必新小說，欲新風俗必新小說，欲新學術必新小說，乃至欲新人心，欲新人格，必新小說。何以故？小說有不可思議之力支配人道故。」[31]小說簡直成了神話，但五四時期，小說以及其他文學的故事的確像神話似的，其作用的確如梁啟超想像的那樣，甚至過之。五四新文學之所以如此神奇，其文學性本身當然是很重要的原因，但更深層更重要的原因則是語言，新文學的神奇與其說是文學的神奇，還不如說是語言的神奇。

五四時期，翻譯文學形成一種廣泛的思潮，對新文學的影響也很大，新文學就是在學習西方文學的基礎上而形成的。但是，從原理上，翻譯文學與新文學沒有邏輯必然性，西方文學正是在語言的作用上對中國現代文學發生具有根本性，如果沒有現代白話文，沒有現代西方思想和思維方式，翻譯文學不過是林譯小說，不過是譴

---

[31] 梁啟超：〈論小說與群治之關係〉，《飲冰室文集》之十（新印《飲冰室合集》第 2 冊），中華書局，1989 年版，第 6 頁。

責小說，不過是贋品福爾摩斯，不過是鴛鴦蝴蝶派，近代文學史上，西方文學在古漢語中變成了種種哈哈鏡，充分地說明了這一點。近代文學也受西方的影響，但本質上是傳統的，新質成分少。

新文學是民族的，但不是傳統的，只要是漢語文學就是民族文學，但新文學是深受西方文學和文化影響的新型的民族文學，所以，我認為，新文學本質上是現代漢語文學，它既不同於傳統文學又不同於西方文學，是一種新的第三種文學，即現代文學。當然，在具體內涵上，如何確定新文學，有很多爭論，但從語言的本質這一角度來規範新文學，我認為是最深刻、最根本的。中國現代文學的轉型最根本的原因是語言的轉型。

第三節　「世紀末文學轉型」的語言學質疑

中國有文明史以來，文化一共只發生了兩次大的轉型，第一次發生在春秋戰國時期，第二次發生在五四時期。第一次是如何發生的？由於春秋之前的史料比較匱乏，我們現在很難把它弄清楚，可能永遠也弄不清楚。第二次轉型是如何發生的？應該是可以弄清楚的，但並沒有人認真地研究這一問題。現在則有所謂「世紀末轉型」之說，可稱之為「第三次轉型」。但這次「轉型」在理由上似乎相當脆弱，「世紀」是一個時間概念，時間上的「世紀轉變」本質上是人為的，它與社會文化的轉變之間沒有必然的聯繫，把這二者關聯起來，其實是中國古代具有迷信色彩的「紀元」思想。利用上層領導和民眾都可以接受的「紀元」觀念來達到推動社會文化轉型的目的，作為一種策略是可以理解的，也是合理的。但總的來說，期望中的

這次轉型疑竇叢生，前景難以預料。為什麼要轉型？向哪裏轉型？我們現在的「型」是什麼樣的？理想的「型」是什麼樣的？又如何「轉」？這些都是難題，大談「轉型」的人並沒有對這些問題進行深入的研究。

　　「型」即類型，從目前使用它的語境來看，運用於社會文化，它是一個非常大的概念。社會文化轉型是非常重大而複雜的問題，它不是指社會結構、經濟、倫理、道德、社會風尚、文化體制、哲學、文學藝術等某些個別因素的轉變，而是指社會文化在總體上性質的根本轉變。我們發現，兩次大的文化轉型都與語言變革有非常密切的關係。那麼，當代語言是否在發生變革？從語言的角度來看，中國當代文學是否會發生轉型？本節將試圖回答這一問題。

　　回顧五四新文化運動，我們看到，從動因上，新文化運動在根本上與當時的政治經濟有密切的關係。鴉片戰爭以來，在內政上，中國從洋務運動到戊戌變法全面失敗，在外務上，中國在戰場上一敗再敗，導致外交上的喪權辱國，內外交困，中國處在深刻的危機之中。中西在強弱上的鮮明對比，使五四時期比較清醒的知識份子特別是從西方留學歸來的、深愛西方影響的中國知識份子相信，不承認中國的落後是不行的，中國要富強，必須向西方學習，器物、政治體制上的學習是外表的、不徹底的，他們認為文化才是根本，必須從思想和思維方式上轉型，所以發動新文化運動。當然，這種思路是否正確是值得商榷的，但當時的大多數知識份子的確是這樣想的。新文化本質上還是承諾——和洋務運動、戊戌變法一樣的承諾。所以，中國文化向哪裏轉型，非常明顯，一言以蔽之：「西化」，全面地學習西方，現在我們稱之為「現代化」，但「現代」這一概念是後來逐漸明確的，當時認為「現代化」（或稱「近代化」）就是「西

化」[32]。五四新文化運動是一場激進的文化革命運動，具有強烈的反傳統和西化特徵，中國文化向西方轉型是新文化運動非常明確的方向，因此，理想的文化類型就是西方式的科學民主而富強的社會，「德先生」、「賽先生」是當時的兩面大旗。中西文化融合論是後來的理論，也是後來的事實，但當時新文化運動的理論主張和理想目標卻遠比後來的事實要激進。

五四新文學的轉型與新文化轉型不完全是出於相同的理由。新文學並沒有新文化的強烈政治使命感，它的確有思想革命的目的，但文學的藝術性本身則是它更重視的。新文學一方面是新文化的最重要的一部分，是急先鋒，它負有開啟民智、宣傳新思想的使命，但它的變革也是出於文學變革的天性。近代以來，文學一直在尋求變革的途徑，一直在尋找內在的變革，但沒有成功。這一次的變革與以往的不同是：它深受西方文學的影響，內在的動機但卻完全變成了外在的力量，內力轉化為外力，具有徹底性。與新文化運動相比，新文學運動在政治功利目標上似乎更可以概括為「現代化」而不是「西化」，中國並不是因為文學比西方文學落後才進行文學革命的，政治經濟上有先進與落後的區分，但文學上並沒有明顯的先進與落後的區分，文學上只有藝術精神的不同，藝術形式的不同，只有喜歡與不喜歡的問題，而沒有明顯的優越與不優越的問題，這一點，五四新文學的先驅們是有清醒認識的。所以，五四新文學運動並不絕對地是以西方作為參照系，新文學運動的革命動力更是內在的，不是為了向西方學習而革命，而是因為傳統的停滯與保守而革命。新文學運動的根本是反傳統，不滿於傳統文學在內容上的陳腐

---

[32] 羅榮渠主編：《從「西化」到現代化——五四以來有關中國的文化趨向和發展道路論爭文選》，北京大學出版社，1990 年版。

和形式上的僵化，如果一定要說目標的話，那就是要求建立一種新型的文學。所以，理想的新文學並不是西方式的，而是一種現代性的，但在當時「現代化即西化」的信念上，新文學事實上是以西方作為楷模的，中國現代文學事實是走西化的路子，中國現代文學深受西方文學的影響，從內容到形式都是如此。後來的學者們只看到新文化與新文學在現象的相似而認為它們在原因上也是一樣的，這是錯誤的。

在如何轉型上，新文化和新文學不約而同地選擇了從語言著手，雖然當時選擇語言的理由非常表層和淺顯，但現在看來，這是最深刻最要害的，是得以成功的關鍵。中國現代文學的轉型最根本的原因是語言的轉型。

再看當代文學。回顧新文學近 80 年所走過的歷程，我認為，與政治和文化的發展過程相一致，新文學大致經歷了這樣四次人的變化：

一、1949 年隨著國民黨政權的垮臺和新中國的建立，文化則從過去的無政府主義狀態，轉變為統一的以馬克思主義毛澤東思想為意識形態的一元文化。文學也是這樣，過去是各種文學獨立並存，解放區的工農兵文學在過去只是各種文學中的一種，現在則是一枝獨秀，開遍全國，過去的自由主義文學、代表國民黨意識形態的資產階級文學、中國舊式文學、西方現代主義文學、沒有明顯政治色彩的消遣性文學則從整體類型上退出了歷史舞臺，文學也隨政權的統一而統一了。雖然文學的一元化不利於文學的繁榮和發展，但在新中國成立初期很長一段時間，文學基本上還是保持了一種活力和創新精神，雖然從整個國家範圍來說，無論怎樣說，這都單調了些，與理想相距甚遠，與 1949 年前的 30 年也無法相比，但單就解放區

文學或社會主義文學這一流派來說，發展和成就都是巨大的，十七
年文學的現實主義、浪漫主義以及與社會主義思想相結合所表現出
來的樂觀精神等，還是值得充分肯定的。

　　二、中國文學在「文化大革命」時為之一變。「文化大革命」在
各方面都可以稱之為極端。但說來有趣的是，「文化大革命」本質上
是西方精神，在理論主張和精神上卻是與五四一脈相承的，劉小楓
說：「『文化革命』是現代化現象。」「60年代末的『文化革命』，是
社會主義世界體系和資本主義世界體系內部近半個世紀的現代演化
的結果。」[33]與五四相比，「文化大革命」是一樣的激進、專斷、盲
目自信，排它性與陳獨秀「不容反對者有討論之餘地」[34]有驚人相
似，但五四激烈的反傳統是為了引進現代西方先進文化，建設中國
的新文化，而「文化大革命」不僅反傳統且反現代西方，目的是為
了給西方和蘇聯的馬克思主義在中國一統天下掃清障礙，是為了建
立一種中國式的馬克思主義社會。西方的激進一旦與中國劣性的東
西結合起來，就表現出不僅超越於西方現代而且超越於中國傳統的
巨大災難，所以，出於同樣的目的，「文化大革命」卻與五四南轅北
轍，走向了完全相反的結局，五四的成功和「文化大革命」的失敗
同樣都是當事人所沒有預料到的。「文化大革命」的文學又是在十七
年文學上的一大倒退，既沒有中國古代傳統、又沒有中國現代傳統，
文學完全成了時事政治的附庸，成了藝術實際上名存實亡的政治實
用工具。

---

[33] 劉小楓：〈現代性演化中的西方「文化革命」〉，《個體信仰與文化理論》，四
　　川人民出版社，1997年版，第599-600頁。
[34] 陳獨秀：〈答胡適之〉，《新青年》第3卷第3號（1917年），《獨秀文存》和
　　《陳獨秀著作選》題為《再答胡適之（文學革命）》。

　　三、1976 年中國文化和文學又一變，文學上我們通常稱之為「新時期」。新時期文學最大的特點是「撥亂反正」，非常明顯，「撥亂」是對「文化大革命」的批判，但批判的尺度是什麼呢？即所謂「正」是什麼呢？當時沒有人提出這一問題，沒有人對此進行論述，但從當時的實際作法來看，當時的「正」其實就是十七年，正如杜書瀛先生說：「當時所說的『正』，是以『文革』以前為參照、為標準的，是要恢復到林彪、『四人幫』搞『亂』以前的樣子，即『反』回到以前的那個『正』。」[35]恢復批判現實主義、浪漫主義和社會主義現實主義，提倡真實性，主張文學以藝術的方式干預生活，為現實服務等等，是這一時期文學的基本特徵。

　　四、到了八十年中期，中國文化和文學為之再一變，這一次沒有什麼明顯的標誌，但總體特徵仍然很明顯，我姑且稱之為「90 年代」。這一次變化因為在時間上過於貼近，現在還沒有明確的結論，還少有人具體地研究這一問題。我認為，這一次變化本質上仍然屬於「恢復」而不是「轉型」，在時間上是「十七年」的前溯，實際上是回到了五四傳統，即多元的格局。和五四一樣，90 年代的文化表現出強烈的以西方為參照對象的特點，這一時期，西方大量學術思想和文學藝術被介紹進中國並在中國生根壯大，中國文化和藝術再一次鮮明地面向世界並在世界格局中定位。和五四一樣，這一時期的文化傾向其實大體上也可以劃分為保守主義、激進主義、折中主義三大派，但無論是哪一種傾向，其思想範疇和問題方式都沒有脫離新文化的範圍。在具體觀點、具體方法、價值取向上，90 年代可能明顯不同於五四，甚至尖銳地對立，但卻是同一問題範疇，都是

---

[35]　杜書瀛：〈新時期文藝學反思錄〉，《文學評論》1998 年第 5 期。

新文化的。在文學上，90 年代的文學絕對不同於五四時期的文學，但這種不同只是具體內容、風格、藝術方式、創作方法等具體藝術上的不同，並沒有文化類型上的不同，90 年代的文學在向西方學習，文學觀念上的多樣性，文學流派的多元化等方面都與五四有著驚人的相似，在文化總體上屬於同一類型。

　　通過以上的回顧，我們看到，五四以來，中國文學雖然幾經曲折，但並沒有發生轉型。對於五四以來的中國政治經濟是否發生了轉型或者是否正在發生轉型，這是一個有爭議的問題。但對於五四以來的文學，我認為只有「變化」而沒有「轉型」，張炯先生在 80 年代末寫作的《新時期文學格局》一書中把五四新文學運動與「十七年」文學、「新時期」文學的兩次變化相提並論，通稱為「轉折」[36]，我認為是不妥的。五四時的中國文學轉折和後來的文學轉折具有本質的不同，前者奠定了新文學的「型」，後來的「轉折」是在新文學範圍內的變化。我這樣劃界，其理由是多方面的，但最根本的理由是語言，新文學和舊文學相比，完全是另一種語言體系、思想體系和思維方式，是根本不同「型」的文學，而「十七年」文學、「新時期」文學包括「文革」文學，都是新文學的語言系統和話語方式，都是現代思想和思維方式，屬於同「型」文學即新文學。我之所以不認為 90 年代的文學正在發生轉型，其深層的原因也在這裏。

　　80 年中期以後，中國的話語方式的確有很大的變化，主要是在思想和科學技術上深受西方的影響，引進了大量西方科學技術和文

---

[36]　張炯：《新時期文學格局》，陝西人民教育出版社，1998 年版，第一章、附錄二。

化思想的新名詞、新術語和新概念，就是所謂的「新名詞大爆炸」[37]，這種引進現在還在繼續，並且在思想的層面上有愈演愈烈的趨勢，比如最近的「後現代」、「後殖民」、「東方主義」、「公共性」、「全球意識」以及「話語」本身等等。在現象上，這與近代的情況非常相像，所以，很多人就主要根據這一表象相信本世紀末中國要發生社會文化轉型。但我認為，這兩次西方新名詞的大爆炸表面上非常相像，但實質上卻有根本的不同。對於 80 年代中期以後的新名詞大爆炸，我認為有兩點特別值得我們重視。第一，與近代的中西語言的根本衝突不同，從思想的角度來看，近代中西交流完全是兩種不同的語言或世界觀相碰撞，西方語言或思想的不斷引進，必然衝擊傳統語言方式並事實上最終瓦解了傳統語言，也瓦解了傳統思想。但現代漢語則不同，現代漢語本來就是在西方的衝擊和影響下形成的，在思想上它深受西方思想及觀念的影響，它的話語方式本來很多就是從西方借鑒而來，它與西方新名詞、新術語、新概念並不矛盾，而是具有相容性。現代漢語在思想上的西化特徵決定了現代漢語應該不斷地吸收西方的新名詞、新術語和新概念，現代漢語與西方話語方式的變化應該有所同步，封閉、保守、停滯那才是違背了現代漢語的本性，那才是不正常。第二，新名詞大爆炸，與我們過去幾十年在對外經濟、政治、文化交流上的長期封閉有關，它不過是一種淤塞的開通，是過去長期積累的一個總爆發，只要保持國門的開放，應該說這種情況是不會再出現的。所以，當代中國在語言上的確有變化，但這種變化並沒有從根本上、從內核上衝擊現代漢

---

[37] 參見拙文〈中國現代文論的歷史過程和語言邏輯——論 80 年代新名詞「大爆炸」與 90 年代新話語現象〉，《文藝評論》2002 年第 1 期。

語，是在現代漢語範圍內的變化，是現代漢語應有的變化，它與古代漢語向現代漢語轉型時的新名詞大爆炸有根本的不同。

　　近來文學理論上有所謂「失語症」的討論，這是中國文學理論在語言上的一次真正的自覺，它的意義應該說不僅僅限於文學和文學理論界。所謂「失語症」，指的是我們「中斷了傳統」，「使用一套借自西方的話語來進行思維和學術研究」的現狀[38]，解決「失語症」的辦法是「話語重建」，即建立我們自己的話語系統。但什麼是「我們自己的話語系統」卻各有自己的標準，有的人主張回到傳統，有的人主張中西雜揉，有的人主張對傳統話語進行現代轉化。我認為，這是一個典型的悖論，一個無法解決的「怪圈」。所謂「失語」指的是中國現代文論的「失語」，提出問題的根本原因是對中國現代文論的不滿，目的是糾治「失語症」，但這些文章本身卻深深地患有這種「失語症」，它們都是很標準的中國現代文論，還是以現代文論話語方式談論問題，用的是它們堅決反對並準備予以取締的西方話語，令人尷尬的是，「話語」本身正是西方的術語或範疇。批評「失語症」的目的是反抗中國現代文論，但它從話語到理論卻都是中國現代文論的，所以，它從根本上並沒有反抗中國現代文論。徹底的反抗中國現代文論不應該是如此談論問題，它應該是中國古代文論或者其他非西方文論，而這又是不可能的，真正的中國古代文論不可能提出這種問題，「失語症」不屬於中國傳統文藝理論話語方式或問題範疇。而且，假如真的用傳統話語方式來硬性討論這一問題，現代人也是不可能接受的，正如許紀霖先生所說：「中國特殊性的思想內容只有通過淵源於西方的邏輯化、形式化加工，才不僅得以為世界所

---

[38]　曹順慶、李思屈：〈再論重建中國文論話語〉，《文學評論》1997 年第 4 期。

解讀，而且也得以為現代中國人自己所理解。」[39]可以設想一下，假如還用「詩品」式或者「金聖歎點評」式來評論魯迅、巴金以及當代新潮文學，那該是一種何等的情形。[40]

　　與文學理論的情況一樣，「90 年代」文學也試圖超越新文學的語言傳統從而變革中國新文學，某種意義上說，這種努力成功了。的確，「90 年代」文學明顯不同於「新時期」文學，但我認為，這種變化還沒有到「轉型」的地步。比如莫言、王朔、余華、格非、孫甘露、呂新、馬原、洪峰等人的小說以及新生代詩，在語言上，他們既不同於各種傳統意義上的五四新文學，也不同於現代西方各種現代派或後現代派文學，與五四相比，它是反傳統的，與西方相比，它是民族的。說它是反傳統的，是就它與五四時期的文學在具體特徵上的不同。但在精神上，「90 年代」文學與五四文學卻是一脈相承的，二者之間並沒有根本性的區別，它在語言上的變化實際上很多是敘事學和修辭學的範圍，屬於美學範疇，是審美的變革而不是語言的變革。陳曉明描述孫甘露在語言上的實驗：「不厭其煩打破常規語義學，把那些最不協調的字詞和語句拼合在一起，從而創造一種怪誕的快感。」[41]這種實驗顯然屬於藝術修辭學而不屬於語言學。

---

[39] 許紀霖：《尋求意義──現代化變遷與文化批判》，上海三聯書店，1997 年版，第 255 頁。

[40] 關於「失語症」和「話語重建」，筆者在拙文〈話語復古主義的語言學迷誤──論中國現代文論的現狀及其趨勢〉中有詳細論述，見《華中師範大學學報》1999 年第 4 期。

[41] 陳曉明：〈跋──孫甘露：絕對的寫作〉，孫甘露《訪問夢境》，長江文藝出版社，1993 年版，第 310 頁。

　　用理性的方式來反抗理性本質上還是理性，理性是不能在理性內部超越的，真正的超越理性是用非理性表現非理性。孫甘露等人的小說無論怎樣打破現行現代漢語的常規，無論怎樣陌生化，無論怎樣進行大膽的實驗，它都還是在現代漢語想像的範圍之內，它並沒有超越現代漢語的限度，並沒有對現代漢語構成真正的衝擊。現代漢語本質上是中國古代漢語和西方現代語言的綜合的產物，它具有靈活性、柔韌性，「90年代」文學不過是恢復了現代漢語應有的活力，是五四新文學在語言方式上開展的繼續和延伸，是現代漢語在文學上的必然結果。語言作為一個系統，一方面在總體上具有規範性，具有對思想思維方式世界觀的規定和約束性，但另一方面，在具體運用上，它又非常靈活，千變萬化，奧妙無窮。當代文學在語言上的變化正是這種靈活性、奧妙性的表現。

　　從政治意識形態上，我們可以把五四以來的文化及文學劃分為各種類型，但從語言的角度，五四以來的文化和文學只有一個類型，那就是新文化和新文學。國民黨曾在政治軍事上統一中國，但文化文學上國民黨從未曾統一過，相反，在國民黨政權時，左翼文化和文學一直是主流。1949年以後，新中國的文學歸於一元化，但不論是十七年還是「文化大革命」，中國的文學都沒有脫離新文學的範疇。十七年文學在創作方法上的現實主義、浪漫主義、社會主義現實主義和「兩結合」，真實性、典型性、典型化等理論從根本上都是從西方借來的，在文學上，十七年文學在根本上還是五四傳統，還是西方式的，只不過是不全面的五四傳統和片面的西方式，十七年文學屬於五四新文學但不能涵蓋五四新文學，是西方式，但只是西方古典式，同時受蘇聯對西方古典文學理論闡釋的影響。「文化大革命」更是西方化的，它是西方式宗教狂熱在中國的一次表演，它是

西方式宗教精神在中國的一次消極性的爆發，它是西方宗教精神在中國的消極反應。太平天國已經有了這種初步嘗試，他們以西方上帝精神為武裝，對中國傳統文化進行激烈的毀滅，只是由於其政治勢力的限制而被扼殺了。「文化大革命」不過是太平天國的文化精神的繼續，它絕對不是傳統中國式的，中國古代不可能發生這種事。

同樣是新舊文化的衝突，同樣是語言的變化，但 90 年代與五四時期有根本的不同。五四時期，新舊文化激烈地衝突，對於那些完全生活在古代漢語話語方式中的守舊的人來說，他們根本就無法理解新文化，也就無法接受新文化。所以新舊文化無法溝通，勢不兩立。「語言的隔膜是最深刻的隔膜」在五四時期得到了最鮮明的體現。而 90 年代的文化與五四傳統則沒有根本的衝突，真正理解了五四新文化的人是能理解也能接受 90 年代的文化的。重讀五四時期的思想文化學術著作，我們發現，現在的思想文化學術話題實際上又回到了五四時代，我們又在討論「現代化」（那時稱「近代化」）問題，又在爭論中西文化問題，興起了新的「國學」，又在討論語言問題，出現了新的激進主義和新的保守主義，其具體觀點的重複與雷同簡直讓人驚奇。也許後人會對這些話題冠之以「新中西文化之爭」、「新學衡派」、「新西化派」、「後新文化派」、「後白話」之類的。思想文化，我們今天實際上是在沿著五四的方向接著五四講。文學其實也是這樣，文學精神上的多樣化、流派上的多樣化、創作方法上的多樣化、風格上的多樣化等都與五四時期有著驚人的相似。所以，在文學的「型」上，90 年代其實是恢復到了五四的「型」。

這種定位其實是非常鼓舞人心的。中國歷史上的兩次文化大繁榮——春秋戰國時期和五四時期都充分說明了：多元的、自由的、

競爭的,是文學發展的最重要的前提條件。中國的文學再一次面臨
這樣一個美好的契機。

　　時下,討論 90 年代文化轉型以及文學轉型的文章很多[42],已經
有人在把五四文學和「90 年代」文學進行比較[43],但多比較空洞,
對於「型」和「轉型」缺乏嚴格的限定,為什麼要轉?往哪裏轉?
多語焉不詳。在我看來,應該是對現在的「型」不滿意才提出轉型
的,而通過上面的分析,我認為現在的文化和文學的型是五四時期
的「現代」型和「多元」型[44]。對「現代」的不滿,就只能回到「古
典」和轉型到「後現代」,前者雖然有人主張,但事實上是不可能的,
不說其他,僅就語言來說,回到「古典」就不可能。倒是「後現代」
說有很多鼓吹者[45],也有一定的迷惑性,但中國文化是否需要轉型
到「後現代」或者是否能轉型到「後現代」,這是一個非常複雜的問
題,還有很多理論的問題和實踐上的難題。

　　對「多元」的不滿,就只能回到「一元」,就像秦朝的「焚書坑
儒」,或者漢初的「罷黜百家,獨尊儒術」,或者把 1949 年至 80 年
中期的路換一種形態再走一遍。不論是從經驗上還是從理論上,我
看不出一元化的好處在哪裏。從理論上說,多元競爭似乎是一種不

---

[42] 比如吳秀明等〈文學現代化與道德的現代化——轉型期文學四人談〉,《杭州
大學學報》1995 年第 4 期;張德祥:〈九十年代:社會轉型與現實主義衍變〉,
《文藝評論》1996 年第 6 期。

[43] 比如張法:〈百年文學三次轉型淺議〉,《天津社會科學》1998 年第 1 期;施
戰軍:〈道德意識與二十世紀中國文學的兩次轉型〉,《創作評譚》1998 年第
1、2 期。

[44] 可參見劉心武、邱華棟:〈中國當代文學的多元格局〉,《中國青年報》1995
年 7 月 30 日。

[45] 可參見張頤武《從現代性到後現代性》中的「『後現代性』與文化轉型」一
章,廣西教育出版社,1997 年版。

安定，不穩定，似乎消除了競爭、保持「一元」就是穩定了，但這並不是事實，文化的「安定」與「太平」常常意味著文化的貧乏與保守，過分追求「穩定」往往會「失衡」，秦始皇「焚書坑儒」，實行文化專制主義，不僅沒有保持戰國時期文化的繁榮局面，而且恰恰是摧毀了中國文化繁榮的機制。漢初的「罷黜百家，獨尊儒術」只是官方文化政策的一種選擇，而在實際的文化運作中，「百家」從來沒有「罷黜」過，只是有時隱有時顯罷了，而且，中國文化幾千年保持穩定，正是「百家」與儒家在實際過程中保持一種平衡的結果，假如文化中實際上只有一家在運作，那必定是文化的大災難時期。文化的真正繁榮是「百花齊放、百家爭鳴」。文學也是這樣，不論是從作家的創作上還是從讀者的需求上，都是如此，只有保持各種流派、各種風格的互相競爭，文學創作才能保持活力，才能滿足讀者多方面的需求。

從位置上，我們現在的文化類型實際上正處於五四未完成的「現代化」過程中，正處於多元並存、相互競爭的格局，中國文化正處於中西融合並呈現出再度輝煌和顛峰的態勢……我看不出這種「型」有什麼不好。仔細想想，所謂「轉型」，實際上只有兩條路可走：一是回到傳統，回到古典，這是不可能的，無論是從理論上還是從實踐上都是不可能的，沒有人真正地願意回到古典，也不可能回到古典。二是「全盤西化」，這也是明顯地不可能的，倒不是沒有人願意，而是事實上做不到。從語言上，回到古典就是採用文言的話語方式和思維思想方式，「全盤西化」就是廢除漢語，完全語言西方化，這都是辦不到的，所以，單從語言的角度來看，並不是想轉型就能轉型的。就是我們現在有充分的理由要求文化轉型，但能否找到適合的途徑轉型，並不是一個簡單的事情。歷史是複雜的，充滿了偶然

性與必然性。近代中國自鴉片戰爭以來就一直在尋求社會的轉型，但直到五四時期，很偶然地找到「白話」這條語言的途徑才得以成功。現代社會，電腦、資訊化、全球化等的確對文化造成了很大的衝擊，文學也發生了很大的變化，比如傳統的小說越來越讓位於影視文學，大眾文學、消閒文學的地位越來越高，並有高過純文學的趨勢等等。但我認為這都是文學「技術」上的變化，它只是加強了現代文學的「現代性」而不是衝擊「現代性」，它真正體現了現代文學的「多元」格局。當代文化和文學的「型」並沒有發生根本的轉型。

中國現在需要富強繁榮，為了實現這一目標，我們需要進行政治經濟以及文化方面的改革和建設，在文學上，我們需要的是出現更多的五四時代式的大師。我們現在的任務是完成五四時就追求的現代化目標而不是新的轉型。

第四章

五四白話文學理論再認識

第一節　五四白話及其白話文學

　　對於為什麼要用白話取代文言文，1917 年 4 月，五四新文化運動的發起者之一陳獨秀在回胡適的一封信中說：「獨至改良中國文學，當以白話為文學正宗之說，其是非甚明，必不容反對者有討論之餘地，必以吾輩所主張者為絕對之是，而不容他人之匡正也。」[1] 對於文言正統地位的維護，林紓說：古文之不當廢，「吾識其理，乃不能道其所以然」。[2]「吾輩已老，不能為正其非，悠悠百年，自有能辯之者。請諸君拭目俟之。」[3] 這真是有著驚人的相似。不論是倡導白話文還是捍衛文言文，其實都是一種信念，而缺乏理性的認識。胡適嘲笑林紓和章士釗的「知其然而不知所以然」的窘態，但他的白話文主張未必不是如此。他所講的用白話取代文言的理由並不具

---

[1]　陳獨秀：〈再答胡適之（文學革命）〉，《陳獨秀著作選》第一卷，上海人民出版社，1993 年版，第 302 頁。

[2]　林紓：〈論古文之不當廢〉，轉引自胡適《寄陳獨秀》，《胡適書信集》上冊，北京大學出版社，1996 年版，第 92 頁。

[3]　林紓：〈論古文白話之相消長〉，《中國新文學大系・文學爭論集》，上海良友圖書公司，1936 年版，第 81 頁。

有根本性，並沒有抓住問題的實質。所以，針對胡適以及其他五四白話文倡導者的理由，「學衡派」、「甲寅派」的反對理由未必沒有道理。白話、文言之爭可以說是五四新文化和新文學運動爭論的焦點，但現在看來，這樣一次事涉中國文化和文學轉型的「世紀之爭」在理論上卻明顯不足，爭論的雙方都缺乏必要的語言學理論深度。

那麼，為什麼要用白話取代文言？文言的本質是什麼？五四白話文的本質又是什麼？現代白話與古代白話是什麼關係？五四白話文運動與新文學運動乃至新文化運動具有什麼內在的聯繫？由於語言學和語言哲學在當時尚不發達，這些問題在當時並沒有弄清楚。現在，語言學和語言哲學的狀況大有改觀，但學術界對這些問題仍然缺乏深入的研究。所以，本節將從現代語言學和語言哲學的角度重新審視五四白話文及其理論，以期從另一角度重新認識五四白話文運動和新文學運動。

從根本上說，五四時胡適等人所提倡的白話文是一種新的語言體系，它既不同於中國古代白話，也不同於當時的民間口語，它在語言的思想層面上深受西方語言的影響。它與中國古代白話和現代民間口語的區別不是文字上而是語言體系上，它與西方語言的聯繫也不是文字上而是語言體系上。五四白話就是後來的「國語」，也即現在的現代漢語，它和古代漢語是同一文字系統但是兩套語言體系。在語言工具層面上，古代漢語與現代漢語並沒有根本的差異，二者之間的根本差別在於語言作為思想思維和世界觀的層面上。在思想的層面上，現代漢語既繼承了古代漢語的思想，也從民間口語中吸收了養分，但更多的則是大量吸收、接受、改用西方的術語、概念、範疇和話語方式，正是在思想的層面上現代漢語與古代漢語相疏離而與西方語言具有親和性。因此，從思想文化的角度來看，

古代漢語和現代漢語是兩套不同的語言體系，現代漢語在深層的意義上決定中國現代文化的現代性，也決定了中國現代文學的現代性。

　　從〈文學改良芻議〉來看，胡適倡導白話的本意是要進行文學改良，所以，白話最初明顯是作為工具性的語言而被提倡的。隨著白話地位的提高和使用範圍的擴展，白話逐漸從單純的工具性語言上升到作為體系的語言即「國語」，主要是吸收文言和西語中活的思想和新的思維，使白話具有新的思想和思維從而構成自己的思想體系。傅斯年說：「現在使用的白話」（按：即傳統白話）「異常乾枯」、「異常的貧——就是字太少了」，「補救這條缺陷，須得隨時造詞。所造的詞，多半是現代生活裏邊的事物，這事物差不多全是西洋出產；因而我們造這詞的方法，不得不隨西洋語言的習慣，用西洋人表示的意味。」[4]周作人說：「古文不宜於說理（及其他用途）不必說了，狹義的民眾的言語我覺得也決不夠用，決不能適切地表現現代人的情思：我們所要的是一種國語，以白話（即口語）為基本，加入古文（詞及成語，並不是成段的文章）方言及外來語，組織適宜，且有論理之精密與藝術之美。」[5]劉半農說：「於白話一方面，除竭力發達其固有之優點外，更當使其吸收文言所具之優點，至文言所具之優點盡為白話所具……」[6]朱經農說：「不過『文學的國語』，對於『文言』、『白話』，應該並采兼收而不偏廢。其重要之點，即『文學的國語』並非『白話』，亦非『文言』，須吸收文言之精華，棄卻白話的精粗，另成一種『雅俗共賞』的『活文學』。」[7]錢玄同說：「用

[4]　傅斯年：〈怎樣做白話文〉，《新潮》第一卷第二號（1915年2月），第179頁。
[5]　周作人：〈理想的國語〉，《國語周刊》第13期（1925年）。
[6]　劉半農：〈我之文學改良觀〉，《中國新文學大系·建設理論集》，上海良友圖書公司，1935年版，第67頁。
[7]　朱經農：〈致胡適〉，《胡適文集》第2卷，北京大學出版社，1998年版，第

了北京話做主幹，再把古語、方言、外國語等等自由加入。」[8] 又說：
「制定國語，自然應該折衷於白話、文言之間，做成一種『言文一
致』的合法語言。」[9] 就連主張廢文言的胡適也承認：「有不得不用
文言的，便用文言來補助。」[10] 這都說明，「國語」既從方言口語中
吸取了成分，也從文言文和外國語中吸收了成分，特別是西方語言
以其新的思想思維浸入白話，從而使作為「國語」的白話在思想的
性質上發生了根本性的變化，因此，「國語」作為白話和中國古代白
話有根本不同，正如郭沫若說：「我們現在所通行的文體，自然有異
於歷來的文言，而嚴格的說時，也不是歷來所用的白話。」[11] 茅盾
則把五四白話稱為「歐化的白話」[12]。概括地說，中國古代白話主
要是工具層面上的語言，它沒有自己的思想體系，構不成獨立的語
言系統，它實際上依附於古代漢語，是古代漢語的補充和附庸，而
「國語」即現代漢語則不僅採用了古代白話和民間口語的形式，而
且還吸納了古代漢語和西方語言的思想，特別是西方語言在思想的
層面上被廣泛而深入地融進漢語，它深刻地影響了「國語」作為漢
語的性質。所以，現代漢語是一種不同於古代漢語，不同於古代白
話，不同於西方語言的新的語言系統。

---

68 頁。

[8] 錢玄同：〈吳歌甲集序〉，《國語周刊》第 13 期，1925 年。

[9] 錢玄同：〈嘗試集序〉，《中國新文學大系・建設理論集》，上海良友圖書公司，
1935 年版，第 105 頁。

[10] 胡適：〈建設的文學革命論〉，《胡適文集》第 2 卷，北京大學出版社，1998
年版，第 48 頁。

[11] 郭沫若：〈文學革命之回顧〉，《沫若文集》第十卷，人民文學出版社，1959
年版，第 364 頁。

[12] 茅盾：〈文藝大眾化問題──二月十四日在漢口量才圖書館的講演〉，《救亡
日報》1938 年 3 月 9、10 日。

　　思想是人類文明的根源和標誌，而思想正是以語言作為依託或存在形式的，語言體系在深層意義上決定了人類的思想體系。在語言性質上，五四白話從根本上不同於中國古代白話，相應地，中國現代文學作為白話文學從根本上不同於中國古代白話文學。古代白話文學與現代白話文學的根本區別不在於白話的形式，即不在於白話作為工具的層面上，而在於其思想思維的根本不同，所以朱希祖說：「新文學有新文學的思想系統，舊文學有舊文學的思想系統。」「文學的新舊，不能在文字上講，要在思想主義上講。若從文字上講，以為做了白話文，就是新文學，則宋元以來的白話文很多，在今日看來，難道就是新文學嗎？」[13]錢玄同也說：「我上面所說從前有白話文學，不過敘述過去的歷史，表明以前本有白話文學罷了；並不是說我們現在所提倡的新文學就是這從前的白話文學，更不是說我們現在就應該學這從前的白話文學。」[14]這本是極中肯的意見，也是極重要的意見，但當時卻不被重視，或者說不被理解，比如〈嘗試集序〉入《中國新文學大系》時這段文字就被刪去了。

　　所以，總的來說，五四時文學界並沒有把新文學作為白話文學和古代白話文學從理論上區別開來，原因則源於傳統的語言本質觀，即認為語言是傳達感情、交流思想的工具，是一種可以獨立於思想的物質性外殼。荻舟說：「語言又是傳達人類思想的工具。」[15]傅斯年說：「語言是表現思想的器具，文字又是表現語言的器具。惟

---

[13] 朱希祖：〈非「折中派的文學」〉，《中國新文學大系·文學爭論集》，上海良友圖書公司，1936 年版，第 86 頁。

[14] 錢玄同：〈嘗試集序〉，《胡適文集》第 9 卷，北京大學出版社，1998 年版，第 66 頁。

[15] 荻舟：〈駁瞿宣穎君「文體說」〉，《中國新文學大系·文學爭論集》，上海良友圖書公司，1936 年版，第 215 頁。

其都是器具，所以都要求個方便。」[16]語言工具觀最明顯的是胡適，他「深信文言不是適用的工具」，「深信白話是很合用的工具」，並堅持「用工具而不為工具所用」。[17]但同時，他們也觀察到了語言與思想之間存在著某種聯繫。傅斯年一方面明確地說語言是工具，另一方面，他又認識到思想的語言本體性，他說：「我們在這裏製造白話文……更負了借思想改造語言，借語言改造思想的責任。我們又曉得思想依靠語言，猶之乎語言依靠思想，要運用精密深邃的思想，不得不先運用精邃深密的語言。」[18]胡適也是如此，一方面，在理論上他認為語言是工具，他也是在語言作為工具的層面上發動白話文運動的，但同時他又說：「但時代變的太快了，新事物太多了，新的知識太複雜了，新的思想太廣博了，那種簡單的古文體，無論怎樣變化，終不能應付這個新時代的要求。」[19]「有了新工具，我們方才談得到新思想和新精神等等其他方面。」[20]承認語言與思想之間的內在聯繫這實際又超越了工具觀。因此，在具體觀點上，在實際運作中，五四白話文運動又溢出了胡適等人的理論預設，從而導致了思想革命，中國文學乃至文化的現代轉型正是在白話作為語言思想的層面上得以發生的。

---

[16] 傅斯年：〈漢語改用拼音文字的初步談〉，《新潮》第一卷第三號（1915 年 3 月），第 392 頁。

[17] 胡適：〈答任叔永〉，《胡適文集》第 2 卷，北京大學出版社，1998 年版，第 78 頁。

[18] 傅斯年：〈怎樣做白話文〉，《新潮》第一卷第二號（1915 年 2 月），第 180 頁。

[19] 胡適：《中國新文學運動小史》，《胡適文集》第 1 卷，北京大學出版社，1998 年版，第 108 頁。

[20] 胡適：〈逼上梁山——文學革命的開始〉，《胡適文集》第 1 卷，北京大學出版社，1998 年版，第 156 頁。

　　從語言入手來發動新文學運動真正切中要害。但為什麼語言是要害，五四新文學運動的先驅者和締造者們卻沒能從語言學理論上把問題釐清。中國文學要進行現代轉型，必須廢除文言，這是正確的。事實上，先驅者們已經認識到文言與舊思想之間的聯繫，錢玄同說：中國文字，「千分之九百九十九為記載孔門學說及道教妖言之記號。此種文字，斷斷不能適用於二十世紀之新時代。」「欲使中國不亡，欲使中國民族為二十世紀文明之民族，必以廢孔學，滅道教為根本之解決，而廢記載孔門學說及道教妖言之漢文，尤為根本解決之根本解決。」[21]但文言與舊思想之間是如何聯繫的，究竟是文字與思想之間的聯繫，還是語言作為體系與思想之間的聯繫，他們卻缺乏語言學理論上的論證。

　　文言文作為古代漢語代名詞，是一個系統。它既是工具性語言，又是思想性語言。在工具的層面上它與現代漢語以及其他語言體系沒有實質性差別。在思想層面上，它有它自己獨特的思想體系，並因此而與現代漢語以及其他語言體系有本質的不同。中國古代思想作為體系和古代漢語作為體系是緊密地聯繫在一起的，脫離了古代漢語，中國古代思想作為體系便不可能。古代漢語作為體系與古代思想作為體系之間的聯繫不是人為的，也不是約定俗成的，而是內在的。古代漢語在深層上規定了中國古代思想作為體系，具體地說，是古代漢語的概念、術語、範疇和話語方式從深層上規定了中國古代思想作為整體。表面上，中國古代人思想什麼和如何思想是自由的，但無論他怎樣表達不同的觀念，他都不能超越古代漢語的思想範圍，古代漢語其實大致規定了言說什麼和如何言說，這是語言作

---

[21] 錢玄同：〈中國今後之文字問題〉，《中國新文學大系・建設理論集》，上海良友圖書公司，1935 年版，第 144 頁。

為體系在思想上的本體性所決定的。古代漢語作為體系在殷周至春秋戰國時形成，古代漢語作為語言體系形成了，中國古代文化作為文化類型就基本定型了，中國古代思維和思想方式也基本定型了，之後中國的思想雖然在不斷地發展，但總體上沒有脫離古代漢語的思想體系範圍。中國文化要轉型，必須從語言變革入手，必須改變語言體系和話語方式，這正是五四新文化運動和新文學運動得以迅速取得成功的最關鍵的原因。

五四新文學運動的發起者們觀察到了古代漢語與古代思想之間的整體性聯繫，他們認識到了要進行文化和文學革命，必須廢除文言文，但對於為什麼，卻缺乏理論根據。他們提倡白話文是正確的，但他們所提的白話文其本質是什麼，為什麼白話文能導致新文化運動和新文學運動，他們卻無法從語言學理論上闡釋清楚。正是因為如此，五四時期，五四新文化和新文學運動的發起者的語言學理論和語言實踐運動之間存在著巨大的矛盾，白話文運動並不是按照胡適的理論設計而發展的，它遠遠地超越了胡適的理論。現在看來，胡適廢文言的理由很多都是值得商榷的。胡適說：「自從《三百篇》到於今，中國的文學凡是有一些價值有一些兒生命的，都是白話的，或是近於白話的。」[22]這個結論沒有充分的根據，不符合文學史的事實。中國文學史上，優秀的白話文學固然很多，但優秀的文言作品更是數不勝數。同樣，胡適所說的「今日之文言乃是一種半死的文字」、「今日之白話是一種活的語言」[23]也失籠統。他列舉的

[22] 胡適：〈建設的文學革命論〉，《胡適文集》第 2 卷，北京大學出版社，1998年版，第 46 頁。
[23] 胡適：〈逼上梁山──文學革命的開始〉，《胡適文集》第 1 卷，北京大學出版社，1998 年版，第 149 頁。

例子是：「如犬字是已死之字，狗字是活字；乘馬是死語，騎馬是活語。」[24]根本就不是這樣，事實上，「犬」、「乘馬」直至今天還被廣泛地使用。文言文的「死」與白話文的「活」根本不是從「字」上來區分的。語言的死活從根本上取決於是否被使用，而是否被使用則從根本上取決於其思想是否合時宜。新文化運動之前，文言文是正統的語言，還在被廣泛地使用，根本就不能說它是「死」的語言。辜鴻銘說：「所謂死語言，應當像歐洲今天的希臘語和拉丁語一樣，不再成為現行的語言。從這個意思上講，今日中國的文言或古典漢語並非是一種死語言。……在目前的中國，此時此刻，不僅所有的公文、而且所有的公共報紙（除非常微不足道的部分例外），都是用文言或古典漢語寫作和出版的。」[25]辜鴻銘在思想上雖然頑固、保守，但他這裏對語言「死」、「活」關係的分析是正確的。

　　胡適是五四白話文運動的倡導者，也是五四白話文理論的中堅人物，但現在看來，他的理由難以成立，至少不充分，或者說不具有根本性，比如他說：「凡文言之所長，白話皆有之」、「白話的文學為中國千年來僅有之文學」。[26]這就不符合歷史事實。單從語言工具層面上來說，白話與文言各有優長，不能偏廢。中國文學史上，白話文學自古就存在，但真正表現中國藝術精神，代表民族文學水平的主要還是文言文學，說「白話的文學為中國千年來僅有之文學」明顯失之武斷。再比如胡適說：「白話文學的運動，是一個很嚴重的

---

[24] 胡適：〈逼上梁山——文學革命的開始〉，《胡適文集》第 1 卷，北京大學出版社，1998 年版，第 142 頁。

[25] 辜鴻銘：〈反對中國文學革命〉，《辜鴻銘文集》下冊，海南出版社，1996 年版，第 166 頁。

[26] 胡適：《胡適留學日記》下冊，海南出版社、海南國際新聞出版中心，1994 年版，第 254-255 頁。

運動，有歷史的根據，有時代的要求。有他本身文學的美，可以使
天下人睜開眼睛的共見共賞。」[27]這是白話存在的理由，但不是打
倒文言的理由。除了時代性以外，文言也有它的歷史根據，也有它
的美。特別是對那些飽讀中國古代經籍、能熟練地運用文言、對中
國古代文化有著深厚感情的人來說，文言的美可以說妙不可言。不
同的人對語言的感覺有很大的不同，從「美」的角度，語言保守派
說文言措辭比白話文更富於文采未必沒有一定的道理。單就語言形
式而言，反對派批駁胡適等人的理由也是很充分的，林紓所說的「古
文與白話之消長」就很有道理。但胡適無法駁倒反對派，沒有說服
反對派，並不表明反對派反對白話是正確的。相反，胡適提倡白話
文的理由難以成立或者說不具有根本性，並不能說他提倡白話文是
錯誤的。反對派只是在反對胡適的白話文理論上是正確的，而反對
白話文本身則是根本錯誤的。胡適提倡白話文是正確的，只是他的
理由沒有說到要害處，其原因在於他沒有理解語言的本質。五四白話
文運動本來是在語言的思想層面上的革命，其價值和意義主要在這方
面，但胡適卻主要是在語言的工具層面上講道理，因此不得要領。

　　胡適所提倡的白話本意上是工具層面的白話，他說：「白話之
義，約有三端」：即「說白」、「清白」、「黑白」。[28]這其實是在工具
層面上而言。從歷史中找根據，以施耐庵、曹雪芹、吳研人為文學
之正宗，表明他沒有把他所提倡的白話和古代白話以及民間口語區
別開來。胡適所提倡的白話即五四白話事實上是「國語」，是語言體

---

[27]　胡適：〈老章又反叛了〉，《胡適文集》第 10 卷，北京大學出版社，1998 年版，
　　　第 743 頁。
[28]　胡適：〈答錢玄同書〉，《胡適文集》第 2 卷，北京大學出版社，1998 年版，
　　　第 35 頁。

系，而中國古代白話則構不成體系，它附屬於古代漢語。廢文言，不是廢文言的字和詞，而是廢文言作為語言體系，不是廢文言作為工具系統，而是廢文言作為思想體系。所以，語言學家只是在工具的層面上從字、詞上來區分文言文與現代白話或古代漢語與現代漢語，價值主要在於文字學、詞彙學上，對思想文化研究並沒有多大意義。從語言學家的角度來看，古代漢語和現代漢語並沒有實質性差別，但從思想文化的角度來看，二者就具有根本的不同。從工具的層面無法把現代漢語和古代漢語區別開來。二者的不同是語言體系的不同，而不是簡單的字、詞的不同，

　　文言文作為語言系統，在整體上承載了中國古代文化和思想體系。正是在語言的思想層面上而不是在語言的工具層面上，五四新文化運動應該用白話取代文言。從階級觀念出發，認為文言是統治階級的愚民工具，說統治階級企圖通過文言統治來達到文化的壟斷和統治，這是沒有充分的事實根據的。上自皇帝，下至一般知識份子，害怕下層百姓掌握了語言從而對其文化乃至統治地位構成挑戰，不能說絕對沒有，但絕對是個別現象。語言一旦成為全民性的之後，並不是個別人、個別團體所能改變的。古代漢語從產生到發展有它內在的邏輯及合理性，事實上，古代漢語對於中國古代文明的作用和貢獻是巨大的。廢文言的根本理由不在於它是統治階級統治人民的工具，也不在於它是難以掌握的工具，而在於它是傳統思想的載體和根源，在於它的不合時宜。

　　正是在這種意義上，我認為，從根本上，五四的白話文運動既不同於晚清白話文運動，也不同於三、四十年代的文藝大眾化運動，前者主要是語言思想運動，後者主要是語言工具運動。五四白話文運動和晚清白話文運動以及三、四十年代的語文大眾化運動在表面

上非常相像，但有本質的不同。五四白話文運動是思想解放運動，它導致了漢語語言體系的根本變革，導致了中國文化和文學的現代轉型。而晚清白話文運動以及三、四十年代的語文大眾化運動則是語文改良運動，是文化普及運動，是文藝大眾化運動。

第二節　五四白話文學運動與晚清白話文學運動的本質區別

　　下面我將從現代語言學和語言哲學的角度重新審視五四白話文學運動及其理論，以期從另一角度重新認識五四新文學運動以及中國現代文學——包括當代文學的現代品性。

　　我認為，五四的白話文運動既不同於晚清白話文運動，也不同於三、四十年代的文藝大眾化運動，前者主要是語言思想運動，後者主要是語言工具運動。五四白話文運動和晚清白話文運動以及三、四十年代的語文大眾化運動在表面上非常相像，但有本質的不同。五四白話文運動是思想解放運動，它導致了漢語語言體系的根本變革，導致了中國文化和文學的現代轉型。而晚清白話文運動以及三、四十年代的語文大眾化運動則是語文改良運動，是文化普及運動，是文藝大眾化運動。

　　文學中的語言改革其實早在近代就開始了，晚清黃遵憲、梁啟超的「詩界革命」、「文界革命」、「小說界革命」主要就是文學語言改良運動。白話文作為一種文化運動也不是在五四時才開始的，晚清就有一個非常廣泛的白話文運動，僅白話報刊就有 140 多種。[29]通

---

[29] 可參見譚彼岸《晚清的白話文運動》，湖北人民出版社，1956 年版。陳萬雄《五四新文化的源流》第六章第一節，生活・讀書・新知三聯書店，1997

俗白話小說更多，據統計，僅 1900-1919 年間，長篇通俗小說就有 500 多種，[30]活躍在五四文壇上的諸如陳獨秀、胡適、錢玄同等都是晚清白話文運動的健將，陳獨秀曾創辦《安徽俗話報》，錢玄同曾主辦《湖州白話報》，胡適除了給《國民白話報》、《安徽白話報》等白話報刊寫稿以外，還曾主編《競業白話報》（即《競業旬刊》）[31]。

　　但晚清白話文運動從根本上可以說是為白話文爭地位，它並不從根本上排斥文言文，只是強調白話文的輔助功能。所以，晚清提倡白話文的人如裘廷梁、陳獨秀等人既用白話寫作，也用文言寫作，裘廷梁的著名的〈論白話為維新之本〉就是用標準的文言撰寫的。從語言理論上來說，晚清的白話文運動是典型的語言工具運動，他們是把白話作為「宣傳革命」、「開通民智」的工具，並不是用白話來傳播和創制新思想，而是用白話來傳達文言的思想。瞿秋白說五四白話文運動「並不要革命，只要改良，並不要『廢孔孟，鏟倫常』，只要用白話來傳達古書裏面的道理」，「只要求在文言的統治之下，給白話一個位置」，[32]這很不正確，但用來概括晚清白話文運動卻非常恰當。陳獨秀開辦白話報的目的「是要把各項淺近的學問，用通行的俗話演出來，好叫我們安徽人無錢多讀書的，看了這俗話報，也可以長點見識。」[33]很清楚，這裏的白話本質上是工具性語言，

年版。

[30] 郭延禮：《中國近代文學發展史》第 2 冊，山東教育出版社，1991 年版，第 1136 頁。

[31] 關於胡適在晚清白話文運動的情況，可參見其〈嘗試集自序〉和《四十自述》、《胡適口述自傳》中的有關內容。

[32] 瞿秋白：〈學閥萬歲〉，《瞿秋白文集（二）》，人民文學出版社，1953 年版，第 597 頁。

[33] 陳獨秀：〈開辦安徽俗話報的緣故〉，《陳獨秀著作選》第一卷，上海人民出版社，1993 年版，第 23 頁。

其目的是向大眾宣傳淺顯的思想，即宣傳對於大眾來說被文言遮蔽的思想。

在這一意義上，晚清沒有也不可能發生新文學運動，沒有也不可能建立新的文化和文學類型。應該說，不論是從國勢上還是文化心態上，晚清比任何時候都激進地希望文化、文學以及思想的變革以應和社會的發展與進步。但晚清思想文化革命最終沒有發生，原因很多，其中有兩個原因我認為是非常重要的。

第一、晚清只有白話文運動，沒有語言變革運動。晚清白話文運動本質上是語言工具運動，也就是說，提倡大眾語和民間口語的目的是用白話宣傳文言文的思想，並不是想用白話文取代文言文，也不是想建立一種新的語言系統。晚清白話本質上是古代白話、民間口語和大眾語的混和物，它構不成一種獨立的語言體系，沒有自己獨立的意識形態，沒有自己獨立的思想體系，沒有自己獨立的世界觀。晚清的白話當然也反映了晚清的新思想主要是西方思想，但西方新思想與白話之間不是直接的，而經過了文言的仲介，也就是說，西方思想首先被翻譯成文言，然後再由文言翻譯成白話，經過層層過濾，西方新思想在傳送的過程中，意義經過雙重的增補或缺失，最後變得面目全非。

而更重要的是，晚清白話文運動的著重點和目的主要不在新思想，而更強調文化普及運動，更強調白話文在宣傳某種思想上的工具的作用和價值，主要是解決文言文在表述和理解上的障礙問題，也即使文言文通俗化。於內容上說，晚清白話文運動既宣傳新的思想，也宣傳舊的思想，所以它是純粹的文化普及運動，與晚清的思想運動之間沒有實質性關聯。晚清白話文運動不是用白話文代替文言文，而是用白話文作為文言文的有效的補充。與五四的狀況不同，

晚清時期，白話文與文言文還構不成對立，還不能分庭抗爭。白話還不是獨立的語言體系，它屬於古代漢語的範圍，還附屬於文言文，因而文言包容了白話。現實生活中，文言文是「普通話」，是現行語言的主體，對於不論傳統士大夫還是新的知識階層來說，文言文仍然是正宗或者正統的語言，他們仍然是用文言思想和表述。

第二，晚清思想運動和語言運動之間是脫節的。晚清思想運動和白話文運動是兩個互不相干、並行不悖的運動。晚清思想運動本質上是維新運動，是在舊的社會體制和文化體制內部進行改革，本質上並不從根本破壞舊的社會制度和文化模式，當然這種破壞也是不可能的。從語言上說，晚清的思想革命是在古代漢語中運作的，是在古代漢語內部進行的，古代漢語不論是在語言的工具層面上，還在語言的思想層面上，它都構成了思想運動的有效的手段。晚清思想運動的方向和程度，它的成功與失敗，都可以從古代漢語上找到根源。

中國向西方學習大致走的是從學習器物、到學習制度、到學習文化這樣一個遞進的過程，時間與事件相對應的則是洋務運動、戊戌變法和五四新文化運動。但這只是總體情況，並不是說洋務運動時就沒有思想輸入，或者五四新文化運動時期就沒有物質意義上的學習。晚清同樣也輸入西方的新思想，但由於缺乏對西方思想的原語性理解，特別是對西方思想缺乏體系性的理解，這些思想即使在原語語境中對於輸入者來說也是相當支離的。翻譯者總是用文言的思想去理解它，它翻譯過來之後實際上被置入了古代漢語語境因而中國化了，即魯迅所說的「歸化」了，更具體地說，中國古代化了。晚清的思想運動是在古代漢語範圍內進行的，文言最終對這種思想運動起了阻礙的作用，古代漢語最終控制了思想運動的方式及其程

度。晚清思想運動因為沒有認識到語言在深層上與思想或者維新之間的關係，因而晚清的思想運動從根本上並沒有在語言上有所作為，或者說並沒有從語言上進行思想運動，在思想的層面上，晚清沒有語言變革，沒有相應的語言運動，也是在思想的意義上，晚清語言沒有任何實質性的發展。晚清白話文運動不是思想運動，而是單純的語言工具運動，是宣傳和普及運動，與思想運動之間缺乏關聯。

五四白話文運動與此相反。在胡適等人的理論中，五四白話是工具性語言，但在實踐上，它既是工具性語言，又是思想性語言，而晚清白話文運動中所提倡的白話不論是從理論上、還是從實踐上都是作為工具的語言，與思想無涉。晚清白話文運動的先驅裘廷梁主要就是在語言作為工具的意義上倡導白話的。「中文也，西文也，橫直不同，而為用同。文言也，白話也，繁簡不同，而為用同。只有遲速，更無精粗。」「今雖以白話代之，質幹具存，不損其美。」[34]在思想上，中文與西文、白話與文言有巨大的差異，不能進行等值轉換，它們只有在工具的層面上才沒有根本的差別，才能進行等值轉換，比如「豕」、「豬」、「pig」三者屬於不同的語言體系，但只有外形的不同，並無實質性差異，所謂「為用同」只能在這一範圍內而言是正確的。總體上，晚清白話文運動是把白話當作工具來提倡的，而事實上，它也只是起到了工具性的作用，白話在當時並沒有超出古代白話和民間口語的範圍，這當然與當時的總體文化環境有關，但更重要的則是緣於提倡者的知識結構，晚清白話文倡導者們如裘廷梁、王照，包括陳獨秀、胡適、錢玄同等人當時在語言體系和話語方式上，從根本上是古代漢語的。把古代漢語翻譯成古代

---

[34] 裘廷梁：〈論白話為維新之本〉，《近代文論選》上冊，人民文學出版社，1959年版，第 178 頁。

白話和民間口語，並不能改變古代漢語所蘊含的傳統思想的性質。
而五四新文化運動中的白話文運動則不同，胡適等人的初衷也是從
工具的層面上來提倡白話文運動的，他們和晚清白話文運動出於同
樣的動機和目的，但由於胡適等人新的學識和知識結構，白話文運
動最後的結果遠遠超出了胡適等人的預設而發生了思想革命以至現
代文化和文學的轉型，這是連胡適本人都沒有預料到的。

　　語音、語法、片語、句法、構詞法，這些當然是構成古代漢語與
現代漢語區別的一個方面，但這些差別主要是語言形式上，它們雖然
也對語言的思想性具有一定的影響，但對於語言作為思維思想和世界
觀來說不具有根本性。構成語言在思想思維和世界觀上的根本差別在
於術語、概念、範疇和話語方式的不同。但語言的本質不是表現在個
別字句上，而是表現在體系──即整體及其功能上，語言之間的不
同，不是個別的術語、概念和範疇的不同，而是語言體系之間的不同。
古代漢語和現代漢語是兩種不同的語言體系，它們各自有一整套嚴密
而具有內在統一性的術語、概念、範疇和話語方式，它們之間的不同，
從思想的層面上來說，不是「字」與詞語在形式的不同，而是「字」
與詞語在意義上的不同，不是工具層面上的不同，而是思想層面上的
不同。單從詞語的形式來看，古代漢語與現代漢語之間沒有明顯的區
別，辭彙並沒有很大的變化，現代漢語的大部分詞語同時也是古代漢
語的詞語，現代漢語更多地是沿用古代漢語的辭彙，即使明顯是從西
方輸入的詞語如民主、文學、藝術、文化、文明、倫理等也是古已有
之。所以，從詞語的形式上不可能把古代漢語與現代漢語區別開來，
這種區別也是不得要領的。民主、文學、藝術等這些詞語雖然古漢語
已有，但它在現代漢語中的意義是完全不同的，正是這種意義的不同
使古代漢語與現代漢語具有根本上的不同。晚清也輸入西方的新思

想，也有新的術語、概念和範疇，但晚清的思想輸入是有限的，是支
離的，在語言體系還是古代漢語的情況下，輸入的新的術語、概念和
範疇被納入了古代漢語的體系，也即脫離了西方的語境而進入了古漢
語的語境，因而意義也發生了衍變。而五四時對西方思想的輸入（在
語言上表現為新術語、概念和範疇）具有大規模性，具有整體性，再
加上白話的形式，因而這種輸入從根本上改變了中國的語言體系，從
而導致了中國文化和文學的現代轉型。

　　正是在語言的思想意義上，五四白話文運動與晚清白話文運動
有著本質的差別。對於這種差別，五四時期就有所認識，蔡元培說：
「民國前十年左右，白話文也頗流行，……但那時候作白話文的緣
故，是專為通俗易解，可以普及常識，並非取文言而代之。主張以
白話代文言，而高揭文學革命的旗幟，這是從《新青年》時代開始
的。」[35]周作人認為，晚清白話文學運動是文學大眾化運動，五四
白話文運動是文學革命運動，「在這時候，曾有一種白話文字出現，
如《白話報》，《白話叢書》等，不過和現在的白話文不同，那不是
白話文學，而只是因為想要變法，要使一般國民都認些文字，看看
報紙，對國家政治都可明瞭一點，所以認為用白話寫文章可得到較
大的效力。」[36]他認為晚清的白話是把文言翻譯成白話，五四的白
話則是「怎樣說便怎樣寫」；晚清白話是文言的輔助，五四的白話則
是對文言的取代。這種區別是正確的，只是缺乏語言學理論。實際
上，五四白話與晚清白話只是在語言作為工具的層面上相同，而在
語言作為思想和思維的層面上則根本不同。五四白話文運動是新文

---

[35]　蔡元培：〈中國新文學大系總序〉，《蔡元培全集》第 8 卷，浙江教育出版社，
　　　1997 年版，第 117 頁。
[36]　周作人：《中國新文學的源流》，華東師範大學出版社，1995 年版，第 55 頁。

化運動，而不是文化大眾化運動。五四也開啟民智，但不是把傳統的用文言表達的封建思想翻譯成白話，而是創造性地用白話表達新的思想，新思想是五四白話更為重要的本質。新思想雖然是以白話形式出現的，但從本質上不是大眾化的，瞿秋白把五四白話稱為「新文言」，深刻地說明了其性質。五四白話與文言的矛盾主要是新與舊的矛盾，而不是懂與不懂的矛盾。不一定是白話大眾就一定能懂，康德的思想無論怎樣用白話來表達，不懂終歸是不懂。晚清的白話文運動主要是文化人眾化運動，它的目的是把大眾本來應該懂卻因為文言的障礙而不懂的思想翻譯成白話以便讓大眾懂。

也正是因為如此，晚清白話文運動並沒有改變晚清文學的性質，並沒有導致文化變革和文學轉型。在性質上，近代文學總體上是古代性的。中國文化和文學的現代轉型是在五四時發生的，其中五四白話文運動起了至為關鍵的作用。五四白話文運動主要是由一批接受了西方文化教育和熏陶的知識份子發動的，特別是海外留學歸來的知識份子起了中堅的作用。由於知識結構，學識修養以及外語思維和新的話語方式，白話在運用過程中，其性質已悄然地發生變化。五四白話已經脫離文言，成為一種獨立的語言系統，一種具有強烈西方思想和思維特徵的語言體系。在工具的層面上，它與古代白話沒有區別，但在思想的層面上，它遠遠地超越了古代白話，它借用大量西方的術語、概念、範疇和話語方式，從而從思想和思維上改變了性質，在思想的層面上，它更接近西方語言而不是古代漢語，所以它與西方思想具有親和性，這是它與古代白話分道揚鑣的地方，也是中國現代文化和現代文學與中國古代文化和古代文學分道揚鑣的地方。正是因為如此，所以五四白話文運動不是以晚清白話文運動為基礎，不是晚清白話文運動的進一步發展，二者之間

構不成一種歷史和邏輯的發展脈絡。晚清白話文運動主要是為五四白話文運動在接受方面作了部分的心理準備，二者之間並沒有直接的聯繫。胡適說「這個『白話文學工具』的主張，是我們幾個青年學生在美洲討論了一年多的新發明，是向來論文學的人不曾自覺的主張的」[37]，這個斷言從歷史的角度來看不是事實，因為如上所說，晚清白話文運動就是自覺的白話文學運動，但作為個體經驗卻是真實的，胡適的白話文學理論的確是另起爐灶，它是來自另一種原因，另一種知識和文化、文學背景。晚清的白話文運動是從內部產生的，是「古文範圍以內的革新運動」[38]，而五四白話文運動動力來自外部，在思想的層面上，是西方話語橫移過來的漢語表現，它和晚清的白話文「可說是沒有大關係的」[39]。胡適說：晚清「白話的採用，仍舊是無意的，隨便的，並不是有意的。」「1916 年以來的文學革命運動，方才是有意的主張白話文學。」[40]這個概括並不正確，也沒有把晚清白話文運動與五四白話文運動真正區別開來，晚清白話文運動與五四白話文運動之間的差別根本不在於「無意」與「有意」之間的差別，而在於思想性質之間的差別。五四白話文運動既是語言工具革命，又是思想革命，雖然五四新文化運動的開拓者們並沒意識到他們所發動的白話文運動實際有思想革命的意義，也沒有認識到他們所提倡的白話文的巨大的思想威力。

---

[37] 胡適：《中國新文學運動小史》，《胡適文集》第 1 卷，北京大學出版社，1998年版，第 125 頁。

[38] 胡適：〈五十年來中國之文學〉，《胡適文集》第 3 卷，北京大學出版社，1998年版，第 201 頁。

[39] 周作人：《中國新文學的源流》，華東師範大學出版社，1995 年版，第 56 頁。

[40] 胡適：〈五十年來中國之文學〉，《胡適文集》第 3 卷，北京大學出版社，1998年版，第 202、252 頁。

　　與現代漢語的形成和性質相一致，中國現代文學不可能完全脫離傳統文學，但它不是從古代文學蛻化而來，而主要是從西方橫移過來。中國現代文學是由各種力量合力而成，但在這各種力量中，西方的力量最大。中國現代文學與中國古代文學是一種斷裂的關係，它既不同於中國古代文學，也不同於西方文學，而是現代漢語語境下的、具有中國現代特徵的文學。魯迅說：「新文學是在外國文學潮流的推動下發生的，從中國古代文學方面，幾乎一點遺產也沒攝取。」[41]對於很多人來說，這難以接受，但是客觀事實。

第三節

五四白話文運動與三、四十年代大眾語文運動的本質區別

　　同樣，三、四十年代大眾語文運動中的大眾語不同於五四白話。所謂大眾語，就是瞿秋白所說的「新興階級的普通話」[42]。「在讀出來的時候可以聽得懂」[43]，「這裏所謂大眾語，包括大眾說得出，聽得懂，看得明白的語言文字」[44]，「『大眾語』應該解釋作『代表大眾意識的語言』」[45]，「為大眾所有，為大眾所需，為大眾所用」[46]，

---

[41] 魯迅：〈「中國傑作小說」小引〉，《魯迅全集》第 8 卷，人民文學出版社，1981 年版，第 399 頁。

[42] 瞿秋白：〈普洛大眾文藝的現實問題〉，《瞿秋白文集（二）》，人民文學出版社，1953 年版，第 860 頁。

[43] 瞿秋白：〈歐化文藝〉，《瞿秋白文集（二）》，人民文學出版社，1953 年版，第 882 頁。

[44] 陳子展：〈文言──白話──大眾語〉，《申報·自由談》1934 年 6 月 18 日。

[45] 胡愈之：〈關於大眾語文〉，《申報·自由談》1934 年 6 月 23 日。

「大眾語是大眾說得出，聽得懂，寫得來，看得下的語言」[47]，非常明顯，這裏的大眾語主要是工具性的語言，而不是思想性的語言。相應地，四十年代的文藝大眾化運動作為文學語言運動與五四白話文學運動也有著本質的區別，表面上，二者之間存在著直接的聯繫，大眾語文運動就是因反對五四白話而起，「從前為了要補救文言的許多缺陷，不能不提倡白話，現在為了要糾正白話文學的許多缺點，不能不提倡大眾語。」[48]大眾語是「從左的方面反」白話文，「就是嫌白話文還不夠白」。[49]但二者明顯不在一個層次上，五四白話文運動雖然也包括語言工具運動，但從根本上是語言思想運動，而大眾語文運動則主要集中在語言的工具層面上，和晚清白話文運動一樣，仍然是宣傳思想而不是創造思想，是文學改良而不是文學革命，是普及而不是提高。

　　大眾化的根本目的就是普及文化和知識。大眾語文運動本來是一個與五四白話文運動並行不悖的運動，普及與提高相得益彰，但大眾語文運動事實上把矛頭指向五四白話文運動，對五四白話持激烈的批判態度，並由此而來，這反映了大眾語文運動對五四白話文運動深刻的誤解。實際上，大眾語文運動的發動者們並沒有真正理解五四白話文運動，他們把五四白話文運動理解成了單純的語言工具運動。從語言作為工具來說，他們的批判似乎有道理，但五四新文學運動絕不是文學大眾化運動，不是平民文學運動，不是文學通俗化運動，而是思想運動。「五四的新文化運動因此差不多對於民眾

---

[46] 樊仲雲：〈關於大眾語的建設〉，《新語林》創刊號（1934 年 7 月 5 日）
[47] 陳望道：〈大眾語論〉，《文學》第 3 卷第 2 號。
[48] 陳子展：〈文言——白話——大眾語〉，《申報·自由談》1934 年 6 月 18 日。
[49] 陳望道：〈陳望道談大眾語運動〉，文振庭編《文藝大眾化問題討論資料》，上海文藝出版社，1987 年版，第 404 頁。

沒有影響。」[50]單從描述來說，瞿秋白的這個結論是正確的。但這構不成對五四白話的非難。五四白話文運動之所以貢獻巨大，對中國現代文化和文學發生了深遠的影響，就在於它是思想文化運動而不是文化和文藝大眾化運動，否則它就淪於晚清白話文運動的地位了。事實上，對於五四白話的非大眾化，五四時就有認識。朱我農稱「筆寫的白話」、「其實依舊是文言」。[51]傅斯年稱五四的白話「就是口裏的話寫在紙上的」。[52]「口裏的話」並不就是大眾語。

三、四十年代的大眾語文運動中，瞿秋白是一位重要的人物，他是大眾語文運動的積極倡導者，也是大眾語的積極捍衛者。瞿秋白的大眾語文理論代表了大眾語文運動的邏輯運作，因此，檢討瞿秋白大眾語文理論對於認識三、四十年代的大眾語文運動有重要的意義。

瞿秋白把漢語按歷史的大致過程區分為四種：古代文言、現代文言、舊式白話、新式白話。在他看來，梁啟超等人的文言是現代文言，它吸收了西洋、東洋的新術語，「本身是以『文言為體，白話為用』的系統」，「始終是中國式的古老工具，不能夠適應現代的生活。」[53]吳稚暉等人的「第一次文學革命」的白話文只是「從文言轉變到舊式白話」，舊式白話「只是近代中國文，並不是現代中國文」。「『五四』以來的新文學的確形成了一種新的言語，然而這種新的言語卻並不是『國語』——現代的普通話。」五四時形成的白話

---

[50] 瞿秋白：〈大眾文藝的問題〉，《瞿秋白文集（二）》，人民文學出版社，1953年版，第 886 頁。

[51] 朱我農：〈革新文學及改良文學〉，《中國新文學大系・文學爭論集》，上海良友圖書公司，1936 年版，第 62 頁。

[52] 傅斯年：〈白話文學與心理的改革〉，《新潮》第一卷第五號（1915 年 5 月），第 914 頁。

[53] 瞿秋白：〈鬼門關以外的戰爭〉，《瞿秋白文集（二）》，人民文學出版社，1953年版，第 642 頁。

「可以叫做新式白話」,「是『非驢非馬的』一種言語」,其市場「幾乎完全只限於新式智識階級——歐化的智識階級。」[54]舊式白話即古代白話,晚清的白話文運動就是古代白話運動。新式白話即五四時形成的現代白話,在構成上,它包括舊式白話、文言和「外國文法的『硬譯』」。作為描述,這是確切的,關鍵是對於五四白話文本質的認識及其態度,瞿秋白認為,「現在沒有國語的文學!而只有種種式式半人話半鬼話的文學,——既不是人話又不是鬼話的文學。亦沒有文學的國語!而只有種種式式文言白話混合成的不成話的文腔。」[55]他說五四白話是「和平民群眾沒有關係」的「歐化的新文言」,「五四式的新文言,是中國文言文法,歐洲文法,日本文法和現代白話以及古代白話雜湊起來的一種文字」。[56]因而五四白話應該否定,而「在『五方雜處』的大城市和工廠裏,正在天天創造普通話。」[57]即大眾語,漢語應該進行第三次革命,即用大眾語取代「五四式白話」。

應該說,瞿秋白對五四白話文作為現象的概括是非常準確的,他認識到「新式白話」不同於「舊式白話」,即現代白話不同於近代白話,更重要的是他認識到了現代白話是歐化的白話,是現代口語、古代白話和西方語言雜湊起來的一種語言,它的範圍主要限於歐化的知識階級,和平民群眾沒有關係。但舊式白話和新式白話在形式上都是白話,它們的區別究竟在哪裏呢?「非驢非馬」只是現代白

[54] 瞿秋白:〈鬼門關以外的戰爭〉,《瞿秋白文集(二)》,人民文學出版社,1953年版,第 627、629 頁。
[55] 瞿秋白:〈鬼門關以外的戰爭〉,《瞿秋白文集(二)》,人民文學出版社,1953年版,第 620 頁。
[56] 瞿秋白:〈大眾文藝的問題〉,《瞿秋白文集(二)》,人民文學出版社,1953年版,第 888 頁。
[57] 瞿秋白:〈普洛大眾文藝的現實問題〉,《瞿秋白文集(二)》,人民文學出版社,1953年版,第 860 頁。

話的表象，這並不足以把它和古代白話區別開來。既然是白話，為
什麼又與平民群眾沒有關係，而只是限於歐化的知識階級呢？這些
瞿秋白都沒有論述清楚，在當時的語言學狀況下他也不可能論述清
楚。語言體系在深度上規定了思想體系，沒有脫離語言的赤裸裸的
思想，沒有語言，思想便不可能。海德格爾認為，哲學不只是在語
言中思考，而且是沿著語言的方向思考。我們絕不能把語言看成是
與精神特性相隔絕的外在之物。洪堡特說：「當語言也表現出獨立自
主的創造性的時候，它就脫離了現象的領域，成為一種觀念的、精
神的存在。……雖然我們可以把知性與語言區分開來，但這樣的區
別事實上是不存在的。我們有理由認為，語言屬於某個更高的層次，
它不是類同於其他精神造物的人類產品。」[58]瞿秋白說：「文言的本
身亦是要記載思想的，而思想實在是沒有聲音的言語，正確些說，
是沒有說出口的言語。」[59]這表明他實際上已經認識到了思想不能
脫離語言而存在這一客觀現象，只是沒有把它上升到語言學理論的
高度。在大眾語文運動中，瞿秋白只是在語言的工具層面上討論大
眾語的，並沒有從語言的思想性這一層面來認識問題和解決問題。
這樣，他一方面感覺到了語言的思想性，另一方面又不能從語言學
理論上把問題釐清，最根本的是不能在實踐中突破自己根深蒂固的
傳統語言工具觀，相反，傳統的語言工具觀時時掣扯著他，從而使
他在理論和實踐上表現出矛盾和混亂，並最終使大眾語文運動在理
論和實踐上漏洞很多。

---

[58] 洪堡特：《論人類語言結構的差異及其對人類精神發展的影響》，商務印書館，
1997 年版，第 51 頁。

[59] 瞿秋白：〈鬼門關以外的戰爭〉，《瞿秋白文集（二）》，人民文學出版社，1953
年版，第 638 頁。

　　一定程度上說，瞿秋白並沒有真正理解五四，特別是沒有真正理解五四白話文對五四新文化和新文學運動的作用。文藝大眾化運動所要解決的其實仍然是思想問題，從語言的角度來解決問題應該說也是抓住了關鍵。但文藝大眾化決不是單純的語言工具問題，更是語言的思想和意識形態問題，瞿秋白僅僅只是在語言工具層面上做文章，這其實又不得要領並注定了他的失敗。真正的文藝為工農兵服務是改造作家的思想意識和立場觀念，深入工農兵生活，這正是毛澤東〈在延安文藝座談會上的講話〉高明的地方。文藝大眾化主要是普及問題，但普及和提高是辯證的關係，不能偏廢。魯迅早就說過，如果強使文藝流於「迎合」和「媚悅」大眾，「是不會於大眾有益的」。[60]如果只是普及而不提高，必然以文藝的總體性下降為代價。

　　大眾語在一定程度和範圍有它的作用和意義以及貢獻。但提倡大眾語不是反對五四白話文的理由。五四白話的確有它的缺陷，但不能用大眾語取代它，事實上也不可能取代。正如胡風所說：大眾語是「基於各地大眾的實踐需要，各各把口頭語變成筆頭語的多元的東西。」[61]「所謂『大眾語』，注定不是一元的『國語』式的東西，而是各個以當地的大眾為對象的多元的發展。」所以，「大眾語問題不是一個單純的言語學上的問題，而是一個以大眾的生活需要為基礎的文化運動的問題。」[62]統一的國語無論如何都是不能否定和取

---

[60] 魯迅：〈文藝的大眾化〉，《魯迅全集》第 7 卷，人民文學出版社，1981 年版，第 349 頁。
[61] 胡風：〈「白話」和「大眾語」的界限〉，《胡風全集》第 2 卷，湖北人民出版社，1999 年版，第 65 頁。
[62] 胡風：〈由反對文言文到建設大眾語〉，《胡風全集》第 2 卷，湖北人民出版社，1999 年版，第 63 頁。

消的，否定和取消五四白話就意味著否定和取消五四新文化和新文學。現代漢語的形成在具體過程上的確有些偶然性，但在總體趨向上它具有歷史必然性，特別是借用西方的文法、術語、概念、範疇和話語方式，這是中國學習西方的必然結論。五四白話對中國社會和文化的現代轉型的作用無論怎樣過高地評價都是不為過的，對五四白話的評價不論當時還是現在都不是高了，而是低了，它與中國現代文化之間的深刻的聯繫現在還遠沒有被充分地認識。至於現代白話對於普通民眾來說的「歐化的文言」性質，這實在構不成現代白話文的缺陷，也不是現代白話文的過錯。中國要走向世界，要走向現代文明，必須在深層的語言上進行變革，而在當時的情況下，向先進的西方學習是大勢所趨，是歷史的必出之路，語言上的學習則是這種學習的最為深層的體現。學習西方的語言，主要是學習西方語言的術語、概念、範疇和話語方式，現代白話文正是在這些方面是「歐化的文言」，與「平民大眾沒有關係」，並與古代白話和大眾語區別開來，也正是在這些方面它導致了中國文化和文學的現代轉型。

　　總之，五四白話作為現代漢語不同於古代白話，作為「國語」的普通話，不同於大眾語。五四白話文運動不同於晚清白話文運動，也不同於三、四十年代的大眾語文運動。五四白話文運動除了語言工具運動以外，更重要的是思想文化運動，其語言運動是用新的白話作為語言體系取代文言作為語言體系，是語言變革，正是在變革的意義上它導致了中國文化的現代轉型。而晚清白話文運動是古代漢語內部的語言運動，是文化普及運動，是語言改良運動，它只是為白話爭得一席之地，並不要求用白話取代文言，白話在晚清白話文運動中只是工具性的語言，不是獨立的、具有自己思想思維系統

的語言體系。三、四十年代的大眾語文運動事實上是現代漢語範圍內的語言改良運動，它企圖用大眾語取代現代漢語——即五四白話，但事實上不可能，語言學理論上也不能成立。大眾語文運動和晚清白話文運動具有同樣的性質，事實上是文藝大眾化運動而不是思想革命，不論是在性質上還是在歷史的作用和地位上，它們都不能和五四白話文運動相提並論。

　　高爾基說：「語言是文學的第一要素。」回到語言本體論，這是解決中國現代文學性質認識論問題的重要途徑之一。洪堡特說：「在所有可以說明民族精神和民族特性的現象中，只有語言才適合於表達民族精神和民族特性最隱蔽的秘密。」「一個民族的精神特性和語言形成這兩個方面的關係極為密切，不論我們從哪個方面入手，都可以從中推導出另一個方面。……民族的語言即民族的精神，民族的精神即民族的語言，二者的同一程度超過了人們的任何想像。」[63]在這一意義上，檢視五四白話以及中國近現代文學史上的語言運動，其意義就不僅僅限於文學。

---

[63]　洪堡特：《論人類語言結構的差異及其對人類精神發展的影響》，商務印書館，1997 年版，第 50-52 頁。

第五章

語言運動與思想革命

──五四新文學的理論與現實

第一節　五四新文學的理論

　　五四新文學運動對於中國現代文學以及中國現代文化的重要性，這是毋庸置疑的。文學上，它改變了中國文學的狀況，導致了中國文學的現代轉型，建立了中國現代文學的基本類型。文化上，它在整個五四新文化運動中扮演了急先鋒的角色，是五四新文化運動的最重要的組成部分。語言上，它確立了現代漢語的語言範本，現代漢語就是以現代文學經典作品作為典範而確定下來的。過去，我們認為五四新文學運動和新文化運動是一次思想革命，這並沒有錯，但這是從結果來看的，是用傳統話語方式的一種表述，實際上是從形式與內容的二元對立立場對現象的一種審視。這裏，筆者試圖換一種方式提問，我的問題是：五四新文學運動是何以發生的？它為什麼能建立新的文學類型？為什麼能夠演變成思想革命？它為什麼能充當新文化運動的急先鋒？它的現實結果是通過什麼仲介實現並固定下來的？以這樣一種方式言說問題，並對問題在過程的意

義上作深入的追問，我認為，語言，具體地說，是現代白話在五四新文學和新文化運動中起了決定性的作用。

五四白話文作為現象，它在五四時的顯著地位，這是公認的；五四新文學運動是從白話文開始的，表現為白話文運動，這也是公認的。不論是現代思想史還是現代文學史，白話文的作用、意義和地位都是不能迴避的事實。問題在於，我們過去一直是在語言工具的層面上研究五四白話文的作用和意義。我認為，這是非常表面化的認識，這種淺表的認識從根本上淵於傳統的語言本質觀。在傳統的語言工具觀的意義上，五四白話文運動不過是語言工具運動，它和晚清白話文運動以及三、四十年代的大眾語文運動沒有實質性的差別。站在語言工具觀的立場上，五四白話文運動和思想革命是五四新文學運動的兩個方面，或過程的兩個步驟，是可以並行不悖的兩種運動，它們事實上聯繫在一起，但理論上這種聯繫沒有必然性。它們作為整體的新文學運動可以作形式與內容的二分，即思想革命是五四新文學的內容，白話文作為語言工具是五四新文學運動的形式。在這種意義上，五四白話文運動其作用和意義就是非常有限的。

從現象上，大家都看到了五四白話在五四新文學運動乃至新文化運動中的重要性，但卻從沒有人從語言學理論上把它們之間的深刻聯繫闡釋清楚，包括白話文運動和文學革命的發起者們。實際上，五四新文化和新文學運動的先驅者們正是在語言工具的意義上提倡白話文運動的，而在與此相平行的層面上提倡文學思想革命的，也就是說，他們把白話文運動和文學革命運動看作是可以各自獨立的兩種不同性質的運動。

對於五四新文學運動來說，首先提出白話文主張的是胡適，這是胡適一生都引以為自豪的一件事，並且也是應該引以為自豪的一

件事。對於為什麼要提倡白話文以及這一理論主張的思想過程和提出過程，胡適在〈中國新文學運動小史〉、〈逼上梁山〉、《胡適口述自傳》以及其他文章、日記、講演和書信中有比較詳細的介紹。從這些介紹以及思考過程來看，胡適也是非常重視文學的思想革命的，但他主要是在語言工具論的意義上或者說立場上來提倡白話文運動的，胡適也認識到語言與思想的密不可分的關係，但在思想意識的深處，胡適是把語言和思想二分的，即承認語言之外有一種獨立的思想，語言就是表達這種獨立思想的工具。胡適說：「整部中國文學史都說明了〔中國〕中古以後老的語言工具已經不夠用了。它不能充分表達當時人的思想和觀念。所以人們必須要選擇一個新的工具。」[1]分析胡適白話文理論的經典性文本〈文學改良芻議〉，我們看到，胡適的本意並不在於文學革命，而在於文學改良，主要是語言工具的改良，雖然胡適後來對此有所辯解和一定程度的修正闡釋。「文學改良」「八事」中有五「事」是純語言問題，其他三「事」涉及文學的內容，即胡適本人所說的「精神上之革命」[2]，但也主要是從語言形式上入手或者說是由語言形式而引伸，比如胡適所批評的「言之無物」，其批評的側重點顯然是在「言」上而不是在「物」上。正是因為如此，所以胡適對白話文的價值從來都是估計不足，他並沒有認識到他所提倡的白話文與中國古代白話和作為民間口語的白話的不同，他更沒有認識到白話文運動與新文學運動和新文化運動之間的深層的聯繫。

---

[1]　胡適：《胡適口述自傳》第 7 章，《胡適文集》第 1 卷，北京大學出版社，1998年版，第 312 頁。

[2]　胡適：〈寄陳獨秀〉，《胡適文集》第 2 卷，北京大學出版社，1998 年版，第5 頁。

　　在新文學運動和新文化運動的啟動過程中，陳獨秀是一個舉足輕重的人物，不僅在於他創辦《青年雜誌》，以及在雜誌上發表胡適等人的倡導新文學的理論文章和魯迅等人的新文學作品從而掀起了新文學運動和新文化運動，同時還在於他本人在新文學和新文化理論上也卓有建樹，其貢獻絕不在胡適之下，最突出的表現就是他提出了「文學革命論」。「文學革命論」明顯是在胡適的〈文學改良芻議〉的基礎上和啟發下提出來的。也許正是因為這一點，人們簡單地把〈文學革命論〉看作是對〈文學改良芻議〉的回應，因而對其作用和地位都缺乏應有的肯定。這其實是一種很深的誤解，這誤解者中也包括陳獨秀本人。陳獨秀贊成胡適〈文學改良芻議〉的理由是：「余恒謂中國近代文學史，施、曹價值，遠在歸、姚之上。」[3]從這裏我們可以看到，陳獨秀所理解的、所設想的、所提倡的白話文還是中國古代的白話，他所持的理論根據主要是歷史性的，而不是現實性的。這和他在晚清時在安徽辦俗話報、提倡白話的理由別無二致，明顯是非常膚淺的。之後，隨著白話文運動的開展和嘗試，陳獨秀對他所提倡的白話有了新的理解，他說：「若是把元明以來的詞曲小說，當作吾人理想的新文學，那就大錯了。不但吾人現在的語言思想，和元明清的人不同……」[4]這裏明顯把五四白話和古代白話作了區別，並且用了「語言思想」這樣一個很模糊的概念。三年之後（即 1920 年），隨著白話的普及、通行和事實上取代了文言文，在白話文實踐經驗的基礎上，陳獨秀對五四白話有了更深入的認

<hr>

[3]　陳獨秀：〈讀胡適文學改良芻議有感〉，《陳獨秀著作選》第 1 卷，上海人民出版社，1993 年版，第 257 頁。

[4]　陳獨秀：〈三答錢玄同（文字元號與小說）〉，《陳獨秀著作選》第 1 卷，上海人民出版社，1993 年版，第 342 頁。

識。他在武昌文華大學作過一次有關白話文理論的專題講演，單就這次講演的大綱來看，陳獨秀已經看到了五四白話與五四思想之間的密切關係，在「（甲）改用底理由」中的「（Ａ）本體的價值」中，首先就是「時代精神的價值」[5]。就是說，表現時代精神是白話文取代文言文的重要的理由，這說明，陳獨秀已經意識到五四白話的精神性。

　　但總體上說，陳獨秀並沒有從根本上把五四白話和五四思想聯繫起來，和胡適一樣，他雖然實踐上把白話文運動和思想革命作為新文學運動的一個整體結合在一起，但在實際理論上卻把它們分解為兩種性質不同的運動。〈文學革命論〉其中心意思歸納起來其實就是「三大主義」，即「推倒雕琢的阿諛的貴族文學，建設平易的抒情的國民文學」；「推倒陳腐的鋪張的古典文學，建設新鮮的立誠的寫實文學」；「推倒迂晦的艱澀的山林文學，建設明瞭的通俗的社會文學」。[6]這從根本上是就文學的內容而言的，明顯是呼應〈文學改良芻議〉的形式論，並且二者似乎構成了一個過程的延續。語言是形式，思想是內容，二者既相對應又相照應，從而構成了新文學運動的一個完整的整體。〈文學革命論〉雖然是承續〈文學改良芻議〉而來，但在陳獨秀的理論根據上，二者在內涵上沒有內在的深層聯繫。在這一意義上，和胡適一樣，陳獨秀對五四白話文運動同樣存在著很深的誤解。

---

[5]　陳獨秀：〈我們為甚麼要做白話文？——在武昌文華大學講演底大綱〉，《陳獨秀著作選》第 2 卷，上海人民出版社，1993 年版，第 100 頁。

[6]　陳獨秀：〈文學革命論〉，《陳獨秀著作選》第 1 卷，上海人民出版社，1993 年版，第 260-261 頁。

　　五四時期，很多人都意識到了五四白話與古代白話的不同，比如錢玄同說：「我上面所說從前有白話文學，不過敘述過去的歷史，表明以前本有白話文學罷了；並不是說我們現在所提倡的新文學就是這從前的白話文學，更不是說我們現在就應該學這從前的白話文學。」[7]胡適、陳獨秀也都曾表達過這樣的意思。但古代白話與五四白話為什麼會不同？不同的深刻區分在哪裏？卻少有人具有實質性的觀點和論述。而真正把五四白話和五四思想聯繫起來，把五四白話向五四思想的層面進行延伸，走得最遠、認識最深刻的要算周作人。和〈人的文學〉、〈平民的文學〉一樣，發表於 1919 年的〈思想革命〉一文也是在新文學理論史上具有里程碑性質的重鎮文章。朱自清認為，五四白話是一種新語言，是一種歐化的語言，「新詩的語言不是民間的語言，而是歐化的或現代化的語言」[8]，而「第一個創造這種新語言的，我們該推周啟明先生」[9]。周作人不僅在新文學創作上卓有貢獻，而且在新文學理論上也有諸多建樹。周作人說：「我們固不必要褒揚新文學運動之發起人，唯其成績在民國政治上實在比較文學上尤大，不可不加以承認。」[10]這是對新文學運動的最高評價。新文學運動的意義絕不僅限於文學，它對於中國文化、政治、思想、學術的影響都是巨大而深遠的，它從根本上改變了中國人的思想和思維方式，整個中國社會、文化、政治都深受其影響而發生了現代轉型。

---

[7]　錢玄同：〈嘗試集序〉，《胡適文集》第 9 卷，北京大學出版社，1998 年版，第 66 頁。

[8]　朱自清：〈朗讀與詩〉，《雅詩湖畔》，延邊人民出版社，1996 年版，第 76 頁。

[9]　朱自清：〈新語言〉，《春暉如畫》，延邊人民出版社，1996 年版，第 166 頁。

[10]　周作人：〈漢字〉，《夜讀的境界》，湖南文藝出版社，1998 年版，第 716-717 頁。

　　周作人的深刻之處在於他最早從思想的角度來論述五四白話文，他首次把五四白話文運動和五四思想革命從內在上聯繫起來。在〈思想革命〉一文中，周作人說：「我們反對古文，大半原是為他晦澀難解，養成國民籠統的心思，使得表現力與理解力都不發達，但另一方面，實又因為他內中的思想荒謬，於人有害的緣故。這宗儒道合成的不自然的思想，寄寓在古文中間，幾千年來，根深蒂固，沒有經過廓清，所以這荒謬的思想與晦澀的古文，幾乎已融合為一，不能分離。……便是現代的人做一篇古文，既然免不了用幾個古典熟語，那種荒謬思想已經滲進了文字裏面去了，自然也隨處出現。」[11]新文學運動提倡白話、反對文言，是因為文言作為一種語言工具晦澀難懂，因而造成國民在表達和理解上的障礙，這固然也是重要的，但反對文言文的更深層的理由則在於古文是和古代思想緊密地聯繫在一起的，反對古文的更深刻的原因在於反對古代思想，這才是五四白話文運動最具根本性的理由，也是五四白話運動最具價值的地方，更是五四白話文運動能夠導致新文學運動與新文化運動的成功以及導致中國社會和文化深層的變革的最具根本性的原因之一。

　　發表於《東方雜誌》19 卷 17 號（1922 年 9 月）的〈國語改造的意見〉一文表現了周作人對五四白話深刻而獨到的思考。在周作人的文藝理論中，這篇文章並不被重視，但就筆者的閱讀視野來看，我認為，周作人對五四白話文內涵的基本界定至今仍然是非常深刻的認識。周作人認為，五四白話文運動不同於「光緒年間的所謂白話運動」，「那時的白話運動是主張知識階級仍用古文，專以白話供

---

[11]　周作人：〈思想革命〉，《中國氣味》，湖南文藝出版社，1998 年版，第 171 頁。

給不懂古文的民眾；現在的國語運動卻主張國民全體都用國語，因為國語的作用並不限於供給民眾以淺近的教訓與知識，還要以此為文化建設之用……」[12]歷史上，周作人第一次把五四白話文運動和晚清白話文運動區別開來，雖然在今天看來，這種區分在標準上還非常表面化。

　　與此相應，周作人把作為國語的五四白話和作為民間口語以及大眾語的白話作了區分。他說：「民間的俗語，正如明清小說的白話一樣，是現代國語的資料，是其分子而非全體。現代國語須是合古今中外的分子融和而成的一種中國語。」[13]作為國語的五四白話，絕不是單純的古代白話，也不是單純的民間口語，而是融古代白話、民間口語和外國語言於一起的一種新語言。認識到五四白話的外國語言成份，這是周作人的新發現。1925 年，周作人寫〈理想的國語〉一文，這個意思更明確、更詳細。他說：「古文不宜於說理（及其它用途）不必說了；狹義的民眾的言語我覺得也決不夠用，決不能適切地表現現代人的情思：我們所要的是一種國語，以白話（即口語）為基本，加入古文（詞與成語，並不是成段的文章）方言及外來語，組織適宜，具有論理之精密與藝術之美。……假如以現在的民眾知識為標準來規定國語的方針，用字造句以未受國民教育的人所能瞭解的程度為準。這不但是不可能，即使勉強做到，也只能使國語更為貧弱，於文化前途了無好處。」[14]現代白話不僅僅只是白話，更

---

[12] 周作人：〈國語改造的意見〉，《夜讀的境界》，湖南文藝出版社，1998 年版，第 773 頁。

[13] 周作人：〈國語改造的意見〉，《夜讀的境界》，湖南文藝出版社，1998 年版，第 773 頁。

[14] 周作人：〈理想的國語〉，《夜讀的境界》，湖南文藝出版社，1998 年版，第 779-780 頁。

重要的是它是現代的，它是融合古今中外的語言而成，在辭彙上遠比作為民間口語的白話要豐富，能夠表達現代人的思想。所以絕不能把五四白話簡單地等同於古代白話。1932年周作人作《中國新文學的源流》的演講，又重複了這個觀點：「那時候的白話，是出自政治方面的需求，只是戊戌政變的餘波之一，和後來的白話文可說是沒有人關係的。」[15]五四白話文運動不同於晚清白話文運動，從根本上源於五四白話不同於晚清白話。

正是因為如此，所以對於國語的基本估價以及發展趨向、得失和經驗教訓，周作人明顯不同於一般人的觀點。30年代之後，激烈地批評五四白話是一股潮流。瞿秋白認為，五四白話是一種歐化的「非驢非馬」的語言，它主要適用於知識階層，瞿秋白貶稱之為「新文言」，認為它是五四白話作為國語的嚴重的弊病和缺陷，而克服這弊病和缺陷的辦法是語言大眾化，即民間化、口語化和市井化，所以，三、四十年代有一個非常廣泛的大眾語文化運動。周作人與此觀點相反，他認為五四白話不是太歐化了，恰恰相反，而是太大眾化了，「現在中國需要一種國語，盡他能力的範圍內，容納古今中外的分子，成為言詞充足、語法精密的言文。」「清末的歐化都輸入許多新名詞到中國語裏來，現在只須繼續進行，創造未曾有過的新語。」[16]國語不是過於高深複雜，而是還不夠高深和複雜，所以還需要進一步歐化，進一步吸收古今中外的分子：「現代民間的言語當然是國語的基本，但也不能就此滿足，必須更加以改造，才能適應現代的要求。……現在的白話文誠然是不能滿足，但其缺點乃是

---

[15] 周作人：《中國新文學的源流》，華東師範大學出版社，1995年版，第56頁。
[16] 周作人：〈國語改造的意見〉，《夜讀的境界》，湖南文藝出版社，1998年版，第775、778頁。

在於還未完善，還欠高深複雜，而並非過於高深複雜。我們對於國語的希望，是在他的能力範圍內，儘量的使他化為高深複雜，足以表現一切高上精微的感情與思想，作藝術學問的工具。」[17]雖然周作人仍然把國語當成一種工具，但這裏顯然不只是在工具的意義上論述國語，而是在語言的思想層面上論述它。語言不只是工具，同時也是思想本身，語言如果只是工具，那就不存在所謂高深複雜的問題，應該說也不存在實質性的「古代性」與「現代性」的區別。語言之所以能夠表現高深精微的思想，是因為語言本身潛藏著這種思想，也就是說思想本身就是以語言的形態存在。這是周作人這段話所隱含的前提。在這一意義上，國語不是如古代白話一樣的工具性語言，國語所解決的以及所要解決的不是通俗和普及的問題，而是現代國家的思想、文化的建設問題。所以，國語的建設不應該局限於通俗易懂方面，而更應該側重於思想的精深以適應現代思想的發展與變化。這是周作人在五四白話的認識上超越於同時代人，甚至於超越現代人的地方。

　　但是，對於語言與思想的關係，具體地，對於五四白話與五四思想革命之間的關係，周作人同樣存在著誤解。在〈思想革命〉中，他說：「我想文學這事物本合文字與思想兩者而成，表現思想的文字不良，固然足以阻礙文學的發達，若思想本質不良，徒有文字，也有什麼用處呢？」「中國人如不真是『洗心革面』的改悔，將舊有的荒謬思想棄去，無論用古文或白話文，都說不出好東西來。」「文學革命上，文字改革是第一步，思想改革是第二步，卻比第一步更為

---

[17] 周作人：〈國語改造的意見〉，《夜讀的境界》，湖南文藝出版社，1998 年版，第 773 頁。

重要。」[18]認識到五四新文學運動實際上由語言運動與思想革命這兩方面組成，並且思想革命更深層、更重要，這是周作人在認識上深邃的地方。但是，不論是對思想的認識還是對語言的認識，周作人都存在著他那個時代的局限，他只認識到了語言的工具性，沒有認識到語言的思想本體性，他實際上是在非常抽象的意義上談論思想，本質上是把思想獨立於語言之外。他看到了語言與思想之間聯繫的現象，但沒有從理論上解釋它們之間的內在的邏輯性。他看到了五四新文學運動中的語言運動與思想革命的一體性，但理論的深處他又把它們二分，並機械地分為第一步和第二步。在根本性的語言本質觀上，周作人還是語言工具觀。

五四新文學運動的過程及其理論研究一直是中國現代文學研究的一個熱點，對五四白話文運動和思想革命及其關係，也多有人探討，但總體上是舊調重彈，並沒有超出胡適、陳獨秀、周作人等五四新文學運動發動者們的觀點，而且至今仍然沒有超越。在這一意義上，對五四新文學運動的誤解還廣泛地存在，我們今天還是在語言工具的意義上理解五四白話文運動，還是把五四的思想革命作為獨立於語言之外的與語言相並行的運動，這既大大降低了五四白話文運動對五四新文學和新文化運動的意義和作用，同時也把五四思想革命虛化了。這樣，長期以來，我們雖然看到了五四白話文運動和思想革命對五四新文學運動和新文化運動的作用和意義的現實，但我們並沒有從理論上把這中間內在的邏輯解釋清楚。

---

[18] 周作人：〈思想革命〉，《中國氣味》，湖南文藝出版社，1998年版，第171-173頁。

第二節　五四新文學的現實

　　上面，我詳細檢討了胡適、陳獨秀、周作人等人的五四白話理論和文學革命理論。但是，目標是一回事，目的又是另一回事；理論是一回事，現實則又是另一回事。我認為，五四新文學運動的理論和現實存在著相當的距離，也就是說，新文學運動的過程——特別是結果並不是按照新文學運動的發起者們的理論或邏輯運作的。可以說，發動白話文運動是正確的，但胡適等人的理由並不是關鍵的、甚至於是不正確的。思想革命對五四新文學運動絕對是重要的，但思想革命並不像五四先驅者們所理解的是獨立於語言之外的理論上可以獨立運行的運動，它和語言運動是緊密地結合在一起的，並沒有語言之外的思想革命。

　　胡適主張廢文言用白話的理由很多，但皆不能成立。所以，單就胡適的理由來看，林紓和「學衡派」反對白話文是有道理的。但是，「學衡派」反對胡適的白話文理論有道理並不說明他們反對白話文本身有道理；胡適所講的提倡白話文的理由不一定正確，這也不說明胡適提倡白話文本身是錯誤的。「學衡派」只是在反對胡適的白話文理論的意義上是正確的。五四白話不完全是胡適所倡導的白話，五四白話文運動的理由也不完全是胡適所講的理由。

　　五四白話文運動對五四新文學運動和新文化運動絕對是重要的，但這種重要並不是胡適所說的重要，它的作用和意義遠比胡適所理解的要深層。白話文在語言工具的層面上，對五四新文學運動和新文化運動當然也是重要的，但這並不是導致新文學和新文化運動成功的根本性原因。胡適主觀上所提倡的白話文即國語和後來的事實上的白話文即國語是有本質區別的。胡適所倡導的白話實際上

是古代白話和作為民間口語的白話，它主要是作為工具層面的白話。作為語言，它不具有獨立性，構不成語言系統，它實際上附屬於古代漢語體系。而後來實際上通行的白話則是以古代白話和民間口語作為形式主體，廣泛地吸納古今中外的語言養分而形成的新的語言體系，特別是在思想上，它具有強烈的歐化特徵。在辭彙上，它既吸收古代漢語的術語、概念、範疇，同時又大量吸收西方語言的術語、概念、範疇，因而在思想的層面上，它與西方語言更具有親和性。國語即現代漢語，是一種不同於古代漢語的新的語言體系，特別是在思想上，它具有自己的獨立的體系。

由於政治、經濟——特別是文化交流等原因，五四白話文運動遠遠超出了胡適等人的語言工具運動的範圍，而從「意圖」的文學改良運動走向了「事實」文學革命運動，這與白話所隱含的新的思想有最為深層的關係。雖然陳獨秀理論上是把思想革命和白話文運動獨立來運作的，但事實上，它們是一體的，也就是說，五四白話文運動既是語言工具運動，又是思想革命，反過來，五四思想革命不是抽象的，而是以現代白話文運動的方式實現的。表面上，白話運動在先，思想革命在後，即周作人所說的「第一步」和「第二步」，但實際上，五四白話文運動和五四思想革命具有一體性，也就是說，就五四新文學運動和新文化運動作為歷史來說，白話文運動在表面的語言工具運動的背後其實隱藏著深含的思想革命的性質，根本原因在於，五四新文學和新文化運動的發動者們如胡適、魯迅、陳獨秀、周作人、李大釗、錢玄同、劉半農等人的知識結構和思想方式都已經發生了根本性的變化，他們中的許多人如胡適、魯迅等有比較長時間的海外留學經歷，由於受西方思想或者說語言的影響，他們的言說和表達方式都發生了很大的變化。1915 年，胡適在美國哥

倫比亞大學用英文寫作《先秦名學史》(「*A Study of the Development of Logical Method in Ancient China*」),雖然他談論的仍然是孔子、莊子、墨翟以及《易經》等先秦典籍,其問題也沒有超出古人的範圍,但言說和表述的方式卻發生了根本性的變化,因而在思想上也與我們的古人有根本性的差異。言說和表述本質上是一種話語方式,它並不簡單地只是語言的形式,話語本身蘊含著思想及意義,不同的言說即不同的思想,表述的不同即思想的不同。古漢語語言體系中的「先秦名學史」與英語語言體系中「先秦名學史」在思想上具有根本的不同,其根源於就在於兩套語言體系的不同。

所以,五四之初的經典性文本如胡適的〈建設的文學革命論〉、〈多研究些問題,少談些主義〉、《中國哲學史》、劉半農的〈我之文學改良觀〉、魯迅的〈狂人日記〉、李大釗的〈庶民的勝利〉、〈什麼是新文學〉、周作人的〈人的文學〉等,作為現代白話文本,其內涵已遠非古代白話所能涵蓋,它實際上是一種新白話即現代白話,具有新的術語、概念和範疇,是一種新的話語方式,隱含了新的思想和思維方式。胡適說:「哲學的定義從來沒有一定的。我如今也暫下一個定義:『凡研究人生切要的問題,從根本上著想,要尋一個根本的解決:這種學問叫做哲學』。」[19]這雖然也是白話,但不過徒有其表,就思想的層面來說,它已非昔日的白話,這裏,「哲學」、「定義」、「問題」、「根本」、「學問」等,表現為白話的外表形式,但其本質上是新的術語、概念和範疇,這些詞能夠從文言文、古代白話、民間口語中找到詞源,也就是說,單從詞語上來說,它不是新的,但從思想上來說,它卻是全新的,它是西方語言的漢語方式,外表上

---

[19] 胡適:《中國古代哲學史》,《胡適文集》第 6 卷,北京大學出版社,1998 年版,第 163 頁。

是中文的，骨子裏卻是西方的，它反映了言說者在思想方式和思維方式上的根本性變化，這已經不只是白話作為語言形式所能解釋的，我們可以從語言形式的角度把這種變化看作是文言向白話的轉變，也可以從語言思想本體的層面把這看作是傳統思想向現代思想的轉變。

同樣，當魯迅提出「真的人」、周作人提出「人的文學」時，這裏的「人」作為詞語和文言文、古代白話以及民間口語中的「人」並沒有根本性的區別，但在思想內涵上卻有著天壤之別。民間口語中的「人」的概念可以說是「人」的自然概念，或者說是生物的「人」，即吃喝拉撒的「人」，這裏，「人」純粹是一個語言符號，是工具性的語言，不具有思想性。而文言文中的「人」和魯迅、周作人所說的「人」則具有思想性，並且它們具有相反的內涵。古代漢語語境中的「人」在內涵上是和中國古代倫理道德緊密地聯繫在一起的，具有正統的儒家的「君臣父子」的人倫關係。在做人的標準和尺度上，中庸，克己，壓抑個性、壓抑本能，大義為重、生命為輕，重義輕利等，於古代的「人」來說，都是「美德」。相反，魯迅和周作人所說「人」則可以稱之為現代的「人」。現代「人」的概念更多地吸收了西方「人」的內涵，強調人的解放、平等、友愛、自由、權力，強調尊重個性、尊重生命等這些西方倫理和道德的價值觀。所以，魯迅的小說〈狂人日記〉和周作人的論文〈人的文學〉與其說是中國現代文學中最早的白話文本，還不如說是在語言的思想層面上開創了中國現代文學和現代文化對於「人」的新的言說，它更體現為一種新的話語方式。

反過來，從思想革命的角度來說，五四思想革命與白話文運動緊密地結合在一起，思想革命不能抽象地進行，它是通過白話文運

動來實現的。思想不同於物體實在,語言也不是思想的載體。過去我們認為,思想具有抽象性、客觀性,先於語言形式而存在,我們則用語言把它表現或表達出來,所以,語言是思想的工具。但現代語言學已經充分證明,思想與語言之間的關係根本就不是這麼回事。思想就是語言本身,語言具有思想本體性,思想不能脫離語言而獨立地存在。就五四新文化和新文學運動來說,思想革命就體現為白話文運動。五四思想革命在內容上非常複雜,但總體上具有兩大趨勢,那就是反傳統和學習西方,表現為對西方先進思想的借鑒和對中國傳統落後思想的批判,這是一個問題的兩種表現形態,二者在邏輯上具有整體性。這裏,在思想上的學習西方就體現為大量借用西方的術語、概念、範疇和話語方式來言說和表述問題,「民主」、「自由」、「人權」、「理性」、「哲學」這些「詞」的變化是概念和範疇的變化,但更是深層的觀念和思想的變化,當我們不再用「君」、「臣」、「忠」、「孝」這些概念,而用「個性」、「權力」、「自由」、「尊嚴」、「平等」這些概念來言說人的意義和價值時,言說本身已經標明我們思想和觀念的根本性改變。在思想上的反傳統、反封建就體現為擯棄傳統的術語、概念、範疇和話語方式,當我們不再使用「禮」、「仁」、「綱」、「常」、「天」等這些封建性核心概念和範疇時,深層上也意味著我們放棄了這種核心思想和思維方式。中國現代思想的整體性變化就體現為語言體系的整體性變化,具體就體現為文言文作為語言體系退出歷史舞臺,而現代漢語成為「國語」。

　　思想革命是五四白話文運動深層的動力,推動白話文運動的不是語言形式而是思想。所以,五四白話文運動表面上是語言形式運動,但深層上則是思想革命,表面語言形式運動的背後隱藏著深層

的思想革命。從發生學的角度來說，二者是同時進行的，是辯證的過程，只是人們沒有從語言學理論上認識到這一點罷了。事實上，正是白話文運動導致了五四新文學運動理論上的向思想革命層面的延伸。陳獨秀的〈文學革命論〉和胡適的〈文學改良芻議〉在理論上具有對應性，它們實際上是從兩個層面即語言的工具層面和語言的思想層面對五四新文學運動進行表述。〈文學改良芻議〉和〈文學革命論〉對於新文學運動來說，只是表述的不同，只是理論側重點的不同，在具體內容和實際作用上，它們並沒有實質性的差別。胡適後來談到陳獨秀對文學革命的貢獻時說：「他對於文學革命有三大貢獻：一、由我們的玩意兒變成了文學革命，變成了三大主義。二、由他才把倫理道德政治的革命與文學合成一個大運動。三、由他一往直前的精神，使得文學革命有了很大的收穫。」[20]作為現象的描述，這是非常準確的，本質上，陳獨秀的「三大主義」、「文學革命」的命題是由「白話文運動」的命題變化而來。

　　不管是把五四白話文運動和五四思想革命分成「第一步」和「第二步」，還是從理論上把它們二分為兩個可以獨立的運動，但在五四新文學運動和新文化運動的實際過程中，這二者是緊密地結合在一起的。這種結合既改變了白話文運動的性質，也改變了思想革命的性質，這種結合實際上把白話文運動變成了思想革命，把抽象的思想革命變成了具體的白話文運動。正是在這種白話文運動與思想革命的一體化過程中，新文學運動和新文化運動發生了，中國文學和文化發生了現代轉型。可以說，沒有實際的思想革命，胡適理論上的白話文運動不過如晚清白話文運動一樣，只能是語言工具運動，

---

[20] 胡適：〈陳獨秀與文學革命〉，《胡適文集》第 12 卷，北京大學出版社，1998年版，第 37 頁。

是文學改良運動，不可能發生新文學運動和新文化運動。同樣，如果沒有實際的五四白話文運動，陳獨秀理論上的思想革命不過是一句空話，不過是一種無法實施的抽象的理論。晚清也有一個範圍非常廣泛的白話文運動，與這次白話文運動的同時，也有一場非常廣泛的思想革命運動。但晚清沒有發生新文學，其中原因很多，從語言的角度，我認為最重要的有兩個方面：第一，晚清只有白話文運動，沒有語言變革運動。第二，晚清思想革命和語言運動之間是脫節的。

所以，絕不能簡單地在工具的層面上理解五四白話文運動，那實際上並沒有從根本上認識到語言的本質和五四白話文的本質。周作人把五四白話和晚清白話區別開來，這是正確的，但是他根據使用的範圍的大小來區分，這又是非常淺表的。語言是工具，這是周作人意識深處的根深蒂固的觀念，正是這種傳統的語言工具觀深深地限制了周作人對五四白話文運動與思想革命之間深層邏輯關係的認識。周作人一方面看到了五四白話與五四新思想之間的聯繫，另一方面他又不能從理論上突破語言工具觀所設定的限制，從而表現出一種巨大的矛盾。所以，我認為，對於五四白話文運動與五四思想革命之間的關係：五四時胡適、陳獨秀、周作人等人當時沒有從理論上認識清楚，後來沒有認識清楚，現在我們仍然沒有認識清楚。過去我們總是從內容與形式這樣一種「一分為二」的角度來看視語言與思想之間的關係。總是只看到它們之間的對立性，而沒有看到它們之間的統一；總是只看到它們之間的差異性，而沒有看到它們之間的同一性。我們總是習慣於把語言作形式和內容的區分，並且在形式與內容之間排一個主次和先後。

　　從發生學的角度來看，文字與思想之間可能有一個先後的問題，即思想在先，文字在後，至少對於中文來說，這是一種非常古老的看法。但文字的起源和語言的發生不等於語言的本質，語言與思想之間的關係和雞蛋之間的關係一樣，難以分出先後，二者交互作用與影響，是互進的關係。傳統的根據文字的起源過程來推斷語言的本質特徵明顯是把問題簡化了。文字起源於對物質的指稱是語言起源的一個途徑和方面，當然也是語言的重要特徵。語言的確具有工具性，但它主要是在物質實在的指稱意義上而言。而在思想的層面上，語言與思想具有同一性，也就是說，不是先有思想然後才有表現思想的語言，而是思想就是語言本身，沒有語言也就沒有思想。以這樣一種新的語言本質觀來重新審視五四白話文運動，我認為，五四白話文運動不是單純的語言工具運動，更是深層的思想運動；五四思想革命是通過白話文運動來實現的，五四思想革命本質上也是語言革命，即從古代漢語的思想體系轉向現代漢語的思想體系。五四新文學運動和新文化運動正是在白話文運動和思想革命的內在統一性的意義上完成的。

　　五四思想革命不是在古代思想體系內部完成的，從語言上說，不是在古代漢語體系內部完成的。從社會性的角度來說，五四思想革命主要是輸入西方的思想，特別是科學、民主、人權、自由、理性、社會進化論等思想，也即引進新的思想觀念從而達到對舊的思想觀念的破壞。從語言上說，新思想是以新的語言方式顯現的，其中最重要的是術語、概念、範疇和話語方式，西方思想直接被轉化為相對比較中性的白話文，其思想性以白話的術語、概念、範疇和話語方式表現出來。它不再被轉化為古代漢語的術語、概念、範疇和話語方式，不再被納入中國古代的思想體系，這樣就避免了西方

思想被中國古代思想的「歸化」而被淹沒和變異。這裏，白話不再是不帶思想性的純粹的工具性語言，不再是附屬性的語言，而是新的獨立的語言體系和相應的思想體系。作為新的語言體系和思想體系，白話不再是古代白話和民間口語，它還包括文言辭彙和直接從西方翻譯進來的辭彙。但不論是古代白話、民間口語、文言辭彙還是外來詞彙，它們都脫離了原來的語言體系而置於新的語境中，其意義和功能都發生了很大的變化。從思想的層面上來說，許多古代白話、民間口語、文言文的術語、概念和範疇，在現代漢語中都被賦予了新思想和新意義，因而具有創造的性質。所以，五四思想革命本質上是語言革命。

語言不論是對於民族來說，還是對於個人來說，都具有先在性。語言變革和文化轉型對於一個民族來說，是重大的事情，它涉及到民族心理、文化傳統等一系列最為深層的問題。除了願意不願意轉型的問題以外，還涉及能不能轉型的問題。並且，語言變革不可能從內部發生，語言的發展有它自己的規律，語言變革與政治經濟的發展特別是民族文化的交流有密切的關係。中國文化源遠流長，有近三千年的歷史，傳統文化構成了中國人的血與肉，也構成了自我身份的認同，是難以割捨的。在這一意義上，中國文學和文化的現代轉型是各種歷史條件的偶然聚合，是一次艱難的轉折。

我們承認五四新文化和新文學運動具有歷史的必然性趨勢，也具有民族心理根據。但必須承認五四新文化和新文學運動在實施的過程中具有偶然性，正是這種偶然性導致了歷史的現實的結局。而選擇白話文就具有很大的偶然性，胡適最初只是在工具的層面上提倡白話文運動，但它卻意外地起到了思想革命的作用。陳獨秀的思想革命主觀上是獨立於白話文運動之外的運動，但作為五四新文學

和新文化運動的一個重要「組成部分」或者「步驟」，它事實上是和白話文運動緊密地結合在一起的，事實上一體化，這種一體化不僅改變了思想革命的性質，而且使思想革命成為可能。所以，五四新文學和新文化運動的先驅者們並沒有從理論上把他們所提倡的白話文運動和思想革命以及之間的關係搞清楚，新文學和新文化運動的確是成功了，但並不是按照他們所設想的理論的邏輯而進行的，而有它自己內在的邏輯過程。新文學的理論與現實之間存在著巨大的差距。搞清楚五四新文學和新文化運動的深層的原因，對於我們正確地認識新文學和新文化的性質以及發展趨向，其意義是重大的。

第六章

「異化」與「歸化」

——翻譯文學與中國現代文學

第一節　翻譯本質「二層次」論

本節主要從語言學的角度論述翻譯的本質。

翻譯的本質是什麼？有不同的說法，泰特勒說：「好的翻譯應該是把原作的長處如此完備地移注入另一種語言，以使譯入語所屬國家的本地人能明白地領悟、強烈地感受，如同使用原作語言的人所領悟、所感受的一樣。」[1]巴爾胡達羅夫把翻譯定義為「是把一種語言的言語產物（話語），在保持內容不變的情況下改變為另一種語言的言語產物」[2]。費道羅夫說：「翻譯就是用一種語言把另一種語言在內容與形式不可分割的統一中所業已表達出來的東西準確而完全地表達出來。」[3]奈達的定義是：「翻譯就是在譯入語中再現與原語

---

[1]　泰特勒：〈論翻譯的原則〉，引自沈蘇儒《論信達雅——嚴復翻譯理論研究》，商務印書館，1998 年版，第 120 頁。

[2]　巴爾胡達羅夫：《語言與翻譯》，中國對外翻譯出版公司，1985 年版，第 1 頁。

[3]　費道羅夫：《翻譯理論概要》，中華書局，1955 年版。

的訊息最切近的自然對等物。」[4]還有很多,不逐一列舉。這些定義雖然在具體觀點上很大的不同,但總括起來可以說就是:翻譯本質上是語言形式的問題,它是不同語言之間的「等值」或「等效」轉換,它要求內容上的盡可能忠實與準確。從後面的分析我們將會看到,這些關於翻譯本質的觀點實際上是傳統語言學的演繹結論。而且,從實踐來看,這些定義與其說是一種理論,還不如說是一種理想。我認為,翻譯可以歸結為語言問題,但絕不僅僅只是語言技巧問題,同時還是語言深層的思想思維和文化問題。語言既是工具,又是思想本體,這是兩個不同的層面,相應地,翻譯作為語言問題也可以區分為兩個層次,即技術層面和文化層面。在語言作為工具的層面上,翻譯是技術問題;在語言作為思想本體的層面上,翻譯是文化問題。

有文化交流就有翻譯。中國的翻譯非常早,周代就有很複雜的分工,負責對南方各地的翻譯稱為「象胥」,負責北方的翻譯稱為「譯」[5]。孔穎達對「譯」的注解是:「譯,陳也,謂陳說外內之言。」[6]賈公彥的解釋是:「譯即易,謂換易言語使相解也。」[7]在詞源意義上,翻譯本質上是語言問題。中國古代最典型、最有代表性的翻譯是佛經翻譯。在佛經翻譯中,雖然道安和玄奘等人已經深刻地認識到翻譯不僅僅是語言的轉換問題,比如道安提出「三不易」,其二為:「愚智天隔,聖人叵階;乃欲以千歲之上微言,傳使

---

[4]　奈達:〈翻譯理論與實踐〉,引自沈蘇儒《論信達雅——嚴復翻譯理論研究》,商務印書館,1998年版,第131頁。

[5]　見《禮記・王制》,原文是:「五方之民,言語不通,嗜欲不同。達其志,通其欲,東方曰寄,南方曰象,西方曰狄鞮,北方曰譯。」

[6]　孔穎達:《禮記正義》,見阮元校刻《十三經註疏》,中華書局,1980年版。

[7]　賈公彥:《周禮義疏》,見阮元校刻《十三經註疏》,中華書局,1980年版。

合百王之下末俗，二不易也。」[8]玄奘提出「五種不翻」[9]，這都涉
及到翻譯的深層的思想和文化問題，但總的來說，在中國古代觀
念中，翻譯從根本上是「名實」——即「詞」與「物」的關係問
題，本質上是語言技術問題。兩種文化思想之間的差異似乎只是
「名物不同」[10]，「名實喪於不謹」[11]，所以翻譯就是通過甲種語
言把乙種語言所包含的實在，包括物質實在與思想「實在」表達
出來。道安的「五失本」和法雲、慧遠、僧睿等人所斤斤計較的
「文」「質」問題都充分說明了這一點。

　　中國古代翻譯思想的深層基礎是中國傳統的語言工具觀。在傳
統的語言工具觀看來，一定思想和一定的物質一樣是可以脫離具體
的語言而存在的，所以思想可以從一種語言轉移到另一種語言中去
而不失本真。在語言工具觀看來，語言只是形式，是實在即內容的
外殼，而形式和內容是可以分離的。中國古代只承認與異域的語言
形式之間的不同，而不承認不同民族思想思維之間的根本差別，陸
象山的話非常有代表性，他說：「東海有聖人出焉，此心同也，此理
同也；西海有聖人出焉，此心同也，此理同也；南海、北海有聖人
出焉，此心同也，此理同也。千百世之上有聖人出焉，此心同也，
此理同也；千百世之下有聖人出焉，此心同也，此理同也。」[12]世

---

[8] 道安：〈摩訶缽羅若波羅蜜經鈔序〉，《全晉文》卷 152，嚴可均輯《全上古三
　　代秦漢三國六朝文》。關於「三不易」的詮釋，可參見湯用彤《漢魏兩晉南
　　北朝佛教史》，中華書局，1955 年版。
[9] 周敦義：〈翻譯名義集序〉，見羅新璋編《翻譯論集》，商務印書館，1984 年
　　版，第 50 頁。
[10] 支謙：〈法句經序〉，《全唐文》卷 986。關於作者及文章的考證見陳福康《中
　　國譯學理論史稿》，上海外語教育出版社，1992 年版，第 14-16 頁。
[11] 僧睿：《大品經序》。
[12] 楊簡：〈象山先生行狀〉，《陸九淵集》卷 33，中華書局，1980 年版，第
　　388 頁。

界「心」「理」同一，差別只是「心」「理」的表象和形式，所以翻譯是技術或科學，它解決的是表層的問題，於思想文化的創造不具有根本性關聯。

語言是工具的根本觀點在中國近代並沒有發生根本性轉變，所以，中國近代的翻譯觀也沒有大的變化，雖然中西從話語方式到思想思維到文化的巨大差異衝擊了傳統的翻譯觀。最早倡導向西方學習的王韜就以陸象山的理論為依據，認為中西文化並沒有根本性的差異：「夫天道無私，終歸乎一。由今日而觀其分，則同而異；由他日而觀其合，則異而同。……請一言以決之曰，其道在同。」[13]「天下之道，一而已矣。」[14]「天下之理一本散為萬殊，萬殊歸於一本。」[15]根據這樣一種觀點，翻譯其實是一種很簡單的即「形而下」的技術性工作。

中國近代翻譯雖然很繁榮，但從理論上對翻譯本質的深刻追問卻很缺乏。被稱為譯學「第一」[16]的嚴復也沒有對翻譯的概念進行限定。他的「譯事三難：信、達、雅」[17]確立了中國近現代翻譯的基本準則，但並沒有限定翻譯本身。但從他關於信達雅及其關係的論述中，我們還是可以一定程度上窺測到他的翻譯的基本觀念。由於具體的翻譯實踐，嚴復意識到了中西語言之間存在著深刻的隔閡，並且正是這種隔閡造成了中西交流的困難，比如他說：「夫與華

---

[13] 王韜：《漫遊隨錄》，湖南人民出版社，1982 年版，第 100 頁。

[14] 王韜：〈原道〉，《弢園文錄外編》，中州古籍出版社，1998 年版，第 35 頁。

[15] 王韜：〈哥倫布傳贊〉，《萬國公報》第 42 卷，上海廣學會刊印。

[16] 參見蔡元培《五十年來中國之哲學》，《蔡元培選集》上卷，浙江教育出版社，1993 年版，第 71 頁。又參見李澤厚〈論嚴復〉，《論嚴復與嚴譯名著》，商務印書館，1982 年版，第 128 頁。

[17] 嚴復：《天演論·譯例言》，王栻編《嚴復集》第五冊，中華書局，1986 年版，第 1321 頁。

人言西治，常苦於難言其真。」[18]這已經深刻地觸及到翻譯的真諦。但總的來說，在翻譯觀上，嚴復堅信思想作為純客觀可以脫離語言而存在，堅信「等值」的存在，堅信翻譯是一種語言技巧。他在《天演論》「自序」中說：「即至大義微言，古之人殫畢生之精力，以從事於一學。當其有得，藏之一心則為理，動之口舌、著之簡策則為詞。」[19]這是典型的傳統的語言工具觀，正是這種傳統語言工具觀決定了他的傳統翻譯觀。他認為翻譯是詞句的問題，所以苦苦覓求詞語，竟然到「一名之立，旬月踟躕」[20]的地步。

在對西方文化的理解上，特別是從語言的角度來理解中西文化之間的差異，王國維是少有的先覺者，他認識到：「夫言語者，代表國民之思想者也，思想之精粗廣狹，視言語之精粗廣狹以為準，觀其言語，而其國民之思想可知矣。」「言語者，思想之代表也，故新思想之輸入，即新言語輸入之意味也。」[21]語言差異的深處是思想的差異，所以翻譯絕不僅僅只是語言形式的問題，而且是語言的更深層的思維或思想的問題。所以「西洋之思想之不能驟輸入我中國」，「即令一時輸入，非與我中國固有之思想相化，決不能保其勢力」。[22]王國維深刻地認識到了中西文化之間的差異所造成的言說方

---

[18] 嚴復：〈論世變之亟〉，王栻編《嚴復集》第一冊，中華書局，1986 年版，第 2 頁。

[19] 嚴復：《天演論・自序》，王栻編《嚴復集》第五冊，中華書局，1986 年版，第 1319 頁。

[20] 嚴復：《天演論・譯例言》，王栻編《嚴復集》第五冊，中華書局，1986 年版，第 1322 頁。

[21] 王國維：〈論新學語之輸入〉，《王國維文集》第三卷，中國文史出版社，1997 年版，第 40-41 頁。

[22] 王國維：〈論近年之學術界〉，《王國維文集》第三卷，中國文史出版社，1997 年版，第 39 頁。

式的根本性不同，翻譯之難還不在於對兩種語言所包含的思想文化的各自理解，而更在於二者之間的難以交流或轉換。對於中國傳統思維方式的文化，「若譯之為他國語，則他國語之與此語相當者，其意義不必若是之廣，即令其意義等於此語，或廣於此語，然其所得應用之處，不必盡同，故不貫串不統一之病，自不能免。而欲求其貫串統一，勢不能不用意義更廣之語，然語意愈廣者，其語愈虛。於是古人之說之特質漸不可見，所存者其膚廓耳」。一言以蔽之，「中國語之不能譯為外國語者，何可勝道！」[23]反過來也是如此，並不是所有的外國思想都可以用中文進行表達的。所以，翻譯對於母語來說，與其說是「轉換」，還不如說是創造。

可惜的是，王國維的翻譯思想在當時並不是普遍的觀點，並不被重視。所以，近代翻譯的主體思想還是傳統的，還是建立在傳統語言工具觀上的名實論、技術論，以為有一種可以脫離具體語言的純粹的思想，翻譯就是把這種抽象的思想用另一種語言具體地表達出來，以為有客觀的「真」存在，翻譯之所以沒有達到「信」，是因為語言技術問題，是沒有找到恰當的詞語，是言說問題，即「達」和「雅」的問題，而不是思想文化本身的交流問題。馬建忠曾提出所謂「善譯」，要求原文與譯文之間「而曾無毫髮出入於其間」，「能使閱者所得之益與觀原文無異」[24]，這可以說是完全不承認語言系統不同所造成的思想文化之間的差異。近代以來，翻譯史上長期關

---

[23] 王國維：〈書辜氏湯生英譯中庸後〉，《王國維文集》第三卷，中國文史出版社，1997 年版，第 46-47 頁。

[24] 馬建忠：〈擬設翻譯書院議〉，《適可齋記言》卷 4，《采西學議——馮桂芬、馬建忠集》，遼寧人民出版社，1994 年版，第 225 頁。

於譯名、譯音、意譯、直譯、可譯與不可譯等問題的爭論都充分說明了近代翻譯思想的傳統性。

絕不能否定翻譯的名實性、技術性，但翻譯絕不是單純的名實問題、技術問題，在語言形式的背後還隱藏著深刻的思想文化問題。這裏，翻譯本質最終歸結為語言本質，語言的本質實際上構成了翻譯的本質的基礎。

什麼是語言的本質？傳統語言學認為，語言是人類表達感情、交流思想的工具。而現代語言學則認為，語言不僅僅只是工具，同時還是思想本身。語言作為一個系統，它具有其內在的獨立的功能。語言是人創造出來的，但語言一旦被創造出來，它就不再以人的意志為轉移，而具有自足性。語言是人類思想文化的家園，它維繫著人類的文明，使人類文化不斷繁衍並向著更高的方向發展。語言是積累的，延續的，它具有悠久的歷史和漫長的生命歷程，作為個體的人和作為集體的群體在它面前實在是短暫的、部分的、些微的，所以，語言作為系統，作為一種強大的歷史力量從根本上決定了作為個體的人的思想思維與文化。現代語言哲學已經充分證明，術語、概念、範疇、話語方式本身就是思想，概念即思想、思維，思想思維亦即概念，二者一而二，二而一。沒有赤裸裸的思想，思想是與語言緊密地結合在一起的，思維的過程、思想的過程也即語言的過程，具體的思想是與具體的語言相聯繫的，不同的語言體系、話語方式有不同的思維方式和思想體系。絕不能否認語言的工具性，但也不能否認語言的思想性。語言在「形而下」的層次上是「器」，在「形而上」的層次上即「道」，「器亦道，道亦器」[25]，二者是一體

---

[25] 《河南程氏遺書》卷1，《二程集》，中華書局，1981年版，第4頁。

的。在日常生活領域，在物質領域，語言主要是工具；在文化哲學領域，語言主要是思想。在工具的層面上，世界上不同語言之間沒有本質的差別，可以互相轉換、翻譯；在思想的層面上，各種不同體系的語言有著根本的不同，在這一層面上，語言之間不能轉換，翻譯具有巨大的局限。

根據現代語言學的觀念來重新審視翻譯，我們發現，翻譯並不是一個「原」性質即不可再分的概念，翻譯作為一個籠統的概念主要是外在表象上的統一性，從內在即內容上它可以作更進一步的剖析。從語言學的角度來看，翻譯其實也有一個層次的問題，一是技術的層次，一是藝術的層次。在語言作為工具的層面上，翻譯作為一種語言活動是技術，是科學，有客觀標準，比如英語中的「Sea」就是中文中的「海」，「Sun」就是「太陽」，「Moon」就是「月亮」等。在翻譯中，語言在這一層次上不存在理解、詮釋和解說的問題，大多數都可以進行對應轉換。我們可以把「Sun」翻譯為「太陽」，也可以把它翻譯為「日」，但都不從根本上影響翻譯的「等值」性質。事實上，對於物質實在性的名詞包括物質文化名詞都可以作如是等值轉換，一些比較固定的、有規律可循的語言現象比如語法也可以進行技術上的處理達到「等效」翻譯。「等值」和「等效」翻譯並不是說在兩種語言中找對應的詞和對應的語法，有沒有相對等的詞並不從根本上影響「等值」或不「等值」，翻譯中創造的新詞也可以是「等值」和「等效」的，比如「麥克風」和「Microphone」就是等值的。這裏，「麥克風」與其說是翻譯還不如說是在固有的漢語中增加了一個新詞，它和語言內部的詞語增生沒有本質的區別。翻譯在語言工具性的層面上是技術，是科學，具有客觀性，我把它稱為「技術層次」或「科學層次」。而在語言作為思想思維的層面上，翻譯作

為一種語言活動是藝術，是文化。比如「科學」、「民主」、「理性」、「人權」等都是翻譯辭彙，但「Science」和「科學」、「Democracy」和「民主」、「Rational」和「理性」、「Human rights」和「人權」是有很大的不同的，「Science」、「Human rights」等在英語語境中，其意義是和英美人的歷史文化傳統以及思維方式等緊密地聯繫在一起的，它的意義在英語作為一種語言體系中才是完整的。在漢語語境中，人們總是按照漢字思維去理解「科學」、「民主」等，而不是按照英語思維去理解它們。所以，「科學」、「人權」等在漢語語境中，其意義就和漢民族的歷史文化以及中國人特有的思維方式緊密地聯繫在一起了，就深深地打上了漢語思想的烙印，要理解其涵義，必須把它放置到現代漢語體系中去才能把握。這不是創造一個新詞的問題，不單單是一個語言活動，而從根本上是一種複雜的文化交流活動，它潛藏著複雜的思想思維衍變過程。

　　所以，在語言的思想層面上，翻譯是文化，是藝術，具有創造性，我稱之為「藝術層面」或「文化層面」。對於翻譯的思想文化性質，近代翻譯史上的著名人物如嚴復、魯迅等都不同程度地涉及到。比如《天演論》「導言十三」「制私」中有這樣一段譯文：「李將軍必取霸陵尉而殺之，可謂過矣。然以飛將威名，二千石之重，尉何物，乃以等閒視之，其憾之者猶人情也。」[26]赫胥黎的《天演論》中怎麼會有李廣的掌故呢？這其實是嚴復的「換例譯法」，以「李廣霸陵尉事相類」。這種譯法其實已經深刻地涉及到翻譯中的文化問題。魯迅主張「直譯」也是以一種文化觀作為深層的理論基礎的。中國近

---

[26] 嚴復：《天演論・導言十三・制私》，劉夢溪主編《中國現代學術經典・嚴復卷》，河北教育出版社，1996年版，第38頁。

現代翻譯史上長期關於「可譯與不可譯」的爭論都涉及到翻譯的文化本質問題。

現代譯論則比較充分地證明了翻譯的文化性質。奈達認為，單純地從語言學的角度來研究翻譯是很不夠的，「同任何一種作為語言學符號的語言打交道而不立即認識到它同整個文化情景的本質聯繫是決不可能的」[27]。當今國際譯學界普遍認為：譯學研究的方向，重點是文化研究，而不是語言轉換研究；翻譯是原作的改寫和處理，是跨文化轉換。[28]語言不是思想的物質外殼，語言即思想文化本身，王佐良說：「不瞭解語言當中的社會文化，誰也無法真正掌握語言。」[29]所以，當代中國翻譯界非常強調翻譯的文化交流性，王克非說：「翻譯雖是兩種語言文字的轉換，但又決不僅僅是兩種語言文字的轉換，它代表了社會的交往、文化的溝通與互惠互促。」[30]關世傑說：「翻譯不是電報碼式的轉換，而是溝通。實際上，稱職的翻譯不是詞句轉換的『對號者』，而應是溝通者。」[31]蔡毅說：「把翻譯的定義界定為話語的語際轉變是片面的。」[32]這些意見都是非常有道理的。

縱觀中國近現代翻譯理論史，我們看到，有人認為翻譯是技術，有人認為翻譯是藝術，有人強調翻譯的科學性，有人強調翻譯的思想文化性，這都沒有錯。技術、科學、藝術、思想文化都是翻譯的

---

[27]　轉引自沈蘇儒：《論信達雅——嚴復翻譯理論研究》，商務印書館，1998 年版，第 164 頁。

[28]　參見趙家璡：〈當代翻譯學派簡介〉，《中國翻譯》1996 年第 5 期。

[29]　王佐良：〈翻譯中的文化比較〉，《翻譯通訊》1984 年第 1 期。

[30]　王克非：〈論翻譯研究之分類〉，《翻譯通訊》1997 年第 1 期。

[31]　關世傑：《跨文化交流學》，北京大學出版社，1995 年版，第 250 頁。

[32]　蔡毅：〈關於國外翻譯理論的三大核心概念——翻譯的實質、可譯性和等值〉，《中國翻譯》1995 年第 6 期。

特性。關鍵是這些特性是在什麼層次上而言,它們的關係又是什麼樣的。我認為,過去關於翻譯的一些迷誤主要是在它的技術與藝術、科學與文化之間的關係上的混亂。翻譯既是技術又是藝術,既是科學又是文化,只是它們屬於兩個不同的層次,翻譯作為技術和科學,主要是在物質的層次上,從語言學的角度來看,翻譯作為技術和科學主要是在語言作為工具的層面上而言。相對應,翻譯作為藝術和文化,主要是在精神的層次上,從語言學的角度來看,翻譯作為藝術和文化主要是在語言作為思想的層面上而言。在技術層面上,翻譯具有客觀性,具有機械性,在這一層面上,翻譯不僅可譯,而且可以「等值」、「等效」,達到準確無誤。在文化層面上,翻譯具有創造性,同時又深深地受制於民族的傳統文化心理和思維方式,是一種有如藝術創作一樣的複雜的文化活動。在這一層面上,翻譯有不可譯性。所謂「不可譯性」,並不是絕對地不能翻譯,而是相對地不能翻譯,就是翻譯不是「等值」、「等效」的,而具有詮釋性,必然帶有詮釋者個人的理解和所操語言體系的「偏見」,不可能是純客觀的。在這一層面上,翻譯是跨文化的文化交流。

第二節 論中國近代翻譯文學的「古代性」

翻譯文學是中國近現代文學史上的一個非常重要的現象。阿英說,晚清的小說,「就各方面統計,翻譯書的數量,總有全數量的三分之二。」[33]陳平原統計:1899 年至 1911 年期間,共有 615 部外國

---

[33] 阿英:《晚清小說史》,東方出版社,1996 年版,第 210 頁。

作品的中文全譯本[34]。而五四之後,翻譯文學更多,「其規模和聲勢超過了近代任何時期。幾乎所有文學革命的發起者和參加者都作過譯介外國文學工作」,「在『五四』後短短的幾年內,可以說西方文藝復興以來各種各樣文學思潮及相關的哲學思潮都先後湧進中國」。[35]那麼,翻譯文學與中國現代文學究竟是一種什麼關係,這涉及到對中國近代和現代翻譯文學的定性問題。本節主要從語言學和翻譯本質論這一角度來論述這一問題。

　　根據以上關於翻譯本質的界定來重新審視近現代中國翻譯活動,我們發現,中國近現代翻譯其實也有一個層次的問題。大致說來,與中國向西方學習的歷史進程相一致,中國近現代翻譯在總體上也經歷了這樣三個階段:從器物翻譯、到制度翻譯、到文化翻譯。器物翻譯主要是翻譯西方的科學技術,諸如物理、化學、數學、醫學、兵器製造、工藝、實用技術等。現在看來,中國早期的對於西方科學技術的翻譯也有很不準確的地方,但這種不準確主要是翻譯的技術問題,比如沿用中文陳名的不準確、不對應,新造的名詞不貼切、不統一等,這當然有理解的問題,但根本的原因則是翻譯的不成熟。隨著翻譯的發展和完善,這些缺陷很容易就克服了。中國近代初期的翻譯存在的缺陷不是翻譯固有的缺陷,而是人為操作上的不成熟。第二階段的翻譯,在時間上集中在戊戌變法前後。出於政治變法的要求,西方的政治、經濟、法律、社會制度以及歷史著作大量地被翻譯過來。政治、經濟、社會制度、歷史是以深厚的文

---

[34] 見陳平原:《二十世紀中國小說史》,北京大學出版社,1989 年版,第 28-29 頁。

[35] 錢理群等著:《中國現代文學三十年》,上海文藝出版社,1987 年版,第 31-32 頁。

化思想作為基礎的,它實際上具有意識形態性,翻譯它們並不能完全準確,達到「等值」和「等效」。但在當時,中國人普遍地把它們等同於科學技術,以為可以機械性地進行翻譯操作。所以,總體來說,中國近代對於西方文物制度的翻譯存在著簡單化的傾向。它實際上表現出了中國人對於西方政治、經濟、歷史和社會制度的簡單化的觀點。第三階段就是五四前的文化翻譯。戊戌變法的失敗使人們認識到,堅船利炮不僅與經濟政治制度配套,而且還與文化配套。器物與制度與文化是一體的。制度是器物的深層的基礎,而文化又是制度的深層的基礎,所以文化是器物的最深層的基礎,西方的強大最終可以歸結為文化的發達。根據這樣的一種思路,關於中國前途的必然結論就是:中國要繁榮富強,洋務運動和制度改良都是表層的,學習西方的科學技術和模仿其社會制度都是不得要領的,中國必須進行自身的、內在的、深層的文化變革。從學習的角度來說,必須徹底地學習,系統地學習,學習根本,「全盤西化」的觀點正是在這種背景下提出來的。這樣,五四前,就出現了一股翻譯西方文化著作的熱潮,西方大量的哲學、文學、社會學、文化學、倫理學等介紹進中國,這種文化思想為中國現代文化乃至現代社會的確立奠定了堅實的基礎。可以說,沒有西方各種社會科學對中國傳統觀念的巨大衝擊,就沒有後來新的中國現代社會和文化。「變」是必然趨勢,但中國傳統文化往哪裏變,變到什麼程度,以什麼類型作為結局,這卻沒有必然性。通過翻譯,西方科學技術、社會制度、文化對中國現代社會和文化的類型的確立起了非常重要的作用。中國傳統社會正是在西方的全面的衝擊下逐漸「變異」而走上現代道路的。

現在回頭審視五四時期的文化翻譯,我們看到,當時明顯把翻譯簡單化了,明顯把複雜的文化翻譯等同了科技翻譯,以為如同科

技翻譯就是簡單地輸入西方的科技一樣，文化翻譯就是簡單地輸入西方的文化。其實，文化翻譯是一種複雜的翻譯活動，與以往的科技翻譯不同，由於中西文化之間存在著巨大的差異，由於民族心理、思維方式、文化傳統等方面存在著深刻的隔閡，兩種文化之間無法通過語言進行「等值」轉換。嚴復譯《天演論》就非常典型。雖然嚴復精通英文，並且以英語的方式對赫胥黎的《進化論與倫理學》（*Evolotion and Ethics*）有很好的理解，但翻譯時還是感到巨大的困難，「新理踵出，名目紛繁，索之中文，渺不可得，即有牽合，終嫌參差」[36]。「步步如上水船，用盡氣力，不離舊處，遇理解奧衍之處，非三易稿，殆不可讀。」[37]應該說，嚴復在翻譯上遇到的困難既不是語言文字上的，也不是思想理解上的，不論是中文還是西文，嚴復都堪稱精通；不論是西學修養還是中學修養，嚴復都屬一流。困難在於難於「共喻」，難以「轉換」。嚴復說：「……實則精理微言，用漢以前字法、句法，則為達易；用近世利俗文字，則求達難。往往抑義就詞，毫釐千里。」[38]這實際上反映了嚴復對文化著作翻譯的一種誤解。其實，不論是用什麼時代、什麼風格的字法、句法，只要是用古代漢語，就不可能「達」。事實上，《天演論》雖然影響大，但影響大並不能說明它就準確，說它「雅」還可以，但「信」和「達」就很難說了。傅斯年就認為《天演論》很「糟」，原因是「不

---

[36] 嚴復：〈天演論・譯例言〉，王栻編《嚴復集》第五冊，中華書局，1986 年版，第 1322 頁。

[37] 嚴復：〈與張元濟書（二）〉，王栻編《嚴復集》第三冊，中華書局，1986 年版，第 527 頁。

[38] 嚴復：〈天演論・譯例言〉，王栻編《嚴復集》第五冊，中華書局，1986 年版，第 1322 頁。

曾對於作者負責任」[39]，即違背了原意。王國維則批評嚴復「造語之工者固多，而其不當者亦復不少」，「往往喜以不適當之古語表之」。[40]這一點，只要把原文和譯文進行比較就看得非常清楚[41]，甚至從譯文本身就可以看出。之所以不「達」，是因為不能「達」，原因就在於思想的不可能「等值」翻譯，正如張君勱說：「以古今習用之說，譯西方科學中義理。故文字雖美，而義轉歧。」又說：「總之，嚴氏譯文，好以中國舊觀念，譯西洋新思想，故失科學家字義明確之精神。」[42]《天演論》中，嚴復用中國傳統文化解釋西方近代文化，所使用的術語很多都是先秦、宋代的，所以，從話語方式上，從思想上，《天演論》更像是中國古人寫的書。中西思想的不同，從根本上可以歸結為中西語言體系的不同，反過來，語言體系不同，思想也必然不同，正如傅斯年所說：「思想受語言的支配，猶之乎語言受思想的支配。作者的思想，必不能脫離作者的語言而獨立。我們想存留作者的思想，必須存留作者的語法；若果另換一副腔調，定不是作者的思想。」[43]「外國人說中國學究的話」，其意義必然走樣。「雨果謂翻譯如以寬頸瓶中水灌注狹頸瓶中，傍傾而流失者必多。」[44]古文翻譯成現代漢語意義都會流失，何況是西文翻譯成中

[39] 傅斯年：〈譯書感言〉，《人生問題發端——傅斯年學術散論》，1997年版，第151頁。

[40] 王國維：〈論新學語之輸入〉，《王國維文集》第三卷，中國文史出版社，1997年版，第41頁。

[41] 可參見王佐良：〈嚴復的用心〉，《論嚴復與嚴譯名著》，商務印書館，1982年版。

[42] 轉引自賀麟：〈嚴復的翻譯〉，《東方雜誌》第22卷第21期（1925年11月）。

[43] 傅斯年：〈譯書感言〉，《人生問題發端——傅斯年學術散論》，1997年版，第156頁。

[44] 錢鍾書：《管錐編》第四冊，中華書局，1986年版，第1265頁。

文呢？因此，《天演論》的缺陷是翻譯本身的缺陷而不是嚴復的缺陷，嚴復翻譯的「失真」是語言本身的問題，而不是作者語言技術的問題。

　　所以，我們不能把早期的科技翻譯等同於後來的文化思想翻譯，早期的翻譯比較簡單，後來的翻譯則複雜得多。文化思想著作翻譯的「失真」當然有語言文字技術問題，但最根本的則是文化思想本身的問題，思想文化之間由於存著根本性的差別，無法「等值」轉換。翻譯是語言問題，相應於語言工具層面與思想層面，它又可以歸結為「物理」問題與「學理」問題。「物理」問題可以進行「等值」轉換，而「學理」問題則根據其差異程度的不同而相應地在不同程度上不能轉換。所以，研究中國近現代翻譯，如果僅從文字即語言形式的角度看問題，而不從文化的角度——即語言的深層的思想或思維的角度看問題，那明顯是不夠的。

　　如何對近代文化著作翻譯進行定性，這是一個複雜的問題。我認為，近代文化翻譯具有雙重性，它一方面具有西方文化的性質，另一方面又深受民族傳統文化的束縛與制約，具有中國「古代性」。翻譯過來的思想文化，既不是純粹外國的，也不是純粹中國傳統的，而是中西思想文化的一種交匯。翻譯一方面是介紹西方的思想文化，另一方面又是以中國傳統的方式介紹，即西方的思想文化被納入了中國傳統的話語體系，即又中國化了。翻譯者總是用舊思想、舊思維來理解和表達西方新思想、新思維，總是在舊有的語言體系中尋找相對應或相似的術語、概念、範疇和話語方式，因此，西方思想文化在翻譯的過程就不知不覺地變了形，變得本土化、民族化了。所謂「橘生淮北而為枳」是也。從語言即思想和思維的角度來說，文化著作是不能翻譯的，思想是和特定的語言體系緊密地聯繫

在一起的，語言變了，思想也必然變化。思想在轉換的過程中，必然有所喪失，所謂「直譯」與「意譯」，譯得好與譯得壞，其實只是喪失的程度不同而已。最「準確」的譯文也不能代替原文，所謂「準確」，其實只是比較多地傳達了原有意義而已。至於效果好、影響大，這是另一回事，效果好不等於譯得「真」。而且有趣的是，中國近現代翻譯史上，越是「真」，越是「準」，越是效果不好；越是「失真」，越是民族化、本土化，越是效果好。嚴復翻譯名著八種中，《天演論》譯得最不準確，但它的效果卻最好，影響也最大。林紓不懂外文，主要是根據「口譯」、「轉譯」，但卻影響巨大。相反，魯迅和其弟周作人合譯的《域外小說集》，採取「直譯」的方法，相對比較準確，但在當時卻幾乎可以說沒有什麼影響，第一冊和第二冊總共才賣出去 40 本。這種現象，其意義是深長的。

　　從成份上分析，近代文化思想著作翻譯和五四後的文化思想著作翻譯有很大不同，從漢語的角度來看，近代文化翻譯總體上屬於中國古代體系，更多地表現出濃厚的中國傳統思想文化的特點；現代文化翻譯總體上屬於中國現代體系，更多地表現出中國現代思想文化的特點。這種差別從根本上是由翻譯的話語方式不同決定的，前者是古代漢語，後者是現代漢語，它們是兩套不同的語言體系，也因而是兩套不同的思想體系。這深刻地涉及到西方文化與中國現代文化之間的關係問題。西方對中國的影響從科技到社會制度到文化都是有目共睹的，都是客觀事實。應該說，西方科技和社會制度對中國的影響是比較簡單的，就是直接搬用、模仿，但文化的影響就複雜多了。全世界在接受西方的物質文化方面是共同的，在科學技術方面，世界正在深受西方的影響而變得一體化。社會制度也比較趨同，當今世界正在形成一些比較統一的價值標準和國際準則。

而文化的情形則不同，同樣是深受西方文化的影響與衝擊，但結果卻大不一樣，中國、日本、韓國、東南亞，中東、非洲、拉丁美洲各不相同，各國各民族的文化並沒有因為都深受西方的影響而趨同，相反，其差距和矛盾似乎越來越大。美國著名國際政治專家亨廷頓認為，冷戰結束後的世界，意識形態之間的衝突將退居次要的地位，代之而起的將是「文明的衝突」。[45]為什麼？其根本原因就在於文化的複雜性，外來文化的影響和衝擊是強大的，民族傳統文化的回應能力和頑強性同樣也是強大的。挑戰與應戰是文化交流中的一對非常複雜的矛盾，其結果並不是如戰爭一樣簡單地勝利和失敗，而往往是一種複雜的整合。

從根本上，外來文化必須內化才能對民族傳統文化發生深刻的影響，就是說，外來文化只能通過本土才能起作用。《天演論》在英國並不是最有名的，達爾文的理論在西方也只是眾多有影響的理論中的一種，它們為什麼會在中國近代發生巨大的影響，這其實與它的理論與中國社會內在的欲求相契合有很大關係。事實上，嚴復正是根據中國社會情勢的理解來翻譯它的，它正是對中國的社會具有針對性才對中國發生深刻的衝擊和影響的。《天演論》具有雙重性，一方面，它是西方社會學理論，另一方面，它在翻譯成中文之後，又具有中國特殊的時代性、本土性、民族性，它和當時的中國救亡的生存問題緊密地聯繫在一起。

所以，近代翻譯與現代翻譯的根本不同在於前者是以中國傳統文化作為基礎，是古代漢語體系，因而在根本上具有中國古代性，它的作用是推動中國傳統文化向中國現代文化轉型。中國現代文化

45　塞繆爾・亨廷頓：《文明的衝突與世界秩序的重建》，新華出版社，1999 年版。

正是中國傳統文化和西方文化衝突交匯融合的產物，它具有中國傳統的因素，又有現代西方的因素，是一種既不同於西方文化又不同於中國傳統文化的第三種文化。它現在已經形成了新的傳統，我們通常稱之為五四傳統。而現代翻譯則是以中國現代文化作為基礎，作為底色，屬於現代漢語體系，它從根本上具有現代性，因為中國現代文化本身就是深受西方文化的影響而形成的具有濃厚西化特徵的文化，所以，現代翻譯的作用主要是建設新文化而不是破壞舊文化。因此，由於語境不同，近代翻譯和現代翻譯在根本性質、作用和作用方式上都有根本不同。從語言上說，近代翻譯只是在傳統話語方式上增加新的術語、概念、範疇，它從思想上對傳統語言造成了一定的衝擊，但並沒有從根本上動搖傳統話語方式，古代漢語作為一種語言系統，並不是僅僅依靠翻譯就能改變的，它的變革必須具有某種內在的動力和契機，它需要很多偶然和必然的條件。現代翻譯從根本上是現代漢語翻譯，從語言的思想層面來說，它是在現代漢語體系內增加新的術語、概念、範疇，由於現代漢語在思想或思維方式上與西方思想思維方式的親和性，所以現代翻譯對現代漢語不是衝擊，而更多地是建設。現代翻譯恰恰是鞏固完善現代漢語，完成現代漢語在思想上的現代化，而不是相反。這是近代翻譯和現代翻譯的根本不同，前者被納入了中國古代語言體系，納入了中國古代思想體系，它的新思想和新思維方式由於與中國古代思想和思維方式格格不入，它對古代語言具有顛覆性。現代翻譯則是現代漢語的產物，正是因為先有現代漢語後才有現代翻譯，所以現代翻譯對現代漢語具有建設性。

　　根據上面關於中國近代翻譯的基本觀點，現在再來審視中國近代翻譯文學，我們看到，和中國近代文化翻譯一樣，中國近代翻譯

文學也具有雙重性：一方面，它具有「域外性」，不論是在內容上還是在形式上，它都具有濃厚的西方性，與中國本土文學有區別，是「它者」；另一方面，由於改變了語言方式，改變了語境，翻譯文學從內容到形式都明顯地本土化、民族化，深刻地受制於本國固有的思想文化和思維方式，所以中國近代翻譯文學是內化了的西洋文學，它和原語本的西洋文學有著根本性不同。中國近代翻譯文學在總體具有中國古典文學性質。

　　對於近代翻譯文學的古代性，前人和時人多有認識。鄭振鐸認為清末的翻譯具有「妥協」的特點：「即在內容上不敢違背中國讀者的口味及倫理觀，甚至修改原作以和中國舊勢力妥協；在形式上也把它譯成文言及章回體等。」[46]陳蝶仙概括近代翻譯小說的特性：「人但知翻譯之小說，為歐美名家所著，而不知其全書之中，除事實外，盡為中國小說家之文字也。」[47]魯迅和周作人對此書的「評語」是：「命題造語，又系用本國成語，原本固未嘗有此。」[48]當代近代文學研究專家郭延禮認為周桂笙所譯《毒蛇圈》等翻譯小說「除所謂『新意境』（新內容）外，從形式上實在看不出與中國古典小說有什麼不同」。[49]捷克著名學者普實克認為中國近代文學「不過是借用了歐洲文學的一些寫作技巧」。[50]

---

[46] 陳福康：《中國譯學理論史稿》，上海外語教育出版社，1992 年版，第237 頁。

[47] 天虛我生：〈歐美名家短篇小說叢刻序〉，周瘦鵑譯《歐美名家短篇小說叢刻》，中華書局（上海），1917 年版，岳麓書社，1987 年重印本，第 5 頁。

[48] 周作人：〈歐美名家短篇小說叢刊評語〉，《周作人集外文》上集，海南國際新聞出版中心，1995 年版，第 249 頁。

[49] 郭延禮：《中國近代翻譯文學概論》，湖北教育出版社，1998 年版，第 39 頁。

[50] 普實克：《普實克現代文學論文集》，湖南文藝出版社，1987 年版，第 82 頁。

　　中國近代翻譯文學的古代性還可以從近代譯學理論，和近代文學翻譯家有關翻譯的體會中得到充分的證明。梁啟超在「詩界革命」中明確提出「以舊風格含新意境」[51]，他說他譯拜倫的《哀希臘》是「以中國調譯外國意，填譜選韻，在在窒礙，萬不能盡如原意」[52]。這種「以中國調譯外國意」在近代翻譯中是普遍的現象。嚴復和林紓都是用古文翻譯西書。梁啟超認為嚴復「刻意摹仿先秦文體」，吳汝綸批評嚴復的《天演論》「篇中所引古書古事，皆宜以原書所稱西方者為常，似不必改用中國人語；以中事中人，固非赫氏所及知」[53]。這都說明了嚴譯的古代性。翻檢中國近代翻譯史，我們看到，這種以「中事中人」替換「西事西人」的「比附」可以說比比皆是。中國近代翻譯中有一種很獨特的「豪傑譯」現象，所謂「豪傑譯」，就是根據譯者的目的和需要，對原作進行增刪改寫。錢鍾書先生在〈林紓的翻譯〉一文中通過把原作和譯作進行比較，發現林譯不僅對原作有大量的刪節，而且有大量的增補，「比附」更是很普遍。[54]其實，豈只林譯是這樣，近代翻譯小說大多都是這樣。現在回頭看近代翻譯小說，我們感覺它們更像中國古代小說，而不是外國小說。

　　「以中國調譯外國意」不僅是近代翻譯的普遍現象，也是普遍的原則，這種原則在理論上就體現為「意譯」理論。「意譯」與「直譯」或「硬譯」相對。在近代文學翻譯史上，魯迅和周作人以倡導「直譯」著稱，但不論是在理論上還是在實踐上，其影響都非常有

---

[51]　梁啟超：《飲冰室詩話》，人民文學出版社，1982 年版，第 51 頁。
[52]　梁啟超：《新中國未來記》第四回，《飲冰室專集》之八十九，中華書局，1989年版，第 45 頁。新印《飲冰室合集》第 11 冊。
[53]　吳汝綸：〈答嚴幼陵〉，《桐城吳先生全書》尺牘卷 1。又見舒蕪等編《近代文論選》（上），人民文學出版社，1959 年版，第 310 頁。
[54]　參見錢鍾書：〈林紓的翻譯〉，《七綴集》，上海古籍出版社，1994 年版。

限，二人譯的《域外小說集》最初只賣出了 40 本，影響很小可想而知。從翻譯本質的文化性來看，「直譯」也未必是準確的，也不可避免地存在著「歸化」和遺漏的問題，但相比較而言，「直譯」顯然要更符合原本一些。如果說「直譯」是「中不像中，西不像西」，那麼，「意譯」就是中國化，就是「融化」，即「改作中國事情」。[55]周桂笙的作法很有代表性，「他國極可笑之事，苟直譯而置諸吾國人之前，竊恐未必盡解，遑論其笑矣。蓋習尚不同，嗜好互異……」解決的辦法就是：「爰就原文量為變通，庶幾可博讀者之一粲耳。」[56]他認為「直譯」為弊，「非但令人讀之，味同嚼蠟，抑且有無從索解者矣」[57]。胡懷琛說得更明確：「然能為文者，擷取其意，鍛煉而出之，使合於吾詩範圍。」[58]「意譯」在近代翻譯史上的支配地位，這是近代翻譯文學在基本類型上具有古代文學性質的非常重要的證據。

　　下面我們看三段譯文：

　　　　（一）昔有富家翁，／饒財且有名，／
　　　　　　　身為團練長，／家居倫敦城。
　　　　　　　婦對富翁言，／結髮同苦根，／
　　　　　　　悠悠二十載，／未得一日閒。

---

[55] 周作人：〈文學改良與孔教〉，《周作人集外文》上集，海南國際新聞出版中心，1995 年版，第 282、284 頁。

[56] 周桂笙：〈解頤語‧敘言〉，《月月小說》第 7 期（1907 年）。又見陳平原、夏曉虹編《二十世紀中國小說理論資料》第一卷，北京大學出版社，1989 年版，第 256 頁。

[57] 周桂笙：〈紹介新書《福爾摩斯再生後之探案第十一、十二、十三》〉，陳平原、夏曉虹編《二十世紀中國小說理論資料》第一卷，北京大學出版社，1989 年版，第 252 頁。

[58] 轉引自陳福康《中國譯學理論史稿》，上海外語教育出版社，1992 年版，第 199 頁。

明日是良辰，／城外好風景。／

願乘雙馬車，／與君同遊騁。[59]

（二）君識此，是何鄉？園亭暗黑橙橘黃，碧天無翳風微
涼，沒藥沉靜叢桂香。君其識其鄉！歸歟，歸歟！
願與君，稱此鄉。[60]

（三）茫茫大地上一葉孤舟　滾滾怒濤中幾個童子
調寄摸魚兒莽重洋驚濤橫雨，一葉破帆飄渡，入死
出生人十五，都是髫齡乳稚，逢生處，更墮向天涯
絕島無歸路，停辛佇苦，但抖擻精神，斬除荊棘，
容我兩年住。英雄業，豈有天公能妒，殖民儼闢新
土，赫赫國旗輝南極，好個共和制度，天不負，看
馬角烏頭奏凱同歸去，我非妄語，勸年少同胞，聽
雞起舞，休把此生誤。

看官，你道這首所講的是甚麼典故呢？話說……[61]

　　上面三段譯文分別出自近代史上赫赫有名的辜鴻銘、馬君武和
梁啟超三人之手。時間都在 1904 年左右。單從文本來看，我們很難
判斷它是西方文學，第一段文字像是漢樂府詩，第二段文字在外表
上像一闋詞，第三段文字則是標準的中國古代話本小說的開場。外
國文學完全被納入了中國古代文學體系，翻譯文學成了純正的中國
古代文學。

---

[59] 〈癡漢騎馬歌〉，《辜鴻銘文集》（上），海南出版社，1996 年版，第 241-
242 頁。

[60] 莫世祥編《馬君武集》，華中師範大學出版社，1991 年版，第 432 頁。

[61] 〈十五小豪傑〉，《飲冰室專集》之九十四，中華書局，1989 年版，第 1 頁。
新印《飲冰室合集》第 11 冊。

　　為什麼近代翻譯在本質上具有古代性？為什麼翻譯文學必須納
入中國古代文學的範疇？其根本原因在於語言體系，在於話語方
式，在於語境。表面上，如何翻譯似乎是翻譯者的自由，但在深層
上，翻譯者所持語言其實早以規定了如何翻譯、翻譯的類型及樣式。
語言以一種無形的但巨大的力量牢牢地控制著人們的思想行為，當
然也控制著人們的翻譯行為，所謂「自由」其實只是在語言範圍內
的自由，一旦超出語言範圍，便無地自由。既然外國文學作品是一
定的，翻譯似乎也應該是一定的，但翻譯作為一種語言文化問題根
本就沒有這麼簡單。語言的差異以及作為語言深層的思想的差異使
翻譯和被翻譯之間存在著巨大的鴻溝。語言之間的深刻的隔閡正是
思想之間的深刻的隔閡。

　　中國近代翻譯文學之所以具有古代文學的性質，從根本上是由
翻譯文學所使用的語言的古代性質所決定的。正是古代漢語以一種
無形的力量極宏觀地規定了翻譯文學的古代性質。古代漢語與古代
思想之間具有深層的聯繫，前人早有所意識。周作人說：「這宗儒道
合成的不自然的思想，寄寓在古文中間，幾千年來，根深蒂固，沒
有經過廓清，所以這荒謬的思想與晦澀的古文，幾乎已融合為一，
不能分離。」[62]黃繩說：「封建時代的語言，代表著封建意識；民
主革命時代的語言，代表著民主革命意識。」[63]宗白華說：「而尤
為重要的，是中文名詞所代表的中國幾千年來傳下來的舊思想、舊
觀念和西洋近代由科學上產生的新思想、新觀念，更是絲毫不相仿

---

[62]　周作人：〈思想革命〉，《中國新文學大系‧建設理論集》，上海良友圖書公司，
　　　1935 年版，第 200 頁。
[63]　黃繩：〈民族形式與語言問題〉，香港《大公報‧文藝》副刊 1939 年 12 月
　　　15 日。

佛。我們若把這種舊名詞來翻譯一個西洋學說上的新思想，簡直好像拿一件中國古代的衣冠，套在一個簇新式的歐洲人身上，變成一個莫名其妙的現象。這種現象最容易引起人的觀念上的紊亂與誤會。」[64]應該說，這些結論是正確的，他們深刻地認識到了傳統語言與傳統思想之間的因果關係，只是缺乏理論論述和語言學的深度。事實上，中國近代翻譯從根本上就是「拿中國古代的衣冠套在簇新式的歐洲人身上」，只是這並不「莫名其妙」。它是「紊亂」和「誤會」，但這種「紊亂」和「誤會」是正常的，是不可避免的。正如格蘭特和華爾夫所說，「古漢語所體現的思想領域，代表著一種與現代西方語言所體現的文化領域完全隔絕的、自成一體的文化單元」[65]，用這種屬於完全異己文化範疇的語言無法準確地表達西方語言所代表的思想。

　　同理，現代翻譯文學在性質上屬於中國現代文學。現代漢語在思想的層面上是具有現代意識的語言系統，在思想上它深受西方的影響，與西方具有親和性。正是現代漢語構成了中國現代文學現代性的深層的基礎。現代漢語與近現代翻譯之間是一種雙向的關係，一方面，近代文學翻譯衝擊了古代漢語，對現代漢語的形成起了促進的作用，另一方面，現代漢語一旦形成之後又從根本上改變了翻譯的性質，用與西方思想文化具有親和性的現代漢語來翻譯西方的文學，其翻譯作品的性質自然具有現代性。正是語言的變革使近代翻譯發生了轉型。

---

[64] 宗白華：〈討論譯名的提倡〉，《宗白華全集》第 1 卷，安徽教育出版社，1994 年版，第 200 頁。

[65] 見本傑明・史華茲：《尋求富強：嚴復與西方》，江蘇人民出版社，1995 年版，第 87 頁。

　　對於中國近現代翻譯文學的性質，這裏還涉及到民族性、本土性、中國性的問題。我的理解，這三個概念是有所區別的。民族性是一個文化概念，本土性是一個地域概念，而中國性則主要是一個政治概念。具體地，翻譯文學是異域文學，是從國外輸入的文學，它不具有本土性。但翻譯文學是用母語表達的，漢語使它具有濃郁的漢文化的特徵。中國人在翻譯外國文學作品時，不可避免地要用漢語來理解和表達外來思想，這樣，翻譯在過程中就不經意地使外國的文學作品發生了性質和意義的變化，漢語賦予了西方文學的中國文化性。因此，翻譯文學和原本西方文學在性質上是有區別的，原本西方文學是純正的外國文學，其意義和價值在原語境中和在漢語語境中是有根本不同的。翻譯文學在性質上具有雙重性，具體於中國近現代翻譯文學來說，中國近代翻譯文學既具有中國古代文學的性質，又具有西方文學的性質；中國現代翻譯文學則既具有中國現代文學的性質，又具有西方文學的性質。中國現代文學是深受西方文學影響的文學，它和西方文學具有親近性，但中國現代文學是現代漢語的文學，它具有自己的獨特個性，它已經形成了一種新文學傳統即現代文學傳統，這種新的傳統屬於我們自己的，具有民族性。民族的不一定就是古代的，民族也具有現代性，不能說五四新傳統不是民族的。從外國借鑒來的東西，一旦漢化，據為己有，為民族所擁有，並且形成了傳統，就應該是民族的了。

　　中國近代翻譯文學是西方文學，但不是嚴格意義上的西方文學，是中國文學，但也不是嚴格意義上的中國文學。它具有很複雜的性質。西方文學對中國現代文學乃至文化等各方面的影響主要是通過翻譯的仲介實現的。正是把西方文學漢語化，漢文化化，它才能為中國人所理解從而所接受。從語言的思想這一層面來說，不論

是近代翻譯還是現代翻譯，都不可能絕對地「準確」，但相比較而言，現代翻譯因為其語言與西方話語的親和性而在「失真」的程度上總體上明顯地低於近代翻譯，但恰恰是近代翻譯對中國文學的現代轉型發揮了巨大的作用。而現代文學作為一種新的文學類型一旦確立，翻譯文學就不再具有強大的衝擊力，所以，現代翻譯文學主要是對現代文學的繁榮和建設起了重要的作用。

第三節　西方文學對中國文學的「異化」

中國現代文學的發生與翻譯文學具有明顯的關係。但二者究竟是什麼關係，下面嘗試從語言學的角度對這一問題作些探討。

西方文學對中國現代文學的發生起了至關重要的作用，這是不爭的事實。西方文學對中國文學創作的影響主要是通過翻譯的仲介而實現的，就是那些西文修養很好的人，借鑒譯文仍然不失為一種學習的很方便的途徑。所以鄭振鐸認為清末的文學翻譯「是盡了它的不小的任務的，不僅是啟迪和介紹，並且是改變了中國向來的寫作的技巧，使中國的文學，或可以說是學術界，起了很大的變化」。[66]他並且高度評價了林紓的文學翻譯的「影響與功績」。[67]茅盾也認為「翻譯的重要實不亞於創作」，「翻譯就像是『手段』，由這手段可以達到我們的目的──自己的新文學。」[68]當代學者陳平

---

[66] 鄭振鐸：〈清末翻譯小說對新文學的影響〉，《當代文藝》第 1 期（1936 年 7 月 20 日）。

[67] 鄭振鐸：〈林琴南先生〉，《小說月報》第 15 卷 11 期（1924 年 11 月）。

[68] 茅盾：〈一年來的感想與明年的計劃〉，《小說月報》第 12 卷第 12 期（1921 年 12 月 10 日）。《茅盾文藝雜論集》（上集），上海文藝出版社，1981 年

原說：「『小說界革命』是從翻譯、介紹西洋小說起步的。」「西洋小說的翻譯介紹，為理論家的思考提供了另一個參照系，使他們得以在中西小說的比較中更深入地瞭解小說作為一門藝術所可能具備的潛在能量以及藝術創新的無限可能性。這對於小說理論建設來說無疑是至關重要的。」[69]事實上，新文學的開創者們正是出於一種學習借鑒的目的而提倡翻譯文學的，魯迅認為翻譯「有用」、「有益」[70]我們可以從中得到「正確的師範」。他主張「一面儘量的輸入，一面儘量的消化，吸收」，因為翻譯「不但在輸入新的內容，也在輸入新的表現法」。[71]胡適說：「今日欲為祖國造新文學，宜從輸入歐西名著入手，使國中人士有所取法，有所觀摩，然後乃有自己創造之新文學可言也。」[72]又說：「在文學的方面，我們譯劇的宗旨在於輸入『範本』。[73]這些都說明了翻譯文學對中國現代文學發生的影響。

翻譯文學對中國現代文學的影響首先表現在深層的文學觀念上，主要是文學功利觀和文學審美觀。

應該說，中國古代文學在理論上也是非常強調文學社會功用的，「興觀群怨」、「詩言志」、「文以載道」、「文章乃經國之大業」等理論都充分說明了這一點。但實際上，中國古代文學的社會作用特

版，第 67 頁。

[69] 陳平原：《小說史：理論與實踐》，北京大學出版社，1993 年版，第 234、237 頁。

[70] 魯迅：〈思想・山水・人物題記〉，《語絲》第 4 卷第 22 期（1928 年 5 月 28 日）。《魯迅全集》第 10 卷，人民文學出版社，1981 年版，第 274 頁。

[71] 魯迅：〈關於翻譯的通信〉，《魯迅全集》第 4 卷，人民文學出版社，1981 年版，第 382-383、386 頁。

[72] 胡適：〈論譯書寄陳獨秀〉，《胡適留學日記》下冊，海南出版社　海南國際新聞出版中心，1994 年版，第 197 頁。

[73] 胡適：〈答 Ｔ・Ｆ・Ｃ・（論譯戲劇）〉，《胡適學術文集・新文學運動》，中華書局，1993 年版，第 487 頁。

別是政治作用並沒有多大，至少在直接功效上非常有限，與歷史著
作簡直無法相比。而西方文學在社會功用上明顯不同，它們能和政
治哲學一樣對社會的進程起推動作用，文學常常是推動社會進步的
一種強大的動力。近代一批先進的知識份子首先認識到這一點，嚴
復、夏曾佑說：「且聞歐、美、東瀛，其開化之時，往往得小說之
助。」[74]梁啟超說：「在昔歐洲各國變革之始，其魁儒碩學，仁人志
士，往往以其身之所經歷，及胸中所懷，政治之議論，一寄之於小
說。於是彼中綴學之子，黌塾之暇，手之口之，下而兵丁而市儈而
農氓而工匠而車夫馬卒而婦女而童孺，靡不手之口之，往往每一書
出，而全國之議論為之一變。彼美英德法奧意日本各國政界之日進，
則政治小說，為功最高焉。」[75]正是鑒於國外的經驗，所以梁啟超
發動「小說界革命」，強調小說的社會作用，號召小說為政治服務，
他在〈論小說與群治之關係〉一文中，把小說的作用和地位提高到
無以復加的高度：「欲新一國之民，不可不先新一國之小說。故欲新
道德，必新小說，欲新宗教，必新小說，欲新政治，必新小說，欲
新風俗，必新小說，欲新學術，必新小說，乃至欲新人心欲新人格，
必新小說。何以故？小說有不可思議之力支配人道故。」[76]與理論
相一致，梁啟超親自翻譯了《佳人奇遇》、《十五小豪傑》等政治小
說，還親自創作了政治小說《新中國未來記》。梁啟超的文學社會學
批評以及與此相一致的文學翻譯活動和文學創作活動，不僅確立了

---

[74] 嚴復、夏曾佑：〈國聞報館附印說部緣起〉，舒蕪等編《近代文論選》（上），
人民文學出版社，1959 年版，第 200 頁。

[75] 梁啟超：〈譯印政治小說序〉，《飲冰室文集》之三，中華書局，1989 年版，
第 34-35 頁。新印《飲冰室合集》第 1 冊。

[76] 梁啟超：〈論小說與群治之關係〉，《飲冰室文集》之十，中華書局，1989 年
版，第 6 頁。新印《飲冰室合集》第 2 冊。

中國現代文學批評的一種基本模式，而且開創了中國現代文學創作的一種基本模式。從五四時期的「問題小說」、「鄉土文學」到二、三十年代的無產階級文學、大眾文學到全民性的抗戰文學、國統區的諷刺暴露文學、解放區的工農兵文學；從批判現實主義到革命現實主義；從魯迅到茅盾、巴金、艾青到趙樹理，強調文學的社會功用——特別是小說的社會作用一直是中國現代文學的一個基本主題。雖然中國古代文學和文論也重視文學的社會功利性，但中國現代文學的這一基本主題顯然更多地是從西方借鑒而來，而不是中國古代文學傳統的發揚光大。

不能否認中國古代美學，但中國現代文學中的審美思想的確不是中國傳統美學思想的現代轉化，而是從西方引進的。王國維最早把西方的美學觀引入中國的文學批評，他尖銳地批評梁啟超的文學社會功利觀，「觀近數年之文學，亦不重文學自己之價值，而唯視為政治教育之手段，與哲學無異。」[77]他認為：「文學者，遊戲的事業也。」「若哲學家而以政治及社會之興味為興味，而不顧真理之如何，則又決然非真正之哲學。……文學亦然；餔餟的文學，決非文學也。」[78]而強調文學的「超然於利害之外」[79]，即文學的非功利性。不管王國維的觀點是否偏頗，但王國維的審美批評對中國現代文學及批評都發生了深遠的影響，它實際上奠定了中國現代文學審美批評模式的雛形，也確立了中國現代文學強調審美性的基本主題。五

---

[77] 王國維：〈論近年之學術界〉，《王國維文集》第三卷，中國文史出版社，1997年版，第 38 頁。

[78] 王國維：〈文學小言〉，《王國維文集》第一卷，中國文史出版社，1997 年版，第 24-25 頁。

[79] 王國維：〈紅樓夢評論〉，《王國維文集》第一卷，中國文史出版社，1997 年版，第 3 頁。

四時期的「抒情小說」，周作人等人的「美文」，「創造社」的「為藝術而藝術」，「新月派」詩歌，「京派」小說，現代主義詩歌，張愛玲、錢鍾書的小說……強調文學的審美性始終也是中國現代文學的一條主線。

　　翻譯文學對中國現代文學的影響最為明顯的是文體，中國現代文學中的現代小說、新詩、戲劇、散文這四大文體都深受西方文學的影響。

　　小說這種文體，中國可以說「古已有之」，從魏晉志怪志人小說到唐傳奇到明清通俗小說、文人小說，小說始終是中國古代文學的一個基本文體類型。中國古代小說種類雖然也很多，比如筆記小說、話本小說、文人小說、歷史小說、俠義小說、公案小說、神魔小說、言情小說，還有諷刺小說等，但小說在中國古代的地位是很低下的，所謂「街談巷語」、「稗官野史」、「道聽途說」等都反映了正統的觀念對小說的輕視。小說與詩歌相比，可以說是「不上廟堂」，一直處於一種「民間」文學的地位。近代梁啟超首先發動「小說界革命」，把小說的作用和地位強調到前所未有的高度，積極倡導並親自翻譯西方小說。伴隨著大量的西方小說被翻譯進中國，以及小說的地位的提高，小說成為中國現代文學最大的文體。翻譯小說不只是簡單地增加了小說的種類，雖然增加小說的種類對中國現代小說作為一種新的文體的確立也是非常重要的，更重要的是對中國小說觀念和創作方法、藝術技巧、表現手法等的影響。中國現代文學中應用最廣泛的現實主義和浪漫主義這兩種創作方法，從根本上都是從西方輸入的，而且主要是通過翻譯小說的途徑輸入的。有人說李白是浪漫主義的，杜甫是現實主義的，這樣說也沒有錯，但需要限定的是，李白絕沒有用「浪漫主義」創作方法進行創作，杜甫也沒有用「現

實主義」創作方法進行創作，李白的浪漫主義和杜甫的現實主義其實是現代理性創作方法觀念的一種反觀。

現代戲劇文體受西方的影響更明顯。戲劇是中國古代文學中後起的一種文體，其在元雜劇時達到了高峰，明清時繼續繁榮，但清末開始呈現出頹勢，逐漸衰落，主要原因在於其內容的陳舊、形式的僵化。固定的程序、語言的文言方式，講究音律等都限制了傳統戲曲向現代戲劇的轉換。近代「改良戲曲」的呼聲很高，但如何改，改什麼，卻無所適從，正是西方的話劇為我們的「戲劇改良」提供了範本，給我們提供了新的戲劇觀念、新的戲劇審美標準。近代的話劇翻譯以及由話劇所確立的以現實主義為主潮的西方戲劇觀念，奠定了中國現代戲劇的基本類型，中國現代戲劇事實上是在近代翻譯戲劇的基礎上豐富、完善和發展。

中國新詩真正的開始是在五四時期，是胡適首先從理論上倡導並親自「嘗試」用白話翻譯西洋詩歌、用白話創作詩歌，從而開創了中國現代詩歌文體。胡適自己承認，他的新詩理論及「嘗試」正是在外國詩歌的啟示和影響下而產生的。因此，正如朱自清所說，新詩不是「出於」舊體詩的淵源，而是直接「接受了外國的影響」，「這是歐化，但不如說是現代化。」[80]從新詩發生史來看，正是先有外國詩白話形式的翻譯，然後才有白話新詩的創作。中國詩歌從舊體詩轉變到新詩，關鍵是詩體的解放，即胡適所說的「推翻詞調曲譜的種種束縛；不拘格律，不拘平仄，不拘長短；有什麼題目，做什麼詩；詩該怎樣做，就怎樣做」[81]。這其實是對西洋自由詩在

---

[80] 朱自清：〈真詩〉，《新詩雜話》，生活・讀書・新知三聯書店，1984 年版，第 87 頁。

[81] 胡適：〈談新詩〉，《中國新文學大系・建設理論集》，上海良友圖書公司，1935

理論上的一種概括。所以，可以說，沒有外國詩歌形式和詩歌觀念的輸入就沒有現代新詩文體。

相對來說，散文是一個不容易概定的概念，不論是古代散文還是現代散文，其涵義都比較籠統，沒有嚴格的限定。但比較古代散文和現代散文，其區別還是比較明顯的。現代散文在思想內容、語言形式、審美風格、表現手法、藝術技巧、種類等方面都不同於傳統散文。現代散文是在五四時才形成的，它的形成與輸入的西方散文理論、散文觀念、散文文體有非常密切的關係。魯迅認為散文在五四時期取得了巨大的成功，「幾乎在小說戲曲和詩歌之上。這之中，自然含著掙扎和戰鬥，但因為常常取法於英國的隨筆（Essay），所以也帶一點幽默的雍容；寫法也有漂亮和縝密的。」[82]現代散文「取法」西方散文是很多的，現代散文中一些重要的散文種類如散文詩、報告文學、雜文、美文都是從西方引進的。

但翻譯文學對中國現代文學最為深刻的影響則是對語言的影響，從而最深層地影響中國現代文學的性質。翻譯文學對中國現代文學的影響在語言上不僅僅只是表現在表達的豐富與新穎、語言風格的變化上，而最根本的則是從深層的角度對思想和思維的影響。事實上，翻譯文學對中國近現代文學觀念和文體的影響很大程度上都可以歸結為語言的影響，或者說是可以從語言的思想層面進行闡釋。

翻譯對漢語的影響主要是增加漢語的辭彙，這些辭彙不僅僅只是作為工具性語言的物質名詞，更重要的是思想層面上的新的術語、概念、範疇和話語方式，這些新的術語、概念、範疇和話語方

年版，第 299 頁。
[82] 魯迅：〈小品文的危機〉，《魯迅全集》第 4 卷，人民文學出版社，1981 年版，第 576 頁。

式,逐漸改變了漢語的思想方式和思維方式,從而使漢語發生性質的變化。五四時的「國語」就是以此為契機而形成的。蔣百里認為翻譯「其態度之表面似為模仿,而其內在之真精神乃為創造」,所以「翻譯事業與國語運動互相為表裏」,「翻譯事業即為國語運動」,「國語運動則藉翻譯事業而成功」,「今日之翻譯,負有創造國語之責任」,「今日之國語運動,與翻譯事業成連難之勢」。[83]認識到翻譯活動和語言改革具有內在的聯繫以及翻譯對語言變革的推動作用,這是對近現代翻譯最為深刻的認識。

魯迅認為「歐文清晰」[84],「中國的文和話,法子實在太不精密了,作文的秘訣,是在避去熟字,刪掉虛字,就是好文章,講話的時候,也時時要辭不達意,這就是話不夠用」[85],要醫這病症和「缺點」,翻譯是一條重要的途徑,通過翻譯而有所「新造」[86],所以他竭力主張漢語的歐化,認為這是由事實而來的:「歐化文法的侵入中國白話中的大原因,並非因為好奇,乃是為了必要。……固有的白話不夠用,便只得採些外國的句法」[87]。西方語言具有它的清晰性,這種清晰性不僅僅只是文法和語法的精密性所致,同時還是因為其術語概念的精密與豐富,所以,翻譯,對於漢語來說具有創造性,

---

[83] 蔣百里:〈歐洲文藝復興時代翻譯事業之先例〉,《改造》第 3 卷第 11 期(1921年 7 月 15 日)。

[84] 魯迅:〈小約翰・引言〉,《魯迅全集》第 10 卷,人民文學出版社,1981 年版,第 257 頁。

[85] 魯迅:〈關於翻譯的通信〉,《魯迅全集》第 4 卷,人民文學出版社,1981 年版,第 382 頁。

[86] 魯迅:〈「硬譯」與「文學的階級性」〉,《魯迅全集》第 4 卷,人民文學出版社,1981 年版,第 200 頁。

[87] 魯迅:〈玩笑只當它玩笑(上)〉,《申報・自由談》1934 年 7 月 25 日。《魯迅全集》第 5 卷,人民文學出版社,1981 年版,第 520 頁。

它不僅輸入了西方的富於邏輯的、清晰的表達方式（即語法或文法），同時還輸入了新概念、新術語和新範疇，這其實就是輸入了新思想。「歐化」這個詞本身就是漢語歐化的表現，所以魯迅說「歐化」不是有沒有必要的問題，而是實際上已成為事實。翻譯文學對現代文學語言的影響也是如此，正是語言的歐化，從深層的角度決定了中國現代文學從形式到內容的深刻的西化。在當時，西化也即現代化，這是中國現代文學不同於中國古代文學的最為根本的地方。

瞿秋白也認為翻譯可以幫助我們創造出「新的中國現代言語」，他說：「翻譯──除了能夠介紹原本的內容給中國讀者之外──還有一個很重要的作用，就是幫助我們創造出新的中國的現代言語。」「翻譯，的確可以幫助我們造出許多新的字眼，新的句法，豐富的字彙和細膩的精密的正確的表現。」[88]所謂幫助我們創造出「新的中國現代言語」，其實就是通過翻譯輸入新術語、新概念、新範疇，也就是輸入新思想或思維方式，從而建設新的現代的漢語體系，這種建設不僅僅只是改革語法，增加新辭彙，更重要的是在思想或思維方式上變革漢語。在這一意義上，翻譯對現代漢語的形成，其作用和意義是深遠的，也從而對中國現代文學的影響是深遠的。

表面上，現代漢語在形式上是白話，但現代漢語的白話和主要是作為民間話語方式的古代白話是有根本不同的，正如周作人所說，清末的白話「是出自政治方面的需求，只是戊戌政變的餘波之一，和後來的白話文可說是沒有大關係的。」[89]潘梓年認為五四新文化運動並「沒有產生出和一般老百姓日常用語合致的真正的『白

---

[88] 瞿秋白：〈論翻譯──給魯迅的信〉，《瞿秋白文集》第 1 卷，人民文學出版社，1985 年版，第 505-506 頁。

[89] 周作人：《中國新文學的源流》，華東師範大學出版社，1995 年版，第 56 頁。

話』」，五四白話充其量是「白話的文言」，「從一般老百姓日常生活中產生起來的中國民族語言，有的只是文言文，有的只是外國語」。[90]瞿秋白認為五四以來白話文為上層的資產階級和一般知識份子的所有物。周揚說得更清楚：「從舊民間形式中找出了白話小說，把它放在文學正宗的地位，這只是『五四』文學革命的工作的一部分；另一部分工作是相當大量地吸收了適合中國生活之需要的外國字彙和語法到白話中來，使它變為了更完全更豐富的現代中國語。」[91]這深刻地說明了現代漢語的白話與古代白話之間的聯繫和區別。所以，從語言的思想的層面上來看，與古代白話文相比，現代漢語的白話更具有一種「科學化」、「邏輯化」的特點。

語言具有「器」與「道」、工具和思想兩個層面，相應地，翻譯也有技術和文化兩個層面。對於「形而下」的物質名詞和日常生活名詞，不存在可譯與不可譯的問題；而對於「形而上」性質的文化，由於存在著巨大的差異與深刻的隔閡，則明顯有可譯與不可譯、譯得準確與譯不準確的問題。對於不可譯之硬譯，對於譯不準確之硬譯，翻譯從根本上就是思想文化的輸入。從語言上來看，這類翻譯不是尋找相對應的詞語，而根本上是輸入新的術語、新的概念、新的範疇、新的話語方式，因而從根本上是輸入新的思想。對於母語來說，它具有創造性，既是語言的創造，也是思想的創造。能否被理解，與翻譯的技術沒有根本的關係，而在於翻譯對象本身。比如康德的《純粹理性批判》，魯迅說：「即使德國人來看原文，他如果

---

[90]　潘梓年：〈論文藝的民族形式〉，《文學月報》第 1 卷第 2 期（1944 年 2 月 15 日）。

[91]　周揚：〈對舊形式利用在文學上的一個看法〉，《中國文化》第 1 卷第 1 期（1940 年 2 月 15 日）。

並非一個專家，也還是一時不能看懂。」[92]中國一般讀者要想看懂它，談何容易？魯迅是反對解釋式的「曲譯」、「意譯」的，反對對外國的東西進行中國式的比附，而主張「直譯」、「硬譯」。所謂「直譯」、「硬譯」，本質上就是硬性的輸入。這種硬性的輸入對中國現代語言的作用是很大的，也從根本上對中國現代文化產生巨大作用的，正如熊月之先生說：「語言的變化，連帶著觀念形態的變化、思維習慣的變化、文化環境的變化。漢語複音詞的增多，表達方式的演進，白話文的興起，無一不與日譯新詞的引進有著密切的關係。」[93]這裏所說的「日譯新詞」本質上也是西方辭彙，「日本人創造了一些新名詞來表達從西洋傳來的新概念，我們只不過是利用日本現成的翻譯，省得另起爐灶罷了。」[94]香港中文大學的譚汝謙認為，中譯日書「在迻入新思想新事物的同時，又使一大批日本辭彙融滙到現代漢語，豐富了漢語辭彙，而且促進漢語多方面的變化，為中國現代化運動奠定了不容忽視的基礎」。[95]

翻譯對中國現代語言的影響主要表現在它不僅僅是增加了「形而下」的物質性辭彙，更重要的是它增加了「形而上」的思想性辭彙，這些思想性辭彙雖然沒有從根本上改變古代漢語的思想體系和思維方式，但它不斷增加新術語、新概念、新範疇，在舊語言體系中不斷增加新質，從而潛伏著後來語言變革的契機，後來的語言變

---

[92] 魯迅：〈為翻譯辯護〉，《申報・自由談》1933 年 8 月 20 日。《魯迅全集》第 5 卷，人民文學出版社，1981 年版，第 259 頁。

[93] 熊月之：《西學東漸與晚清社會》，上海人民出版社，1994 年版，第 678 頁。

[94] 王力：《漢語辭彙史》，《王力文集》第 11 卷，山東教育出版社，1985 年版，第 696 頁。

[95] 譚汝謙：〈中日之間譯書事業的過去、現在與未來〉，《中國譯日本書綜合目錄》，香港中文大學出版社，1980 年版，「導言」。

革正是在翻譯的促進和誘導下發生的。翻譯通過把西方語言內化為民族化、中國化的語言，從而建構了現代漢語，並從根本上建構了中國現代文化和現代文學。

第四節　中國文學對西方文學的「歸化」

上面，我們詳細論述了翻譯文學對中國現代文學的影響。中國文學在翻譯文學的影響下發生了深刻的變化，我們把這種變化稱為「異化」。但是，另一方面，外國文學主要是西方文學在翻譯成漢語的時候，又受漢語及其漢語文化的制約從而中國化，即魯迅所說的「歸化」[96]。因此，中國現代翻譯文學具有雙重性，一方面，它輸入新的西方文化，這種新的文化會對舊的中國傳統文化造成很大的衝擊，從而導致舊文化的「西化」，但另一方面，新文化在輸入的過程中又深受中國傳統文化的束縛，受制於翻譯者的知識結構、思維定式和心理，新文化往往被納入了舊文化的體系，具有舊文化的特徵。所以，中國近現代翻譯文學與中國近現代文學之間是一種雙向運動關係：翻譯文學衝擊傳統文學，使傳統文學向現代方向轉化；同時，傳統文學又具有強大的韌性，它承受住了衝擊並化解了衝擊，並從根本上同化了翻譯文學。一方面是「以西化中」，即主動地用西洋文學來改造中國文學，促進中國文學的變革；另一方面是「以中化西」，即西洋文學在翻譯的過程中，由於語言、文化、風俗、習慣、心理等多重原因而自覺地被同化、中國化、民族化、本土化。中國

---

[96]　焦尚志：《中國現代戲劇美學思想發展史》，東方出版社，1995 年版，第 41 頁。

近現代文學就是在這種「異化」與「歸化」的雙向運動中前行的。
正如陳平原先生評論中國近代翻譯小說與創作小說的關係所說，一
方面，「西洋小說的翻譯介紹，為理論家的思考提供了另一個參照
系，使他們得以在中西小說的比較中更深入地瞭解小說作為一門藝
術所可能具備的潛在能量以及藝術創新的無限可能性」；另一方面，
我們又「用西方小說眼光反觀傳統詩文小說筆法來解讀西方小說技
巧，兩者互為因果循環往復，不斷推進了文學運動的深入以及小說
理論的成熟」。[97]所以，正是在這一意義上，中國近代翻譯文學具有
中國古代文學的性質。也正是在這一意義上，我們不能誇大中國近
代文學翻譯文學對中國現代文學發生的作用。正是「歸化」的強大
的力量使「異化」受到限制。

　　中國現代文學發生，其原因是多方面的，可以說是由各種因素
綜合而成。翻譯文學是非常重要的因素，是不可或缺的力量，但它
只是其中的一個因素，只是一方面的動力，對於整個中國現代文學
的發生來說，它的作用和貢獻是有限度的。否定它的作用是錯誤的，
無限地誇大它的作用也是錯誤的。對於中國現代文學發生來說，翻
譯從根本上是外部力量，外力畢竟是外在的，它的作用主要限於動
搖中國傳統文學，它給中國古代文學輸入了很多新質，它在中國古
代文學中滲入了很多不穩定的因素，它為中國現代文學的發生埋下
了伏筆，但並不預設中國現代文學的絕對發生。翻譯文學為中國現
代文學暗示了發生的方向，但中國現代文學的最終的發生還取決於
中國文學內在的運動、內在的契機、內在的條件，即從根本上還是
取決於內力。翻譯文學只是給我們提供了新的思想觀念、新文體方

---

[97]　魯迅：〈題未定草二〉，《魯迅全集》第 6 卷，人民文學出版社，1981 年版，
　　第 352 頁。

式、新的感知模式、新的表達經驗，但這些是否被借鑒？能否被借鑒？則取決於中國文學從外部到內部的種種環境和條件。

最能夠顯示出翻譯文學的雙重性，或中國現代翻譯文學與中國現代文學雙向運動關係的是新詩。沒有外國詩歌形式的輸入就沒有現代新詩文體，這是毋庸置疑的，但還需要限定和補充說明的是，如果沒有五四時期的語言變革以及與此相應的思想解放運動，沒有內在的新文學運動，僅有外國詩歌的輸入，也不可能產生新詩。其實，對西方詩歌的翻譯很早就開始了，據錢鍾書先生考證，最早被翻譯成漢文的英語詩歌是美國詩人郎費羅的〈人生頌〉，時間是1864 年。而這首詩「也就很可能是任何近代西洋語詩歌譯成漢語的第一首」[98]。之後，王韜、嚴復、梁啟超、蘇曼殊、辜鴻銘、馬君武等人陸續把西洋的詩歌翻譯過來，但有意思的是，在新文學運動之前，從王韜、嚴復、梁啟超、辜鴻銘、蘇曼殊、馬君武等，到後來成為新文學開創者的胡適、陳獨秀、劉半農、魯迅、周作人等，自由的西洋詩一經他們翻譯成中文，全成了中國古典詩詞。西洋詩歌一到中國詩歌的語境下便「歸化」了。近代詩歌翻譯從一開始就顯示了傳統形式與西方「新意境」、「新思想」之間的矛盾。但由於翻譯者們固守某種翻譯觀，總是在西洋詩歌和中國古典詩歌中尋求對應轉換，所以始終擺脫不了舊體詩歌形式上的束縛。譯詩雖然對舊體詩具有破壞性，並推動舊體詩向新詩轉化，但譯詩並沒有從根本上改變舊體詩。相反，倒是舊體詩改變了外國詩，使西洋的自由詩具有中國古典詩詞的性質。最後讓譯詩恢復自由性質的恰恰是新詩，正是新詩本身導致了譯詩從舊文體向新文體的轉化。

---

[98] 錢鍾書：〈漢譯第一首英語詩人生頌及有關二三事〉，《七綴集》，上海古籍出版社，1994 年版，第 138 頁。

　　新詩的產生其原因是多方面的，古典詩詞在形式上的過於僵化，在內容上過於陳腐，不適應新的時代的要求，西方自由詩的影響，西方自由詩在翻譯成中國古典詩詞時所表現出來的困境，中國古代民間詩歌，中國語言的白話文傳統，以及胡適等人的天才性創造等，都是促進中國新詩產生的非常重要的原因。但新詩產生過程中，新詩觀念的最後確立顯然最重要。傳統詩歌文體觀念不改變，舊的文學思想不改變，新詩觀念不確立，西方詩歌的漢譯不過是舊有中國傳統詩歌文體和傳統思想的轉手而已。所以，現代白話及其所蘊含的現代思想、現代文學觀念是構成新詩產生的最深層的原因。當然，語言變革與現代文學觀念的發生又都與翻譯文學，包括詩歌翻譯的衝擊有關，因此，翻譯詩歌其作用和意義是雙重的，其運動是雙向的，既向傳統「歸化」，又向現代嬗變。胡適新詩紀元之作是〈關不住了〉。這首詩究竟是創作還是翻譯，還難以確定。從現在來看，它明顯屬於翻譯，但在當時，由於它的巨大的創造性，由於它對傳統詩歌和傳統詩歌模式的巨大突破，它很難簡單地定性為翻譯。不論是對於詩歌翻譯還是對詩歌創作，它都具有巨大的開創意義，它不僅開創了中國新詩翻譯的先鋒，也開創了中國新詩創作的先鋒。因此，中國近現代文學中，詩歌翻譯與新詩發生之間的關係是一種複雜的互動關係。

　　現代戲劇也主要是從西方引進來的文學樣式。比起小說、詩歌翻譯來說，戲劇翻譯比較遲，在本世紀初才開始。1907 年曾孝谷翻譯的《茶花女》第三幕可以說是中國對西方戲劇的最早翻譯。之後，李石曾、陳景韓、包天笑、徐卓呆、陸鏡若、許嘯天、周瘦鵑等陸陸續續翻譯了許多西方戲劇，這些翻譯對中國傳統戲劇造成了巨大的衝擊，並引發了戲劇觀念的變革，但中國現代戲劇的真正產生則

是在中國現代戲劇觀念確立之後。「中國現代戲劇觀念,就是中國現代文化觀念在戲劇領域的反映和表現。它是在『五四』新文化運動的推動下,在紛至沓來的西方文化、戲劇思潮與觀念的啟蒙下,形成的以現實主義、浪漫主義和各種形式的現代主義(如象徵、表現、唯美主義等)話劇為主要載體,能夠反映現代生活與審美意識的一種全新的戲劇文化觀念。」[99]時間則是在五四新文化之後。戲劇翻譯對中國現代戲劇的產生其作用是很大的,同樣可以說,沒有翻譯戲劇就沒有中國現代戲劇,但根本上,中國現代戲劇觀念對中國現代戲劇的產生起了最決定性的作用,正是新文化運動導致了現代戲劇的發生。

　　小說和其他文體也是這樣。現代小說是五四新文化運動、新文學運動的產物,其中,現代白話的產生對現代小說的產生起了至關重要的作用。五四之前也有白話小說,甚至也有白話翻譯小說,但這是兩種不同性質的小說,現代小說和古代小說在白話上的相同只是在語言作為工具層面上的相同,而在語言作思想的層面上則有根本的不同,現代小說是一種具有現代意識——特別是西方現代意識的小說,正是白話作為思想或思維把它們區別開來。五四之前的近代小說在本質上屬於中國古典小說,它雖然受西方文學的影響潛伏著許多新質,並且這些新質成為後來顛覆傳統小說的非常重要的因素,中國現代文學正是這種發展的合乎邏輯的必然結論。但這個過程並不絕對導致中國現代文學的發生,決定中國現代文學發生的最關鍵因素還是後來的語言革命,以及由語言革命的深層的原因所決定的思想或思維觀念的革命。

---

[99] 陳平原、夏曉虹編《二十世紀中國小說理論資料》,北京大學出版社,1989年版,「前言」第 9 頁。

　　捷克漢學家維林吉諾娃在《世紀轉折時期的中國小說》一書的「導言」中，對晚清文學提出了一些新的看法，對於晚清時的傳統文學與西方文學的關係，她認為，「西方影響並未像預想的那樣在中國文學現代化運動中起到重要作用。在詩歌方面，西方影響根本不存在，起作用的是以往被忽視的民間詩歌和中國古詩的形式。在戲劇方面，西方的影響最強，但是並不成功。因為引進的話劇和中國傳統戲劇不相適應。在小說方面，本身就是從 19 世紀英國得來的日本政治小說的概念成為梁啟超小說理論的組成部分。但也只是一種催化劑。」[100]這短短一段話中，包含了很多判斷，其中的一些判斷值得商榷，比如她認為詩歌的「起作用的是以往被忽視的民間詩歌和中國古詩的形式」，這似乎是發揮了胡適錯誤地從中國古典文學中尋找新文學根據的思想，並把它引伸到極端。否定西方自由詩和西方文學精神作為「新動力」對新詩發生的作用和意義，這不符合歷史事實。她認為在晚清，從西方引進的戲劇並不成功，這是正確的，但她認為不成功的原因是「引進的話劇和中國傳統戲劇不相適應」，這就又令人不敢苟同了。但認為近代西方文學通過翻譯介紹進中國，並沒有對晚清文學發生根本性的影響，並沒有導致晚清文學的現代轉型，這是很有見地的。在晚清，中國文學從總體上還是古代的類型，輸入的西方文學都在總體上通過翻譯而納入了中國古代文學範疇。由於翻譯的這種「歸化」性質，翻譯文學對中國現代文學的發生的作用和意義都是有限度的。

　　因此，近代翻譯文學與中國現代文學的發生之間是一種複雜的關係。近代翻譯文學確立了中國學習西方文學的基本方向，中國現

---

[100] 維林吉諾娃：《世紀轉折時期的中國小說》，華中師範大學出版社，1990 年版，第 14 頁。

代文學正是在通過翻譯西方文學，向西方學習的過程中建設起來的。但近代翻譯文學沒有從根本上改變近代文學的「類型」，新文學的發生還取決於後來的從內部發生的文學觀念、語言以及深層的思想觀念變革。

第七章

胡適「學衡派」白話與文言之爭及其文化意味

第一節　胡適白話文學理論檢討

　　一般認為，中國新文學從 1917 年開始，其標誌就是這年 3 月出版的《新青年》第 1 期發表了胡適的〈文學改良芻議〉，從而揭開了文學革命的序幕，從晚清就開始的中國文學改良運動直到這時才發生根本的變化，出現了質的飛躍，中國文學從此進入了現代階段。因此，在中國文學理論批評史上，胡適的〈文學改良芻議〉具有劃時代的意義。

　　胡適的「文學改良」理論實質上是文學革命理論，因為它主要是從語言的角度進行文學革命，主張用白話文代替文言文，因此它大略也可以稱為白話文學理論。白話文學理論是一整套完整的理論體系，其理論中堅人物除了胡適以外還有陳獨秀、傅斯年、劉半農、錢玄同、周作人等，其主要論文大都被胡適收在他編選的《中國新文學大系・建設理論集》一書中，一本「建設理論」集，基本上可以看作是一本白話文學理論集。但對白話文學理論貢獻最大的顯然是胡適，首先他提出白話文學理論；其次，在積極宣傳、倡導、捍衛白話文學理論方面，他是最堅定者，可以說是竭盡全力；第三，

他是最徹底的白話文「主義」[1]者，他身體力行，把他的理論運用於文學創作實踐和理論文章的寫作，嘗試寫出了中國第一部新詩集《嘗試集》、第一部現代意義上的中國哲學史《中國哲學史》（上卷）等；第四，他對他提出的白話文學理論進行了詳細而全面的論證。其理論論述除了上面提到的最重要的〈文學改良芻議〉以外，還有〈文學革命論〉、〈歷史的文學觀念論〉、〈建設的文學革命論〉、〈文學革命運動〉、〈逼上梁山〉、〈論新詩〉、〈論短篇小說〉、〈白話文學史‧引子〉、《胡適口述自傳》、《五十年來中國之文學》等。

　　白話文學理論是五四時期中國的主流文學理論，也是五四時期文學革命的最基本的理論，它對中國新文學的巨大作用乃至對整個中國新文化的巨大影響，是不言而喻的，是有目共睹的。也許正是因為此，胡適後來總把白話文學理論說成是他的發明，並且一生引以為自豪。但 80 年之後的今天，重新審視新文化運動和胡適的白話文學理論，我們認為，胡適從語言的角度來發動文學革命以至整個新文化運動，是深得要害的，抓住了事物的關鍵。正是因為抓住了要害，所以五四新文學運動迅速取得了成功，其成功的速度之快，甚至連胡適都感到意外，他曾經說：「當我在 1916 年開始策動這項運動時，我想總得有二十五年至三十年的長期鬥爭才會有相當結果；它成熟得如此之快，倒是我意料之外的。」[2]但是，對於為什麼要從語言的角度來發動文學革命乃至文化革命，胡適的道理還是非常淺顯的，沒有真正弄清楚問題的根本。胡適說歷史上的文學革命

---

[1]　胡適有一篇文章叫〈多研究些問題，少談些「主義」！〉，其實，胡適的白話文學理論顯然不是純粹的「問題」，而更多的可以看作是「主義」，它的宣傳功能大於它的理論功能。

[2]　唐德剛譯注《胡適口述自傳》，《胡適文集》第 1 卷，北京：北京大學出版社，1998 年版，第 333 頁。

全是文學工具的革命，這是正確的，但對於為什麼，他卻只看到了語言革命的現象，並沒有深刻地認識到語言革命的本質。

　　白話文倡導之初，遭到了保守派的強烈反對，其中翻譯家林紓是反對白話文最激烈的人物之一，但他又講不出什麼道理，所以只能哀歎：「古文之不當廢，吾知其理，而不能言其所以然」。當時胡適讀了這句話，「忍不住大笑」，後來又套用這句「可笑」的話嘲笑章士釗，說章是「白話文之不當作，吾知其理，而不能言其所以然！」其實，胡適對於白話文之「當作」，又何嘗不是知其然而不知其所以然。胡適所說的「有歷史的根據，有時代的要求。有他本身的文學的美，可以使天下人睜開眼睛的共見共賞」[3]等都不是最根本的理由。在當時，西方的現代語言哲學也還處於起步階段，中國的語言哲學理論更是極不發達，加之林紓、章士釗、胡適等人又對語言的本質問題缺乏思考和研究，所以講不清道理，是極在情理之中的。林紓承認他不能言其所以然，不失為老實厚道，而胡適的自信不過是年輕人的氣盛和自以為是。後來胡適總結文學革命之所以很容易地就取得了成功，其中第一條理由就是「那時的反對派實在太差了」，胡適說反對派太無能，這句話是正確的，因為用中國古代的語言學理論不可能把這一問題講清楚。像林紓這樣的滿腦子是中國古代觀念的人，缺乏邏輯、思辨、分析的思維能力，怎麼能把語言的本質這樣的極富哲學意味的問題講清楚呢？但問題是，胡適本人也沒有把問題的實質講清楚。

　　胡適白話文學理論的最大的根據和理由是：文言文是「半死的語言」，白話是活的語言。所謂「半死的語言」，胡適自己的解釋是：

---

[3]　胡適〈「老章又反叛了！」〉，《胡適文集》第 10 卷，北京：北京大學出版社，1998 年版，第 743 頁。

「文言裏面有許多現在仍在通行的辭彙，同時也有些已經廢棄不用的辭彙。」[4]其實，從後來的〈文學改良芻議〉一文來看，所謂「死」，還包括不講文法、亂用套語、大量用典故、講求文詞對仗等內容。白話的「活」主要表現在：「白話的文字既可讀、可說又聽得懂。凡演說、講學、筆記，文言決不能應用。今日所需，乃是一種可讀、可聽、可歌、可講、可記的言語。要讀書不須口譯，演說不須筆譯；要施諸講臺舞臺而皆可；誦之村嫗婦孺皆可懂。」[5]更為重要的是其文法，胡適說：「白話文是有文法的，但是這文法卻簡單、有理智而合乎邏輯；根本不受一般文法上轉彎抹角的限制；也沒有普通文法上的不規則形式。這種語言可以無師自通。學習白話文就根本不需要什麼進學校拜老師的。」[6]在這些意義上，文學應該廢文言，用白話。

其實，廢文言，用白話的根本理由並不在這裏。語言的確有「死」、「活」之分，但「死」、「活」的標準不在於其優越與否，而在於其使用與否。正在被廣泛使用的語言，哪怕它極其繁縟，極不合理，有極大的缺限，它也是活的，它可能需要改革。不被使用的語言，哪怕它非常簡潔，非常合理，有很多優點，它也是死的。活的語言想廢也廢不了，死的語言你不廢它也會自行廢除，因為語言不是以個人的意志為轉移的。索緒爾說：語言「是言語活動的社會

4　唐德剛譯注《胡適口述自傳》，《胡適文集》第 1 卷，北京：北京大學出版社，1998 年版，第 310 頁。胡適所謂的「死」，似乎還應該包括不講求文法，但從現在的觀點來看，不講究文法，沒有限制，恰恰是「活」而不是「死」。當然，古漢語是否真的不講文法，是明顯值得商榷的。

5　唐德剛譯注《胡適口述自傳》，《胡適文集》第 1 卷，北京：北京大學出版社，1998 年版，第 314-315 頁。

6　唐德剛譯注《胡適口述自傳》，《胡適文集》第 1 卷，北京：北京大學出版社，1998 年版，第 335 頁。

部分，個人以外的東西；個人獨自不能創造語言，也不能改變語言；它只憑社會的成員間通過的一種契約而存在。」[7]維特根斯坦認為，私人語言是不可能的[8]。語言是一個系統，它既然是由社會成員之間約定俗成並共同遵守，那麼，它就具有相對的穩定性。其實，胡適後來也模模糊糊地認識到這一點，它曾經說：「語言文字是世界上最保守的東西，比宗教更為保守。」「語言之所以為語言，正如宗教之所以為重要的宗教，它們都必須深入到百萬千萬的廣大群眾中去。當一種社會上的事物，深入群眾而為群眾所接受之時，它就變成非常保守的東西了。改變它是十分困難的。」[9]胡適在哲學上是典型的經驗主義者，在語言問題上，他也表現出相當的經驗主義特徵，他非常準確地觀察到了語言的現象，並能準確地把它歸納出來，但對於現象背後的本質，他卻缺乏西哲如黑格爾、康德那樣的透徹的理性分析，他沒有深刻的語言學理論基礎，因此，他的白話文學理論缺乏統一的內在聯繫，有時甚至自相矛盾，具有明顯的中國古代文論的特徵。

　　文言文作為一種語言系統，其中的確有已死或半死的字或詞，但我們不能就說文言文是一種已死或半死的語言，因為任何一種語言系統都不是絕對不變的，都只是相對的穩定，都要不斷地廢除舊詞和詞的舊有的意義或者賦予舊詞以新的意義，都要不斷地創造或借用新詞。白話文中也存在許多詞被廢棄不用的現象，但我們顯然不能說白話文是半死的語言。

---

[7]　索緒爾：《普通語言學教程》，北京：商務印書館，1980 年 11 月版，第 36 頁。

[8]　參見維特根斯坦《哲學研究》第 243、269 節，北京：商務印書館，1996 年 12 月版，第 133、141-142 頁。

[9]　唐德剛譯注《胡適口述自傳》，《胡適文集》第 1 卷，北京：北京大學出版社，1998 年版，第 307 頁。

　　廢文言、用白話的根本理由在於：文言文是一種語言系統，胡
適當時所提倡的白話文則是另外一種語言系統，前者是中國傳統的
話語方式，其思想也是傳統的，它和新的社會發展是不相適應的；
後者是一種新興的話語方式，表現的是一種新的思想，它和新的社
會是相適應的。語言是和思想緊密地聯繫在一起的，語言系統即思
想系統，廢文言文即是從根本上廢除中國傳統的思維方式和思想體
系，用一種新的白話，即從根本上採用一種新的思維方式和思想體
系。這才是白話文運動導致五四新文化運動迅速發展並取得成功的
根本原因。

　　傳統的語言觀，或者說認識論的語言哲學對語言的基本觀點
是，語言是傳遞思想的基本工具，有赤裸裸的思想，語言不過是把
這赤裸裸的、看不見摸不著的思想顯現出來的最重要、最基本的工
具。但現代分析哲學和結構主義語言學的觀點則不同，現代語言學
認為，思想與語言是不可分割的，研究思想必須借助語言來研究，
有的人[10]甚至認為，語言即思想，思想過程與其表達過程是沒有區
別的。徐友漁歸納其理由如下：「第一，任何比較高級和複雜的思想
活動都是和語言聯繫在一起的。要進行複雜的邏輯和數學推理，要
思考量子物理學和相對論中的問題，我們必須要有語言，要有專業
符號，否則無法進行思考。……我們也不能想像，如果沒有語言，
人們怎麼能從事關於『上帝存在』、『善』、『本質』這一類哲學問題
的思考。第二，……我們只能認為語言和思想是一回事，而不能認
為它們之間有一種相互翻譯的過程。第三，學習某一領域內的知識，
在這一領域中能進行有效的思考，和學會這一領域中有關的辭彙和

---

[10]　比如美國語言哲學家艾耶爾（A. J. Ayer），參見其《思維與意義》一書。

語言技能基本上是同一件事。例如，學會了物理學的專業術語，並且學會了使用它們，就等於是學會了物理學。而學習日常語言的過程則是學會思考和解釋我們日常生活的過程。」[11]現代結構主義認為，語言絕不是人類可以隨便操縱和指揮的工具，恰恰相反，傑姆遜說：「結構主義宣佈：說話的主體並非控制著語言，語言是一個獨立的體系，『我』只是語言體系的一部分，是語言說我，而不是我說語言。」[12]

　　語言的確具有工具性，但語言的工具性主要限於比較簡單的日常生活範圍，而對於比較高級的複雜的思想活動，顯然不能把其中的語言行為稱為工具行為，而語言本身就是其活動過程，語言的過程就是思想的過程，語言活動就是思想活動。事實上，我們可以從一種新的角度——即認識論的角度把語言中的辭彙分為兩大部分：一部分是實際辭彙，一部分是思想辭彙。實際辭彙主要包括實物名詞、日常生活行為的動詞、一些比較具體的形容詞，語法中的技術性辭彙如介詞在認識論的性質上也可以歸入這一類，其特點是比較嚴格地符合索緒爾所說的「能指」和「所指」的關係，比如用「樹」或「tree」來表示客觀世界中的樹，就明顯是語言工具性質的。工具性語言最大的特點就是約定俗成，當初我們實際上也可以用其他的符號來表示樹，只要大家認同，現在仍然可以改用其他符號來表示樹。黑社會的所謂「行話」就是比較典型的例子。思想辭彙主要是表示思想的名詞，就是我們經常所說的術語、概念、範疇，從認識

---

[11]　徐友漁：《哥白尼式的革命——哲學中的語言轉向》，上海：上海三聯書店，1994 年 3 月版，第 7-8 頁。

[12]　傑姆遜：《後現代主義與文化理論》，北京：北京大學出版社，1997 年 1 月版，第 32 頁。

論的角度,語法中的表示判斷和關係的連詞也屬於這一類。思想辭彙在整個語言系統中只是很小一部分辭彙,但它卻集中地體現了使用這一語言系統的民族和國家的文化精神、思維方式和思想特點。兩種語言系統的不同,最根本的不是字形、語音、語法以及實際辭彙的不同,而是思想辭彙的不同。

中西思想的差異最根本的不同就是兩套語言系統中思想辭彙的差異,即思想術語、概念、範疇的根本不同。皇帝大臣、三綱五常、忠孝節義、陰陽五行、道、氣、理等既構成了中國古代思維和思想的基本框架,同時也是文言文語言系統的最核心的思想辭彙。語言是一個系統,只要是傳統的文言文的話語方式,就不可能在思想上根本性地超越中國古代。

根據這樣的一種語言學的基本觀點,現在我們回過頭來看胡適的白話文學理論,我們認為,胡適從語言的角度來發動思想革命是絕對抓住了要害的,這也是五四新文化運動能夠迅速地取得成功並鞏固下來的根本原因。但胡適的成功多少又有些運氣,因為他其實也是知其然而不知其所以然。

在語言的本質問題上,胡適還是傳統的語言工具論觀點。把語言僅僅看作是一種工具、形式、外表的東西,這就大大地降低了語言對於文學革命乃至思想文化革命的作用和意義。

對於語言問題的思考,胡適有時非常接近本質,可以說已經走到了實質的邊緣,比如他曾說:「整部中國文學史都說明了(中國)中古以後老的語言工具已經不夠用了。它不能充分表達當時人的思想和觀念。」[13]這裏,胡適已經模糊地認識到語言與思想之間有內

---

13 唐德剛譯注《胡適口述自傳》,《胡適文集》第 1 卷,北京:北京大學出版社,
1998 年版,第 312 頁。

在的聯繫，可惜的是，他這種思想有如電光石火，稍閃即逝。事實上，胡適也認識到，要改良中國文學以至中國思想文化，必須「從海外輸入新理論、新觀念和新學說」，「我指出這些新觀念、新理論之輸入，基本上為的是幫助解決我們今日所面臨的實際問題。」[14]但他就是不把這些新理論、新觀念和新學說和語言聯繫起來，人為地把同屬於一個問題的兩個側面劃分為兩個互不相關的問題來研究。

　　在胡適看來，白話文並不是一種新的語言系統，不是新的話語方式，更不是一種新的思維和思想方式，而只是不同於文言文的另一種工具，一種新工具、活工具，文言文則是「半死的或全死的老工具」，「有了新工具，我們方才談得到新思想和新精神等等其他方面。」又說：「古人說：『工欲善其事，必先利其器。』文字者，文學之器也。我私心以為文言決不足為吾國將來文學之利器。」[15]所以，胡適主張用白話文代替文言文，其根本原因就在於比起文言文來說，白話文是一種更為簡便的工具，「所以白話文本身的簡捷和易於教授，便是第四個因素，也是最重要的因素。」[16]胡適白話文學理論的最重要的內容就是講白話文有哪些好處，文言文有哪些壞處，最後的結論就是我們上面提到的「文言文是半死的語言」，「白話文是活的語言」。但是現在看來，胡適所講的道理以及結論是很難成立的。文字的確有死活之分，比如古漢語中一些非常偏僻的字就是死文字，語言也有死活之分，比如吐火羅文現在就是死語言，但

---

[14] 唐德剛譯注《胡適口述自傳》，《胡適文集》第 1 卷，北京：北京大學出版社，1998 年版，第 342-343 頁。

[15] 胡適：《中國新文學運動小史·逼上梁山（文學革命的開始）》，《胡適文集》第 1 卷，北京：北京大學出版社，1998 年版，第 156-157 頁。

[16] 唐德剛譯注《胡適口述自傳》，《胡適文集》第 1 卷，北京：北京大學出版社，1998 年版，第 335 頁。

文言文在當時卻並不是「半死的語言」，因為它當時還在廣泛地使用，語言的生命在於被使用，只要是在被使用，就不能說是死的或半死的。胡適所列舉的「死文字」的例子是：「古人叫做『欲』，今人叫做『要』。古人叫做『至』，今人叫做『到』。古人叫做『溺』，今人叫做『尿』。」[17]「『狗』字今日仍在用；『犬』字就不用了。『騎馬』仍是日常用語；『乘馬』就是個死詞，事實上已不通用了。」[18]胡適這裏所說的「死文字」，其實都沒有死，今天，除了「溺」這一詞比較少用以外，其他詞都還在普遍地使用。

胡適所講的許多關於白話文的好處和文言文的壞處，現在看來很多都是值得商榷的，比如他所說的「凡文言之所長，白話皆有之」；「文言之所無，白話皆有以補充」；「白話並非文言之退化，乃是文言之進化」；「白話的文學為中國千年來僅有之文學」；「文言的文字可讀而聽不懂……凡演說，講學，筆記，文言決不能應用」[19]以及我們上面所引學習白話「可以無師自通」、「學習白話文根本就不需要什麼進學校拜老師」等具體觀點或者說論據，顯然是明顯有疑問的。胡適的白話文學理論具有濃厚的主觀感情色彩，他可以說是絞盡腦汁為白話文說好話，為文言文說壞話，但由於抓不住根本和要點，有時顯得強詞奪理，喋喋不休，好像說得越多理就越多似的。

其實，白話文和文言文各有其優缺點，白話的有些功能是文言不能替代的，文言的有些功能白話也是不能替代的。單從語言形式

17　胡適：《中國新文學運動小史‧逼上梁山（文學革命的開始）》，《胡適文集》第 1 卷，北京：北京大學出版社，1998 年版，第 153 頁。
18　唐德剛譯注《胡適口述自傳》，《胡適文集》第 1 卷，北京：北京大學出版社，1998 年版，第 310 頁。
19　胡適：《中國新文學運動小史‧逼上梁山（文學革命的開始）》，《胡適文集》第 1 卷，北京：北京大學出版社，1998 年版，第 150 頁。

上看，文言文有缺陷，白話文同樣有缺陷。具體於中國文學來說，胡適所說的「以白話小說、故事、戲曲為代表的活文學，可能是中國近千年來唯一真有文學價值的文學」的觀點，明顯是偏激的。在中國古代，根據封建正統觀念，認為小說、戲曲是市井文學，是「稗官野史」，是「街談巷語」，就忽視、輕視、否定它的文學和社會價值，這是錯誤的，但胡適反過來，把它們的地位完全顛倒，則是從一個極端走到另一個極端。白話文學有它優美的地方，文言文學也自有它獨特的價值，以詩歌為例，新詩的生存絕對是合理的，甚至當白話成為全民共同語之後，新詩獨霸詩壇，這也有其合法性，但由此把中國古典詩詞的文學藝術性都全盤否定掉，卻是橫蠻的。把迄今為止的新舊詩進行比較，我們絕對不能說新詩比舊體詩優越。今天，由於語言的變化，我們不再提倡舊體詩創作，但中國古典詩詞具有其他任何體式的詩都不可替代的藝術價值，仍然能給我們今天的讀者以巨大的審美享受，這卻是不爭的事實。

　　從宣傳的角度來論證應該用白話文取代文言文，這是胡適白話文學理論中最值得肯定的理由，因為文言文是上層階級掌握並運用的話語方式，而白話則具有廣泛的群眾性，所以用白話便於向群眾宣傳革命思想。但這種理論並不是胡適發明的[20]，陳獨秀早在 1904年創辦《安徽俗話報》時就是這個理論，他說：「現在各種日報旬報，雖然出得不少，卻都是深文奧意，滿紙的之乎也者矣焉哉字眼，沒有多讀書的人，那裏能狗（夠）看得懂呢？這樣說起來，只有用最

---

[20] 胡適曾說：「這個白話文學工具的主張，是我們幾個青年學生在美洲討論了一年多的新發明，是向來論文學的人不曾自覺的主張。」《中國新文學運動小史‧中國新文學運動小史（《中國新文學大系》第一集的《導言》）》，《胡適文集》第 1 卷，北京：北京大學出版社，1998 年版，第 125 頁。

淺近最好懂的俗話，寫在紙上，做成一種俗話報，才算是項好的法子。」[21]但用這個理由來解釋五四新文化運動，明顯的難題在於：五四新文化運動並不是一種廣泛的群眾運動，其主要範圍還是在知識份子內，當時看《新青年》並深受其影響的還主要是知識份子，很多人並不是因為它好懂才去讀它的。這個理論還無法解釋為什麼陳獨秀等人早年用白話文作為工具來發動思想革命卻沒有成功，也不能解釋為什麼明清白話很普及但卻沒有發生文學乃至思想革命。事實上，清末曾有一個廣泛的白話文運動[22]，但與五四白話文運動相比，其作用和意義都不可同日而語，前者可以說是文學工具運動，後者則是思想文化運動。看來，作為工具的白話與思想革命之間並沒有必然的聯繫。

　　胡適批評「古文」，可以說一針見血，他說：「但時代變的太快了，新的事物太多了，新的知識太複雜了，新的思想太廣博了，那種簡單的古文體，無論怎樣變化，終不能應付這個新時代的要求，終於失敗了。」[23]古文之所以失敗，是因為它不能表現新的時代的內容，相反，白話之所以成功，是因為它能夠表現新的時代的內容，按照這種邏輯，應該很自然地就把語言的本質和思想聯繫在一起，但胡適卻並沒有這樣做。這樣，今天我們多少又為胡適感到惋惜。

---

[21] 陳獨秀：〈開辦安徽俗話報的緣故〉，《陳獨秀著作選》第 1 卷，上海：上海人民出版社，1993 年 4 月版，第 22 頁。

[22] 關於清末「白話文運動」，可參見陳萬雄《五四新文化運動的源流》第 6 章第 1 節，北京：生活・讀書・新知三聯書店，1997 年 1 月版。

[23] 胡適：《中國新文學運動小史・中國新文學運動小史（《中國新文學大系》第一集的《導言》）》，《胡適文集》第 1 卷，北京：北京大學出版社，1998 年版，第 108 頁。

　　與上面一個問題密切相聯繫的問題是：胡適並沒有意識到，他當時所使用的、所提倡的白話文其實是一種新白話，一種與中國古代白話文有著根本區別的新的語言系統。

　　我認為，現代白話文即現代漢語（解放前稱為「國語」）在形式上是白話，但它和古代白話文是有根本性質的區別的。古代白話文是古代的口語，也可以說是中國古代的一種日常生活語言，主要用於日常生活的交流，特別是在民間，它是最基本的語言方式，在一些文化非常落後的地域，它甚至是唯一的語言方式。所以它的確有胡適所說的簡單、簡潔、易說、易聽、易懂、易學、易教等特點。但也正是因為這些特徵，古代白話明顯地缺乏豐富的思想內涵，它更多地是一種交流的工具，而不是一種思想方式。

　　中國古代實際上可以說有兩套語言系統：文言文和白話文，文言文主要是書面語，使用範圍主要限於上層統治階級以及知識份子階層，它充分反映了中國古代的思想和思維方式，既是工具語言又是思想語言。白話文主要是口語，全民都使用，但範圍主要限於日常生活的交流，它當然表現出一定的思想——特別是下層人民群眾的思想，但它主要是一種交際工具語言。

　　現代白話文——即現代漢語是在古代白話文基礎上發展起來的一種新的語言系統，是一種口語、歐化辭彙和部分古漢語辭彙的混合物。這裏，「口語」即白話，是從古代白話文而來。「古漢語辭彙」包括成語（可以稱為古代典故，但不準確）和其他一些古漢語常用辭彙，它隱含著許多中國古代文化、思想的精華，是從文言文而來。關鍵是「歐化辭彙」，歐化辭彙不論是新創造的，還是借用古代白話或文言文，它雖然是漢語方式，但它本質上卻是西方的。

　　我們絕不能把輸入的具有豐富內涵的術語、概念、範疇等辭彙看作是一種簡單的語言形式的變化，「科學」、「民主」這些新名詞既是新辭彙，又是新思想，接受了這些新名詞，實際上也就是接受了這些新思想。語言的變化最根本的是辭彙的變化，而辭彙又是思想的根本，所以可以說，思想的變化從最根本上就是語言的變化。從經驗來看，歷史上的每一次思想變化和語言變化都是相伴而行的，劇烈的思想變化往往就是劇烈的語言變化，反過來也是如此，劇烈的語言變化也就是劇烈的思想變化，二者是一體的，一而二，二而一，相伴而行，無時間順序的先後。所以美國學者傑姆遜（F. Jameson）說：「新名詞的出現總是標誌著新的問題，標誌著新的思想，新的商榷論爭的題目。」[24]

　　在本世紀初中國文化轉型的劇烈變動中，對於思想轉型的深刻的語言本質，我覺得王國維是有理性認識的，他在 1905 年專門寫了一篇〈論新學語之輸入〉的文章，在這篇文章的一開頭他就說：「近年文學上有一最著之現象，則新語之輸入是已。夫言語者，代表國民之思想者也，思想之精粗廣狹，視言語之精粗廣狹以為準，觀其言語，而其國民之思想可知矣。周、秦之言語，至翻譯佛典之時代而苦其不足；近世之言語，至翻譯西籍時而又苦其不足，是非獨兩國民之言語間有廣狹精粗之異焉而已，國民之性質各有所特長，其思想所造之處各異故。」又說：「言語者，思想之代表也，故新思想之輸入，即新言語輸入之意味也。」[25]王國維認識到，一個民族的

24　傑姆遜：《後現代主義與文化理論》，北京：北京大學出版社，1997 年 1 月版，「自序」。
25　王國維：〈論新學語之輸入〉，《王國維文集》第 3 卷，北京：中國文史出版社，1997 年 5 月版，第 40-41 頁。

思想是和這個民族的語言緊密地聯繫在一起的，輸入新詞語，就是輸入新思想。這不論是在當時還是在今天，都是非常深刻的思想。

但需要說明的是，王國維這種語言思想在他整個的學術思想中顯得相當孤立，缺乏充分的論述和展開，更沒有把它運用到實際學術研究中去。從〈論新學語之輸入〉和〈論近年之學術界〉這兩篇論文來看，他在語言觀上是清晰明確的，但在具體問題的分析研究中卻又表現出一種矛盾。這可能與王國維當時所使用的語言有關係，當時中國的語言雖然明顯地在發生變化，甚至潛伏著後來劇烈的語言革命，但基本話語方式還是古漢語，王國維當時雖然受西方語言系統的影響，但他的本位語言還是文言文，思想的主體還是中國傳統的那一套，所以其矛盾正好證明了我們在語言問題上的基本觀點。再加上他後來學術轉向，在話語方式上恪守文言文，晚年他幾乎放棄了他早年所接受的比較激進的西方思想，包括上述語言思想，所以他不可能用他這種語言觀來分析五四新文化運動中語言革命的實質，這是極在情理之中的。

根據以上的理論論述，我們現在再來看胡適的白話文學理論，我們發現，胡適並沒有把兩種白話區別開來，並沒有意識到他當時所提倡的白話實際上是一種新的語言系統。胡適承認傅斯年所說的白話文「歐化」的現象，承認「歐化白話文的趨勢可以說是在白話文學的初期已開始了」，並且「近年白話文學的傾向是一面大膽的歐化」，但他和李歐梵一樣，認為「歐化」僅僅只是語法的歐化：「歐化的白話文就是充分吸收西洋語言的細密的結構，使我們的文字能夠傳達複雜的思想，曲折的理論。」這顯然是撿輕丟重，本末不分，完全顛倒了語法和辭彙與思想之間的關係。而且胡適已經認識到：「這二十年的白話文學運動的進展，把『國語』變豐富了，變新鮮

了，擴大了，加濃了，更深刻了。」[26]但由於根深蒂固的語言工具觀，他始終未走到把這種「更深刻」的「國語」和傳統的白話文從本質上區別開來這一步。新白話在形式上的確從古代白話而來，但它又不同於中國古代白話，它已經融進了大量的歐化的術語、概念、範疇，是一種深受西方思想影響的話語方式。

胡適雖然從小就受到比較良好的中國傳統文化，包括文言文的教育，但在思想方式上還是白話的，即用白話文思考問題而不是用文言文思考問題[27]，比較明顯的證據就是，在國內求學期間，他主要是用白話文思想的，能夠反映出他的思想的論文、日記、一些書信都是用白話文寫的，他自己曾說：「這幾十期的《競業旬報》，不但給了我一個發表思想和整理思想的機會，還給了我一年多作白話文的訓練。」[28]到美國留學更加強了他白話的思想方式，他所學的許多西方思想（關鍵是一些術語、概念和範疇）都是直接「翻譯」為白話而不是文言。所以文言對他來說越來越成為一種死語言或半死的語言，文言無法表達他的現代思想，把這種現代思想翻譯成文言方式，轉彎抹角，既艱難又不準確，所以還不如用白話文來得直接，怎麼想就怎麼說。這可以說是胡適提倡白話文的非常重要的個人心理原因。

---

[26] 胡適：《中國新文學運動小史·中國新文學運動小史（《中國新文學大系》第一集的《導言》）》，《胡適文集》第 1 卷，北京：北京大學出版社，1998 年版，第 130、132 頁。

[27] 這兩種思考方式是有很大的不同的，這一點，對於那些英語程度高，能夠用英語進行思維的人來說，把用英語思考和用漢語思考兩種思考一比較就很容易理解。

[28] 胡適：《四十自述·在上海（二）》，《胡適文集》第 1 卷，北京：北京大學出版社，1998 年版，第 85 頁。

　　由此來看，胡適一味地強調白話文在工具意義的長處和優點，強調白話文的優良傳統，認為它是「古已有之」，甚至不惜寫一本《白話文學史》來論證白話文的必然性，其實並沒有從根本上論證問題，現在看來，它只是起到了一種說服和宣傳的作用。「白話文學是有歷史的，是有很長又很光榮的歷史的」，白話文學史在中國文學史上佔有非常高的地位，「白話文學史就是中國文學史的中心部分」[29]，但當時統治中國文壇的卻仍然是文言文，這事實本身恰恰說明了白話文學取代文言文學不具有歷史的必然性。我始終認為，語言作為工具其選擇沒有自然規律的必然性，就是說，使用哪一種語言作為交流的工具和不使用哪一種語言作為交流的工具，具有很大的人文性，具有約定俗成的性質。只有思想的發展具有歷史的必然性。就五四時期的情勢來看，思想的劇變是歷史的必然，康有為、梁啟超其實終身都在作這種努力，但由於他們不得法，沒有認識到語言與思想之間的深刻關係，沒有從根本上變革語言方式，一味地「舊瓶裝新灑」，所以可以說沒有成功。胡適成功了，但從以上的分析來看，這種成功是明顯地存在著僥倖因素的。

　　胡適的白話文學理論還存在一些其他的具體細節上的問題，比如胡適認為白話文學史是中國古代文學史的「正宗」，否認「律詩古詩」是中國古代詩歌的「正宗」[30]，這顯然是錯誤的，但因為不涉及我們論題的根本，所以就不再評述。

---

[29]　胡適：〈白話文學史‧引子〉，《胡適文集》第 8 卷，北京：北京大學出版社，1998 年版，第 149-150 頁。

[30]　胡適：《中國新文學運動小史‧中國新文學運動小史（《中國新文學大系》第一集的《導言》）》，《胡適文集》第 1 卷，北京：北京大學出版社，1998 年版，第 126 頁。

　　總之，胡適提出廢除文言文使用白話文的理論，在事實上是正確的，它順應了當時歷史發展的必然趨勢，但是他的論證卻是表面的，不關涉問題的實質和根本。胡適相信古人所說的「言之無文，行之不遠」，認為白話具有廣泛的群眾性、普及性，便於宣傳新的思想，具有「開通民智」、啟蒙的作用，這的確是提倡白話文的一個非常重要的理由，而且今天回過頭來看五四白話文運動，白話在當時所起的這些作用的確都是事實。我們也絕不否認白話文作為工具的一方面的性質。但是，於五四時期的思想革命來說，我們更看重它的思想方面的性質，新的話語方式本身就是新的思想，白話文不僅僅只是工具，它本身即思想，這才是胡適提倡白話文學最深刻的地方。

第二節　論「學衡派」作為理性保守主義的現代品格

　　中國現代文化史上，自由主義和激進主義都非常張揚、顯赫，各領風騷。在一般人的想當然中，只有自由主義和激進主義才是作為新文化的中國現代文化，而學衡派作為保守主義則不屬於中國現代文化的範疇。其實不然，本質上，「學衡派」是現代保守主義或者說理性保守主義，它具有現代品格，是中國現代文化的重要組成部分。學衡派之所以具有現代品格，在於它本質上不是中國傳統文化的衍延，而是西方現代文化的產物，它的理論基礎是從西方引進的，具體地說，源於白璧德的新保守主義。

　　白璧德是 20 世紀初產生在美國的新人文主義的最大代表，他對 20 世紀的科學與技術至上主義以及各種現代主義持激烈的批評態

度，高揚人文主義傳統，強調內在克制與標準，主張以道德和文化
的力量來救治現代社會的混亂與危機。出於這樣一種基本看法，白
璧德對中國正在發生的新文化運動懷著一種深深的憂慮，「今日中國
文藝復興之運動，完全以西方文化之壓迫為動機，故就其已發展者
而言，亦僅就西方文化而發展，與東方固有之文化無預也。」中國
為了強盛，向西方學習科學技術，這沒有錯，但學習西方科學技術
時，不能喪失自我，不能喪失中國固有的文明，「中國必須有組織、
有能力，中國必須具歐西之機械，庶免為日本與列強所侵略。……
然須知中國在力求進步時，萬不宜效歐西之將盆中小兒隨浴水而傾
棄之。簡言之，雖可力攻形式主義之非，同時必須審慎，保存其偉
大之舊文明之精魂也。」「總之，中國之人為文藝復興運動，決不可
忽略道德，不可盲從今日歐西流行之說。」[31]在他看來，中國古代
的文明特別是其中的道德精神是糾治現代物質主義氾濫的非常寶貴
的資源，中國人不能輕易把它丟掉。中國留學生應該認真地研究歐
西的學說，把握其精髓。他認為歐洲傳統學說和中國古代學說在人
文精神上不謀而合，都是「邃古以來所積累之智慧」。而當代學說只
是其中一部分，不能把這些就當成歐洲學說而全盤搬過去。白璧德
並不反對中國向西方學習，但他認為要全面地學習，要認真研究後
再學習，要學習其精髓，同時不要丟掉了自己固有的文明。

　　梅光迪、吳宓等人深受白璧德的人文主義思想的影響，他們把
白璧德的理論運用於中國的文化實踐，對白璧德的具體觀點進行了
充分的論證和發揮，提出一整套理論和主張。他們並不反對中國從
器物到制度到文化的各個方面向西方學習，他們到西方留學以及他

---

[31]　胡先驌譯：〈白璧德中西人文教育說〉，《國故新知論——學衡派文化論著輯
　　要》，中國廣播電視出版社，1995 年版，第 41-42、48 頁。

們接受白璧德的理論與主張，都說明了他們對這種學習的認可，否則他們就是連自己都否定了。但他們反對學習上的極端，反對「全盤西化」，反對學習上的片面性，認為西方文化也有優劣之分，不能說只要是西方的就是好的。特別是西方現代過分張揚物質文化就明顯具有缺失，中國在向西方學習時應該避免這些缺失，學習其優秀的東西。「學衡」諸子大多學貫中西，對古今之學術德教深有研究。他們認為胡適等人實際上學疏識淺，對中西都是一知半解，對西方文明缺乏研究和取捨的能力。偏執一隅，冒然提倡，因而草率不負責任。梅光迪批評提倡新文化者「於歐西文化，無廣博精粹之研究，故所知既淺，所取尤謬」[32]，湯用彤批評胡適等人對西方的學習是「僅取一偏，失其大體」[33]，吳宓批評新文化派：「其取材則惟選西洋晚近一家之思想，一派之文章，在西洋已視為糟粕、為毒鴆者，舉以代表西洋文化之全體。」[34]西方模式不僅具有世界普遍的「現代性」內容，而且帶有源於歐美民族傳統的特殊的「西方」形式與內容，它具有自己的偏失與流弊。正確的學習西方是對西方進行認真的研究、仔細的甄別，並結合自己的文化實際，有選擇，有針對性地學習，梅光迪說：「故改造固有文化，與吸取他人文化，皆須先有徹底研究，加以至明確之評判。」又說：「以東西歷史民性之異，適於彼者，未必適於此。……窺之益難，采之益宜慎。」[35]

---

[32] 梅光迪：〈評提倡新文化者〉，《國故新知論──學衡派文化論著輯要》，中國廣播電視出版社，1995 年版，第 73 頁。

[33] 湯用彤：〈評近人之文化研究〉，《國故新知論──學衡派文化論著輯要》，中國廣播電視出版社，1995 年版，第 100 頁。

[34] 吳宓：〈論新文化運動〉，《國故新知論──學衡派文化論著輯要》，中國廣播電視出版社，1995 年版，第 78 頁。

[35] 梅光迪：〈評提倡新文化者〉，《國故新知論──學衡派文化論著輯要》，中國廣播電視出版社，1995 年版，第 71、77 頁。

　　更重要的是，學衡派主張把學習西方文明和發揚中國傳統文明
結合起來，他們認為不能通過毀滅舊文化來實現建設新文化，所以
主張一方面要學習西方的文明，特別是物質文明，但另一方面又要
發揚中國固有的文明，特別是中國傳統的精神文明，不能厚此薄
彼。學衡派的宗旨就是：「論究學術，闡求真理，昌明國粹，融化
新知。」[36]用柳詒徵的話說就是：「一則欲輸入歐、美之真文化，
一則欲昌明吾國之真文化。」[37]吳宓說：「則所謂新文化者，似即
西洋之文化之別名，簡稱之曰歐化。自光緒末年以還，國人憂國粹
與歐化之衝突，以為歐化盛則國粹亡。言新學者，則又謂須先滅絕
國粹而後始可輸入歐化。其實二說均非是。……西洋真正之文化與
吾國之國粹，實多互相發明，互相裨益之處，甚可兼蓄並收，相得
益彰。誠能保存國粹，而又昌明歐化，融會貫通，則學藝文章，必
多奇光異采。」又說：「則今欲造成中國之新文化，自當兼取中
西文明之精華，而熔鑄之，貫通之。吾國古今之學術德教，文藝
典章，皆當研究之、保存之、昌明之、發揮而光大之。而西洋古
今之學術德教，文藝典章，亦當研究之、吸取之、譯述之、瞭解
而受用之。」[38]吳宓不是從中與西、新與舊的二元論出發，而是從
普遍的人文主義的觀念出發，認為「孔子不但為中國之民性及中國
文化最高之代表，且為世界古今少數聖賢之一」[39]，「故不特孔子之
道為聖道，而耶穌、釋迦、柏拉圖、亞里士多德等之所教，皆聖道

[36]　〈學衡雜誌簡章〉，《國故新知論——學衡派文化論著輯要》，中國廣播電視
　　　出版社，1995 年版，第 494 頁。
[37]　柳詒徵：《中國文化史》下卷，東方出版中心，1988 年版，第 869 頁。
[38]　吳宓：〈論新文化運動〉，《國故新知論——學衡派文化論著輯要》，中國廣播
　　　電視出版社，1995 年版，第 82、88 頁。
[39]　吳宓：〈孔子之價值及孔教之精義〉，《大公報》1927 年 9 月 22 日。

也。自其根本觀之，聖道一也。苟有維持之者，則於以上諸聖之道，皆一體維持之矣，固不必存中西門戶之見也。」[40]因此，建設新文化就應當兼取中西文化之精華並融會貫通。

學衡派也和新文化派一樣主張建設一種現代中國文化，梅光迪說：「夫建設新文化之必要，孰不知之。」[41]區別在於，學衡派和新文化派理論觀念不同因而所採取的路數也不同。陳獨秀認為，中國傳統文化和西方文化是兩種完全不同的模式，二者在思維思想體系方面都迥然不同，是對立的關係，「東西洋民族不同，而根本思想亦各成一系，若南北之不相並，水火之不相容也。」[42]「吾人倘以新輸入之歐化為是，則不得不以舊有之孔教為非。倘以舊有之孔教為是，則不得不以新輸入之歐化為非。新舊之間，絕無調和兩存之餘地。」[43]因此，「要擁護那德先生，便不得不反對孔教，禮法，貞節，舊倫理，舊政治；要擁護那賽先生，便不得不反對舊藝術，舊宗教；要擁護德先生又要擁護賽先生，便不得不反對國粹和舊文學。」[44]這是典型的二元對立論和激進主義。從這種二元論和激進主義的立場出發，新文化派主張徹底破壞中國傳統文化，而以西方

---

[40] 吳宓：〈論新文化運動〉，《國故新知論──學衡派文化論著輯要》，中國廣播電視出版社，1995 年版，第 96 頁。

[41] 梅光迪：〈評提倡新文化者〉，《國故新知論──學衡派文化論著輯要》，中國廣播電視出版社，1995 年版，第 76 頁。

[42] 陳獨秀：〈東西民族根本思想之差異〉，《陳獨秀著作選》第一卷，1993 年版，第 165 頁。

[43] 陳獨秀：〈答佩劍青年（孔教）〉，《陳獨秀著作選》第一卷，1993 年版，第 281 頁。

[44] 陳獨秀：〈新青年罪案之答辯書〉，《陳獨秀著作選》第一卷，1993 年版，第 442-443 頁。

現代文化為主體來建立中國現代文化體系，不破不立，非此即彼，絕無調和的可能。

　　而學衡派則相反，他們認為中西雖然在具體觀念上不同，但在學理上是相通的，他們反對把中與西、新與舊對立起來，而認為不分時間和地域，道理都是一樣的，所謂「聖道一也」。中國文明有其優秀的地方，西方文明有其缺失的地方，不一定新的就是好的，舊的就是壞的。新的中國現代文化就應該是把中、西、新、舊合理切實的東西融合起來，貫通起來，從而建立一種既不同於西方文化，又不同於中國傳統文化，既避免西方文化的缺陷，又吸收中國傳統文化優點的新的現代文化。吳宓說：「孔孟之人本主義，原系吾國道德學術之根本。今取以柏拉圖、亞里士多德以下之學說相比較，融合貫通，擷取精華，再加以西洋歷代名儒巨子之所論述，熔鑄一爐，以為吾國社會群治之基。如是則國粹不失，歐化亦成。所謂造成新文化，融合東西兩大文明之奇功，或可企收。」[45]學衡派諸子大多博古通今，不論是對西方文化，還是對中國傳統文化都具有全面的瞭解和深入的研究。新人文主義強調道德和倫理價值，加強了他們在情感上對中國傳統文化的皈依，但從根本上，他們對中國傳統文化的維護是學理而不是情感的，對新文化派的批評同樣如此。

　　從理論上說，學衡派的理論及主張更具有邏輯的嚴密性。他們對新文化派的批評不能說完全沒有道理，新文化派不論是對西方文明還是對中國文明的理解的確都存在著片面性。但問題是，學衡派的理論是一種典型的知識份子立場，是理想化的，是書齋性質的，是純理論。現實要比學衡派想像的複雜得多，民族的心理，中國特

---

[45]　余生：〈民族生命與文學〉，轉引自曠新年《現代文學與現代性》，上海遠東出版社，1998 年版，第 195 頁。

定的歷史背景——特別是政治經濟軍事狀況，民眾的接受能力，文
化的制約性，語言的「歸化」力量，文化的差異性等，都是制約理
論的重要因素。對這些問題，新文化派也沒有把問題想清楚，當然
也不可能把問題完全想清楚。陳獨秀認為中西文明是兩種不同類型
的文明，根本不可能融合。胡適認識到，理論上的「全盤西化」實
際上只能部分西化，因為傳統文化有一種巨大的惰性。現在看來，
新文化派也有充分的學理及現實根據，只是當時並沒有論述清楚。
但相比較而言，新文化派比學衡派更具有現實的敏感性，直覺更為
準確，經驗更為豐富，其理論和實踐更為切實可行，因而歷史更多
地選擇了新文化派而不是學衡派。學衡派的理論貌似中庸公允，而
且從原理上說也的確無可挑剔，但在特定的歷史條件下，這種中庸
公允實際上意味著保守和偏向。用中國古代文明來克服西方現代文
明的弊病是一回事，而反對西方現代文明則是另外一回事。西方現
代科學和技術文明的確有它的缺陷，但中國人寧願選擇有缺陷的西
方現代文明而不願選擇「沒有缺陷」的中國古代文明，這是現實問
題而不是學理問題。學衡派的本意是糾偏，即克服新文化派的片面
性，其理論的側重點必然放在對傳統文化的維護上，再加上學衡派
對語言的誤解，堅守文言文，這樣就給人一種保守的印象，至少客
觀效果上是這樣。

　　堅守文言，這是學衡派最外表的特徵，也是最為人所詬病的地
方。我認為，這也是學衡派最大的失誤。學衡派的語言觀也是工具
觀，「夫文字不過意志、思想、學術傳達之代表，代表之不失使命及
勝任與否，乃視其主人之意志堅定，思想清晰，學術縝密與否為斷。」

「文以載道，文言之能載道，與白話文之能載道，亦無以異也。」[46]
他們認為，白話和文言只是語言形式問題，作為語言形式，它們各
有優點，「吾人固亦承認白話文有活潑自然之優點，且此種優點，唯
在白話文學中，最能充分表現。」「白話文則於功用與藝術之一部各
有其特長與優點，故吾人以為文言白話之用，不妨分道揚鑣，各隨
學科之性質，以為適用。」[47]正是出於這樣一種語言觀，學衡派反
對用白話文取代文言文，極力捍衛文言文的正統地位，並且身體力
行。但實際上，語言絕不只是形式問題，而具有思想本體性。古代
白話與現代白話只是在語言作為工具的層面上相同，而在語言作為
思想的層面上則有本質的差別。中國傳統文化在思想上所表現出來
的體系性，是和文言文作為古代漢語作為一種語言體系緊密地結合
在一起的。用文言的方式來昌明國粹，這是對傳統的真正的維護。
但用文言來傳達西方思想則方鑿圓枘，文言文最終使學衡派的西方
思想變了形，從根本上「歸化」了他們的現代思想，從而使他們的
言論顯示出古代性，與頑固派極其相似。

　　中國傳統文化和西方文化是兩種不同的文化類型，兩種不同的
系統，二者難以揉合在一起。自從西學東漸以來，中國的仁人志士
就在思考並嘗試把中西兩種文明融合起來，張之洞的「舊學為體，
新學為用，不使偏廢」[48]就是這種種嘗試中的一種，但這種實踐並
沒有充分的理論依據，正如嚴復所說：「體用者，即一物而言之也。
有牛之體，則有負重之用；有馬之體，則有致遠之用。未聞以牛為

---

[46] 邵祖平：〈論新舊道德與文藝〉，《國故新知論——學衡派文化論著輯要》，中
國廣播電視出版社，1995 年版，第 124 頁。

[47] 易峻：〈評文學革命與文學專制〉，《國故新知論——學衡派文化論著輯要》，
中國廣播電視出版社，1995 年版，第 187、195 頁。

[48] 張之洞：〈勸學篇·設學〉，中州古籍出版社，1998 年版，第 121 頁。

體；以馬為用者也。……故中學有中學之體用，西學有西學之體用，分之則並立，合之則兩亡。」[49]在深層語言學上，中西兩種文化類型是由中西兩種不同的語言系統所決定的。在工具的層面上，語言系統之間可以進行等值轉換，可以進行交互使用，但在思想的層面上，語言系統之間不能進行等值轉換，也不能進行交互使用。在這一意義上，新文化派通過語言變革來進行思想革命，可以說抓住了根本，雖然新文化派也是語言工具觀，對語言與思想之間的關係存在著深刻的誤解，但新文化派的白話文運動突破了其理論預設，新文化運動所提倡的白話實際上突破了語言的工具層面而進入了思想的層面，因而，白話文工具運動最終導致了五四新文化運動的思想革命。在學理上，學衡派與新文化派一樣，也是語言工具觀，同樣是對語言與思想之間的關係存在著深刻的誤解，其語言實踐活動同樣超出了其理論預設。但與新文化派相反，學衡派由於堅守文言文，在思想上，他們不是超越了傳統而是回歸了傳統。西方思想和西方語言體系緊密地聯繫在一起，把西方思想置於古代漢語語境中其意義就會發生歧變。吳宓把西方思想家如柏拉圖、亞里士多德等稱為「碩儒」，把西方學理稱為「聖道」，多少會引起人們對西方文化的「中國古代化」誤解。西方思想，除了中世紀的宗教「經義」可以冠以「聖」以外，其他「道」是很難稱「聖」的，特別是科學之「道」，在本真上恰恰是反「聖」的。對於語言，當新文化運動中的白話文運動如火如荼地展開時，學衡派迎逆流而上，與潮流對抗，堅守文言，這注定了其歷史的悲劇性。

---

[49] 嚴復：〈與《外交報》主人書〉，劉夢溪主編《中國現代學術經典・嚴復卷》，河北教育出版社，1996年版，第622頁。

　　事實上，學衡派是中國現代文化的一個組成部分，雖然它與中國傳統文化保持著割斬不斷的血脈，並在心理上傾向於中國傳統，但本質上，它不是中國傳統文化，而具有現代品格。「以《學衡》為代表的新一代文化守成主義者則不僅大多超越了傳統儒生對普遍王權政治的依賴，更獲得了能表述守成傳統之所以然的新式學理。」[50]「他們視野開闊、學貫中西，融合新舊、改良文化，闡求真理、昌明國粹，眼光中正、不偏不倚……歸根結蒂，他們是中國現代知識份子中所存在的一個思想文化派別。」[51]學衡派本質上是西方文化的產物，它與新文化派具有同樣的性質，所不同的是，新文化派受西方自由主義和激進主義的影響，而學衡派則受西方的保守主義的影響。新文化派對中國傳統文化的反叛與破壞其學理根據來自於他們所接受的西方文化，新文化運動不是從中國傳統文化內部產生的，不是中國傳統文化發展的必然產物。同樣，學衡派對中國傳統文化的眷戀與維護，其學理根據也是來自於西方，其文化守成不同於封建頑固派的抱殘守缺，它不是站在傳統本位立場上對傳統的維護，而是從白璧德新人文主義的保守觀念出發對中國傳統文化的反觀，它不是簡單的對於傳統的信念，而是借用傳統達到對傳統的超越。中國傳統不是學衡派的出發點，而是其保守觀念的契合點。因此，學衡派的學理是理性的、西方的、現代的，與新文化派具有相反相成的性質。

　　學衡派與舊知識體系的頑固派不同。頑固派以傳統為本位，以封建社會正統的綱常倫理道德以及學理方式為立論根據，是用傳統

---

[50]　孫尚揚：〈在啟蒙與學術之間：重估學衡（代序）〉，《國故新知論——學衡派文化論著輯要》，中國廣播電視出版社，1995 年版，第 4 頁。
[51]　李怡：〈論「學衡派」與五四新文學運動〉，《中國社會科學》1998 年第 6 期。

對抗現代，與現代是錯位的，缺乏共同的時間場因而缺乏對話的基礎，二者不是平等的對立雙方。頑固派與現代文化之間可以說是「公說公的理、婆說婆的理」，互相難以「理」喻。頑固派不僅與自由主義、激進主義不共戴天，而且與保守主義也是對立的。而保守主義則不同，它本質上屬於中國現代文化的範疇，它與自由主義、激進主義是共時態的，可以說是頡頏與共生。「保守主義作為一種自覺的理論，是以三位一體——保守主義、自由主義、激進主義這三者不可分割的整體出現的。……它是在一個共同的觀念框架中運作的。」[52]學衡派在形態上是西方的，具有現代品格，它的中國傳統性本質上是西方現代保守主義在現代中國的相應表現形態，它是西方理論視角而不是中國本位立場，不是中國傳統文化在西方尋求理論根據。它的「保守」的觀念是從西方輸入的，是以西方現代理論為出發點反省中國傳統文化。它的部分成員的確存在知識結構沒有轉變過來的問題，但在總體上是西方影響的產物。他們以民族情感為出發點，但並不是以傳統的知識作為出發點。他們立身之本不是傳統，立論的基點也不是傳統。學衡派與激進派的對立不是傳統與西方或現代的對立，而是現代或西方的激進派與保守派之間的對立。正如鄭振鐸所說：「林琴南們對於新文學的攻擊，是純然的出於衛道的熱忱，是站在傳統的立場上來說話的。但胡梅輩卻站在『古典派』的立場來說話了。他們引致了好些西洋的文藝理論來做護身符。」[53]林紓是封建頑固派，而梅光迪、胡先驌、吳宓則是「古典

52　沈衛威：《回眸「學衡派」——文化保守主義的現代命運》，人民文學出版社，1999 年版，第 4 頁。
53　鄭振鐸：〈導言〉，《新文學大系·文學爭論集》，上海良友圖書公司，1936 年版，第 13 頁。

派」，是自由主義、激進主義的反對派，是新保守主義。因此，學衡派作為保守主義與自由主義、激進主義是同一層次上的，是對話的對方，都是屬於中國現代文化的範疇。學衡派是胡適、陳獨秀等人所代表的新文化派和新文學派的反對派，而不是整個中國現代文化和現代文學的反對派。中國現代文化不是胡適、陳獨秀等人所提倡的文化，雖然胡適、陳獨秀等人的理論主張對中國現代文化的建設起了重要的作用，甚至主宰了中國現代文化的方向，但中國現代文化並不是完全按照新文化派的理論預設而進行的，而是各種主義、各種流派、各種思潮的整合，其中學衡派則是其重要的組成部分。

　　新文化派把學衡派描寫成頑固不化。學衡派對新文化派過於激烈的批評也給人一種非常專斷的印象。但其實學衡派在學術品格上相當現代。它反對獨斷主義，反對過激行為，梅光迪在給胡適的一封信中說：「今日言學須有容納精神，承認反對者有存立之價值，而後可破壞學術專制。」[54]「學衡派」是在激進派取得對頑固派的完全勝利之後登場的，它本身持中和觀念，也具有中庸性，但當頑固派完全退出之後，它便被推上了反對派的位置，它便承擔起了對激進主義、自由主義的規約的重任。它並不反對新文化，承認「新文化之運動，確有不可磨滅之價值」[55]，只是對新文化的偏激提出批評，「彼等對於己之學術，則頑固拘泥，偏激執迷。對於他人之學術，則侵略攻伐，仇嫉毀蔑。」[56]事實上，學衡派正是在反對新的文化

---

[54] 耿雲志主編《胡適遺稿及秘藏書信》第 33 冊，黃山書社，1994 年版，第167 頁。

[55] 劉伯明：〈共和國民之精神〉，《國故新知論——學衡派文化論著輯要》，中國廣播電視出版社，1995 年版，第 111 頁。

[56] 梅光迪：〈評今人提倡學術之方法〉，《國故新知論——學衡派文化論著輯要》，中國廣播電視出版社，1995 年版，第 131 頁。

專制，抑制新文化派的過度張揚的意義上，對中國現代文化的發展
具有重大的價值和意義。

　　學衡派不是一種自主的文化，它伴隨著新文化派的產生而產
生，某種意義上，其價值和意義均依附於新文化派。它是新文化派
的反對派，它的目的是為了糾偏。它實際上也是在這一意義上對中
國現代文化的建設作出了巨大的貢獻。不論是理論上還是實際上，
新文化運動都有它合理和進步的意義，但它也具有明顯的過激和片
面的地方，比如對於西方文明的估計，胡適就明顯不足，在他看來，
中國文明較之西方文明是「百事不如人，不但物質機械上不如人，
不但政治制度不如人，並且道德不如人，知識不如人，文學不如人，
音樂不如人，藝術不如人，身體不如人」[57]。他的中西文化觀具有
明顯的片面性和非歷史主義傾向，只看到西方的優點而沒有看到其
缺點，只看到中國的缺點而沒有看到其優點。學衡派對胡適等人的
批判未必完全是沒有道理的。劉伯明曾有一段有關自由與責任的議
論，他說：「自由必與負責任合，而後有真正之民治。僅有自由，謂
之放肆，任意任情而行，無中心以相維相繫，則分崩離析，而群體
迸裂；僅負責任，而無自由，謂之屈服，此軍國民之訓練，非民治
也。」[58]劉伯明是當時東南大學的校長，具有比吳宓等人更為寬闊
的政治文化眼光。這既是具體的觀念，也反映了學衡派的基本態度，
也可以說是「學衡派」存在的根本價值。學衡派的保守更多地是對
激進的規約，對新文化派的批評更多地是為了建設。新文化運動事

---

[57] 胡適：〈介紹我自己的思想〉，《胡適文集》第 5 卷，北京大學出版社，1998
　　年版，第 515 頁。
[58] 劉伯明：〈共和國民之精神〉，《國故新知論──學衡派文化論著輯要》，中國
　　廣播電視出版社，1995 年版，第 111 頁。

實上也正是在學衡派的批評、制約的過程中，而對激進的理論與實踐有所收斂。激進派沒有完全按照自己的意志行事，不能為所欲為從而建立新的文化專制體制，學衡派的制約顯然起了很大作用。所以，有人評價學衡派：「作為世界反現代化思潮的一部分，它受美國新人文主義的影響。在中國邁向現代化的初始，表現出了美國『新保守主義』的某些傾向。它是在接受現代性的政治、經濟和技術特徵的同時，試圖從文化發展的承繼性和規範化上，制衡文化激進主義、唯科學主義帶來的社會文化觀念和人生信念的現代失範，尤其是人文精神、倫理道德的淪喪或異化。」[59]應該說，這是客觀而公允的。

高力克先生認為：「中國現代化思潮之『歷史』與『價值』二元主題的張力，產生了兩種不同的趨向：學習西方（現代化）與超越西方（超越西方範式）。」又說：「對於近代知識份子來說，對現代化時代潮流和民族生存危機的歷史認知，與他們固有的文化關懷一同構成了其價值選擇的二維動因……這種歷史認知和價值選擇的緊張和互動關係所構成的思想張力，制約著知識份子現代化思想的基本取向。簡言之，『歷史』與『價值』之互動互約的張力，構成了中國現代化思潮潛在的基本結構。」[60]新文化派可以說是「學習西方」的模式，「學衡派」則是超越西方的模式。新文化派是基於西方發達這一事實而來，以為西方強大源於文化，而未深入地審視其文化存在的弊端，因此好壞一起輸入。學衡派則批判西方文化的弊端，對西方文化持審慎的態度。二者內在深層上的互動互約制約著中國現

---

[59] 沈衛威：《回眸「學衡派」——文化保守主義的現代命運》，人民文學出版社，1999 年版，第 6 頁。

[60] 高力克：《歷史與價值的張力——中國現代化思想史論》，1992 年版，第 281-282 頁。

代思想文化的基本取向，也構成了中國現代文化的基本結構。在這一意義上，學衡派對中國現代文化的建設功不可沒。

第三節　胡適與「學衡派」在語言觀念上的分野

我們通常根據情感態度、理論主張以及文化實績從總體上把中國現代文化和思想劃分為自由主義、激進主義和保守主義三大傾向。胡適可以說是自由主義的代表，而學衡派則是保守主義中的一個非常重要的派別。20 年代初期，學衡派以一種巨大的道德勇氣和悲壯精神，奮起反對已成燎原之勢的以胡適和陳獨秀為代表的新文化派，這是中國現代文化史上的一個重要事件。學衡派雖然延綿了很長一段時間，而總體上是以失敗告終，但學衡派的失敗並不意味著它一定是悲劇性的。過去，我們簡單地以成敗論英雄，實際上是站在現代文化本位——即新文化的立場上看視學衡派，因此，對其「守舊」的定位和「反動」的定性就極在情理之中。其實，無論是從學理上來說、還是從事實上來說，這裏都存在著很深刻的誤解。學衡派是以新文化派的反對派的身份登上歷史舞臺的，但在具體上，學衡派主要以胡適以目標，本節即從語言和思維的深層角度以及理論主張等方面來論述胡適與學衡派的分野，以期從一種新的視角重新審視新文化和新文學運動，也希望更深入地認識中國現代文學和文化的品格。

胡適與學衡派最明顯的分野是語言。胡適不僅在理論上提倡白話，並且身體力行地運用白話。學衡派不僅在理論上維護文言，並且在實踐上堅守文言。過去，我們認為這種差別只是語言形式的不

同，並沒有實質性的意義。我認為，這是很大的誤解。事實上，語言的分歧是胡適與學衡派最根本的分歧，他們在理論主張和文化實踐上的歧異都可以從這裏找尋根源。在語言的思想和思維的本體意義上而言，語言的分歧實際上隱藏著他們在思維和思想上的深刻的差別。胡適提倡白話，從根本上根源於他思想上的白話性，學衡派堅守文言文，同樣淵源於他們在思想上的文言性，他們的理論主張和文化實踐實際上是以他們的個人語言經驗作為基礎的。

胡適和學衡派都沒有從語言這一根本性的角度來談論他們的思維問題，但從一些間接的資料中我們還是可以清楚地看出他們思維的語言過程，以及之間存在的深刻的差異性。胡適曾說：「那些用死文言的人，有了意思，卻須把這意思翻成幾千年前的典故；有了感情，卻須把這感情譯為幾千年前的文言。」[61]胡適沒有說「意思」和「感情」在語言上是什麼方式的，但從前後文來看，它顯然是指白話的方式。周作人也說：「思想自思想，文字自文字，寫出來的時候中間須經過一道轉譯的手續，因此不能把想要說的話直捷的恰好的達出，這是文言的一個致命傷。」[62]這可以看作是對胡適上面意思的發揮。在周作人看來，中國人實際上是用白話思維，而用文言表達。

梅光迪則與此相反，他說：「彼等又謂思想之在腦也，本為白話，當落紙成文時，乃由白話而改為文言，猶翻譯然，誠虛偽與不經濟之甚者也。然此等經驗，乃吾國數千年來文人所未嘗有，非彼等欺

---

[61] 胡適：〈建設的文學革命論〉，《胡適文集》第 2 卷，北京大學出版社，1998 年版，第 46 頁。以下凡引《胡適文集》，不再一一注明出版社和版本。
[62] 周作人：〈國語改造的意見〉，《夜讀的境界》，湖南文藝出版社，1998 年版，第 772 頁。

人之談而何？」[63]固然不能說胡適等人所說的是「欺人之談」，但也絕不能說梅光迪的話就是錯的，更不能把這看作是觀點的不同，它實際上是思維和思想過程的不同。這是胡適和學衡派在語言上分殊的心理根源，也是其觀點分歧的基礎。這當然可以看作是個人經驗的不同，但這種個人經驗具有很大的代表性，學衡派其實代表了大多數舊的知識份子的思維特點，他們從小就接受文言的訓練，思維是文言的，對於他們來說，文言不僅形式上非常優美，並且在思想上也很方便，沒有什麼不適宜的。大多數新的知識份子以及民眾則用白話思維，他們感覺把白話翻譯成文言太不方便，還不如用白話直接。而最重要的是隨著時代的發展特別是西方新思想新觀念的大量輸入，把白話形態的西方思想翻譯成文言，越來越困難。胡適與學衡派的分野可以說就是從這裏開始。

胡適的語言形成過程在中國語言從古代漢語向現代漢語的轉變過程中具有很大的代表性。從語言的思想本體論的角度來說，胡適的思想過程其實也是他的語言過程，胡適在思想和思維上的形成過程其實也是他在語言上的形成過程。在中國古代，口語與書面語處於分離的狀況，這的確是普遍的事實。但需要作區分的是，在中國古代，口語主要是工具層面上的日常語言，而書面語則主要是思想層面上的語言，它是中國思想和文化的載體，也就是說，思想主要是通過文言方式而不是白話方式表達的。所以，中國古代知識份子在思想上主要是通過熟讀經典，接受文言的語言訓練來實現的。中國古代啟蒙教育和家庭學前教育在語言上實際上是脫節的。胡適也是如此。胡適三歲零幾個月開始讀書，發蒙書目為《學為人詩》、《原

---

[63] 梅光迪：〈評提倡新文化者〉，孫尚揚、郭蘭芳編《國故新知論——學衡派文化論著輯要》，中國廣播電視出版社，1995 年版，第 72-73 頁。

學》(此二書均為其父親編寫)、《律詩六抄》、《詩經》、《孝經》、《小學》、《孟子》、《大學》、《中庸》、《書經》、《易經》、《禮記》。九歲才第一次接觸《水滸傳》。[64]讀書是訓練思想和表達的最重要的途徑，胡適從小所接受的「四書五經」的教育，既是思想教育，也是語言訓練。

　　但是，胡適與一般正統知識份子不同，他從小就喜歡讀白話小說，讀白話小說對他思想的非正統性和語言的非正統性都有很大的影響。他後來說，看小說，「幫助我把文字弄通順了。」[65]這裏所謂「文字通順」顯然是指白話文的通順，而不是文言的通順，也就是說，閱讀小說對胡適白話文的訓練具有重要的作用。而上海《競業旬報》的寫作實踐則對他的白話文思維訓練起了關鍵性的作用，使他的思想或思維方式在總體上從文言轉變為白話，「白話文從此形成了我的一種工具。」[66]用白話思想和看視現象從此構成了他的思維習慣。而八年的美國留學則完成了他白話的現代性轉變，即從工具性的白話轉變到作為思想體系的白話，在這種轉變中，白話在思想表達上越來越具有完整性和現代性。

　　日記是最直接和內心化的，日記最能夠反映出一個人的思維的語言狀況。胡適說他的留學日記：「這十七卷寫的是一個中國青年學生五七年的私人生活，內心生活，思想演變的赤裸裸的歷史。」[67]胡適在美國留學時的思維過程也可以從《胡適留學日記》中看出某些方面。首先，日記主體是用白話寫的，用白話記日記說明了他思維

---

[64] 胡適：〈四十自述〉，《胡適文集》第 1 卷，第 45-50 頁。

[65] 胡適：〈四十自述〉，《胡適文集》第 1 卷，第 51 頁。

[66] 胡適：〈四十自述〉，《胡適文集》第 1 卷，第 85 頁。

[67] 胡適：《胡適留學日記》，海南出版社，海南國際新聞出版中心，1994 年版，「胡適自序」。

的白話性。其次，日記中還保存了很多書信，而早期的書信比較文言化，這說明了他表達上的翻譯性。第三，日記越到後面，英文越多，特別是在重要的思想問題上，他都用英語表達，這說明了英語對他現代思想形成的重要作用。對於新文學運動前夕的胡適來說，由於長期的英語教育以及相應的現代思想教育，在思維的語言層面上，他具有雙語性。

對於思維的語言過程，胡適缺乏一種自我意識，但根據相關材料分析，他在美國的思維過程在語言上大致是這樣的：用英語接受新的思想，用英語進行思維。但當他把用英語接受的新思想轉換成漢語的時候，他用的是白話的方式。但當時，中國通行的正規語言是文言文，所以，胡適要想把他的新思想介紹給漢語界，他首先要要把英語轉換成白話，然後再把白話翻譯成文言。從英語到白話當然存在著很大的困難，但更大的困難還在於把白話轉換成文言，因為文言文在思想上根本性是古代的話語方式，現代新思想通過白話表達出來，在文言中根本不能找到相對應的術語、概念、範疇和話語方式，勉強轉換便造成意義的增加或缺失。這正是胡適主張廢除文言、直接用白話的最為深層的心理根源。這裏當然有胡適對白話的誤解。其實，在現代白話作為語言體系還沒有建立起來的時候，當時的白話還是民間口語和大眾語，仍然是工具性的語言，不具有獨立的體系性，附屬於古代漢語，雖然比起文言，它要靈活，富於變化，並且因為沒有自己的獨立的體系性因而具有更大的可塑性，能夠比較輕鬆地吸收現代思想——特別是西方的新思想，亦即術語、概念和範疇，但總體上它當時還不是新的話語方式。胡適早年從事白話文運動，在漢語上他一直用白話進行思維並進行相應的英語轉換，所以他誤認為白話就是一種新話語方式。他認為白話能夠

表達現代思想，而文言則不能表達現代思想，文言代表了過去的言說，所以應該廢棄，白話代表了現代的言說，應該用白話取代文言。在這一意義上，胡適提倡白話文從根本上淵於他的跨語際的思想交流和表達，早期白話文訓練和實踐對胡適的現代白話文學理論只有心理根源而不具有理論根源。陳獨秀很容易就接受了胡適的意見，並且寫作〈文學革命論〉予以應和，也與這種心理有關係。

　　梅光迪、吳梅等人也在美國接受教育，應該說他們所受到的良好的現代教育以及接受的程度都不在胡適之下。梅光迪等人也是雙語思維，但與胡適的語言過程不同，他們的雙語是英語和漢語的文言文，也就是說，他們把英語思想轉換成中文的時候，用的是文言而不是白話。他們之所以用文言而不用白話，同樣淵於他們個人的語言訓練和思想經驗。梅光迪等人從小就接受正規的傳統語言和思想的教育，並且一直是接受正統的語言和思想的教育，所以在語言的思想層面上，他們就是用文言進行思想並且只能用文言進行思想，他們在思維上就是文言的，所以，當他們把英語思想翻譯成漢語思想的時候，用文言進行表達就極在情理之中。胡適文言文的語言功底當然也是好的，但白話對他來說似乎更得心應手一些，所以他傾向於白話。相反，學衡派諸人由於其所接受的訓練和教育，他們對白話心理上有拒斥，運用上也不熟練，對文言很熟練，並且從審美的角度對文言有特別深的情感，對於文言文的美，他們有深切的體會。在思想轉換上，他們一直把現代英語思想轉化成古代漢語思想，所以從他們的角度，他們感覺到文言沒有什麼不好的，特別是表達上，他們感覺文言比白話更能夠很好地表達現代英語思想，因而他們堅決反對白話，而堅守文言。「做白話很不容易，不如做文

言的省力」[68]，作為一種具有普遍性和代表性的經驗，絕不能說它是錯誤的。在這一意義上，胡適提倡白話文具有個人經驗性，梅光迪反對白話同樣也具有個人經驗性。

　　問題在於，英語和漢語是兩種不同的語言體系，這種不同，不僅只是語言外在形式的不同，更是深層的思想體系的不同。在這種根本性不同的意義上，如果只是在工具的意義上討論白話與文言，究竟是用白話翻譯英語、還是用文言翻譯英語，其實並沒有根本性的差別，它取決於對這兩種漢語方式在工具意義上掌握的熟練程度，認為用白話翻譯英語更方便和準確或者用文言翻譯英語更方便和準確其實只是個人的感覺而已。事實上，胡適與學衡派關於文言與白話的爭論都是在語言工具層面上討論問題的，這樣，單就胡適與學衡派關於文言與白話爭論的本身來看，很難說胡適就是正確的，梅光迪等人就是錯誤的，關鍵在於爭論沒有觸及問題的實質和要害。

　　現在站在一種更寬泛的視野來重新審視胡適的白話文理論，我們看到，胡適白話文理論的策略性高於它的學理性。胡適經常講的道理就是：「一時代有一時代之文學」[69]，即文學的進化觀。作為一種原則性的判斷，這是正確的，的確，每一時代都有每一時代的文學，歷史是如此，現實仍然是如此。而且，對付那些「天不變道亦不變」的封建頑固僵化派來說，歷史的文學觀念論的確具有致命性，胡適說：「我們要用這個歷史的文學觀來做打倒古文學的武器。」[70]應該說，胡適的策略是成功的，他的目的也達到了。但問題在於，歷史的文學觀念論並不能作為白話取代文言的有效證據，清代文

---

[68]　胡適：〈建設的文學革命論〉，《胡適文集》第 2 卷，第 51 頁。
[69]　胡適：〈歷史的文學觀念論〉，《胡適文集》第 2 卷，第 27 頁。
[70]　胡適：《中國新文學運動小史》，《胡適文集》第 1 卷，第 126 頁。

學、近代文學都是「時代文學」，即使現代文學不是白話文學而依舊是文言文學，那仍然是「時代文學」。

正是以歷史的文學觀念論為基礎，出於對白話文取代文言文的合理性的辯護和論證，胡適對中國文學史作了新的解釋和敘述。他認為，「從古以來，中國舊詩中好的句子都是白話。」[71]「一部中國文學史只是一部文字形式（工具）新陳代謝的歷史，只是『活文學』隨時起來代替了『死文學』的歷史。」[72]「白話文學史就是中國文學史的中心部分，中國文學史若去掉了白話文學的進化史，就不成中國文學史了，只可叫做『古文傳統史』罷了。」[73]「中國俗話文學是中國正統文學，是代表中國文學革命自然發展的趨勢的。」[74]「凡文言之所長，白話皆有之。而白話之所長，則文言未必能及之。」「白話的文學為中國千年來僅有之文學。」[75]這明顯是曲解和附會，在邏輯上也不周密。既不符合文學史的事實，在學理上也多有值得商榷的地方。

胡適認為白話有「三白」，即「說白」、「清白」、「黑白」，[76]對於五四白話來說，這其實不具有根本性。胡適這裏所說的白話其實是作為民間口語和大眾語的白話，它的特點是缺乏內涵，缺乏思想性。而五四白話本質上一種新語言體系，也是一種新思想體系，它包含了作為民間口語和大眾語的白話，但它更深層的本質是它在思想層面上的西方性、現代性，它是明白的，但明白不等於淺顯，瞿

---

[71] 胡適：〈提倡白話文的起因〉，《胡適文集》第 12 卷，第 50 頁。
[72] 胡適：〈逼上梁山〉，《胡適文集》第 1 卷，第 146 頁。
[73] 胡適：《白話文學史》，《胡適文集》第 8 卷，第 150 頁。
[74] 胡適：〈逼上梁山〉，《胡適文集》第 1 卷，第 147 頁。
[75] 胡適：〈逼上梁山〉，《胡適文集》第 1 卷，第 150 頁。
[76] 胡適：〈答錢玄同書〉，《胡適文集》第 2 卷，第 35 頁。

秋白把五四白話概括為「現代文言」，其實更能概括五四白話的本質。胡適認為：白話的一個重要的標誌性特點就是，「要有話說，方才說話」，「有什麼話，說什麼話；話怎麼說，就怎麼說」，「要說我自己的話，別說別人的話」。[77]本質上，這不過是清末黃遵憲「吾手寫吾口」理論的翻版。但文言何嘗不是這樣要求，對於林紓以及學衡派諸人來說，他們何嘗不是「要有話說，方才說話」，「有什麼話，說什麼話；話怎麼說，就怎麼說」，他們何嘗不是「說自己的話」。問題的關鍵不在於是否有話要說以及如何說——即表述的方式，而在於「話」本身。胡適巨大的貢獻在於他所說的「話」事實上不同於黃遵憲所說的「口」和學衡派所說的「言」。如果撇開胡適所說的白話的實質性內涵，單從抽象的原則性來看，胡適的白話文理論主張包括他最為自得的「文學改良八事」其實都不新鮮，曹慕管說：「胡氏所揭櫫之八事，在新文學家奉為金科玉律，而在古文學家，早已家喻戶曉。」[78]說胡適的「八事」在古文那裏「家喻戶曉」言過其實了，但胡適所說的「需言之有物」等理論主張同時也是古文學所遵循的原則，這卻是事實。

　　五四白話是一種新的「話」，即「國語」，也即現代漢語，隨著五四白話文運動的發展，胡適比誰都清楚地認識到這一點。但對於國語的真正本質，胡適同樣沒有認識清楚，他仍然是在工具的層面上討論國語。胡適說：「形式和內容有密切的關係。形式上的束縛，使精神不能自由發展，使良好的內容不能充分表現。若想有一種新

---

77 胡適：〈建設的文學革命論〉，《胡適文集》第 2 卷，北京大學出版社，1998 年版，第 45 頁。
78 曹慕管：〈論文學無新舊之異〉，孫尚揚、郭蘭芳編《國故新知論——學衡派文化論著輯要》，中國廣播電視出版社，1995 年版，第 200 頁。

內容和新精神，不能不先打破那些束縛精神的枷鎖鐐銬。」[79]在胡適看來，語言本質上是形式，內容和精神在語言之外，可以通過語言傳達出來。以此為基礎，胡適觀察到了國語的現象，但他對國語的認定顯然是不得要領的。胡適多次說過，國語需要兩個條件：「第一，要在各種方言中通行最廣；第二，要在各種方言中文學的著作最多最通行。」[80]現在看來，從這樣一種工具的角度來要求國語相當膚淺、相當片面。通行性、白話性當然是國語的重要特徵，但國語更重要的本質是它思想上的現代性，正是形式上的白話性和思想上的現代性，這兩個方面構成了國語，即現代漢語，作為一種新的語言體系。

據於此，我認為，胡適提倡白話是正確的，正是白話文運動導致了中國現代文學和文化運動的發生，正是白話文運動導致了漢語從古代漢語向現代漢語的變革，並從深層上構成了中國文化和社會現代轉型的基礎。但胡適的白話文理論並不正確，至少不具有要害性。在這一意義上，站在一種新的視角，我們今天重審學衡派，我們看到，他們反對白話文運動、頑固地堅持文言文是錯誤的，但他們批判胡適的白話文理論是有道理的。邵祖平說：「以文藝論，吾中國數千年來之詩，古文詞曲、小說、傳奇，固已根柢深厚，無美不臻，抒情敘事之作，莫不繁簡各宜。」「文以載道，文言之能載道，與白話文之能載道，亦無以異也。」「『文字之有死活』，以其藝術之優劣之結果定之，非以其產生時期之遲早定之也。」[81]從學衡派的

---

[79] 胡適：〈談新詩（八年來一件大事）〉，《胡適文集》第 2 卷，第 134 頁。

[80] 胡適：〈白話文法〉，《胡適文集》第 12 卷，第 3 頁。

[81] 邵祖平：〈論新舊道德與文藝〉，孫尚揚、郭蘭芳《國故新知論——學衡派文化論著輯要》，中國廣播電視出版社，1995 年版，第 121、124-125 頁。

角度來說，文言不僅美，而且方便適宜，這種經驗絕對不能說是錯的。「文以載道」應該批判，但批判的理由不是「文」何以能夠「載道」以及如何「載道」，而是「文」與「道」從根本上的一體性，即文言文與中國古代思想主要是封建思想的同一性，五四新文化運動事實上正是在批判「道」的意義上從而批判「文以載道」的。但新文化派理論上並不是在這一意義上批判「文以載道」的，它實際上是把「文」作為一種語言工具進行批判的，這樣一來，邵祖平說「文言之能載道，與白話文之能載道，亦無以異」，就是非常有道理的。

　　從反駁胡適白話文理論的角度，對於白話文，學衡派有比較詳細的論述。易峻說：「吾嘗謂白話文者，為中西文學接觸後所引起之一種變遷，而亦古文家義法森嚴壓迫之下一大反動也。」[82]這個概括是正確的，言外也承認白話文運動的合理性。學衡派真正反對的是新文化派的矯枉過正：「今吾人之抨擊白話文學運動，亦並非欲打倒其自身所可存在之地位，惟反對其於文學取革命行動，反對其欲根本推翻舊文學，以篡奪其正宗地位，而霸佔文學界之一切領域，專制文學界之一切權威而已。」[83]歷史地來看，這是錯誤的，因為在思想和文化的層面上，五四白話文運動是語言變革運動，它實際上是一種語言體系取代另一種語言體系。但在工具的層面上，語言就只有漸進的改良，而不存在這種取代的關係。而胡適正是在工具的層面上論述五四白話文運動的，所以在胡適的前提上，學衡派主張給白話和文言以相對待的地位，於學理上似乎更公正或中正。所

82　易峻：〈評文學革命與文學專制〉，孫尚揚、郭蘭芳編《國故新知論──學衡派文化論著輯要》，中國廣播電視出版社，1995 年版，第 179 頁。

83　易峻：〈評文學革命與文學專制〉，孫尚揚、郭蘭芳編《國故新知論──學衡派文化論著輯要》，中國廣播電視出版社，1995 年版，第 184 頁。

以，只要是在工具的意義上提倡白話文運動，胡適等人就沒法從根本上駁倒學衡派的反對理由。

檢討胡適與學衡派在白話文問題上的爭論，我們看到，不論是胡適還是學衡派，都是語言本質工具論，都是在語言作為工具的層面上討論五四白話文，所以，爭論在理論上難分高下也難分勝負。對於林紓這樣的語言頑固派，新文化派並不需要費多大力量和功夫就把他們擊敗了，但對於學衡派，情況就不同了。他們所批駁胡適的理由，胡適並不能輕而易舉地就把它們駁回。因為胡適提倡白話文是正確的，但他所講的理由並不正確，至少沒有講到要害處，學衡派反對白話文運動是錯誤的，但他們批判胡適的理論卻不一定就是錯的。他們只是新文化派的反對派，並不是現代文化的反對派。1922 年，胡適說：「《學衡》的議論，大概是反對文學革命的尾聲了。我可以大膽說，文學革命已過了討論時期，反對黨已破產了。」[84]但學衡派的破產不是在反對胡適理論意義上的破產，不是被胡適以及其他新文化派批判而破產的，而是在事實意義上的破產。為什麼會破產，胡適沒有講清楚，也講不出道理，學衡派諸人更沒有弄明白。

在這一意義上，梅光迪堅守文言，根源於對語言的深刻的誤解，胡適選擇白話同樣基於對語言的深刻的誤解，但結果不同的是，胡適的選擇在理論上是錯誤的，但選擇本身卻是正確的，梅光迪等人的選擇在理論上是錯誤的，選擇本身更是錯誤的，選擇的結果並不是他們最初的理論預設，而和理論背道而馳，結果陷入了復古主義的陷阱，雖然他們本質上並不是復古主義，事實上也不是復古主義，但文化的格局卻把他們納入了復古主義的行列，一直被深刻地誤解

---

[84] 胡適：〈五十年來之中國文學〉，《胡適文集》第 3 卷，第 262 頁。

著。學衡派諸君子在歷史上則一直扮演著悲劇的角色，人生也不是很順利，雖然大多數人都學貫中西、學問深厚，但這些人後來多走向沉寂。相反，白話文後來發展成一種運動，一種針對文言文的運動，並意外地導致了思想革命，導致了整個五四新文學和新文化運動，胡適也從提倡白話文運動中獲取了巨大的聲譽，被公認為是中國現代文化和文學的開創者、締造者。並且後來一路春風，在新文化史和新文學史上呼風喚雨，影響巨大，是公認的中國現代文化的領袖人物之一。

造成這種狀況的原因很多，其中深層的語言是最重要的原因之一。胡適雖然是在工具的意義上提倡白話文運動的，他也是在工具的層面上理解白話的，但事實上，胡適所運用的白話並不是他理論上的白話，而是「國語」，即現代漢語。語言具有強大的思想和思維的力量，它從深層上決定了胡適思想的現代性，胡適的思想與他所操持的語言有內在的聯繫，這是胡適自己也沒有意識到的。學衡派的確具有保守性，但與封建頑固派不同，學衡派本質上是理性保守主義，具有現代品格。鄭振鐸曾說：「林琴南們對於新文學的攻擊，是純然的出於衛道的熱忱，是站在傳統的立場上來說話的。但胡梅輩卻站在『古典派』的立場來說話了。他們引致了好些西洋的文藝理論來做護身符。」[85]這種區分是正確的。但說學衡派引西洋的文藝理論只是做「護身符」卻並不準確，恰恰相反，和胡適等新文化派一樣，西方理論是他們重要的思想資源，只不過在價值取捨上不同，在理論形態上不同，在具體觀點上不同，胡適接受的主要是西

---

[85] 鄭振鐸：《新文學大系・文學爭論集》〈導言〉，上海良友圖書公司，1936年版，第13頁。

方的實用主義,而學衡派接受的主要是西方的古典主義或保守主
義,其實其思想基礎都在西方。

　　和胡適一樣,學衡派也主張建設中國現代文化,但從古典主義
的立場出發,他們認為固然應該學習和借鑒西方的文化,但中國固
有的文化絕不能去棄,表現在語言上就是承認白話文的合理性,但
仍然堅持文言文的主體地位,並在實踐上堅守文言文,〈學衡派雜誌
簡章〉說得非常清楚:「總期以吾國文字,表西來之思想,既達且
雅,以見文字之效用,實繫於作者之才力。苟能運用得宜,則吾國
文字,自可適時達意,固無須更張其一定之文法,摧殘其優美之形
質也。」[86]從學理來說,這似乎是非常公允的,也能夠為各方面所
接受,而且從語言工具意義上說,這也是正確的。但問題在於,語
言遠比學衡派想像的要複雜,它不是胡適所能隨心所欲控制的,也
不是學衡派所能隨心所欲控制的。和胡適一樣,學衡派所使用的文
言文也不是他們所理解的文言文,作為古代漢語的文言文,它既是
工具性的語言,更是思想性的語言,具有思想體系性。文言文作為
一種語言體系,同時也是一種思維方式和世界觀,具有巨大的歸化
力量。選取了某種語言,也就在一定程度上選取了某種語言的思想,
人在語言內部反抗語言其力量是非常有限的。語言從根本上規定了
人的思想的方向、範圍和限度。學衡派緊守文言文,一方面是固守
中國古代的思想,另一方面則是把西方新思想通過文言的表述而中
國化,從而納入中國古代思想體系。主觀上,學衡派承認西方文化
的合理性,也有接受西方文化的誠意,但由於堅守文言文以及文言

---

[86]　〈學衡雜誌簡章〉,孫尚揚、郭蘭芳編《國故新知論——學衡派文化論著輯
　　要》,中國廣播電視出版社,1995 年版,第 494 頁。

文強大的歸化力量，他們在思想上最終顯示為中國古代的形態，這同樣也是他們始料未及的。

學衡派諸君子大多數都接受了非常良好的中國傳統教育，並且根深蒂固，表現在語言上就是對文言文的熟練的運用和把握，但正是這一點妨礙了他們對西方新思想的接受和表述，堅持文言文，抵制白話文，不僅使他們沒有走上現代思想的道路，而且他們還成了現代思想的最強有力的反對派。雖然實質上未必是這樣。語言是胡適與學衡派分野的開始，也是其分野的標誌，而更重要的是其分野的深層的基礎。就所接受的教育來說，胡適與學衡派並沒實質性的差別，並且在知識結構上還非常接近。語言觀點的不同以及所操持語言本身的性質的不同，使他們之間的分野急劇性地向兩極擴展，以至在具體觀點和理論形態上尖銳對立。

第四節　胡適與「學衡派」在文化建設觀念的分野

胡適等新文化派是從反對傳統文化、破壞傳統文化開始的，但破壞是為了建設，胡適正是在建設新文學和新文化方面卓有成就而在中國現代文學史以及文化史上具有舉足輕重的地位。在中國現代文化史和文學史上，學衡派是以新文化派的反對派的形態出現的，也是以反對派的形態而存在的。作為一種與激進主義相對立的保守主義，它在規約新文化派防止新文化派的氾濫方面的確起了重要的作用，作為一種反對力量，它是中國現代文化的有機組成部分。但學衡派作為一種文化思潮和流派，其意義和作用顯然不只限於反對派的層面上。反對本身不是目的，反對最終要歸結到建設，正是在

如何設計和建設中國現代文學和文化的問題上，胡適與學衡派表現出實質性分歧，也正是在建設的理論與實踐上，學衡派表現出實質性的局限。

總體上，我認為，胡適既是啟蒙思想家，但更是實踐家，對於理論的探討，他既注重學理性，但更注重實際的可行性，更注重效果。而學衡派主要是理論家、學者，他們更注重從學理上探討問題，而缺乏實踐經驗，他們不是實踐家。他們設計的目標是理想的，也有其合理性，但實施的途徑缺乏可行性，也就是說，他們的理論無法通向他們所設想的目標。

梅光迪曾批評新文化派是「非學問家，乃功名之士也」，「非教育家，乃政客也」。梅光迪顯然語含譏諷與嘲笑，但除去這種貶意之外，其實這個概括相當客觀。比較胡適與梅光迪，我們看到，胡適始終非常注重社會功利性，即事功化，而梅光迪更書生化、學者化。梅光迪是理想型的，他並沒有從實踐的角度，即可實施性的角度，考慮問題。胡適是實用型的，他更考慮結果。五四時，胡適曾提出備受非議的「全盤西化」的口號，但胡適的本意並不是真的要一切都照搬西方，而是要「充分世界化」[87]，原因是：「取法乎上，僅得其中；取法乎中，風斯下矣。」「全盤西化的結果自然會有一種折衷的傾向。……全盤接受了，舊文化的『惰性』自然會使他成為一個折衷調和的中國本位新文化。」[88]全盤西化在學理上存在著明顯的問題，但實施中會恰到好處。作為思想家、實踐家的魯迅也深諳此中道理，他曾說：「譬如你說，這屋子太暗，須在這裏開一個窗，大

---

[87] 胡適：〈充分世界化與全盤西化〉，《胡適文集》第 5 卷，第 454 頁。

[88] 胡適：〈獨立評論第 142 號「編輯後記」〉，《胡適文集》第 11 卷，第 671 頁。

家一定不允許的。但如果你主張拆掉屋頂，他們就會來調和，願意
開窗了。沒有更激烈的主張，他們總連平和的改革也不肯行。那時
白話文之得以通行，就因為有廢掉中國字而用羅馬字母的議論的緣
故。」[89]這充分說明，作為啟蒙思想家和中國現代文化和文學的開
創者、奠基人，魯迅和胡適都是超越理論的。

　　相反，學衡派則深受理論的束縛並始終局限於理論範圍之內。
〈學衡派雜誌簡章〉規定得非常具體：「論究學術，闡求真理，昌明
國粹，融化新知。以中正眼光，行批評之職事。無偏無黨，不激不
隨。」[90]梅光迪說：「學問家為真理而求真理，重在自信，而不在世
俗之知；重在自得，而不在生前之報酬。故其畢生辛勤，守而有待，
不輕出所學以問世，必審慮至當，而後發一言。」[91]「論究學術」、
「為真理而真理」、「不在世俗之知」等深刻地表明了學衡派作為學
術流派的本質特點。但文化發展特別是文化變革是一個不斷實踐，
不斷探索的過程，它根本不可能像學衡派設計的那樣慢條斯理地運
行，這是學衡派作為學者和書生迂腐的地方。從文化建設的角度來
說，胡適可以說是「實際家」，而學衡派則多為「空談家」。

　　從學理上來說，學衡派似乎更審慎、更中正、更合情理。「本雜
誌於西學則主博極群書，深窺底奧，然後明白辨析，審慎取擇，庶
使吾國學子，潛心研究，兼收並覽，不至道聽途說，呼號標榜，陷

---

[89]　魯迅：〈無聲的中國〉，《魯迅全集》第 4 卷，人民文學出版社，1981 年版，
　　　第 13-14 頁。

[90]　〈學衡雜誌簡章〉，孫尚揚、郭蘭芳編《國故新知論——學衡派文化論著輯
　　　要》，中國廣播電視出版社，1995 年版，第 494 頁。

[91]　梅光迪：〈評提倡新文化者〉，孫尚揚、郭蘭芳編《國故新知論——學衡派文
　　　化論著輯要》，中國廣播電視出版社，1995 年版，第 74 頁。

於一偏而昧於大體也。」[92]吳宓說：「今欲造成中國之新文化，自當兼取中西文明之精華，而熔鑄之，貫通之。吾國古今之學術德教，文藝典章，皆當研究之、保存之、昌明之、發揮而光大之。而西洋古今之學術德教，文藝典章，亦當研究之、吸取之、譯述之，瞭解而受用之。」[93]「故改造固有文化，與吸取他人文化，皆須先有徹底研究，加以至明確之評判，副以至精當之手續，合千百融貫中西之通儒大師，宣導國人，蔚為風氣，則四五十年後，成效必有可睹也。」[94]這是一種非常理想的文化，從學理上也似乎無可挑剔，似乎更具有一種科學的精神，但這裏的所謂「無可挑剔」和「科學精神」主要是在通常的「學術」和「理論」的層面上而言的，文化傳統、民族心理、一定時期的政治、經濟、軍事等都會制約和影響理論的運行和實施，這則是學衡派最為缺乏的。所謂「徹底研究」，把問題完全搞清楚之後再去實踐，這根本就是不可能的，「徹底研究」是一個非常模糊的概定，是一個永遠沒有完結的過程。

　　從學理論來說，胡適的文化理論和文學理論存在著許多缺陷和錯誤，李澤厚說：「胡適在舊學根柢、新（西）學知識、思想深度、理論突破等各方面都屬中等水平，並不高明，甚至還遠遜其同輩、先輩、後輩中的好多人。」[95]這個定位大致是恰當的，但這並不影響胡適在中國現代文學和文化史上的地位。理論和學術觀點上，誰

---

[92] 〈學衡雜誌簡章〉，孫尚揚、郭蘭芳編《國故新知論——學衡派文化論著輯要》，中國廣播電視出版社，1995 年版，第 494 頁。

[93] 吳宓：〈論新文化運動〉，孫尚揚、郭蘭芳編《國故新知論——學衡派文化論著輯要》，中國廣播電視出版社，1995 年版，第 88 頁。

[94] 梅光迪：〈評提倡新文化者〉，孫尚揚、郭蘭芳編《國故新知論——學衡派文化論著輯要》，中國廣播電視出版社，1995 年版，第 77 頁。

[95] 李澤厚：《中國現代思想史論》，安徽文藝出版社，1994 年版，第 95-96 頁。

都可能存在缺陷和錯誤，問題的關鍵在於中國現代文學和文化更是
一種實際的運動而不是理論問題。新文學運動和新文化運動並不是
按照胡適的理論預設而進行的，而更體現在他的實際運作之中，胡
適是以他的文學和文化實際，從而確立了他在中國現代文化和文學
史的無可爭議的開創者的地位，而不是取決於他的理論的深度與嚴
密。唐德剛說：「如果遊行之後，大旗卷起，那麼胡適之那幾本破書，
實在不值幾文。所以我們如果把胡適看成個單純的學者，那他便一
無是處，連做個《水經注》專家，他也當之有愧。」[96]唐德剛說話
向來喜歡誇張，這裏為了強調胡適的非學者化，說胡適連做個《水
經注》專家也不夠格，明顯失當，無論從哪個角度來看，胡適都是
一個當之無愧的學術大師。但如果只是從學術貢獻來看視胡適，的
確是把胡適看輕了，他更大的貢獻在於開風氣之先，不僅開文學和
學術風氣之先，確立了中國現代文學的基本類型，建構了中國現代
學術的基本範式，更重要的是開思想風氣之先，是中國現代思想的
開創者或先驅。

　　認為新文化派對中西學問均是一知半解，這可以說是學衡派對
胡適以及新文化派最大的批評。湯用彤批評新文化派「僅取一偏，
失其大體」，[97]這似乎是學衡派統一的口徑。梅光迪說：「彼等於歐
西文化，無廣博精粹之研究，故所知既淺，所取尤謬。以彼等而輸
進歐化，亦厚誣歐化矣。」他認為新文化派所輸入的新文化「不過
歐美一部份流行之學說。」[98]吳宓說：「其取材則惟選西洋晚近一家

---

[96] 唐德剛：《胡適雜憶》，華東師範大學出版社，1999 年版，第 46 頁。
[97] 湯用彤：〈評近人之文化研究〉，孫尚揚、郭蘭芳編《國故新知論——學衡派
　　文化論著輯要》，中國廣播電視出版社，1995 年版，第 100 頁。
[98] 梅光迪：〈評提倡新文化者〉，孫尚揚、郭蘭芳編《國故新知論——學衡派文
　　化論著輯要》，中國廣播電視出版社，1995 年版，第 73 頁。

之思想，一派之文章，在西洋已視為糟粕、為毒鴆者，舉以代表西
洋文化之全體。其行文則妄事更張，自立體裁，非馬非牛，不中不
西。」「今新文化運動，其於西洋之文明之學問，殊未深究，但取一
時一家之說，以相號召，故既不免舛誤迷離，而尤不足當新之名也。」
「吾之所以不慊於新文化運動者，非以其新也，實以其所主張之道
理，所輸入之材料，多屬一偏，而有害於中國之人。……總之，吾
之不慊於新文化運動者，以其實，非以其名也。」[99]在學衡派看來，
新文化派對西方文化缺乏全面的瞭解與理解，輸入則取捨失當，以
偏概全，錯誤很多。這又是學衡派對胡適等新文化派以及整個中國
現代文化誤解的地方。

　　胡適等新文化派對西方的認識的確不全面，取捨也存在著片面
和主觀的地方，這是無可諱言的事實。問題在於，學衡派對西方的
瞭解和認識同樣存在著一知半解的情況。誰都不可能把西方的文化
與思想完全弄清楚，即使是西方人對他們自己的文化和思想也存在
著不同的理解，也有很大的爭論，而且從理解的角度來說，對文化
存在著不同的理解，這是非常正常的，不能說不符合自己的理解就
是錯的。這則是學衡派知其一不知其二的地方。就知識結構和學術
研究來說，學衡派諸君子大多數學貫中西，對中學和西學都有深厚
的基礎和獨到的研究，於瞭解的層面上來說，在很多問題上，它們
超過胡適等新文化派。但學衡派的局限和片面性同樣是非常明顯
的，即使僅就學術而言，也沒有達到「學衡」的地方，並且偏於學
術「一隅」，這是其致命的缺陷。也許正是對學衡派這種過於自負和
對自我缺乏足夠的認識和定位，魯迅寫了〈詁學衡〉一文，魯迅說：

---

[99] 吳宓：〈論新文化運動〉，孫尚揚、郭蘭芳編《國故新知論──學衡派文化論
　　著輯要》，中國廣播電視出版社，1995 年版，第 78、81、88 頁。

「夫所謂《學衡》者，據我看來，實不過聚在『聚寶之門』左近的
幾個假古董所放的假毫光；雖然自稱為『衡』，而本身的稱星尚且未
曾釘好，更何論於他所衡的輕重的是非。」[100]單純地來看，魯迅這
個評價有失公允，也過於尖刻，但對於學衡派過於自滿和缺乏自知
之明來說，這個批評又是及時而恰當的，它至少讓學衡派明白，即
使於他們非常自負的國學來說，也有「偏失」。

學衡派作為一種重要的文化思潮，它在中國現代文化史上的作
用和地位，是無庸置疑的，有人評論學衡派：「學衡派的基本成員都
是學貫中西的學術知識份子，他們為了克服因傳統的崩潰和歷史的
斷裂所形成的價值真空造成的時代痛苦，努力在紛紜紊亂中尋求秩
序和穩定，在急劇流變中體認絕對和真實，重建價值和信仰，為精
神和民族尋找安身立命之所。他們不滿於新文化運動對現代的理
解，積極為傳統的有效性和合法性辯護，通過對於傳統的現代闡釋，
建立現在與過去的聯繫，疏解現代與傳統的對立，實現傳統與現代
之間的順利轉型。」[101]這自然是站在現代視角對學衡派的一種新的
審視，很有道理。其實學衡派與新文化派相近的地方很多，梅光迪
說：「夫建設新文化之必要，孰不知之。」[102]劉伯明說：「此項運動，
無論其缺點如何，其在歷史上必為可紀念之事，則可斷言。蓋積習
過深之古國，必經激烈之振蕩，而後始能煥然一新，此為必經之階

---

[100] 魯迅：〈詁學衡〉，《魯迅全集》第 1 卷，人民文學出版社，1981 年版，第
377 頁。

[101] 曠新年：《現代文學與現代性》，上海遠東出版社，1998 年版，第
187-188 頁。

[102] 梅光迪：〈評提倡新文化者〉，孫尚揚、郭蘭芳編《國故新知論──學衡派文
化論著輯要》，中國廣播電視出版社，1995 年版，第 76 頁。

級，而不可超越者也。」[103]學衡派對五四新文化運動並不是完全的否定。胡先驌說：「某不佞，亦曾留學外國，寢饋於英國文學，略知世界文學之源流，素懷文學改良之志，且與胡適之君之意見多所符合。」[104]主張學習西方，主張建設新文化，主張文學改良，學衡派和新文化派都是一致的，只是方案不同，具體觀點不同。

　　問題的關鍵還在於，學衡派所主張的新文化既不現實，也不新，缺乏建設性。學衡派的新文化理想可以概括為：「一則欲輸入歐、美之真文化，一則欲昌明吾國之真文化。」[105]與新文化派的強調創造，強調變革，強調進步不同，學衡派特別強調「真」，吳宓說：「西洋真正之文化與吾國之國粹，實多互相發明……」[106]梅光迪：「今日第一需要，在真正學者。」[107]他嘲諷胡適等人文章能「作於某火車中」，而提倡「慘澹經營數十年而成一書」[108]對於求知來說，「真」可以說是最高準則，對於作為學問家的學衡派來說，他們「求真」也是應該充分肯定的。但具體對於建設新文化來說，「真」則是文化上保守的表現。

　　中國文化在近代以來尋求變革，既是出於中國文化本身發展的需要，但更出於政治、經濟和軍事的原因。自鴉片戰爭以來，中國

---

[103] 劉伯明：〈共和國民之精神〉，孫尚揚、郭蘭芳編《國故新知論——學衡派文化論著輯要》，中國廣播電視出版社，1995 年版，第 110 頁。

[104] 胡先驌：〈中國文學改良論〉，《東方雜誌》第 16 卷第 3 期（1919 年）。

[105] 柳詒徵：《中國文化史》（下卷），東方出版中心，1988 年版，第 869 頁。

[106] 吳宓：〈論新文化運動〉，孫尚揚、郭蘭芳編《國故新知論——學衡派文化論著輯要》，中國廣播電視出版社，1995 年版，第 82 頁。

[107] 梅光迪：〈論今日吾國學術界之需要〉，孫尚揚、郭蘭芳編《國故新知論——學衡派文化論著輯要》，中國廣播電視出版社，1995 年版，第 138 頁。

[108] 梅光迪：〈評今人提倡學術之方法〉，孫尚揚、郭蘭芳編《國故新知論——學衡派文化論著輯要》，中國廣播電視出版社，1995 年版，第 134 頁。

一直處於被動挨打、備受欺凌的地位，為了擺脫這種落後的局面，中國人一直都尋求出路，從軍事到政治，中國人逐漸意識到文化變革才是最根本的、最深層的。五四新文化運動就是在這種背景下發生的。所以，五四新文化運動既是出於建設中國文化的需要，更是出於社會變革和國勢強盛的需要。因此，出於變革和創造的目的，中國現代文化既不需要真正的古代文化，也不需要真正的西方文化，而是合理地吸收其優秀的部分，融合貫通，創造出新文化，創造出一種適應現代社會發展的新文化。具體對中國古代文化來說，最重要的是毛澤東所說的「古為今用」，「剔出其糟粕，吸取其精華」，讓中國古代文化傳統發揚光大，具有新的作用和意義，即現代性轉化。胡適的「整理國故」就充分體現了這種精神。而具體對於西方文化來說，最重要的是魯迅所說的「拿來主義」和毛澤東所說的「洋為中用」，即借鑒西方的文化和思想成果，要充分考慮能為中國所用，充分考慮到中國的國情和文化實際。泥於古人，亦步亦趨是錯誤的，照搬西方，不思改進同樣是錯誤的，都是保守和僵化的表現。學衡派主張「輸入歐美之真文化」與「昌明吾國之真文化」表面上中和，其實是趨於兩個極端。它甚至比張之洞的「中體西用」更具有保守性。

西方文化是一個龐雜的體系，內涵非常豐富，它有一個漫長的歷史過程，它和西方的社會、經濟等是一體的。所謂輸入歐美「真文化」根本就是不可能的。首先在於歐美「真文化」具有無限的內容，既具有歷史層面上的內容，又具有現實層面上的內容，即使是現實的文化，也是流派眾多，複雜紛繁，什麼是「真」都不可能完全搞清楚，更不及說全面地輸入了。其次，西方文化是和西方的政治、經濟、歷史甚至於地理環境緊密地結合在一起的，西方文化脫

離了其環境就可以稱之為「失真」，所以只要是「輸入」，就不可能
有「真文化」。文化輸入和物質搬運是兩種不同性質的「事件」，文
化在被翻譯的過程中總是要受翻譯者的主觀意識以及更為深層的翻
譯者所持文化背景的影響，固有的文化總會對外來文化有一種歸化
的作用。而更重要的是，輸入西方文化是出於建設的目的，而不是
出於學術的目的，是以有用為準則，至於它是真還是假，並不是最
重要的。而且，在西方是否流行，是否是普通的價值標準，是否適
宜等，對於中國借鑒的取捨來說，也不是最重要的，西方的思想文
化以及政治制度只有當能夠和中國的實情相結合並能給中國帶來進
步時，它才有輸入的價值。梅光迪也承認：「以東西歷史民性之異，
適於彼者，未必適於此。」[109]這也說明，對於西方文化和思想，輸
入什麼以及不輸入什麼，並不是以學術上的真假作為標準的。這是
學衡派對中國現代文化誤解很深的地方。

　　學衡派一再批語胡適偏執，對中國和西方都是一知半解，所輸
入的西方的學說和思想都是偏於一隅，作為描述，這是正確的，但
作為批評卻是錯誤的。胡適無意於全盤西化，也無意於輸入西方的
「真文化」，中國所需要的也不是這種完整的、整體性的西方的東
西。胡適所輸入的西方文化已不是純粹的西方文化，經過他整理的
國故也不是地道的國故，他所輸入的西方文化已經滲透了中國意
識，他所整理的國故則充滿了西方的精神。事實上，中國現代文化
正是在這種西方文化中國化與中國文化西方化的交互過程中形成
的，它不同於中國傳統文化，也不同於西方文化，而是一種充滿了
創造精神的第三種文化，即中國現代文化。中國現代文化具有民族

---

[109] 梅光迪：〈評提倡新文化者〉，孫尚揚、郭蘭芳編《國故新知論——學衡派文
化論著輯要》，中國廣播電視出版社，1995 年版，第 71 頁。

性、時代性、現代性和世界性。這種文化，按照學衡派的理想是根本不可能創造出來的。在這一意義上，事實證明了胡適等新文化派選擇的正確性。

第八章

魯迅的語言觀與創作

及其與中國現代文學發生的關係

　　在中國古代文學向中國現代文學的轉型過程中，魯迅是一個重鎮。王國維和梁啟超主要是在理論上開啟了中國古代文學向中國現代文學轉變的方向，胡適的白話文學理論則從理論上奠定了中國現代文學白話方向的基礎。王國維、梁啟超、胡適構成了中國現代文學發生的理論的基本過程。林紓的翻譯文學在根本上是中國古代文學類型，但它充滿了新質，這種新質預示了中國現代文學的發生。而魯迅則是中國現代文學創作的傑出代表，是中國現代文學的偉大奠基者，他以其巨大的創作成就開創了中國現代文學的新局面，奠定了中國現代文學的基本模式。與王國維、梁啟超、林紓、胡適等人相比，魯迅的創作對中國現代文學更具有建設意義。

　　那麼，具體地，魯迅的創作是如何建設中國現代文學的呢？魯迅又是如何從舊文學向新文學轉變的呢？

　　魯迅文學創作的建設性是多方面的，可以從多種視角進行歸納和分析。我認為，中國現代文學與中國古代文學最根本的區別在於語言體系的不同，中國古代文學是古漢語體系的文學，中國現代文

學是現代漢語體系的文學。中國現代文學與中國古代文學在思想觀念、思維方式、文化內涵上的不同，最終都可以從深層上歸結為語言體系的不同。語言乃是生成文學乃至文化的最深刻的基礎。因此，本章中，我將從語言學的角度來定位魯迅及創作，我將考察魯迅的語言觀，研究他的語言觀與他創作之間的關係，從而研究魯迅文學創作所表現出來的現代性以及這種現代性對中國現代文學的建設性意義。我將考察魯迅語言轉變過程與他思想轉變過程和文學創作轉變過程之間的關係，從而從魯迅這一角度或側面研究中國現代文學發生過程。從一種新的語言學的觀點來重新審視魯迅，我們將會發現許多新的東西，比如魯迅與中國傳統文化之間的關係，魯迅與現代西方文化之間的關係，魯迅從舊的語言體系向新的語言體系轉變的意義，魯迅本人對新文學的基本定性，魯迅文學「主題詞」的現代性等問題，我都不同於傳統的觀點。

第一節　魯迅的語言觀

翻遍《魯迅全集》，找不出魯迅曾研究過語言學、語言哲學的論據。檢索魯迅「日記」，我沒有發現魯迅曾經購買過專門性的語言學理論書籍。魯迅多次明確地表示他不懂語言學，不是專門的語言學家，不知道所謂的「語法規範」。魯迅向來反對生搬硬套所謂「理論」，他主張淺顯明白，反對把簡單的事物複雜化，對於生搬硬套新名詞、新術語，把問題弄得玄虛生硬、不知所以，讓人不懂，魯迅是非常反感的，曾多次著文對此現象進行批評。在語言上魯迅也是如此。魯迅沒有系統的語言學理論，不是一個專門語言學家，但這並不意

味魯迅沒有語言學思想。魯迅是一位原語言大師，他在熟練地運用語言的時候，他的意識深處實際上潛藏著一種深刻的語言學觀念，雖然他自己並沒有意識到。從魯迅零星的有關語言的言論中，從他的創作實踐中，我們還是可以分析出他對語言的基本態度和基本觀點的。

　　魯迅著作中沒有專門談語言問題的文章，與語言學相關特別是涉及到語言觀的文字問題和翻譯問題以及古文與白話之間的關係問題，魯迅的論述比較多，諸如〈現在的屠殺者〉、〈寫在《墳》後面〉、〈無聲的中國〉、〈關於翻譯〉等。從這些言論中我們可以看到魯迅實際上非常重視語言的思想性以及與時代之間的關係。他說：「古典是古人的時事，要曉得那時的事，所以免不了翻著古典。」[1]現代人則只說現代話，他把頑固地堅持古文的語言保守主義者稱為「現在的屠殺者」：「明明是現代人，吸著現在的空氣，卻偏要勒派杇腐的名教，僵死的語言，侮蔑盡現在，這都是『現在的屠殺者』。殺了『現在』，也便殺了『將來』。──將來是子孫的時代。」[2]魯迅已經意識到了語言和思想之間的深層的關係，他認為古代語言是和「古事」、古代的「名教」聯繫在一起的，它與現代語言和現代思想格格不入，對於現時代來說，它是僵死的。所以魯迅認為「中學為體，西學為用」是根本不可能的：「本領要新，思想要舊。要新本領舊思想的人物，馱了舊本領舊思想的舊人物，請他發揮多年經驗的老本領」，「其實世界上決沒有這樣如意的事」。[3]文化是一體

---

[1]　魯迅：〈隨感錄四十七〉，《魯迅全集》第 1 卷，人民文學出版社，1981 年版，第 335 頁。作者和版本下同，不再一一注明。

[2]　〈隨感錄五十七　現在的屠殺者〉，《魯迅全集》第 1 卷，第 350 頁。

[3]　〈隨感錄四十八〉，《魯迅全集》第 1 卷，第 336 頁。

的，舊本領是和舊思想相一致的，新本領是和新思想相適應的，這可以說是五四一代先進的知識份子的共識和信念，也是五四新文化運動最根本的理由與動力。從時間上，魯迅是這種先覺者之一。

　　但是，思想又是什麼呢？思想既不是物質實體，也不是赤裸裸的玄虛，而是語言本身。概念、術語、範疇、話語方式實際上就是思想本身。魯迅已經走到這種認識的邊緣，已經模糊地意識到這一點，只是沒有清晰地這樣表述。這突出地表現在他對現代白話的體認以及翻譯的態度和觀點上。

　　魯迅一貫堅決反對「現代」青年人用文言寫作。1919 年他在致好友許壽裳的信中說：「漢文終當廢去，蓋人存則文必廢，文存則人當亡，在此時代，已無幸存之道。」[4]這裏所謂「漢文」，其實就是「古文」，與「白話」相對。與這種語文觀相一致，魯迅終身反對所謂「古粹」，他多次告誡青年人要多看外國書，少看中國書。「我以為要少──或者竟不──看中國書，多看外國書。」[5]「中國古書，葉葉害人。」[6]「中國國粹」，「等於放屁」。[7]「舊文章，舊思想，都已經和現社會毫無關係了」，「捧著古書是完全沒有用處的」。[8]並且鄭重申明，這「乃是用許多苦痛換來的真話，決不是聊且快意，或什麼玩笑，憤激之辭。」[9]古書是和古思想緊密地聯繫在一起的，而古思想又是和古語言緊密地聯繫在一起的，所以魯迅堅

4　〈致許壽裳〉，編號 190116，《魯迅全集》第 11 卷，第 357 頁。

5　〈青年必讀書──應京報副刊的徵求〉，《魯迅全集》第 3 卷，第 12 頁。又見《「碰壁」之餘》，《魯迅全集》第 3 卷，第 118 頁。

6　〈致許壽裳〉，編號 190116，《魯迅全集》第 11 卷，第 357 頁。

7　〈致錢玄同〉，編號 180705，《魯迅全集》第 11 卷，第 351 頁。

8　〈老調子已經唱完〉，《魯迅全集》第 7 卷，第 311 頁。

9　〈寫在墳後面〉，《魯迅全集》第 1 卷，第 286 頁。

決反對運用文言進行寫作,「我總以為現在的青年,大可以不必捨白話不寫,卻另去熟讀了《莊子》,學了它那樣的文法來寫文章。」[10] 魯迅是從舊營壘過來的人,年青時「也有受著嚴又陵的影響的」,「以後又受了章太炎先生的影響,古了起來」。[11]「因為從舊壘中來,積習太深,一時不能擺脫,因此帶著古文氣息的作者,也不能說是沒有的。」[12]但對這種狀況,魯迅是很不滿意的。魯迅非常苦惱他的文章脫離不了古文的影子,「我覺得古人寫在書上的可惡思想,我的心裏也常有,能否忽而奮勉,是毫無把握的。」[13]所以當有人以他為例說明不學好古文也寫不好白話文時,他斷然予以了否定。他說他「確是讀過一點中國書,但沒有『非常的多』」[14]。他把這種讀中國書比作喝酒「酒精已經害了腸胃」。他勸青年人少讀或竟不讀中國書,正是這種酗酒過來人的切膚之感和經驗之談。

　　魯迅堅決反對所謂「不讀古書,白話是做不好的」的觀點,認為它不過是「保古家的苦心」[15]。1926 年 11 月《一般》雜誌第一卷第三期發表朱光潛(明石)〈雨天的書〉一文,其中說:『想做好白話文,讀若干上品的文言文或且十分必要。現在白話文作者當推胡適之、吳稚暉、周作人、魯迅諸先生,而這幾位先生的白話文都有得力於古文的處所(他們自己也許不承認)。』魯迅果然就不承認,他在〈寫在墳後面〉一文中說:「新近看見一種上海出版的期刊,也說起要做好白話須讀好古文,而舉例為證的人名中,其一卻是我。

---

[10] 〈答「兼示」〉,《魯迅全集》第 5 卷,第 358 頁。
[11] 〈集外集・序言〉,《魯迅全集》第 7 卷,第 4 頁。
[12] 〈「感舊」以後(下)〉,《魯迅全集》第 5 卷,第 335 頁。
[13] 〈寫在墳後面〉,《魯迅全集》第 1 卷,第 286 頁。
[14] 〈這是這麼一個意思〉,《魯迅全集》第 7 卷,第 263 頁。
[15] 〈古書與白話〉,《魯迅全集》第 3 卷,第 213 頁。

這實在使我打了一個寒噤。別人我不論，若是自己，則曾經看過許多舊書，是的確的，為了教書，至今也還在看。因此耳濡目染，影響到所做的白話上，常不免流露出它的字句，體格來。但自己卻正苦於背了這些古老的鬼魂，擺脫不開，時常感到一種使人氣悶的沉重。就是思想上，也何嘗不中些莊周韓非的毒，時而很隨便，時而很峻急。」[16]後來，施蟄存在〈莊子與文選〉一中勸文學青年讀《莊子》與《文選》，其理由與朱光潛差不多，也以魯迅為例，他說：「我們不妨舉魯迅先生來說，像魯迅先生那樣的新文學家，似乎可以算是十足的新瓶了。但是他的酒呢？純粹的白蘭地嗎？我就不能相信。沒有經過古文學的修養，魯迅先生的新文章絕不會寫到現在那樣好。所以，我敢說：在魯迅先生那樣的瓶子裏，也免不了有許多五加皮或紹興老酒的成分。」[17]對此，魯迅馬上給予了反駁，他說：「施先生還舉出一個『魯迅先生』來，好像他承接了莊子的新道統，一切文章，都是讀《莊子》與《文選》讀出來的一般。『我以為這也有點武斷』的。他的文章中，誠然有許多字為《莊子》與《文選》中所有，例如『之乎者也』之類，但這些字眼，想來別的書上也不見得沒有罷。再說得露骨一點，則從這樣的書裏去找活字彙，簡直是糊塗蟲，恐怕施先生自己也未必。」[18]魯迅飽讀經籍，諳熟古典，有著高度的中國古代文化和文學修養，他的經典性學術名著《中國小說史略》充分顯示了這一點。古代典籍，從思想到語言技術都對魯迅的文學創作具有重要的影響，魯迅自己也是承認這一點的，翻閱《魯迅全集》，我們看得更清楚。魯迅的創作特別是雜文創作中不

16　〈寫在墳後面〉，《魯迅全集》第 1 卷，第 285 頁。

17　施蟄存：〈莊子與文選〉，《魯迅全集》第 5 卷，第 331 頁。

18　〈「感舊」以後（上）〉，《魯迅全集》第 5 卷，第 329 頁。

僅大量地用古典，借用古代典籍的詞句，而且語言上也表現出文言文的古雅、簡潔的精神。問題是如何認識、闡釋魯迅與中國古典之間的關係，特別是如何認識、闡釋魯迅的白話與古文之間的關係。朱光潛和施蟄存簡單地把魯迅的古文修養和白話做得好聯繫起來，遭到魯迅的斷然否定。但事實上，二者又的確有關係。二者究竟是一種什麼關係，迄今並沒有把這個問題研究清楚。

我認為，魯迅主要在語言作為工具的層面上借鑒了古文，也就是說，他主要是受了文言表達方式、修辭藝術、文字技巧的影響，他從古文中所接受的不是作為思想的語言，而是作為工具的語言。魯迅說他運用了《莊子》和《文選》中的「之乎者也」，其實是一種形象的說法，但這種形象的說法深刻地表明了他的白話與古文之間的關係。古典、成語在魯迅創作中只是一種表達、一種修辭、一種詞語意義上的使用，它不是術語、概念、範疇，也構不成一種話語方式，所以，在整個創作中，它只具有語言工具意義，而不具有語言思想意義。在這一意義上，魯迅的創作在語言上與中國古典有聯繫，但這種聯繫是語言工具層面上的聯繫，而不是語言思想層面上的聯繫，這種聯繫是外在的、形式的，不具有實質性。這一點我認為是非常重要的。

以一種新的語言意識，我們重新審視魯迅有關白話與文言的基本觀點，我們發現，魯迅已經模模糊糊地認識到語言的思想性，並朦朧地把語言的思想性和語言的工具性這兩個層面區別開來。對於現代白話與古代白話的本質不同，對於現代白話的現代性，魯迅事實上已經深刻地認識到了。1922 年 8 月 21 日他在致胡適的信中說：「白話的生長，總當以《新青年》主張以後為大關鍵，因為態度很平正，若夫以前文豪之偶用白話入詩文者，看起來總覺得和運用『僻

典』有同等之精神也。」[19]白話可以說「古已有之」，這一點胡適已經作了充分論證。晚清也有一個廣泛的白話文運動。但五四新文化運動中的白話運動從根本上不同於晚清的白話文運動。五四新文化運動中的白話文運動從根本上是一次思想運動，雖然其中也包含語言工具革命的成份。而晚清白話文運動從根本上是語言工具革命，雖然事實上也有思想革命的意義。在這一意義上，魯迅認為現代白話「以《新青年》主張以後為大關鍵」是非常深刻的。只是他缺乏從語言哲學的角度對這一問題進行展開論述。

中國古代社會，古代漢語是通用語言，白話作為民間口語其使用範圍和意義都很有限，它構不成一種完整的語言體系，它是正宗的文言文的附屬和補充，它偶而也被納入文言文的體系，但在這個體系中它不具有根本性，就是魯迅所比喻的不過是文言文的「用典」。相反，在中國現代社會，現代漢語則是通用的語言，文言是一種被廢棄的完整的語言體系，它也偶有被使用，但在現代漢語語境中，它所蘊涵的思想思維意義是被嚴格限定的，是不可能充分體現出來的。所以，同樣是白話，古漢語語境中的白話和現代漢語語境中的白話有實質性的不同，前者不構成語言體系，只有詞語的意義，而不具有思想本體性；後者則從根本上構成一種語言體系，構成一種語言文化，一種思想思維方式。一個道理，同樣是文言，在古代漢語語境中的文言和在現代漢語語境中的文言是有本質不同的。這就是魯迅所說的「以前文豪之偶用白話入詩文者，看起來總覺得和運用『僻典』有同等之精神也」的深刻含義。

---

19 〈致胡適〉，編號220821，《魯迅全集》第 11 卷，第 413 頁。

　　正是因為如此，所以魯迅認為建設現代漢語，不應該從古書中尋活字彙：「古書中尋活字彙，是說得出，做不到的，他在那古書中，尋不出一個活字彙。」[20]這裏，魯迅所說的「活字彙」明顯是就詞語的思想意義而言。魯迅沒有對「字彙」作詳盡的註解，但它明顯比較接近今天所說的術語、概念和範疇，所謂不能從古書中尋找活字彙，其實就是不能從古書中尋找適應現代社會發展的術語、概念和範疇。單從字典意義上而言，古代漢語的字和現代漢語的字差別極小，除了「她」之類的是新造的以外，現代漢語仍然沿用古代漢語的字，現代漢語仍是漢語。古代漢語中的一些字彙特別是成語現代漢語仍然在沿用。魯迅就說：「新文學興起以來，未忘積習而常用成語如我的……」[21]詞典意義上，古漢語與現代漢語並沒有多大的區別。現代漢語與古代漢語在語法上的不同也構不成二者之間的根本差別。現代漢語與古代漢語根本的不同在於其思想性，在於構成思想體系的術語、概念、範疇，正是在思想上，現代漢語沒有繼承古漢語，二者是一種斷裂關係。魯迅說：「白話並非文言的直譯。」[22]現代漢語是一種現代性思想的語言系統，在思想上，它深受西方的影響，它從西方吸收了大量的具有根本性的新術語、新概念、新範疇，正是這些新術語、新概念、新範疇構成了現代漢語的思想基礎。在這一意義上，魯迅說古書中尋不出活字彙是從語言的思想層面上對現代漢語的非常深刻的認識。

　　魯迅是中國現代語言和現代文學的最偉大的奠基者。作為現代語言的奠基者，他不僅僅只是以他的創作為現代漢語的建設提供了

---

[20]　〈古書中尋活字彙〉，《魯迅全集》第 5 卷，第 375 頁。
[21]　〈葉永蓁作小小十年小引〉，《魯迅全集》第 4 卷，第 148 頁。
[22]　〈「大雪紛飛」〉，《魯迅全集》第 5 卷，第 552 頁。

範本,更重要的是對於正在形成和建設中的現代漢語,他還有經典性的理論論述,這些論述所表現出來的觀點不僅深刻地影響了魯迅的創作,規定了魯迅創作在思想思維上的基本傾向,而且它還對整個現代漢語的形成和建設具有重要的指導作用。魯迅作為中國現代漢語的最偉大的奠基者,他有關現代漢語的基本觀點和主張對現代漢語的形成至關重要,搞清楚這一問題並作出合理的解釋對於我們認識現代漢語以及現代文學的性質和發生過程都非常重要。

魯迅認為,文言之所以應該廢棄,根本原因在於它「用的是難懂的古文,講的是陳舊的古意思,所有的聲音,都是過去的,都就是只等於零的」。我們不能「說著古代的話,說著大家不明白,不聽見的話」,「我們要說現代的,自己的話;用活著的白話,將自己的思想,感情直白地說出來」。[23]所謂「現代的」、「自己的」、「活著的」,這正是現代漢語最重要的品質,也是把古代白話和現代白話區別開來的最重要尺度。說古代的白話,仍然屬於「說著古代的話」,不能說只要是白話就是活的語言,現代漢語必須是現代的,具有現代思想和思維特點的語言。而白話從一個主要是民間口語的不具有體系的語言逐漸形成為一種具有嚴密體系和自己思想文化特色的全民通用語言,西方語言的影響是巨大的,某種意義上說,現代漢語主要是歐化的白話。對於這種「歐化」,從原因到特徵,魯迅都有深入的論述。

魯迅說:「中國的文化,便是怎樣的愛國者,恐怕也大概不能不承認是有些落後。新的事物,都是從外面侵入的。」[24]現代漢語雖

---

[23] 〈無聲的中國〉,《魯迅全集》第 4 卷,第 12、14-15 頁。
[24] 〈現今的新文學的概觀──五月二十二日在燕京大學國文學會講〉,《魯迅全集》第 4 卷,第 133 頁。

然本質上是漢語，有著深刻的民族語言學基礎，但西方思想的侵入
對白話的影響、從而對現代漢語的形成是極重要的。而這「侵入」
的途徑之一就是翻譯。所以魯迅說：「翻譯並不比隨便的創作容
易，然而於新文學的發展卻更有功，於大家更有益。」[25]這「有益」
之一就是語言的歐化。「歐化文法的侵入中國白話中的大原因，並
非因為好奇，乃是為了必要。」「要說得精密，固有的白話不夠用，
便只得采些外國的句法。比較的難懂，不像茶淘飯似的可以一口吞
下去是真的，但補這缺點的是精密。」[26]中國過去的語言（主要是
文言，但也包括古代白話）在思想或思維上比較含混，缺乏精密性，
有許多新的思想主要是西方思想用過去的話無法準確地予以表達，
因此，新造詞語便無法避免，所以魯迅說：「原先的中國文是有缺點
的」，「現在又來了『外國文』，許多句子，即也須新造，　說得壞
點，就是硬造」。只有這樣，才能「保存原來的精悍的語氣」。[27]後
來他在給曹聚仁的信中又重複了這個思想：「但精密的所謂『歐化』
語文，仍應支持，因為講話倘要精密，中國原有的語法是不夠的，
而中國的大眾語文，也決不會永久含糊下去。」[28]「精密」是現代
語言最重要的尺度，也正是出於這一理由，漢語要廢文言、用白話。
魯迅說：「文言比起白話來，有時的確字數少，然而那意義也比較的
含糊。我們看文言文，往往不但不能增益我們的智識，並且須仗我
們已有的智識，給它注解，補足。待到翻成精密的白話之後，這才
算是懂得了。如果一徑就用白話，即使多寫了幾個字，但對於讀者，

---

[25] 〈現今的新文學的概觀——五月二十二日在燕京大學國文學會講〉，《魯迅全集》第 4 卷，第 137 頁。
[26] 〈玩笑只當它玩笑（上）〉，《魯迅全集》第 5 卷，第 520 頁。
[27] 〈「硬譯」與「文學的階級性」〉，《魯迅全集》第 4 卷，第 200 頁。
[28] 〈答曹聚仁先生信〉，《魯迅全集》第 6 卷，第 77 頁。

『其省力為何如』」？」[29]文言之所以應該廢棄，根本原因在於它思想含糊；而白話則「精密」，且能增益我們的知識，因為語言本身就是「智識」。

這裏所謂「精密」，絕不能簡單地從詞典學意義上對它進行理解。不能抽象地說現代漢語比古代漢語精密，或者白話比文言精密，或者歐美語言比漢語精密。對於古人來說，文言文是最精密的，把它翻譯成現代漢語就必然會有損原意，必然會增益或缺失原有的意義，古漢語中的許多經典都是不能用現代漢語進行準確地傳達的，魯迅說：「譯文是大抵比不上原文的，就是將中國的粵語譯為京語，或京語譯成滬語，也很難恰如其分。」[30]文言文翻譯成現代漢語也是如此，其原因就在於文言文和現代漢語是兩種不同思想體系的語言，翻譯難以「等值」。現代漢語對於古人來說是不精密的，就是在深受西方思想影響的嚴複、林紓、章太炎以及「學衡派」諸君子等人看來，它也是不精密的。但對於現代人來說，它卻是既優美又簡練，是很精密的，其原因就在於它與現代思想和思維特徵相契合。因此，所謂「精密」，實際上是相對於不同的主體而言，能夠很好地表達主體的思想和情感，與主體的思想思維相契合的語言就是精密的；能夠很好的表現時代精神，與時代的思想思維相契合的語言就是精密的。撇開特定的時代和人，兩種語言系統誰精密誰不精密是無法進行絕對化比較的。在這一意義上，魯迅所說的歐化白話即現代漢語的「精密」，實際上是指現代漢語與現代人的思想思維相諧和，指它能準確地表達現代人的思想與感情。現代漢語對於現代人來說是「精密」的。白話並非文言的直譯，它是一種新的，具有時

---

29 〈「此生或彼生」〉，《魯迅全集》第 5 卷，第 500 頁。
30 〈論重譯〉，《魯迅全集》第 5 卷，第 504 頁。

代性的語言。「言語跟著時代的變化」[31]，現代漢語正是一種「時代」的語言，它是中國向西方學習、中國文化深受西方文化影響在語言上的必然表現。語言的變革正是中國文化在深層次上受西方影響的一種表徵。

對於文言與白話、古代漢語與現代漢語，魯迅沒有系統的理論研究。但他以他的聰明、敏惠、天才和靈悟，在語言學上表現出深刻的思想。魯迅基本上是語言工具觀，但他並不否認語言的思想性，他實際上已經認識到語言與思想思維之間的聯繫。他一方面承認「腐敗思想，能用古文做，也能用白話做」[32]，但另一方面，他又認為古代思想是和古文緊密地聯繫在一起的。因此他堅決反對青年人用文言進行寫作，主張青年人多讀外國書而少讀或不讀中國書。文言與白話都是漢語，二者之間的不同不是「字」的不同，而是「字彙」的不同，現代白話是「現代的」、「活的」、具有時代精神特徵的語言，它深受西方思想的影響，在思想上與古文無關，古書裏找不到活字彙。現代漢語從根本上不同於古代漢語，二者是兩套語言系統，白話絕不是文言的直譯。正是深層的語言觀決定了他創作的基本傾向，正是他語言的基本態度決定了他思想的基本態度。魯迅的反傳統、學習西方、思維思想的現代性，是與他所掌握和運用的現代語言密不可分的。正是現代語言決定了魯迅文學創作的現代性。事實上，魯迅文學的基本主題諸如國民性、人性，也正是現代漢語在現代思想上所體現的基本主題。魯迅的創作是中國現代文學的模範，中國現代文學正是以魯迅等人的創作為楷模，沿著魯迅的方向向前發展的。而語言觀又是決定魯迅創作的最主要因素之一。在這種意

---

[31]　〈非有複譯不可〉，《魯迅全集》第 6 卷，第 276 頁。
[32]　〈無聲的中國〉，《魯迅全集》第 4 卷，第 13 頁。

義上，魯迅的語言觀對他的創作、從而對中國新文學的發生與建設
具有重大的意義。

第二節　魯迅的語言觀與創作的關係

魯迅的語言觀、他所持的語言系統，從深層的角度決定了他的
創作以及他對創作的認識。正是現代漢語決定了魯迅語言觀的現代
性，決定了他思想的現代性，決定了他創作的現代性，從而深度地
影響了中國現代文學的發生。鑒於這樣一種背景，魯迅對新文學的
論述既是對他創作的自我定性，也是對中國現代文學的基本定性，
弄清楚這一點對於我們認識魯迅對中國現代文學發生的重要意義以
及中國現代文學發生的過程都很重要。

對於如何建設新文學──即中國現代文學，魯迅的態度是鮮明
的，那就是：中國文學要新生，必須向西方學習。事實上，中國新
文學正是中國文學向西方學習的結果。但中國新文學又不同於西方
文學。中國向西方的學習又深受中國傳統文化，語言的制約，就是
說，西方文學在輸入中國的過程中，又深受漢語方式的影響而發生
變異，中國化，即「歸化」。中國現代文學就是在這種「異化」與「歸
化」，「西化」與「中國化」的雙重作用下而形成的。中國文學受西
方影響而「異化」；西方文學在輸入過程中又受中國傳統文化和語言
的影響而「歸化」。從本土立場上看，中國現代文學是西化的文學；
從西方本位立場上看，西方文學輸入中國後變了形，又「中國化」
了。因此，本質上，新文學是一種既不同於傳統中國文學，又不同
於西方文學的第三種文學。一方面，中國現代文學是漢語文學，因

而是民族文學，是中國文學；另一方面，它又深受西方文學、西方思想思維方式的影響，西化進而世界化、現代化，因而是世界文學，是「現代」文學。民族性、中國性、世界性、現代性是中國現代文學的基本品格。

　　魯迅認為，只要不是民族自大狂，只要稍微客觀些，只要把中西略作比較，就必須承認，中國是落後的，在這一點上，魯迅是典型的毛澤東所說的當時的「先進的中國知識份子」。文學也是如此，魯迅一生都對中國傳統文學持激烈的批判態度。「中國的文明，就是這樣破壞了修補，破壞了又修補的疲乏傷殘可憐的東西。」[33]「中國人向來因為不敢正視人生，只好瞞和騙，由此也生出瞞和騙的文藝來，由這文藝，更令中國人更深地陷入瞞和騙的大澤中，甚而至於已經自己不覺得。」[34]特別是早期，魯迅反傳統的激烈態度絲毫不在胡適、陳獨秀、錢玄同之下，他甚至說「中國國粹」，「等於放屁」；「中國古書，葉葉害人」。他認為：「沒有衝破一切傳統思想和手法的闖將，中國是不會有真的新文藝的。」[35]他一生都「對於根深蒂固的所謂舊文明，施行襲擊，令其動搖」[36]。並且堅信：「中國一切舊物，無論如何，定必崩潰。」[37]當然，和胡適一樣，魯迅的這種激烈反傳統的言辭也許包涵著一種策略，他曾說：「譬如你說，這屋子太暗，須在這裏開一個窗，大家一定不允許的。但如果你主張拆掉屋頂，他們就會來調和，願意開窗了。沒有更激烈的主張，

---

[33] 〈記談話〉，《魯迅全集》第 3 卷，人民文學出版社，1981 年版，第 358 頁。
[34] 〈論睜了眼看〉，《魯迅全集》第 1 卷，第 240-241 頁。
[35] 〈論睜了眼看〉，《魯迅全集》第 1 卷，第 241 頁。
[36] 〈兩地書·八〉，《魯迅全集》第 11 卷，第 32 頁。
[37] 〈致宋崇義〉，編號 200504，《魯迅全集》第 11 卷，第 369 頁。

他們總連平和的改革也不肯行。那時白話文之得以通行，就因為有
廢掉中國字而用羅馬字母的議論的緣故。」[38]後來他對「歸化」的
認可似乎更使這種策略性得到某種映征。

在中國現代文學發生過程中，魯迅的作用和貢獻是雙重的：一
方面是對傳統文學的批判與破壞；另一方面是輸入引進介紹西方文
學，為中國新文學的建設提供先進的範本和經驗。對傳統文學的反
叛和對西方文學的學習也構成他創作的基本特色，魯迅正是以這種
創作奠基了中國現代文學從而成為中國現代文學最偉大的開創者。
「破壞中國的舊文學」和「輸入西方的新文學」對於中國現代文學
來說，其實是一個問題的兩個方面。中國文學落後、腐朽，所以需
要破壞，引進西方先進的文學既起到破壞中國傳統文學的作用又起
到建設新文學的作用。在這一意義上，魯迅對西方文學的介紹不僅
對他的創作影響巨大，對整個中國現代文學發生的作用也是巨大的。

魯迅畢生都致力於介紹西方文學特別是俄國、東歐國家的文
學。「我向來是想介紹東歐文學的一個人。」[39]魯迅一生極力主張「拿
來主義」：「沒有拿來的，人不能自成為新人，沒有拿來的，文藝不
能自成為新文藝。」[40]主張青年人多讀外國人的書。為了「知己知
彼」，甚至「主張青年也可以看看『帝國主義者』的作品」[41]。他猛
烈抨擊關門主義：「凡是運輸精神的糧食的航路，現在幾乎都被聲啞
的製造者們堵塞了，連洋人走狗，富戶贅郎，也會來哼哼的冷笑一
下。他們要掩住青年的耳朵，使之由聾而啞，枯涸渺小，成為『末

38 〈無聲的中國〉，《魯迅全集》第 4 卷，第 13-14 頁。
39 〈豎琴前記〉，《魯迅全集》第 4 卷，第 435 頁。
40 〈拿來主義〉，《魯迅全集》第 6 卷，第 40 頁。
41 〈關於翻譯（上）〉，《魯迅全集》第 5 卷，第 296 頁。

人』……」[42]他批評「整理國故」和「崇拜創作」實際上「就是要中國永遠與世界隔絕」。[43]他認為:「要進步或不退步,總須時時自出新裁,至少也必取材異域。……倘再不放開度量,大膽地,無畏地,將新文化儘量地吸收,則楊光先似的向西洋主人瀝陳中夏的精神文明的時候,大概是不勞久待的罷。」[44]所以他主張「竭力運輸些切實的精神的糧食,放在青年們的周圍,一面將那些聾啞的製造者送回黑洞和朱門裏面去」[45]。

　　而輸入西方文學的最重要的途徑就是翻譯。魯迅一生不僅翻譯介紹了大量歐美、日本、蘇俄的文學作品、文學理論論著,而且竭力侶導翻譯,寫了很多有關翻譯的論文。他認為,翻譯絕不亞於創作,「我們的文化落後,無可諱言,創作力當然也不及洋鬼子,作品的比較的薄弱,是勢所必至的,而且又不能不時時取法於外國。所以翻譯和創作,應該一同提倡,決不可壓抑了一面,使創作成為一時的驕子,反而容縱而脆弱起來。」[46]創作與翻譯其實是辯證的關係,創作當然是最高也是最終目的,但沒有借鑒,創作在傳統文學模式上走,不過是增加了傳統文學的數量而已,創作並不能取得新的突破,再多也無益。所以魯迅說,翻譯實際上在於輸入「先進的範本」[47]「注重翻譯,以作借鏡,其實也就是催進和鼓勵著創作。」[48]魯迅的創作就深受外國文學的影響,不論是在藝術形式

---

[42] 〈由聾而啞〉,《魯迅全集》第 5 卷,第 278 頁。

[43] 〈未有天才之前——一九二四年一月七日在北京師範大學附屬中學校友會講〉,《魯迅全集》第 1 卷,第 167 頁。

[44] 〈看鏡有感〉,《魯迅全集》第 1 卷,第 199-200 頁。

[45] 〈由聾而啞〉,《魯迅全集》第 5 卷,第 278 頁。

[46] 〈關於翻譯〉,《魯迅全集》第 4 卷,第 553 頁。

[47] 〈譯本高爾基《一月九日》小引〉,《魯迅全集》第 7 卷,第 395 頁。

[48] 〈關於翻譯〉,《魯迅全集》第 4 卷,第 553 頁。

上還是在思想內容上都是如此。魯迅自己也說他最早創作的〈狂人日記〉等小說「大約所仰仗的全在先前看過的百來篇外國作品和一點醫學上的知識,此外的準備,一點也沒有」[49]。他的《吶喊》被「認為『表現的深切和格式的特別』,頗激動了一部分青年讀者的心。然而這激動,卻是向來怠慢了介紹歐洲大陸文學的緣故」,他承認他的〈狂人日記〉就受了果戈理的〈狂人日記〉的影響,「〈藥〉的收束,也分明的留著安特萊夫式的陰冷」。[50]魯迅還在諸多地方承認他的文學創作受外國文學影響的事實。可以說,魯迅不可能從古代漢語內部自發地產生,傳統文學中不可能產生魯迅。沒有西方文化思想、文學思潮的影響就沒有魯迅。

事實上,不僅魯迅是西方文化文學影響中國的產物,整個新文學都是如此。魯迅曾說:「中國的新文學,自始至今,所經歷的年月不算長。初時,也像巴爾幹各國一樣,大抵是由創作者和翻譯者來扮演文學革新運動戰鬥者的角色。」「第一,新文學是在外國文學潮流的推動下發生的,從中國古代文學方面,幾乎一點遺產也沒攝取。」[51]魯迅的這一思想很少被人重視。其實這是魯迅一貫的思想,他在〈關於小說世界〉一文中也曾說過這樣的話:「現在的新文學是外來的新興的潮流。」[52]這好像有點民族虛無主義、歷史虛無主義的味道,所以不被後人歡迎,不被後人重視,不被後人承認甚至被批判。其實,它和魯迅其他思想是一體的,它是魯迅新文化新文學思想的必然邏輯結論。它深刻地概括了新文學的特點和本質。

---

[49] 〈我怎麼做起小說來〉,《魯迅全集》第 4 卷,第 512 頁。
[50] 〈中國新文學大系小說二集序〉,《魯迅全集》第 6 卷,第 238-239 頁。
[51] 〈「中國傑作小說」小引〉,《魯迅全集》第 8 卷,第 399 頁。
[52] 〈關於小說世界〉,《魯迅全集》第 8 卷,第 112 頁。

　　中國社會從古代向現代轉型經歷了一個漫長的過程。中國文化尋求突破，最後走上向西方學習的道路，也有一個漫長的過程。中國文化的現代化實際上是「西化」，它有必然的原因，也有偶然的因素，它實際上是各種偶然和必然因素合力而成，是一種「非常」歷史。文化有品格的不同，有各自的優缺點，但很難說有絕對的先進與落後之分。落後民族的文化相對於與經濟和科學的關係來說是落後的，但其文化精神本身未必是落後的。中國傳統文化和西方文化之間存在著深刻的差異，中國文化有著豐富的精神內涵，有自己獨特的體系，是一種高度的文明。對於經濟和科學的作用來說，中國文化可能是落後的，魯迅實際上正是從科學和物質文明的角度來審視中國文化的。但單從文明精神來看，中國古代文化有自己獨特的個性，很難說它是落後的。西方文化的富於侵略性、霸道性，恰恰是與文明背道而馳的。這一點，五四時期梁漱溟等人就已有比較充分的論證。但近代世界是經濟的世界，是科學的世界，經濟的強大，物質的繁榮，軍事力量的強大似乎構成了先進的唯一標準。世界伴隨著殖民主義，軍事、經濟擴張，文化也發生了激烈的衝突，世界文化格局並因此而發生變化。中國文化正是在這種背景下從古代向現代轉型的。

　　在西方文化沒有入侵中國之前，中國文化有一種強大的優越感，中國人以中國文化的悠久歷史和繁榮而自豪，從中國社會內部，從文化本身，中國人感覺不到中國文化有什麼缺陷。在西方文化侵入中國之後，中國文化仍然有一種強大的優越感，與西方文化相比較，從文化本身，中國人仍然感覺不到中國文化有什麼缺陷。文化與文化之間進行較量，中國文化在西方文化面前並不處於劣勢。中國傳統文化具有強大的柔韌性和容納外來文化的能力，僅僅只是西

方文化的衝擊，它不可能從根本上動搖中國傳統文化。西方文化實際上是伴隨其強大的物質力量，而從根本上衝擊中國傳統文化，並最終導致中國文化的現代轉型的。面對西方強大的軍事侵略，中國一而再、再而三地必然性地失敗，中國人不得不痛苦地承認自己的落後。當各種各樣的抵禦措施都無濟於事時，中國無可奈何地被迫承認，中國要強大，必須向西方學習。毛澤東描述那個時代：「那時，求進步的中國人，只要是西方的新道理，什麼書都看。向日本、英國、美國、法國、德國派遣學生之多，達到了驚人的程度。」「學了這些新學的人們，在很長的時期內產生了一種信心，認為這些很可以救中國，除了舊學派，新學派自己表示懷疑的很少。要救國，只有維新，要維新，只有學外國。」[53]出於這樣一種目的，中國向西方學習不論是內容還是形式都表現出一種畸形的特點。總的來說，中國向西方學習大致經歷了這樣三個階段：從器物到制度到文化。其邏輯根據和歷史根據主要是：中國在對西方侵略者的戰爭中之所以失敗，根本原因在於器物的不發達，在於武器和物質方面的落後，所以，為了打敗西方列強就應該擁有西方的堅船利炮，達到「以夷制夷」，於是中國近代就出現了廣泛的學習西方的「洋務運動」。但「洋務運動」並沒有改變戰爭失敗的命運，總結經驗教訓得出的結論是：「洋務運動」失敗的根本原因在於「洋務運動」背後的政治體制，於是中國社會就開始了自上而下的轟轟烈烈的政治改革，即「戊戌變法」。但「戊戌變法」僅百日就慘遭失敗。這迫使人們對中國的前途命運，對如何學習西方進行更深入的追問。追問的普遍結論是：器物是制度的表象，制度又是文化的表象，學習器物學習制度都是

53　毛澤東：〈論人民民主專政〉，《毛澤東選集》第 4 卷，人民出版社，1991 年版，第 1469-1470 頁。

表層的，學習文化才是最深層的、最根本的。文化是構成社會制度以及物質文明的最深層的基礎，只有從根本上改變文化狀況才能從根本上改變制度狀況和物質文明狀況。出於這樣一種特定的歷史背景和理論認識，中國開始了兩千年以來最為深刻、最為根本的文化變革，這就是五四新文化運動。現在看來，五四新文化運動具有歷史發展的必然性，但審視其學理，其理論基礎未必是正確的。文化與社會制度與經濟之間究竟是一種什麼關係，這是一個非常複雜的問題，直到今天仍然還有很大的爭論。發動五四新文化運動的那一批知識份子在這一學理問題上似乎過於輕率或者武斷了，他們以一種信仰的方式把一種未加嚴格論證的學理堅定地運用於現實，對中國傳統文化表現出一種義無反顧的反叛和摧毀，於是，中國文化出現了兩千年來最大的一次斷裂。

　　由此可見，新文化運動的性質是徹底反傳統和系統地向西方學習。新文化運動所建立起來的中國現代文化是一種深受西方文化影響的不同於傳統文化的新文化。它以西方的科學、民主為基本的標準，遵循理性、自由、發展、進步等原則，建立了一套與西方話語方式具有親和性的現代漢語話語方式。現代漢語與古代漢語的根本不同，以及它深受西方話語方式的影響，從而與西方話語的親和性充分地說明了中國現代文化的性質。它與中國傳統文化是斷裂的，它更多地表現出一種西方文化的特點。

　　中國現代文學是整個中國現代文化的一個組成部分，它和中國現代文化具有同樣的性質。中國現代文學不是中國古代文學內在邏輯規律上的繼續發展，它不是從中國古代文學中蛻變出來的，某種意義上說是從西方橫移過來的，是漢語的西方文學。這就是魯迅所

說的「新文學是在外國文學的潮流下發生的,從中國古代文學方面,幾乎一點遺產也沒攝取」的真正涵義。

但是,中國現代文學並沒有「全盤西化」,也不可能「全盤西化」,這是有著深刻的文化學理論基礎和語言學理論基礎的。這就是魯迅所說的「歸化」問題。魯迅所說的「歸化」主要是就翻譯而言,其實整個文化輸入都有一個歸化的問題,就是說,文化在輸入的過程中必然受固有的傳統文化的影響從而民族化、本土化。中國文化的思想、精神、思維都深層地隱藏在漢語之中,或者說深層地體現在漢語中,只要沒有從根本上放棄漢語,那麼,任何外來文化在輸入本土的過程中都會不同程度地受漢語思想與思維的影響,從而漢語化。西方文化脫離了西方文化語境而進入中國文化語境,就會在不同程度上失去原有的文化意蘊,而和中國的文化精神和思維方式結合在一起從而中國化,中國人必然以中國的文化知識和思維方式詮釋和理解西方文化,這有充分的現代詮釋學、語言學理論根據。

中國現代文學實際上就是這樣一種「歸化」的西方文學。它是中國文學向西方文學學習的結果,它在文學精神上是西方的,是西方的思想思維方式,是西方話語方式。但是,西方文學是以漢語的方式輸入的,因此它漢語化了。漢語在整體上作為一種思想思維體系,它使西方文學在輸入後深深地打上了中國文學的烙印,就是說,西文學在輸入的過程中都變了形,中國人總是按照自己對西洋文學的理解以及中國讀者所能理解的方式來介紹和學習西方文學。這一點,魯迅曾多次指出,比如他說:「中國文藝界上可怕的現象,是在儘先輸入名詞,而並不紹介這名詞的涵義」,「於是各各以意為之。看見作品上多講自己,便稱之為表現主義;多講別人,是寫實主義;見女郎小腿肚作詩,是浪漫主義;見女郎小腿肚不准作詩,是古典

主義；天上掉下一顆頭，頭上站著一頭牛，愛呀，海中央的青霹
靂呀……是未來主義……等等」。[54]魯迅對於這種對於西方文學的望
文生義極不贊成，他多次抨擊對於西方文學的庸俗化理解。但事實
上，這種魯迅稱之為「流弊」的「歸化」是不可避免的。西方文學
在輸入的過程中實際上進行了話語轉換，漢語賦予了它以新的特
徵。把西方文學橫移到中國，實際上有如果樹的嫁接，中國現代文
學表現出強烈的西方文學的特點，但也並沒有完全割斷與中國傳統
文學的血脈聯繫。所以，在這一意義上，中國現代文學既在深層的
文化精神上與中國傳統文學有無法斬斷的聯繫，又在直接的藝術精
神與形式上與西方文學有深刻的聯繫，它既不同於中國傳統文學，
又不同於西方文學，即既不是古代漢語文學，又不是西方語言文學，
而是一種第三種文學，即中國現代文學或者現代漢語文學。它是民
族文學，同時又與西方文學和文化有著千絲萬縷的聯繫。

第三節　魯迅文言作品的過渡意義

　　上面，我們詳細分析了魯迅的語言觀，以及他從他的語言思想
出發對新文學基本性質和發展方向的認識，他的語言觀對他創作的
影響，進而對整個中國現代文學發生的影響。我認為，決定魯迅文
學創作現代性的最深層的原因之一是他的語言觀，正是現代語言觀
決定了他對中國傳統語言——即古代漢語的拋棄而學習西方，借鑒
白話，創造一種現代語言即現代漢語。運用現代漢語不僅僅只是一

---

[54]　〈扁〉，《魯迅全集》第 4 卷，第 87 頁。

種工具的轉換，同時也是一種思想思維轉換。正是語言的轉換從根本上決定了魯迅思想和思維方式的根本轉變，也從而從根本上決定了其創作的轉變。中國現代文學正是在這種語言的轉變中發生的。

　　中國現代文學的發生歸根結底在於現代漢語的發生。在上面以及其他地方，我已經詳細地論述了學習西方，從而西方的術語、概念、範疇、話語方式對現代漢語發生的根本性作用，從而對現代文學發生的根本性作用。但現代漢語具體是如何發生的？中國現代文學具體是如何發生的？這是一個非常複雜的過程。胡適、陳獨秀等人的白話文學理論，以及更早的梁啟超的語言學理論是非常重要的，這些理論對於把尋找中的新文學導向現代漢語──即中國現代文學起了至關重要的作用。但更重要的還在於具體的文學實踐，在於實際的語言操作。現化漢語是在實際語言活動中逐漸形成的。現代漢語與現代文學是一種雙向關係，正是文學創作以及其他語言實踐活動為現代漢語提供了實際語言範例，現代漢語正是以這些語言材料為典範而規範起來的。反過來，現代漢語一旦形成，又對現代文學從思想到思維到話語方式具有規範作用。語言活動是一種公共活動，不論是語言的形成、規範，還是語言的運用都是如此。現代漢語以及現代文學的發生是一代作家共同努力的結果，而魯迅則是這一代作家中最偉大的創造者，他的創作對中國現代文學的發生乃至現代漢語的形成都起了關鍵性的作用。直到今天，他的作品從敘事類到議論類都仍然是現代漢語的典範作品，今天的中學語文課本中魯迅的作品入選最多就是一個明證。下面，我就具體地考察魯迅語言的變化過程從而研究魯迅對中國現代文學發生的作用和貢獻，並從一個側面研究中國現代文學發生的過程。

　　魯迅不僅是現代文學大師，同時也是國學大師，他的《中國小說史略》至今仍然是中國小說史研究方面的不可替代的經典之作。在語言上，魯迅不僅是現代語言大師，同時也是古代語言大師，這種語言大師不僅僅只是指在語言工具層面上的熟練，更重要的是指在語言思想層面的諳熟與精通。真正的語言大師同時也是思想大師，魯迅正是在精通中國傳統文化的意義上是中國古代語言大師。魯迅對於中國傳統經籍和典故的爛熟充分表明了這一點。魯迅一生跨越了文言和白話兩個時代，他的創作也經歷了文言和白話兩個階段。把這兩個階段作一個比較，特別是在總體上對兩種文本所表現出來的思想進行比較，研究這兩個階段是如何過渡的，不論是對於認識魯迅、還是對於認識中國現代文學都是非常有意義的。

　　現存的魯迅文言作品並不是很多，包括論著、小說、舊體詩詞、散文以及書信和日記，主要有《中國小說史略》、《漢文學史綱要》、〈摩羅詩力說〉、〈文化偏至論〉、〈人之歷史〉、〈科學史教篇〉、〈斯巴達之魂〉、〈說鈤〉、〈懷舊〉、〈破惡聲論〉、〈中國地質略論〉等。其中，除了小說（只有〈懷舊〉一篇）、舊體詩詞、書信、日記、散文以外，其他多為學術論著。學術論著又大致可以分為三類：〈說鈤〉、〈中國地質略論〉等為科學論文或科普論文；《中國小說史略》、古籍序跋、古碑文考釋等屬於傳統的國學範疇；〈摩羅詩力說〉、〈文化偏至論〉等則是思想文化論文。從語言形式，即語言作為工具的層面上來說，魯迅的這些作品是一體的，即都是文言作品。但從語言作為思想的層面上來說，這些作品又並非完全是一體的。在創作上，魯迅早期文言作品屬於中國傳統文學。在形式上，它是傳統的詩、賦、小品、小說，在藝術上沒有任何突破。在內容上，它不過是感懷、惜別、紀事等，並沒有超越傳統的思想範圍。這種從內容

到形式的限定性，當然可以從魯迅所接受的教育以及他的生活閱歷、生活環境等社會條件和個人條件方面得到深刻的闡釋，但傳統的語言以及與語言相一致的思想思維的限制，這才是決定魯迅文言文學創作在內容和形式上沒有突破中國傳統文學的最深層的原因。魯迅早期就表現出一種強烈的反抗性，在創作上也有一定的表現。但當他不反抗語言也無法反抗語言的時候，他的反抗就非常有限度。就是說，它並不從根本上違背語言所體現的思想或思維，它的反抗是在語言所體現的思想允許的範圍內，超過了這個範圍那實際上就是連自己也否定了。如果這樣，那實際上也就失去了反抗的形式，連自己也失去了。以古代漢語的方式反抗古代漢語，這是一個典型的文化悖論，這正如魯迅經常比喻的就像自己抓住自己的頭髮把自己提起來一樣不可能。

在學術上，魯迅的《中國小說史略》、《漢文學史綱要》以及早期用文言寫作的古籍序跋、古碑考證文章是典型的國學。它們主要是史實的敘述、辨正，以客觀研究為根本，並不以思想取勝。《中國小說史略》完成於 1924 年，《漢文學史綱要》完成於 1926 年。這時候，魯迅在語言方式也是在思想上已經發生根本性轉變，《中國小說史略》和《漢文學史綱要》有明顯的新的思想和思維方式的痕跡，但總的來說，它們是傳統的學問。它主要是通過大量的史料，詳細的考辨完成對歷史的公正客觀的敘述，它以博聞強記見長，而不以思辨和思想觀念取勝。國學的傳統性既與研究的對象有關，但根本的則是由於傳統語言所致，以傳統的話語方式、思維方式、思想觀念去研究、敘述傳統的內容，其結論的傳統性就是必然的。語言系統、話語方式本身就是一種思想方式、思維方式，用傳統的概念、術語、範疇去研究傳統文學，其方式的傳統性決定了其結論的傳統

性，這是語言的巨大「權力」（福科概念）。人總有些自己不能超越的東西，語言就是之一。語言對人的規定的力量，對人的控制的力量遠比人們想像的要大得多，這一點，現代語言哲學已有越來越多的認識。不知魯迅是如何講授《中國小說史略》的，是用文言講？還是用白話講？在〈序言〉中他說：「然而有作者，三年前，偶當講述此史，自慮不善言談，聽者或多不憭，則疏其大要，寫印以賦同人；又慮鈔者之勞也，及復縮為文言，省其舉例以成要略，至今用之。」[55]從這段話推測，魯迅最初似乎是用白話講述，而寫講義則用文言。假如真是這樣，不知魯迅是如何進行兩種語言轉換的。但現在看來，這種轉換並不是一件容易的事情。用文言來寫中國古代小說史和用白話來寫中國古代小說史實際上是兩種不同的學術方式和思想方式。用文言來思考和寫作中國古代小說史，實際上是以古人的眼光、古人的思維方式、古人的思想體系來思考和寫作中國古代小說史，本質上是從內部看問題、思考問題，其方式是傳統的，其結論也必然是傳統的。而以現代漢語思考和寫作中國古代小說史，實際上是把中國古代小說放置到現代漢語語境中，以現代人的思維方式、思想體系去思考和寫作中國古代小說史，本質上是從外部看問題，是現代人以現代小說觀為知識背景反觀中國古代小說，其方式和結論都必然具有現代性。所以，如何寫中國小說史，語言不僅僅只是一種形式問題，同時也是一種學術方式、思維方式、思想體系、學術精神問題。用古文寫作和用現代漢語寫作二者之間其實存在著巨大的差異和矛盾。二者之間進行轉換其實是一個巨大的難題。由於是開先，沒有前資可鑒，用現代漢語精神去思考和寫作

---

[55] 〈中國小說史略‧序言〉，《魯迅全集》第 9 卷，人民文學出版社，1981 年版，第 4 頁。

中國古代小說史具有相當的難度，從現在的《中國小說史略》來看，魯迅選擇了與胡適的《中國哲學史》不同的方向，以傳統國學方式思考和寫作中國古代小說。適應教學、寫作時間的緊張、國學方式的輕車熟路、文言文語言技巧的嫻熟等可能都是這種選擇的因素。也許魯迅曾嘗試過用白話寫作，至少曾用白話講授過，但用文言思考而用白話寫或講，非常困難，作者自己可能也會感到方鑿圓枘，表述不清，這恐怕是魯迅在〈序言〉中說他「不善言談」的真正意思。魯迅說的「慮鈔者之勞」在當時印刷業還不很發達的條件下也應該是一個原因，但是表面原因，語言本身才是深層的原因。

〈說鈿〉、〈中國地質略論〉屬於科普論文，雖然寫這種論文的行為本身表現了魯迅的一種現代意識和現代精神，但文章的內容卻並不具備什麼特別的思想性，它實際上和中國近代的對於西方物理、數學、實用技術以及政治制度的介紹性文章沒有根本性區別，是王國維所說的「形而下」範疇[56]。只有〈摩羅詩力說〉、〈文化偏至論〉、〈破惡聲論〉等思想文化論文是最複雜、最矛盾、最有意味的。它表現了魯迅從舊文化向新文化的過渡形態，其實也反映了整個舊文化向新文化轉變的過渡形態。

早期的國內新式教育以及後來的日本留學是決定魯迅思想轉變的最決定性因素。魯迅留學時期的日本已經完成的社會文化各方面的轉型，實際上是通過明治維新走上了現代化即西化的道路。魯迅正是通過留學學習而接受西方思想的。魯迅接受西方思想主要是通過日語的方式接受的（這也是他後來在思想上不同於胡適等英美留學派的一個很重要的原因），他學習現代日語，以現代日語進行思考

---

[56] 參見王國維〈論新學語之輸入〉有關內容，《王國維文集》第3卷，中國文史出版社，1997年5月版，第41頁。

問題。語言的轉變實際上就是思想的轉變，當魯迅在語言上日語化時，他實際上是在運用新的術語、概念、範疇，因而其思想和思維也發生了根本性轉變。但當他向國人表述他的新思想時，卻不能用日語。在當時白話還沒有通行、現代漢語還沒有形成的時候，他只能用通行的文言文。把新的思想納入舊的語言體系中去，把新的術語、概念、範疇改換成舊的相近的術語、概念、範疇，這樣就出現了巨大的矛盾和差異。兩套語言體系實際上是兩套思想體系，語言在工具的層面上可以互相進行等值轉換，但在思想的層面上卻很難進行等值轉換。語言體系不同，其構成思想體系基本構架的術語、概念、範疇也不相同。語言是一個系統，術語、概念、範疇只有在其語言體系內才是完整的，轉換語言體系必然會發生意義歧變或者意義缺失。古漢語和現代日語在思想的層面上無法進行等值轉換，雖然兩套語言系統在術語、概念、範疇上有相似和近甚至重合的地方，但在根本上它們是兩套體系，各自不能脫離自己的語言系統，不能混用。在這一意義上，魯迅用傳統思想體系的古代漢語來表達現代西方話語方式的思想，其矛盾、意義歧變、訛誤是可想而知的。事實上，〈摩羅詩力說〉、〈文化偏至論〉、〈破惡聲論〉就深刻地表現出了這種中西文化在語言上的衝突與矛盾。語言的衝突與矛盾是文化衝突與矛盾的最深層的原因。對於魯迅早期用文言寫作的思想文化論文的時代內涵、過渡形態、思想與思維上內在的衝突與矛盾，過去很少有人進行細緻而深入的研究。這是一個非常有意義的課題，限於篇幅和主題的限定，這裏不可能作詳細的論述，只是從語言的角度以〈摩羅詩力說〉為例作一個簡要的闡釋。

　　〈摩羅詩力說〉是一篇以介紹外國文學藝術為主的論文，可以說是魯迅文言作品中思想最為激進的作品。在這篇文章中，魯迅對

中國傳統的文藝思想諸如「詩無邪」、「持人性情」、「詩與道德合」等進行了猛烈的批判，熱情洋溢地歌頌了「摩羅」詩人的「剛健」、「抗拒」、「破壞」、「挑戰」的精神。〈摩羅詩力說〉最基本的思想就是破壞與反抗。所謂「摩羅詩人」，魯迅自己解釋說：「舉一切詩人中，凡立意在反抗，指歸在動作，而為世所不甚愉悅者悉人之，為傳其言行思維流別影響，始宗主斐倫，終以摩迦（匈加利）文士。」[57]魯迅「別求新聲於異邦」，滿懷激情地介紹、歌頌西方文學中被歐洲人稱為撒旦的惡魔似的摩羅詩人，其根本目的就在於倡導反抗與破壞，向國人宣傳一種新的精神，期待中國能出現具有反抗精神的「精神界之戰士」，從而打破舊中國的「蕭條」。因此，〈摩羅詩力說〉主要內容就是介紹西方的拜倫、雪萊、普希金、萊蒙托夫、裴多菲等具有強烈叛逆精神的浪漫主義詩人及詩歌，即「異邦之聲」。這是一篇具有相當反叛和西化色彩的文藝理論論文，它的內容主要是西方文藝思想，至少在寫作運思上它是以西方的話語方式為基本構架。

　　但現在來看，〈摩羅詩力說〉和王國維的〈紅樓夢評論〉一樣，主要還是一篇中國古代文論，它雖然在內容上是介紹西方文藝理論，並且使用了一些西方文藝理論的術語概念和範疇，但它的話語方式主體還是中國古代文論。造成這種狀況的最根本原因還是在於語言體系。在當時，白話還未通行，現代漢語還未形成，魯迅的〈摩羅詩力說〉事實上是把西方的文藝現象和文藝理論納入了中國古代文論體系。他實際上是在用中國古代文論話語方式表述西方文論，從根本上還是使用中國古代文論的術語概念和範疇，因而最終的結

---

[57]　〈摩羅詩力說〉，《魯迅全集》第 1 卷，第 66 頁。

果是「歸化」了的西方文論，是中國古代文論話語方式的西方文論，是充滿了異質的中國古代文論。下面我就具體地作些分析。

〈摩羅詩力說〉第三節關於文藝的本質，魯迅這樣說：

> 由純文學上言之，則以一切美術之本質，皆在使觀聽之人，為之興感怡悅。文章為美術之一，質當亦然，與個人暨邦國之存，無所繫屬，實利離盡，究理弗存。故其為效，益智不如史乘，誠人不如格言，致富不如工商，弋功名不如卒業之券。……約翰穆黎曰，近世文明，無不以科學為術，合理為神，功利為鵠。大勢如是，而文章之用益神。所以者何？以能涵養吾人之神思耳。涵養人之神思，即文章之職與用也。

在這段文字中，我們可以看到，「文學」、「怡悅」、「文章」、「邦國」、「效」、「益智」、「誠人」、「理」、「神思」、「職」、「用」等都是中國古代文論的術語和概念。這裏，魯迅明顯是在介紹西方文論，他本人的觀點也是明顯反傳統的，他實際上是主張文學對人的性情的作用，而反對所謂「經國之大業」以及實用功利目的，但當他用古代文論的術語概念和範疇來表述，用文言來表達時，我們感到他並沒有真正地反傳統，而且似乎又回到了傳統的觀點上去了。「神思」這樣缺乏精確涵義的概念事實上模糊了魯迅的表達。「文章」、「職」、「用」這些非專業性術語使文章缺乏嚴密的科學性，削弱了文章的力量。語言的力量是巨大的，正是作為思想體系的古漢語和古代文論話語方式不知不覺地歸化了魯迅的思想，使他的思想在語言轉化過程中發生了歧變。

再抄一段文字：

中落之胄，故家荒矣，則喋喋語人，謂厥祖在時，其為智
慧武怒者何似，嘗有閎宇崇樓，珠玉犬馬，尊顯勝於凡人。

這其實就是魯迅後來所批判的阿 Q 精神，在《阿 Q 正傳》中用文學
的典型和現代話語表現得非常深刻。在這裏意思也是非常清楚明白
的，但一用文言表達就古代化了，就入了古代話語及思想的套子，
就好像是古人在說話。這裏，「中落之胄」、「故家」、「厥祖」、「閎宇
崇樓」、「珠玉犬馬」等顯然是胡適所說的「套語」[58]，其意象不是
來自作者本人對於現實的切身感受和體會，而是來自古代意象的固
定意味，來自舊的語言本身。「我們先前比你闊的多啦」[59]其實就是
「嘗有閎宇崇樓，珠玉犬馬，尊顯勝於凡人」的意思，但在明白、
清楚、通暢、時代性、意味、韻味等方面，其高低之分一目了然。

在〈摩羅詩力說〉中，魯迅竭力倡導反抗與破壞，他認為：「中
國之治，理想在不攖」，「有人攖人，或有人得攖者」，「為帝大禁」，
「為民大禁」。[60]因此，中國要新生，就必須反抗傳統，破壞舊的秩
序與精神。事實上，〈摩羅詩力說〉本身充滿了反抗與破壞性，他對
舊的觀點和思想進行猛烈的抨擊，熱情洋溢地介紹並讚美西方的「摩
羅派」詩人與詩歌，期待中國出現全新的「第二次維新」。但這種反
抗顯然是無力的。他想反抗、破壞，也反抗、破壞了，但由於語言
從根本上的束縛，他的反抗和破壞是相當有限的。他的新的思想
實際上最後被舊的語言湮沒和消解了。從魯迅對西方摩羅詩人及詩
歌的態度以及他的基本觀點來看，魯迅是明顯主張向西方學習走西

---

[58] 參見胡適〈文學改良芻議〉、〈逼上梁山〉等有關內容，《胡適文集》第 1 卷，
北京大學出版社，1998 年版。
[59] 《阿 Q 正傳》，《魯迅全集》第 1 卷，第 490 頁。
[60] 〈摩羅詩力說〉，《魯迅全集》第 1 卷，第 68 頁。

化道路的，但由於他仍然使用古代漢語話語方式，仍然使用古代的術語概念和範疇來表達西方思想，所以他的思想在根本上還是中國古代的。語言的束縛使他無法從根本上走出他想超越的中國傳統，最終還是回到了傳統的窠臼與樊籬。古代漢語就像一張無形的大網，讀〈摩羅詩力說〉，我們感到魯迅的破壞與反抗似乎只是在這張網內左衝右突。

　　魯迅早期思想文化性的文言文論文其實基本上都是這種情況。它們都深受西方文化思想影響，表現出強烈的西方思想特徵。事實上，它們正是在西方思想文化的影響和啟發下寫作的，其內容很多本身就是介紹西方的思想與文化。但文言文這種古漢語工具與思想體系又從根本上限制和束縛了西方思想，使西方思想文化在文言化的同時也中國傳統化了，是文言文作為語言體系從根本上歸化了西方思想與文化。這樣，魯迅早期的思想文化方面的文言論文，不僅具有一種深刻的矛盾，表現了中西文化的衝突，同時還反映了中國現代文化及文學發生過程的一個階段。

　　在這個意義上，魯迅是中國現代文化及文學發生過程中的一個關鍵人物，研究他的過渡或轉變對研究中國現代文學發生有重大的意義和價值。魯迅早期創作中的矛盾與衝突正是中國現代文學發生之初的矛盾與衝突；魯迅的轉變代表了中國現代文學的現代轉變，這種轉變正是中國現代文學的發生過程。因此，魯迅在中國文學發生過程中是一個至關重要的人物，他的文學創作過程正是中國現代文學發生的過程，他以他的創作實績開創了中國文學的新時期，即中國現代文學時期。而在決定魯迅創作的各因素中，語言系統是最重要、最根本的，正是深層的語言觀、語言體系決定了魯迅的創作，

決定了他早期的矛盾、衝突以及最後徹底的現代性轉變。現代漢語
發生了，中國現代文學就決定性地發生了。

第九章

「紀元」與「開篇」

──中國文學現代轉型的語言學實證分析

　　中國現代文學不論是在藝術形式上還是在思想內容上都與中國
古代文學（包括中國近代文學）具有承繼關係，這是不能否認的事
實。但中國現代文學和中國古代文學是兩種不同類型的文學，二者
之間具有質的區別，這也是不能否認的事實。那麼，具體地，什麼
是構成新文學與舊文學的「質」的區別呢？我認為，語言體系的不
同是構成中國古代文學與中國現代文學在類型上不同的根本原因，
中國古代文學的「古代性」和中國現代文學的「現代性」以及轉型
過程中「思想革命」等都可以從語言體系、話語方式和言說方式上
得到深刻的闡釋。本章中，筆者就以胡適的〈關不住了〉和魯迅的
〈狂人日記〉等新文學史上具有開創意義的作品為例來具體地進行
實證分析。

第一節　〈關不住了〉——「新詩成立的紀元」

胡適不僅是新文學理論上的倡導者之一，而且也是新文學實踐
上的開創者之一，他首先嘗試寫作新詩，被稱為「第一白話詩人」。
而新詩嘗試中最具有開創意義的是〈關不住了〉：

> 我說「我把心收起，
> 像人家把門關了，
> 叫愛情生生的餓死，
> 也許不再和我為難了。」
>
> 但是五月的濕風，
> 時時從屋頂上吹來；
> 還有那街心的琴調
> 一陣陣的飛來。
> 一屋裏都是太陽光，
> 這時候愛情有點醉了，
> 他說，「我是關不住的，
> 我要把你的心打碎了！」

在詩的末尾，胡適自注：「八年二月二十六日譯美國 Sara Teasdale 的
Over the Roofs。」從思想上說，這首詩簡單明瞭，標點符號把層次
和意思表達得非常分明，不存在意義歧異的問題。胡適說這首詩是
他的「新詩成立的紀元」[1]，言外之意當然也是整個新詩的「紀元」
了。但「紀元」究竟表現在什麼地方呢。我以為，它的「紀元」從

---

[1]　胡適：〈嘗試集再版自序〉，《胡適文集》第 9 卷，北京大學出版社，1998 年
版，第 84 頁。

根本上在於它在形式上超越了傳統和在內容上表現了一種現代精神。在形式上，它打破了舊詩詞格律的限制，句式和音律都是自由的。在語言上，它不再遵循過去的文人化的、貴族化的文言，而以白話入詩，即「推翻詞調曲譜的種種束縛；不拘格律，不拘平仄，不拘長短；有什麼題目，做什麼詩；詩該怎麼做，就怎麼做」[2]。在形式上，胡適「充分採用白話的字，白話的文法，和白話的自然音律」，「做長短不一的詩」，追求「詩的散文化」、「詩的白話化」，從而實現了「詩體的大解放」。〈關不住了〉正是在首先實現詩體解放的意義上具有「紀元」性。在內容上，它通過描述政治倫理與自然人性的衝突，描述愛情作為人性對道德的勝利，表達了對自由的追求與渴望。「自由」作為一種新的精神內容，這不是中國傳統詩歌的基本內涵。胡適評價周作人的長詩〈小河〉是「新詩中的第一首傑作」，「那樣細密的觀察，那樣曲折的理想」以及「意思神情」「決不是那舊式的詩體詞調所能達得出的」。〈關不住了〉其實也是這樣，它正是在思想解放的意義上也具有「紀元」性。不論是在內容上還是在形式上，這首詩都表現出了對傳統的反叛和對現代的追求，「自由」精神是其核心，形式的自由與思想的自由二者有機地契合表現出一種高度的意境，難怪胡適非常自得的。

　　從語言上說，新的語言方式以及深層的思想思維是構成這首詩具有「紀元」性的根本原因。這有兩層涵義：

　　首先，正是因為「詩的白話化」導致了詩體的解放。與文言相比，白話更具有自然性、自由性，更缺少形式和思維上的束縛，所謂不拘格律，不拘平仄，不拘長短，有什麼題目，做什麼詩，詩該

---

[2] 胡適：〈談新詩〉，《胡適文集》第 2 卷，北京大學出版社，1998 年版，第 138 頁。

怎麼做，就怎麼做，其實都與白話的本性有關係。胡適這裏的「譯」
和我們現在所理解的「翻譯」應該有很大的不同，胡適主要是在詩
的意象和意境上借鑒 Teasdale 詩作的意義上而稱為「譯」，實際上它
具有巨大的創制性。此前中國已經有很多譯詩，但都是用文言，用
中國傳統詩體，譯作最後都被「歸化」為中國舊體詩詞，具有「古
典性」。而胡適以白話入詩，「詩的白話化」則不僅改變了譯詩的體
制，而且改變了中國古典詩詞的固有模式，從而創造了一種新的詩
體從而具有「紀元」性。

　　其次，正是「詩的白話化」導致了詩歌在精神內涵上的實質性
變革。所謂「詩的白話化」，主要是「作詩如作文」，也即胡適在〈建
設的文學革命論〉中所說的「有什麼話，說什麼話；話怎麼說，就
怎麼說」，「要說我自己的話，別說別人的話」。單從藝術精神上來說，
這和晚清黃遵憲提倡的「吾手寫吾口」非常相似，但二者之間有本
質的不同，不同關鍵在於「話」與「口」。無病呻吟當然是晚清文學
的病症之一，但晚清文學的根本性缺陷不在於「口」與「手」的脫
節，而在於「口」的傳統性，在於傳統的語言以及相應的傳統的思
想與現代社會的不相宜。因此，是語言而不是「寫」規定了晚清文
學的傳統性，晚清文學需要從根本上進行變革的是「口」而不是
「手」。胡適的「有什麼話，說什麼話；話怎麼說，就怎麼說」，當
然也有文學技術改良的意義，但他的實際意義主要不在「說」而在
「話」。由於胡適特殊的經歷以及學識修養，特別是他長期的留學生
涯，他所說的「話」和黃遵憲所說的「口」已經有本質的區別，黃
遵憲所說的「口」是古代漢語話語，仍然是古代思想和思維方式。
而胡適所說的「話」則主要是現代漢語話語，它外形上與傳統白話
非常相似，但實質上是西方話語，具有現代西方的思想和思維性。

事實上，〈關不住了〉作為譯詩恰好說明了它所表現的愛情與自由的思想的西方性。正是在語言的深層次即思想的層面上，現代新詩與中國古代詩詞在總體上有根本的不同。〈關不住了〉用現代白話表現現代思想，具有巨大的創制性，因而具有「紀元」性。

新詩的本質是什麼？中國古代詩詞如何概定？新詩與中國古典詩詞的界限在什麼地方？如何看待現代人寫作舊體詩詞？這都是非常複雜而不易說清楚的問題。但必須承認新詩與中國古典詩詞的本質區別，其中語言以及語言所表現出來的思想是構成這種區別的最重要的因素。古代漢語和由古代漢語所規定的古代思想是中國古典詩詞最重要的特徵之一；現代漢語和由現代漢語所規定的現代思想是新詩最重要的特徵之一。新詩在胡適之後，不論是在具體形式上還是在具體內容上都有很大的發展，但在總體上沒有違背現代漢語與現代思想這一基本原則，否則就不能稱為新詩，正是在這一意義上，胡適的新詩創作奠定了新詩的基本原則。

新詩作為一種新詩體從總體是現代白話的，正是因為現代白話而具有現代思想。僅以「白話入詩」不一定就是新詩，因為白話有古代白話與現代白話之分，古代白話詩不能稱為新詩。古代白話主要是語言形式或者說是語言工具，而現代白話不僅是語言工具，同時也是思想本體，正是在思想的層面上現代白話與古代白話有本質的區別。現代白話是構成新詩的最為深層的基礎。不是現代白話，即使是西方現代詩歌的翻譯也不能算是新詩。比如英國詩人蒲伯的 Essay on Man：

All Nature is but Art，unknown to thee；

All Chance，Direction，which thou canst not see；

All Discord，Harmony，not understood；

All partial Evil，universal Good：

And，spite of pride，in erring Reason's spite，

One truth is clear，Whatever is，is right．

赫胥黎 Evolution and Ethics 引此詩，嚴復譯為〈人道篇〉：

元宰有秘機，斯人特未悟。

世事豈偶然，彼蒼審措注。

乍疑樂律乖，庸知各得所。

雖有偏沴災，終則其利溥。

寄語傲慢徒，慎勿輕毀詛。

一理今分明，造化原無過。[3]

今人王佐良譯為〈人論〉：

整個自然都是藝術，不過你不領悟；

一切偶然都是規定，只是你沒看清；

一切不協，是你不理解的和諧；

一切局部的禍，乃是全體的福。

高傲可鄙，只因它不近情理。

凡存在都合理，這就是清楚的道理。

對比以上三首詩，我們看到，雖然嚴復的〈人道篇〉和王佐良的〈人論〉都是據蒲伯的 Essay on Man 翻譯而來，但三首詩詩體不同，其性質也不同。蒲伯的 Essay on Man 是現代英語詩，嚴復的〈人道篇〉是中國古詩，王佐良的〈人論〉則是中國現代詩即新詩。三詩不論

---

[3]　見嚴復譯《天演論》「論十二　天難」。

是在藝術形式上還是在思想文化內涵上都有質的區別，而造成這種區別的根本原因是語言。語言體系不同，語言所蘊涵的思想和思維不同，因而其藝術價值和思想意義也不同。〈人道篇〉實際上是把 Essay on Man 置於古代漢語語境中，用中國傳統話語體系以及隱含在這種話語體系中的思想方式以及藝術方式去理解它，而〈人論〉則是把 Essay on Man 置於現代漢語語境中，用現代漢語話語體系以及隱含在這種話語體系中的思想方式以及藝術方式去理解它。不同的語言體系以及思想體系賦予了原詩以不同的甚至於更為深廣的思想文化內涵。當然，語言體系的不同也會造成原詩意義和價值的缺失，這是由於文化翻譯不可能「等值」或「等效」造成的。同時，比較兩篇譯作，二者雖然都源於同一思想資源，但藝術形式和思想內容上卻有很大的不同，這種不同同樣是由語言體系的不同造成的，正是古代漢語和現代漢語的不同造成了二篇譯作在文學性質上的分道揚鑣。

王佐良認為嚴復此譯「頗見功力」，但現在看來，嚴譯不確的地方可以說比比皆是，很多在英語中具有獨特內涵的辭彙和話語方式被置換成了具有中國傳統思想文化特殊內涵的古代漢語術語、概念和話語方式，從而其意義和價值都迥異。如果把嚴復的譯詩再回譯成英語，和原詩之間肯定將是天壤之別。王佐良的譯詩其實也是相對的準確，不論是在藝術上還是在內容上都有不同程度的缺失。比如詩的最後一句，嚴復把 One truth is clear 譯為「一理今分明」，憑空加一「今」字。one truth 譯為「一理」也過於生硬。Whatever is, is right 直譯就是：無論是什麼，都是正確的。right 一詞在這裏的意味是複雜的，既有「正確」、「合理」的意思，也有「正好」的意思，「無過」一詞無論怎樣都不能包容其全部內涵。「造化」既指自然，

也指自然的創造者，還有「福氣」的意思，這裏用「造化」翻譯自然或存在，就增加了原詩的韻味，因而可以說不準確。相比較而言，王佐良套用黑格爾的名言把 Whatever is，is right 譯為「凡存在都合理」就準確得多。但仍然有缺點，「凡存在都合理」在漢語語境中明顯缺乏詩味。這不是王佐良的過錯，而是兩種語言轉換過程中無法克服的困難。One truth is clear 一語在原詩中是最富有詩意，意義簡潔，語句優美，富於韻味，嚴復譯為「一理分明」，王佐良譯為「這就是清楚的道理」，就平淡無奇，詩意全無。文學的藝術性和思想性是和文學的語言緊密地聯繫在一起的，語言作為體系隱藏著更為深廣的文化內涵。嚴復的〈人道篇〉和王佐良的〈人論〉譯自同一英語詩，但卻是兩種完全不同性質的詩，譯者所運用的語言體系是造成這種不同的根本原因。

我們可以從多方面對新詩與中國舊體詩詞進行區分，但語言體系無疑是最為重要的。現代白話既是新詩最外表的特徵，也是新詩最深層的基礎。正如有學者所說，「詩的白話化」，「也即實行語言形式與思維方式兩個方面的散文化。這實際上就是對發展得過分成熟、人們業已習慣、但已脫離了現代中國人的思維、語言的中國傳統詩歌語言與形式的一次有組織的反叛，從而為新的詩歌語言與形式的創造開闢道路。」[4] 胡適的新詩嘗試正是在現代白話的語言形式和思想方式兩個方面確定了新詩的基本原則，從而具有「紀元」性。

---

[4]　錢理群等編《中國現代文學三十年》，北京大學出版社，1998 年版，第 120 頁。

第二節　〈狂人日記〉——中國現代小說的開篇之作

　　魯迅的小說〈狂人日記〉被公認為是中國現代小說史的開篇之作。但其「開篇」究竟表現在什麼地方呢？我以為，概括地說，〈狂人日記〉的「開篇」性主要就是魯迅自己所說的「表現的深切與格式的特別」[5]，即內容與形式兩方面的開創性。所謂「格式」，當然包括體式、線索、敘述、結構、創作方法以及諸如象徵等具體的表現手法等，但更主要的是語言，準確地說，〈狂人日記〉是中國現代小說史上的第一篇「現代白話」小說，它首先是在「現代白話」的意義上具有「開篇」性。事實上，新的體式、線索、敘述、結構、創作方法、表現手法等都與新的語言有密切的關係。所謂「表現的深切」，即在思想上具有開創性，具體於〈狂人日記〉來說，就是在對中國封建禮教的批判和「人」的主題的發掘上表現出深刻性。而最重要的是，〈狂人日記〉的內容與形式是統一的，它的現代白話與它的現代思想具有一體性。不是現代思想決定現代白話，恰恰相反，是現代白話制約現代思想，〈狂人日記〉的現代思想最終可以從其現代白話中得到深層的解釋。

　　正如胡適在《白話文學史》、《國語文學史》所考察的，白話文學可以說「古已有之」。白話翻譯文學也早在五四新文學之前就開始了，早期的《聖經》就是用白話翻譯的。單就語言形式來看，魯迅的〈狂人日記〉和晚清白話小說並沒有根本性的差別，下面，我們不妨抄幾段文字略作對比。

---

[5]　魯迅：〈中國新文學大系·小說二集序〉，《魯迅全集》第 6 卷，人民文學出版社，1981 年版，第 238 頁。

今天晚上，很好的月光。

我不見他，已是三十多年；今天見了，精神分外爽快。才知道以前的三十多年，全是發昏；然而須十分小心。不然，那趙家的狗，何以看我兩眼呢？

我怕得有理。

——魯迅〈狂人日記〉

話說歐洲有一大國，名叫波蘭。土地有幾百萬方里，人口也不可勝數。自古不與人交通，所以知道的亦很少。後來國是漸漸兒富了，兵是漸漸兒強了，得隴望蜀的心，就不知不覺的發現。略地攻城，窮兵黷武，比起拿破侖來，還要利害些。那時波蘭百姓，真是丁壯困軍旅，老弱疲轉漕，辛苦已極，怨聲載道。還虧著有一兩個賢明的君，勉強支持下去，外面觀瞻，尚不至十分損失。不意父傳子，子傳孫，一蟹不如一蟹。不到五十年，就毀壞得不成個模樣。還要誇口說什麼堂堂大國，說什麼攘斥夷狄，得意揚揚，不顧廉恥。

——亡國遺民之一著〈多少頭顱〉

那泊洛斯班旅館半新的屋子，孤立在英國一個最美麗的山谷邊上，瞧去又荒涼、又寂寞。倘有過客過門時，再也想不到長夏中卻有無數的客人，在這門兒裏絡繹出入，似是長流之水。可是大家心中都想世界之大，哪裏沒有風景明媚的所在，為什麼偏偏要尋到這冷僻所在來，所以你若是

把這旅館中八月間賓至如歸的盛況，說給人家聽，人家一
定要當他是一段神怪小說，不肯輕信呢。

　　　　　　　　　　　　——周瘦鵑譯湯麥司哈苔〈回首〉

三段文字都是白話，只是語言風格上略有不同。單就這三段文字本
身，我們無法對它們作實質性的區別。區別在於，〈狂人日記〉的白
話和〈多少頭顱〉、〈回首〉的白話不同，〈多少頭顱〉、〈回首〉的白
話屬於晚清白話，主要是作為工具的語言，在思想的層面上，屬於
古代漢語體系。而魯迅的白話則是現代白話，它既具有工具性，又
具有思想性，在思想的層面上，它的屬於現代漢語。〈狂人日記〉的
白話和〈多少頭顱〉、〈回首〉的白話在工具的層面上相同，而在思
想的層面上不同。正是這種不同從深層上規定了其文學性質的不
同，〈狂人日記〉是中國現代文學，是現代性質的文學；〈多少頭顱〉
是中國近代文學、〈回首〉中國近代翻譯文學，二者具有中國「古代
性」。當然，如索緒爾所說，語言是一個系統，語言的思想體系作為
一個整體無法通過個別的詞句或者段落分析出來，而是一種複雜的
功能。但語言的思想性主要表現在術語、概念、範疇和話語方式上，
通過對〈狂人日記〉的主題詞和話語方式、言說方式的分析，我們
大體上能夠看出它的語言體系的現代性從而在藝術精神和思想上的
現代性。

　　〈狂人日記〉的開創性是複雜而多面的，但我以為，它最大的
開創性是確定了現代「人」的概念並對「人」進行了新的言說，從
而確立了中國現代文學「人的文學」這一主題。五四時期，魯迅和
周作人並稱「周氏兄弟」，二人在觀念上非常接近，常常並肩戰鬥。
周作人的〈人的文學〉可以說是對魯迅〈狂人日記〉的注解，把這

兩篇作品進行對讀，實際上可以互相闡發。魯迅現代「人」的概念就是「真的人」，所謂「真的人」，即人的本真，它既順應人的自然屬性，又順應人的社會屬性。「真的人」是既不「吃人」也不「被人吃」、「沒有吃過人」也沒有被人吃過的人，也即周作人在〈人的文學〉所說的「動物的人」、「進化的人」、「自由的人」、「道德的人」，「利己而又利他，利他即是利己」。「凡有違反人性不自然的習慣制度，都應排斥改正。」「凡獸性的餘留，與古代禮法可以阻礙人性向上的發展者，也都應排斥改正。」「革除一切人道以下或人力以上的因襲的禮法，使人人能享自由真實的幸福生活。」[6]對人的內涵的「重新發見」，就是對「人」的概念重新定義或者在新意義上使用「人」，這其實也是語言問題。正是在「真的人」——即現代「人」的概念基礎上，魯迅對中國封建社會「人」的非人，「人」的異化進行猛烈的批判。在致許壽裳的信中他披露創作〈狂人日記〉的契機：「偶閱《通鑒》，乃悟中國人尚是食人民族，因成此篇。此種發見，關係亦甚大，而知者尚寥寥也。」[7]在〈狂人日記〉中狂人是這樣說的：「我翻開歷史一查，這歷史沒有年代，歪歪斜斜的每頁上都寫著『仁義道德』幾個字。我橫豎睡不著，仔細看了半夜，才從字縫裏看出字來，滿本都寫著兩個字是『吃人』！」

　　正是站在「真的人」的立場上，魯迅「發見」中國封建社會表面上是「禮義之邦」，實質上是「食人民族」，具有四千年吃人的歷史。「易子而食」、「食肉寢皮」，且吃人具有「獅子似的凶心，兔子

6　周作人：〈人的文學〉，胡適編選《中國新文學大系・建設理論集》，良友圖書公司，年 1935 版，第 194-195 頁。
7　魯迅：〈致許壽裳〉（編號 180820），《魯迅全集》第 11 卷，1981 年版，第 353 頁。

的怯弱，狐狸的狡猾」。〈狂人日記〉用高度象徵性的藝術手法描繪了一幅中國封建社會「吃人」的昏暗世界。「自己想吃人，又怕被別人吃，都用著疑心極深的眼光，面面相覷。」「他話中全是毒，笑中全是刀，他們的牙齒，全是白厲厲的排著，這就是吃人的傢夥。」「不但唇邊還抹著人油，而且心裏滿裝著吃人的意思。」或者吃人，或者被吃，人完全異化為非人，「一種是以為從來如此，應該吃的；一種是知道不該吃，可是仍然要吃。」「我未必無意之中，不吃了我妹子的幾片肉。」「吃人」這裏其實是一種象徵，它主要指「家族制度和禮教的弊害」[8]，即封建社會對人格、人的個性、人的精神的壓迫、凌辱、束縛、吞噬、戕殺、閹割。在〈燈下漫筆〉中，魯迅說得更明白：「我們自己早已佈置妥帖了，有貴賤，有大小，有上下。自己被人凌虐，但也可以凌虐別人；自己被人吃，但也可以吃別人。一級一級的制馭著，不能動彈，也不想動彈了。」[9]中國封建社會，人是病態的，人性是扭曲的，這種病態和扭曲作為人的基本內涵以概念的形式固定下來，因而人們習以為常。魯迅則是對「人」進行了重新概定：「將來容不得吃人的人，活在世上。」現代人是「真的人」，即自然的人、自由的人、道德的人。所以，在思想上，〈狂人日記〉從傳統向現代的轉變實際上可以歸結為傳統概念向現代概念的轉變。「現代評論派」評論家張定璜評論魯迅的〈狂人日記〉：「〈雙枰記〉、〈絳紗記〉和〈焚劍記〉裏面，我們保存著我們最後的舊體的作風，最後的文言小說，最後的才子佳人的幻影，最後的浪漫情

---

[8]　魯迅：〈中國新文學大系·小說二集序〉，《魯迅全集》第 6 卷，人民文學出版社，1981 年版，第 239 頁。

[9]　魯迅：〈燈下漫筆〉，《魯迅全集》第 1 卷，人民文學出版社，1981 年版，第 215-216 頁。

波，最後的中國人祖先傳來的人生觀。讀完了他們，我們再讀〈狂人日記〉時，我們就譬如從薄暗的古廟的燈明下驟然間走到夏日的炎光裏來，我們由中世紀跨進了現代。」他認為，〈雙枰記〉、〈絳紗記〉和〈焚劍記〉這三篇小說和魯迅的《吶喊》標示著「兩種語言，兩種情況，兩個不同的世界」。[10]這是非常有道理的，正是在「兩種語言、兩個不同的世界」這兩方面，魯迅的小說具有「開創」性。

因此，〈狂人日記〉是在第一篇現代白話小說的意義上是第一篇中國現代小說，它是現代白話的因而是現代思想的。現代白話不僅在於它在語言的工具性上是白話，更在於它在語言思想性上具有現代思想。〈狂人日記〉的「開篇」性就在於它確立了中國現代小說的「現代白話」與「現代思想」這兩大原則。〈狂人日記〉之後的中國現代小說在語言風格和主題上有巨大發展和變化，可以說豐富多彩，但無論怎樣千變萬化，這兩大原則沒有違背，否則就不能稱為現代小說。

其實，不僅〈狂人日記〉可以如此語言分析，〈阿 Q 正傳〉、〈祝福〉、〈傷逝〉等都可以作如是語言分析。〈阿 Q 正傳〉表現了現代「國民」思想，〈祝福〉表現了現代「人權」思想，〈傷逝〉表現了現代「愛情」思想。這裏，所謂「思想」都不是抽象的，而是通過一定的語言體系和話語方式從整體上表現出來的。下面我們再以〈祝福〉為例作一簡要分析。

〈祝福〉講述的是祥林嫂悲劇的故事。祥林嫂的故事是一個悲慘的故事，是發生在社會轉型時期的一個傳統的故事。它之所以具

---

[10] 張定璜：〈魯迅先生〉，《現代評論》第 1 卷第 7-8 期（1925 年 1 月 24 日～1月 31 日）。〈雙枰記〉、〈絳紗記〉、〈焚劍記〉系發表於《甲寅》1914 年的三篇小說。

有悲劇性，具有震撼人的力量，具有現代意義，藝術表現諸如敘述方式、結構等當然起了非常重要的作用，但語言是最為關鍵的因素。如果用古代漢語體系以及與之相一致的思想方式來言說，祥林嫂的故事可以說是一個習以為常的故事，它是「悲慘」的但不是「悲劇」的，用封建綱常倫理話語來言說祥林嫂，祥林嫂可以說「可憐」但更「可惡」，即魯四老爺所說的「謬種」。它的悲劇意義和現代性是通過新語言體系進行新的言說和表述而表現出來的。所謂「新的言說和表述」，有兩方面涵義，一是小說中的人物「我」的言說和表述，二是作者魯迅的言說和表述。

對於魯鎮來說，「我」是一個懸浮似的人物，「是識字的，又是出門人，見識得多」，具有比一般魯鎮人更為寬闊的視野和學識，是一個比「新黨」更為新式的人物；是一個接受了新式教育，具有新的知識結構，懂得「魂靈」和「地獄」的人。正是知識結構、學識和話語方式的不同，因而對於魯鎮的「祝福」、對於祥林嫂的故事，對於魯四老爺的「道統」，「我」有新的言說。事實上，「我」和魯四老爺所操持的是兩種不同的語言體系。魯四老爺是一個「講理學的老監生」，案頭常備書是《近思錄集注》和《四書襯》。以程朱理學為思想本位，所以「大罵其新黨」。「大罵」「新黨」說明他對「新黨」還能有所瞭解，而對「新黨」之後的思想則無法予以理解，因而無法言說。在語言體系上，魯四老爺案頭放的《康熙字典》以及這本字典的因使用過多而「未必完全」具有象徵性。《康熙字典》是古漢語字彙，也可以說是古漢語辭彙的集大成，它在古漢語中的工具性地位有如《現代漢語詞典》在現代漢語中的地位。魯四老爺在語言上以《康熙字典》為依憑，深刻地表明了他語言體系的古代性以及與此相應的思想上的古代性。正是這種語言體系和思想體系的不

同，所以魯四老爺對祥林嫂的言說與「我」完全不同。「對於魂靈的有無，我不知道」，對於祥林嫂的的問「魂靈」，「我」感到意外，表示同情的理解。對於沒有能解答祥林嫂的的疑問，「我」「心裏很覺得不安逸」，「總覺得不妥」。對於祥林嫂的死，「我的心突然緊縮，幾乎跳了起來，臉上大約也變了色」。雖然祥林嫂的死與「我」無關，但「我」始終感到「負疚」。魯四老爺讀過「鬼神者二氣之良能也」，把祭祀活動看得非常重大而神聖。對於祥林嫂的死，魯四老爺負有直接的責任，但當祥林嫂的死訊傳來時，魯四老爺的反應是：「不早不遲，偏偏要在這時候，——這就可見是一個謬種！」對於祥林嫂的悲慘的命運，魯四老爺每次見面都是「皺眉」，「這種人雖然似乎很可憐，但是敗壞風俗的，用她幫忙還可以，祭祀時候可用不著她沾手，一切飯菜，只好自己做，否則，不乾不淨，祖宗是不吃的。」小說正是通過「我」的言說把祥林嫂的故事置於現代語境下從而顯示出悲劇性和現代意義。「我」在小說中，既是一種審視，也是一種話語方式，而話語方式則是審視的基礎。

　　但同時，我們必須記住，〈祝福〉是小說而不是紀實。它是魯迅虛構的。作者是構成小說意義和價值的最為重要的因素，小說的語言包括作品中人物的語言本質上都是作者的語言，不同只是言說的不同。「我」雖然有作者的影子，但不是作者本人。作者是比「我」更為懸浮的人，是作品無所不在的上帝，他有一張萬能的「口」。說什麼，如何說，為什麼說，小說中貌似隨便、不經意，其實都是作者的精心安排。作者所運用的語言體系以及這種語言體系所蘊含的思想體系是構成作品的更為深層的基礎。祥林嫂說：「我真傻，真的，」這既是祥林嫂說的話，也是魯迅說的話，這句話在小說中多次重複，

當然是祥林嫂精神創傷的必然表現，但其實也是作者的一種講述方式，於這種講述中暗含著思想的深意。魯迅描寫祥林嫂：

> 五年前的花白的頭髮，即今已經全白，全不像四十上下的人；臉上瘦削不堪，黃中帶黑，而且消盡了先前悲哀的神色，彷彿是木刻似的；只有那眼珠間或一輪，還可以表示她是一個活物。她一手提著竹籃，內中一個破碗，空的；一手拄著一支比她更長的竹竿，下端開了裂：她分明已經純乎是一個乞丐了。

我們一般人都把這段描寫看成是祥林嫂固有的特點，並以此為基礎判明和分析祥林嫂的性格及其命運悲劇，而缺乏更深入的源頭追問。但實際上，隱祕的作者才是這種描寫以及這種描寫所表現出來的意義和價值的真正源頭。為什麼要採取白描的手法，為什麼主要描寫祥林嫂的頭髮、眼睛和竹竿，這與作者的語言方式、思想觀念、知識結構、學識修養等作家的時代和個人的因素有關係。

作品中人物的語言本質上是作家的語言，比如衛老婆子說：

> 「阿呀，我的太太！你真是大戶人家的太太的話。我們山裏人，小戶人家，這算得什麼？她有小叔子，也得娶老婆。不嫁了她，那有這一注錢來做聘禮？她的婆婆是精明強幹的女人呵，很有打算，所以就將她嫁到山裏去。倘許給本村人，財禮就不多；惟獨肯嫁進深山野坳裏去的女人少，所以她就到手了八十千。現在第二個兒子的媳婦也娶進了，財禮只花了五十，除去辦喜事的費用，還剩十多千。嚇，你看，這多麼好打算？……」
>
> 「祥林嫂竟肯依？……」

「這有什麼依不依。——鬧是誰也總要鬧一鬧的；只要用
繩子一捆，塞在花轎裏，擡到男家，捺上花冠，拜堂，關
上房門，就完事了。……」

在衛老婆子看來，公婆把寡居的兒媳婦祥林嫂賣到山裏，這是理所
當然的，這是作為公婆的權力，從各方面來說都合情合理。公婆的
踐踏人權不僅不被譴責，反而值得稱許，屬於「精明強幹」。對於祥
林嫂來說，是否應該被賣以及賣給誰，沒什麼需要商量的，依也得
依，不依也得依。衛老婆子話說得明確而肯定且理直氣壯，但我們
卻從中讀出了相反的意思，即毛澤東在〈湖南農民運動考察報告〉
所概括的「丈夫的男權（夫權）」和「祠堂族長的族權」[11]以及這兩
種權力的罪惡。但單從字面上，我們看不到這種意思。〈祝福〉對封
建宗法社會對人權的踐踏的批判意義其實隱含在更為深層的作者的
話語背景和語言體系中。〈祝福〉寫作於 1923 年底，當時作者已經
完成了語言從文言到現代白話的轉變，相應地，在思想上也完成了
從近代向現代的轉型。作者的民主、人權、自由等現代話語從深層
上控制著作者的話語方式和言說方式，因而表現出現代思想。

　　當然，語言是一個體系，語言的思想性是在語言作為系統中表
現出來的。魯迅的話語也是一個整體，相應地，他的思想具有系統
性。魯迅文學的整體當然是由具體的作品包括書信日記組成的，但
單篇作品一旦構成整體，其功能則大於單篇作品作用之和。這符合
系統論觀點。一般都認為，魯迅的雜文是一個整體，具有強大的思
想功能。其實，魯迅的小說何嘗不是一個整體，擴而大之，魯迅的

---

[11] 毛澤東：〈湖南農民運動考察報告〉，〈毛澤東選集〉第 1 卷，人民出版社，
1991 年版，第 31 頁。

整個創作何嘗又不都是一個整體。對於每一篇具體作品，如果不聯繫他的思想體系，不把它置於整個魯迅話語背景中，是難以真正地理解其深意的。脫離魯迅的語境和思想背景，單獨把某一作品和某一作品中的片斷拿出來作語言分析和思想分析是勉為其難的。但即使這樣，上面通過對魯迅的〈狂人日記〉和〈祝福〉的分析，我們仍然可以從一個側面看到魯迅的語言與傳統語言的不同以及由此造成的魯迅思想與傳統思想的不同。魯迅實際上是在以一種新的話語和語言體系在言說，新的術語、概念、範疇和話語方式因而也是一種新的思想。現代漢語止是在魯迅等現代經典作家的新言說的基礎上建立起來的。魯迅正是在現代漢語最偉大的開創者的基礎上，是中國現代文學的最偉大的開創者。

中國文學現代轉型是從語言開始的，現代漢語與中國現代文學具有內在的聯繫，這是事實。同時，中國文學現代轉型絕不只是文學形式的轉型，而是思想革命，是文學類型的轉變，這也是事實。語言既是工具，又是思想思維本體。中國現代文學的轉型也包括語言形式的轉型，所以在語言的工具層面上研究中國現代文學轉型，這是必要的，也是合理的。思想、思維、知識、學識、意識形態、理性、感性等這是人們談論問題的基本話語方式，以這種話語方式討論中國現代文學轉型也是深刻的。問題在於，語言不僅僅只是工具，同時也是思想本體，二者是一體的。我們可以撇開從語言學理論上談論思想問題，但不可能撇開語言談論思想問題。事實上，語言和思想無法分開，人類沒有語言思想便不可能，語言的作用和力量更具有隱蔽性。

通過以上對胡適〈關不住了〉和魯迅〈狂人日記〉等作品的具體分析，我們最終的結論是：語言體系、話語方式的不同是構成中

國古代文學與中國現代文學的「質」的區別的最根本因素，中國古代文學的「古代性」、中國現代文學的「現代性」最終可以從語言體系上得到最根本的分析。

參考書目

《採西學議——馮桂芬、馬建忠集》，遼寧人民出版社，1994 年版。

丁志偉、陳崧:《中西體用之間》，中國社會科學出版社，1995 年版。

王力:《王力文集》1-11 卷，山東教育出版社，1985 年版。

王栻編《嚴復集》1-5 冊，中華書局，1986 年版。

王先霈、周偉明:《明清小說理論批評史》，花城出版社，1988 年版。

王岳川:《後現代主義文化研究》，北京大學出版社，1992 年版。

王曉明:《刺叢裏的求索》，上海遠東出版社，1995 年版。

王一川:《通向文本之路》，四川人民出版社，1997 年版。

王國維:《王國維文集》1-4 卷，中國文史出版社，1997 年版。

王德威:《想像中國的方法》，生活・讀書・新知三聯書店，1998
    年版。

王韜:《弢園文錄外編》，中州古籍出版社，1998 年版。

毛澤東:《毛澤東選集》1-4 卷，人民出版社，1991 年版。

毛澤東:《毛澤東文集》1-8 卷，人民出版社，1993-1999 年版。

巴爾胡達羅夫:《語言與翻譯》，中國對外翻譯出版公司，1985 年版。

本傑明・史華茲:《尋求富強:嚴復與西方》，江蘇人民出版社，1995
    年版。

方銘:《戰國文學史》，武漢出版社，1996 年版。

方克立:《現代新儒學與中國現代化》，天津人民出版社，1997 年版。

文振庭編《文藝大眾化問題討論資料》，上海文藝出版社，1987
　　年版。

皮亞傑：《發生認識論原理》，商務印書館，1981 年版。

卡西爾：《人論》，上海譯文出版社，1985 年版。

朱自清：《新詩雜話》，生活・讀書・新知三聯書店，1984 年版。

朱自清：《朱自清全集》1-6 卷，江蘇教育出版社，1988 年版。

汪暉：《汪暉自選集》，廣西師範大學出版社，1997 年版。

汪延：《先秦兩漢文化傳承述略》，陝西人了教育出版社，1998 年版。

汪暉：《死火重溫》，人民文學出版社，2000 年版。

李何林：《近二十年中國文藝思潮論》，陝西人民出版社，1981 年版。

李澤厚：《中國近代思想史論》，安徽文藝出版社，1994 年版。

李澤厚：《中國現代思想史論》，安徽文藝出版社，1994 年版。

李澤厚：《世紀新夢》，安徽文藝出版社，1998 年版。

李世濤主編《知識份子立場——自由主義之爭與中國思想界的分
　　化》，時代文藝出版社，2000 年版。

李世濤主編《知識份子立場——激進與保守之間的動蕩》，時代文藝
　　出版社，2000 年版。

李世濤主編《知識份子立場——民族主義與轉型期中國的命運》，時
　　代文藝出版社，2000 年版。

沈蘇儒：《論信達雅——嚴復翻譯理論研究》，商務印書館，1998
　　年版。

沈衛威：《回眸「學衡派」》，人民文學出版社，1999 年版。

呂進：《中國現代詩學》，重慶出版社，1991 年版。

阮元校刻《十三經註疏》，中華書局，1980 年版。

宋劍華：《文化視角中的現代文學》，南海出版社，1999 年版。

吳福輝：《都市漩流中的海派小說》，湖南教育出版社，1995 年版。

林毓生：《中國傳統的創造性轉化》，生活·讀書·新知三聯書店，1988 年版。

伽達默爾：《哲學解釋學》，上海譯文出版社，1994 年版。

伽達默爾：《真理與方法》上下卷，上海譯文出版社，1999 年版。

金岳霖：《知識論》，商務印書館，1983 年版。

周作人：《周作人集外文》上下集，海南國際新聞出版中心，1995 年版。

周作人：《中國新文學的源流》，華東師範大學出版社，1995 年版。

阿英：《晚清小說史》，東方出版社，1996 年版。

易竹賢：《胡適與中國現代文化》，武漢大學出版社，1993 處版。

宗白華：《宗白華全集》1-4 卷，安徽教育出版社，1994 年版。

胡適選編《中國新文學大系·建設理論集》，上海良友圖書公司，1935 年版。

胡適：《胡適留學日記》上下冊，海南出版社　海南國際新聞出版中心，1994 年版。

胡適：《胡適文集》1-12 卷，北京大學出版社，1998 年版。

胡風：《胡風全集》1-8 卷，湖北人民出版社，1999 年版。

范伯群、朱棟霖主編《1898-1949 中外文學比較史》，江蘇教育出版社，1993 年版。

洪堡特：《論人類語言結構的差異及其對人類精神發展的影響》，商務印書館，1997 年版。

柳詒徵：《中國文化史》上下冊，東方出版中心，1988 年版。《中國文化的現代轉型》，湖北教育出版社，1996 年版。

涂紀亮主編《語言哲學名著選》，生活・讀書・新知三聯書店，1988
　　年版。

南帆：《文學的維度》，上海三聯書店，1998 年版。

高力克：《歷史與價值的張力》，貴州人民出版社，1992 年版。

高名凱：《語言論》，商務印書館，1995 年版。

袁偉時：《中國現代思想史論》，廣東教育出版社，1998 年版。

徐友漁：《「哥白尼式」的革命》，上海三聯書店，1994 年版。

徐友漁等著《語言與哲學》，生活・讀書・新知三聯書店，1996
　　年版。

海默熱：《語言人》，生活・讀書・新知三聯書店，1999 年版。

海德格爾：《海德格爾選集》上下冊，上海三聯書店，1996 年版。

孫尚揚等編《國故新知論》，中國廣播電視出版社，1995 年版。

梁啟超：《飲冰室合集》1-12 冊，中華書局，1989 年版。

梁漱溟：《梁漱溟全集》1-8 卷，山東人民出版社，1989 年版。

陳平原：《中國小說敘事模式的轉變》，上海人民出版社，1988 年版。

陳平原、夏曉虹編《二十世紀中國小說理論資料》，北京大學出版社，
　　1989 年版。

陳平原：《二十世紀中國小說史》第 1 卷，北京大學出版社，1989
　　年版。

陳平原：《小說史：理論與實踐》，北京大學出版社，1993 年版。

陳福康：《中國譯學理論史稿》，上海外語教育出版社，1992 年版。

陳獨秀：《陳獨秀著作選》1-3 卷，上海人民出版社，1993 年版。

陳伯海主編《近四百年中國文學思潮史》，東方出版中心，1997
　　年版。

陳思和：《中國新文學整體觀》，上海文藝出版社，1987 年版。

陳萬雄：《五四新文化的源流》，生活·讀書·新知三聯書店，1997
　　年版。

傑姆遜：《後現代主義與文化理論》，北京大學出版社，1997 年版。

麥基：《思想家》，生活·讀書·新知三聯書店，1987 年版。

許倬雲：《中國文化與世界文化》，貴州人民出版社，1999 年版。

許紀霖、陳達凱主編《中國現代化史》第一卷，上海三聯書店，1995
　　年版。

許紀霖：《尋求意義──現代化變遷與文化批判》，上海三聯書店，
　　1997 年版。

莫世祥編《馬君武集》，華中師範大學出版社，1991 年版。

張之洞：《勸學篇》，中州古籍出版社，1998 年版。

張中行：《張中行作品集》第 1 卷，中國社會科學出版社，1995
　　年版。

張頤武：《從現代性到後現代性》，廣西教育出版社，1997 年版。

張全之：《突圍與變革》，西北大學出版社，1997 年版。

張隆溪：《道與邏各斯》，四川人民出版社，1998 年版。

郭延禮：《中國近代文學發展史》1-3 卷，山東教育出版社，1991
　　年版。

郭延禮：《中國近代翻譯文學概論》，湖北教育出版社，1998 年版。

郭沫若：《十批判書》，東方出版社，1996 年版。

郭紹虞、羅根澤主編《中國近代文論選》，人民文學出版社，1959
　　年版。

陸耀東：《二十年代中國各流派詩人論》，社會科學出版社，1985
　　年版。

章太炎：《國學講演錄》，華東師範大學出版社，1995 年版。

辜鴻銘：《辜鴻銘文集》上下冊，海南出版社，1996 年版。

曹順慶：《中外比較文論史（上古時期）》，山東教育出版社，1998
　　年版。

焦尚志：《中國現代戲劇美學思想發展史》，東方出版社，1995 年版。

馮天瑜等著《中華文化史》，上海人民出版社，1990 年版。

馮天瑜：《中華原典精神》，上海人民出版社，1994 年版。

馮桂芬：《校邠廬抗議》，中州古籍出版社。

黃曼君：《中國現代文壇的「雙子星座」》，華中師範大學出版社，1992
　　年版。

黃曼君主編《中國近百年文學理論批評史》，湖北教育出版社，1997
　　年版。

楊義：《中國現代小說史》1-3 卷，人民文學出版社，1986 年版。

楊義：《文化衝突與審美選擇》，人民文學出版社，1988 年版。

舒蕪等編《近代文論選》上下冊，人民文學出版社，1959 年版。

費道羅夫：《翻譯理論概要》，中華書局，1955 年版。

費爾迪南·德·索緒爾：《普通語言學教程》，商務印書館，1980
　　年版。

費正清編《康橋中華民國史》上下卷，中國社會科學出版社，1994
　　年版。

路易絲·麥克尼：《福科》，黑龍江人民出版社，1999 年版。

塞繆爾·亨廷頓：《文明的衝突與世界秩序的重建》，新華出版社，
　　1999 年版。

熊月之：《西學東漸與晚清社會》，上海人民出版社，1994 年版。

溫儒敏：《中國現代文學批評史》，北京大學出版社，1993 年版。

維林吉諾娃：《世紀轉折時期的中國小說》，華中師範大學出版社，1990 年版。

維特根斯坦：《邏輯哲學論》，商務印書館，1962 年版。

瑪利安‧高利克：《中國現代文學批評發生史》，社會科學文獻出版社，1997 年版。

蔡元培等著《中國新文學大系導言集》，良友復興圖書公司，1940 年版。

蔡元培：《蔡元培全集》1-18 卷，浙江教育出版社，1997 年版。

劉為民：《「賽先生」與五四新文學》，山東大學出版社，1997 年版。

劉小楓：《個體信仰與文化理論》，四川人民出版社，1997 年版。

劉小楓：《現代性社會理論緒論》，上海三聯書店，1998 年版。

劉禾：《語際書寫》，上海三聯書店，1999 年版。

劉再復、林崗：《傳統與中國人》，安徽文藝出版社，1999 年版。

龍泉明：《中國現代作家審美意識論》，武漢出版社，1993 年版。

錢理群等著《中國現代文學三十年》，上海文藝出版社，1987 年版。

錢鍾書：《管錐編》1-4 冊，中華書局，1986 年版。

錢鍾書：《七綴集》，上海古籍出版社，1994 年版。

魯迅：《魯迅全集》1-16 卷，人民文學出版社，1981 年版。

鄭振鐸編選《中國新文學大系‧文學爭論集》，上海良友圖書公司，1936 年版。

樂黛雲：《比較文學與中國現代文學》，北京大學出版社，1987 年版。

謝冕：《1898：百年憂患》，山東教育出版社，1998 年版。

瞿秋白：《瞿秋白文集》1-3 卷，人民文學出版社，1985 年版。

魏源：《海國圖志》，中州古籍出版社，1999 年版。

薩義德：《東方學》，生活‧讀書‧新知三聯書店，1999 年版。

羅新璋編《翻譯論集》，商務印書館，1984 年版。

羅榮渠：《現代化新論》，北京大學出版社，1993 年版。

羅榮渠：《現代化新論續篇》，北京大學出版社，1997 年版。

羅榮渠主編《從「西化」到現代化》，北京大學出版社，1990 年版。

懷特：《文化科學》，浙江人民出版社，1988 年版。

譚彼岸：《晚清的白話文運動》，湖北人民出版社，1956 年版。

曠新年：《現代文學與現代性》，上海遠東出版社，1998 年版。

The May Fourth Movement: Intellecual Revolution in Modern China by Ghow Tse-tsung Harvard University Press, Cambridge, Massachusetts, 1960.

J.Lyons, *Introduction to Theoretical Lingguistics*, Cambridge University Press, London, 1998.

H.Pedersen, *Linguistic Science in the Nineteenth Century*, Cambridge, Massachusetts, 1931.

R.H.Robins, *A Short History of Linguistics*, Indiana University Press, Bloomington, Indiana, 1967.

F.Sapir Language: *An Introduction to the Study of Speech*, New York, 1921.

Foucault, *M.Power Knowledge: Selected Interviews and Other Writings 1972-1977.* ed. Colin Gordon, New York, Pantheon, 1980.

John de Francis, *Nationalism and Language Reform in China*, Princeton, 1950.

The China Novel at the Turn of the Century, University.of Toronto Press, 1980.

Liang Chi-chao and Intellectual Transition in China, 1890-1907. Harvard University Press, Cambridge, Massachusetts, 1971.

Benjamin Schwartg *In Search of Wealth and Power Yen FU and the west.* Cambridge, Harvard University. Press. 1964.

後　記

　　1997 年 9 月，我考入華中師範大學，師從黃曼君先生攻讀中國現代文學博士學位，本書就是在博士論文的基礎上修改而成。博士論文題為《語言變革與中國文學現代轉型》，主要從語言的角度研究中國現代文學的發生，特別強調語言的思想本體性以及它與中國現代文學現代品格之間的內在關係。2001 年，我以博士論文為前期成果，以《現代漢語與中國現代文學》為題申報國家社科基金課題，當時「課題指南」上沒有與此相關的選題，我申報的是「一般自選課題」，最後竟得以通過。這真是一件幸事，對於我來說是一個巨大的鼓舞。值拙著出版之際，特向基金委員會的諸位現代文學評委表示深深的敬意和謝忱。也感謝國家社科基金的資助。

　　博士論文寫作有些程序上的要求，比如「開題報告」、「寫作提綱」之類的。我雖然最初也有一個總體的構想和框架，但我的寫作基本上是圍繞「語言與現代文學」這一主題而展開的。我當時的想法是，過分地追求體系的完整性，容易導致「硬寫」，即為了完整和銜接而被迫老生常談。本來沒有研究和思考，沒有新的看法，但為了體系而硬著頭皮去思考和研究，結果人云亦云，缺乏創新。我打定主意，有新的看法就寫，看法多就多寫，看法少就少寫，沒有看法絕對不去硬寫。以論題為單位，而不求章節的整齊。所以，我的博士論文實際上是由論文「組合」起來的，章節之間不很平衡。其中本書中發表和轉載、摘要者如下：

1. 〈「世紀末文學轉型」的語言學質疑〉,《文藝評論》1999 年
   第 6 期。(約 1.1 萬字。) 即本書第三章第三節。

2. 〈胡適白話文學理論檢討〉,《湖北大學學報》2000 年第 2 期。
   (約 1.4 萬字。) 即本書第七章第一節。

3. 〈語言變革與中國現代文學轉型〉,《文藝研究》2000 年第 2
   期。(約 1.3 萬字。)《新華文摘》2000 年第 7 期「論點摘編」。
   即本書第三章第二節。

4. 〈魯迅的語言觀與創作及其與中國現代文學發生的關係〉,
   《魯迅研究月刊》2000 年第 4 期。(約 2.5 萬字。) 即本書第
   八章。

5. 〈中國文學「古代轉型」與「現代轉型」之語言論〉,《學術
   論壇》2000 年第 3 期。(約 1.0 萬字。) 即本書第二章第三
   節。

6. 〈論中國近代翻譯文學的「古代性」〉,《華中師範大學學報》
   2000 年第 4 期。(約 1.2 萬字) 即本書第六章第二節。

7. 〈「紀元」與「開篇」──中國文學現代轉型的語言學分析〉,
   《浙江學刊》2000 年第 6 期。(約 1.2 萬字)《中國現代、當
   代文學研究》2001 年第 5 期複印。即本書第九章。

8. 〈「異化」與「歸化」──論翻譯文學對中國現代文學發生的
   影響及其限度〉,《江漢論壇》2001 年第 1 期。(約 1.2 萬字。)
   《新華文摘》2001 年第 5 期轉載。《高校文科學報文摘》2001
   年第 5 期「高校學者論壇」。《中華翻譯文摘》2001 年卷摘要。
   即本書第六章第三、四節。

9. 〈語言本質「道器」論〉,《四川外語學院學報》2001 年第 2
   期。(約 1.0 萬字) 即本書第一章。

10. 〈論學衡派作為理性保守主義的現代品格〉,《天津社會科學》2001 年第 2 期。(約 0.9 萬字)即本書第七章第二節。

11. 〈五四白話文學運動語言學再認識〉,《中國現代文學研究叢刊》2001 年第 3 期。(約 1.3 萬字。)《現當代文學文摘卡》2001 年第 4 期轉載,「《文學評論》編輯部 2001 年度學術論文提名」。《中國文學年鑑》2001 年卷提要。即本書第四章第二、三節。

12. 〈現代漢語與中國現代文學〉,《河北學刊》2001 年第 3 期。(約 1.0 萬字。)《中國現代、當代文學研究》2001 年第 10 期複印。《中國社會科學文摘》2001 年第 6 期轉載。即本書第三章第一節。

13. 〈語言變革與中國文化「現代轉型」〉,《廣東社會科學》2001 年第 3 期。(約 0.9 萬字)即本書第二章第二節。

14. 〈胡適白話文理論新評——從胡適與「學衡派」的分野入手〉,《學術研究》2001 年第 10 期。(約 1.2 字)即本書第七章第三節。

15. 〈翻譯本質「二層次」論〉,《外語學刊》2002 年第 2 期。(約 0.9 萬字)即本書第六章第一節。

16. 〈語言運動與思想革命——五四新文學的理論與現實〉,《文學評論》2002 年第 5 期。(約 1.4 萬字)。《社會科學報》2002 年 11 月 14 日摘要。即本書第五章。

17. 〈時間、理論與問題意識——反思中國現代文學研究〉,《學習與探索》2003 年第 1 期。(約 1.3 萬字)《中國現代、當代文學研究》2003 年第 3 期複印。即本書「緒論」。

18. 〈古代漢語體系與中國古代文化類型〉，《新疆大學學報》
    2003 年第 1 期。（約 1.4 萬字）即本書第二章第一節。
19. 〈論胡適與「學衡派」在文化建設觀念上的分野〉，《求是
    學刊》2004 年第 1 期。（約 0.9 萬字）即本書第七章第四節。
20. 〈重審五四白話文學理論〉，《學術月刊》2005 年第 1 期。（約
    1.0 萬字。）即本書第四章第一節。
21. 〈語言變革與中國文學現代轉型（博士論文答辯錄）〉，《東
    南學術》2001 年第 3 期。（約 1.5 萬字）

我至今仍然非常看重文章，仍然認為寫文章比寫書難。文章的
發表除給我帶來莫大的快樂以外，它還極大地增加了我寫作信心。
所以，借拙著出版的機會，特別向以上諸雜誌及編發、轉載、摘要
本人文章的責任編輯韋健瑋、熊顯長、方甯、陳漢萍、王世家、林
志傑、李顯傑、項義華、吉瑾、劉保昌、張躍銘、羅選民、趙偉、
李今、孫秀榮、王兆勝、申潔玲、王法敏、王君瑞、李紅儒、邢少
濤、曾軍、張磊、劉志友、杜桂萍、夏錦乾、陳葦等老師以及至今
還不知姓名的編輯先生表示衷心的感謝，謝謝他們對我的幫助、鼓
勵和提攜。對於我來說，幾乎每一篇文章的發表和轉載都是一個美
好的故事。我願意將這美好永遠珍藏在心間。常常聽到博士們感歎
博士論文寫作的艱難與痛苦。回想我的博士論文寫作，當時並沒有
感到壓力，至今仍然覺得輕鬆而愉快。我想這種輕鬆和愉快可能與
文章能發表從而得到快樂有很大的關係。

博士三年也是我生活上非常困苦的三年。那時我愛人李蓉也在
西南師大新詩所讀研究生。我們雙雙外出求學時，兒子李一民（鳴）
還不到兩歲，放在岳父母家裏。其生活的困頓可想而知。好在讀書

時，有一幫志趣相投的同學，散步聊天交流思想，精神上很充實。同學王國華、黃永林、陳水雲、張岩泉、王成雄等對我的生活給予了多方面的幫助和照顧，至今感念不盡。

博士論文完成以後，得到陸耀東、易竹賢、呂進、孫景堯、陳美蘭、王敬文、龍泉明、丁帆、朱壽桐、周曉明、王堯、鄭元者諸位先生的評閱。答辯委員會由陸耀東、陳美蘭、王慶生、周曉明、張永健、王又平、黃曼君等先生組成。他們對論文給予了充分的肯定，也給予了很多指正。在此謹對各位先生表示誠摯的感謝。本書得以出版，承馮廣裕先生鼎力推薦。責任編輯李是先生不僅提出了寶貴的修改意見，而且親自改正了很多文句上的不規範和錯誤，為此付出了大量的心血。本書的出版得到浙江師範大學現當代文學重點學科的資助，學科負責人王嘉良先生給予了很多支持。浙江師範大學人文學院的領導對本書的寫作也多有關照。在此一併表示感謝。

臺灣版後記

　　承蔡登山先生厚愛，拙著《現代漢語與中國現代文學》得以在臺灣出版，感到非常高興。回想大學畢業到大學教書到後來讀碩士、讀博士、做博士後研究，一步步走向學術，真是感慨頗多。

　　博士求學雖然只有短短的三年，但它在我的學術人生上卻是非常重要的一個經歷，不經意間，我的學術路數似乎就定了型。對我本人來說，博士論文寫作是最純粹的寫作，沒有多少干擾，沒有多少雜念，也沒有什麼壓力，學校沒有規定我們必須發表論文，所以當時投稿和發表論文都可以說是一種享受。那時博士還比較稀少，所以也不愁找工作的事情。單獨住一個寢室，生活單純，日子雖然苦點，但因為早有思想準備，所以也就樂在其中。

　　現在我仍然覺得，學習是一種愉快的事情。遇到問題就可以向老師請教，還可以和志趣相投的同學討論交流。書稿從初稿、修改稿到定稿，再到評審和答辯，這中間要經過很多老師和專家的閱讀與評審，他們會提出各種各樣的意見，當然會做出各種各樣的評價，這些意見和評價不管我當時接受不接受，它都會促進和幫助我作進一步的修改和調整。健全的博士論文寫作是一個很複雜的過程，它不僅僅涉及到學術觀念的問題，還涉及到很多學術規範的問題，我感覺從中學習到了很多東西。

　　回想起來，那真是一種令人懷念的單純，一種非常美好的單純，正是在這種「單純」也可以說是「無知」中我一步步走到了現在。那時，我對學術懷著一種赤誠的信念：我相信文章寫得好就不愁發表，之所以文章沒有被編輯看中那是因為我自己的文章沒有寫好。我相信學問來不得半點虛假，取巧可能會一時成功但不可能一世成功。我發現，學術大師都是一些很「笨」的人，他們在人情世故上有時近於低能，這一發現讓我很激動。

　　今天，我的學術熱情和信念並沒有根本動搖，我仍然在努力地做學問，但在情緒上似乎悲觀多了，我不知道學術對於學者來說究竟還有多大的重要性，我不知道我對學術的興趣是否還會長久，我甚至不敢想像，一旦不再做學問我還能做什麼。我感覺社會風氣、學術風氣都發生了很大的變化，我理解和同情變化中的每一個人，他們或為生活所迫或為工作所迫，但同時我也為逝去的時代感到深深的惋惜。學術在今天越來越與「話語」、權位、機構平臺密切相關。我感覺，學術真誠在學術界似乎已經行不通了，學術本身並不能保證學術的成功。我也感覺到，那些沒有權力，沒有平臺和靠山的青年學子，無論他們怎樣對學術懷著一種赤子之心，他們都似乎很難有出頭之日。王國維曾說過，一代有一代之學術，我們這個時代似乎就是學術外交家、學術官僚大行其道的時代，「學而仕則優」的時代。在這一意義上，我真的為當代中國學術感到深深的悲涼。

　　拙著初版於 2003 年由中國社會科學出版社出版，出版以來一直得到一些師長和同行的勉勵，也獲得一些榮譽。被諸多論著所引用，對於這些明確標注的引用，我很感激。這麼多年，我一直從事語言與文學關係的研究，比如研究話語、語言的詩性等，可以稱之為「泛語言」問題研究，範圍有所擴大，觀念也有所發展。回頭看舊作，

雖然是經過了反覆修改而成，但仍然有這樣或那樣的問題，有不盡人意之處。這次重版，本來想再作些修改，但真正動筆起來似乎又無從下手，所以最後還是決定一仍其舊，只是在文字上略有修飾。另外，出於觀念上的銜接，恢復了原來刪去的一些內容。

　　拙著從最初的單篇文章在期刊雜誌上發表，到後來的出版，得到了很多認識和不認識的老師和朋友們的幫助，對於他們的鼓勵和提攜，我永存感念。我覺得我實際上很幸運，遇到了那麼多好編輯、好老師，他們的意見以及潤色都是我學術上寶貴的財富。對於他們我永遠懷著深深的敬意和感激。這次再版，責任編輯黃姣潔小姐也付出了極大的辛勞，在此一併表示深切的謝意。

高玉

2008 年 9 月 26 日於浙江師範大學

國家圖書館出版品預行編目

現代漢語與中國現代文學 / 高玉著. -- 一版.
-- 臺北市：秀威資訊科技, 2008. 10.
　　面；　公分. --（語言文學類；AG0096）
BOD 版
參考書目：面
ISBN 978-986-221-096-3（平裝）

1.漢語　2.中國當代文學　3.文學評論

802.99　　　　　　　　　　　　　97018799

 語言文學類　AG0096

現代漢語與中國現代文學

作　　者／高玉
主　　編／蔡登山
發 行 人／宋政坤
執行編輯／黃姣潔
圖文排版／鄭維心
封面設計／陳佩蓉
數位轉譯／徐真玉　沈裕閔
圖書銷售／林怡君
法律顧問／毛國樑　律師
出版印製／秀威資訊科技股份有限公司
　　　　　台北市內湖區瑞光路 583 巷 25 號 1 樓
　　　　　電話：02-2657-9211　　　傳真：02-2657-9106
　　　　　E-mail：service@showwe.com.tw
經 銷 商／紅螞蟻圖書有限公司
　　　　　台北市內湖區舊宗路二段 121 巷 28、32 號 4 樓
　　　　　電話：02-2795-3656　　　傳真：02-2795-4100
　　　　　http：／／www.e-redant.com

2008 年 10 月 BOD 一版
定價：430 元

・請尊重著作權・

讀　者　回　函　卡

感謝您購買本書，為提升服務品質，煩請填寫以下問卷，收到您的寶貴意見後，我們會仔細收藏記錄並回贈紀念品，謝謝！

1.您購買的書名：＿＿＿＿＿＿＿＿＿＿＿＿＿＿＿＿＿＿

2.您從何得知本書的消息？

　　□網路書店　□部落格　□資料庫搜尋　□書訊　□電子報　□書店

　　□平面媒體　□ 朋友推薦　□網站推薦 □其他＿＿＿＿＿＿

3.您對本書的評價：(請填代號　1.非常滿意 2.滿意 3.尚可 4.再改進)

　　封面設計＿＿＿　版面編排＿＿＿　內容＿＿＿ 文/譯筆＿＿＿　價格＿＿＿

4.讀完書後您覺得：

　　□很有收獲　□有收獲　□收獲不多　□沒收獲

5.您會推薦本書給朋友嗎？

　　□會　□不會，為什麼？＿＿＿＿＿＿＿＿＿＿＿＿＿＿＿＿

6.其他寶貴的意見：＿＿＿＿＿＿＿＿＿＿＿＿＿＿＿＿＿＿＿＿

＿＿＿＿＿＿＿＿＿＿＿＿＿＿＿＿＿＿＿＿＿＿＿＿＿＿＿＿＿＿＿

＿＿＿＿＿＿＿＿＿＿＿＿＿＿＿＿＿＿＿＿＿＿＿＿＿＿＿＿＿＿＿

＿＿＿＿＿＿＿＿＿＿＿＿＿＿＿＿＿＿＿＿＿＿＿＿＿＿＿＿＿＿＿

讀者基本資料

姓名：＿＿＿＿＿＿＿＿＿＿ 年齡：＿＿＿＿ 性別：□女 □男

聯絡電話：＿＿＿＿＿＿＿＿ E-mail：＿＿＿＿＿＿＿＿＿＿＿

地址：＿＿＿＿＿＿＿＿＿＿＿＿＿＿＿＿＿＿＿＿＿＿＿＿＿＿＿

學歷：□高中(含)以下　　□高中　　□專科學校　　□大學

　　　□研究所(含)以上 □其他＿＿＿＿＿＿＿＿

職業：□製造業 □金融業 □資訊業 □軍警 □傳播業 □自由業

　　　□服務業 □公務員 □教職　□學生 □其他＿＿＿＿＿＿

To：114

台北市內湖區瑞光路 583 巷 25 號 1 樓

秀威資訊科技股份有限公司　　　收

寄件人姓名：

寄件人地址：□□□

（請沿線對摺寄回,謝謝!）

秀威與 BOD

BOD（Books On Demand）是數位出版的大趨勢，秀威資訊率先運用 POD 數位印刷設備來生產書籍，並提供作者全程數位出版服務，致使書籍產銷零庫存，知識傳承不絕版，目前已開闢以下書系：

一、BOD 學術著作—專業論述的閱讀延伸
二、BOD 個人著作—分享生命的心路歷程
三、BOD 旅遊著作—個人深度旅遊文學創作
四、BOD 大陸學者—大陸專業學者學術出版
五、POD 獨家經銷—數位產製的代發行書籍

BOD 秀威網路書店：www.showwe.com.tw
政府出版品網路書店：www.govbooks.com.tw

永不絕版的故事・自己寫・永不休止的音符・自己唱